『余生有你』
警校三部曲
-01-

时光
盗不走的你

析伽 / 著

Time
can't steal
you

贵州出版集团
贵州人民出版社

图书在版编目（ＣＩＰ）数据

时光盗不走的你 / 析伽著. -- 贵阳 : 贵州人民
出版社, 2017.7（2020.3重印）
　　ISBN 978-7-221-14154-5

　　Ⅰ. ①时… Ⅱ. ①析… Ⅲ. ①长篇小说—中国—当代
Ⅳ. ①I247.5

中国版本图书馆CIP数据核字(2017)第120257号

时光盗不走的你

析伽 著

出版人：苏　桦

出版统筹：陈继光

选题策划：大鱼文化

责任编辑：唐　博

特约编辑：伍　利

装帧设计：Insect

封面绘制：enofno

出版发行：贵州人民出版社（贵阳市观山湖区会展东路SOHO办公区A座
　　　　　邮编：550081）

印　　刷：三河市华东印刷有限公司

开　　本：880×1230毫米 1/32

字　　数：308千字

印　　张：10

版　　次：2017年7月第1版

印　　次：2017年7月第1次印刷
　　　　　2020年3月第2次印刷

书　　号：ISBN 978-7-221-14154-5

定　　价：48.00元

时光
盗不走的
你

Time
can't steal
you

contents
目录

Episode 2
爱情不会说话

113

爱和死并不是两件不同的东西，是同一件东西的表和里。

——乙一

时光
盗不走的
你

Time
can't steal
you

Episode 3
比黎明早到的是黑暗

只有一种罪不能被原谅，那就
是故意的残忍。

——卡波特

contents

目录

Episode1
我不懂世人，只懂你

所谓世间，不就是你吗?

——太宰治

TIME

/

第一章
初入现场

/

崔新村2幢4号，防盗门敞开着，门外拉着长长的警戒线，警车就靠边停着。现场勘查的警察进进出出，刺鼻的血腥味蔓延在空气中。

"别推我！"

陈子桑整个身子毫无防备地弹了出去，而后又条件反射地缩回墙角边。一转头，她就紧张万分又不耐烦地冲着身后那个高个子、面色冷峻的男生低吼道。

被吼的男生一脸淡定，他看了眼她弓着背略显猥琐的样子，似是挑衅道："不是说逃课出来破案的吗，怎么连警戒线都不敢跨？"

"什么叫'连警戒线都不敢跨'？顾森，我告诉你，我这是在观察案发现场周围的环境，我就是……"

"怂。"

"……"

面对顾森同学的步步紧逼，陈子桑深吸一口气，压低声音据理力争道："纪教授有警官证，出入案发现场名正言顺。可我们呢？难道要把学生证掏出来给他们看吗？警校生的学生证管什么用啊？除了去某些景点能打对折。"

"嘀！"顾森冷哼一声，不再理会陈子桑，大摇大摆地径直往案发现场走去。

陈子桑一脸错愕地紧随其后，压低声音着急地问道："喂，你干吗？"

顾森走上前，不出意外地被办案民警拦在了警戒线外。陈子桑当时就想，完了，被抓住的话，回到学校保不齐就是通报批评。

哪知顾森朝着屋内淡定地喊了句"纪教授"。于是，里面的人齐刷刷地顺着顾森的声音望了过来。

正低头和警察交谈的纪教授见到不请自来的顾森和陈子桑之后，没有感到吃惊，也没有对他们进行质问。他朝他们走近之后，相当平常地对重案中队的中队长潘清介绍道："这两位是我的学生，顾森和陈子桑，今年读大二，现在帮我做一些论文上的学术研究。"

重案中队的中队长潘清也是警校毕业的，按理来说还是顾森和陈子桑的学长。见到后辈，他自然是喜出望外。

"那一定是教授的得意门生了。我好久没回去，都不知道现在学弟学妹的颜值已经这么高了。"潘清打量了下顾森和陈子桑，无不惊喜地说。

女生长得那叫一个好看，即便是利落的短发，也让人想把所有形容女性美貌的赞美之词全部用在她的身上；男生则五官精致，身姿挺拔，有着和同龄人不一样的英姿。重要的是，仅仅是透过这两人那双清亮的眼睛，就能认定他们一定有着过人之处。

纪教授回身看了眼此时乖乖站在原地不作声的两个小家伙，点头浅笑道："也就他们两个特别突出。"

潘清很是明了地点点头，继而又神情严肃，低沉地问道："就目前这个情况，教授你有什么想法吗？"

纪教授随口问他们："你们觉得呢？"

潘清略微诧异地看向这两个大二的学生，他们只不过是站在门口，连现场都没进去看过一眼，能发现什么？

"教授，这不太合适吧？"潘清有些为难地扯扯嘴角。

"熟人作案。"不料，顾森和陈子桑异口同声地回答道。相当默契的两个人说完之后，很是嫌弃地看了对方一眼。

潘清皱了下眉头，质疑道："你们还没进去看过现场，不知道死了几个人，就确定是他杀吗？"

顾森不紧不慢地说："这不仅是他杀，而且是手段极为残忍的杀人案。"

纪教授没有说话，只是看了眼同时看向他的潘清。潘清看教授的眼神似乎是在说"一定是你给他们透露了信息"。

但下一分钟，陈子桑就站出来说："如果不是性质恶劣、棘手的案子，我想潘队应该不会特意把教授接过来。"

"里面应该死了三个人。"顾森接着说。他每一句话都是肯定句，句末甚至都不带语气助词。

"是肯定死了三个。"末了，陈子桑还如此纠正顾森道。

潘清吃惊地看着这两个年轻人，心底有种说不出的感觉。多年办案积累下来的识人术告诉他，这两个学生可能是天才。

纪教授拍拍潘队的肩膀说："需要我再认真地给你介绍下我的学生，你的学弟学妹吗？"

潘队觉得神奇，但此时的情况不能让他们再猜测下去。他身子往旁边侧了侧，对着陈子桑和顾森提醒了一句："真正的案发现场和你们在上课时看到的照片完全是两回事，感官冲击厉害得很。"

"是！"顾森和陈子桑立马摆出了在警校里的那一套，立正之后兴奋地敬礼喊道。

等两人先进去之后，潘清拉住了纪教授，担心地问："警校现在的政策已经放宽到这种程度了？今天不用上课吗？就这样让他们介入调查，目睹案发现场？"

"放他们进去的是你，又不是我。"哪知纪教授一张嘴就把事情撇得一干二净，"追究起来的话，你要负主要责任。"

"教授，做人不能这么不厚道啊！他们可是你的学生，你自己管好，我可不负责！"

说完，潘清也一头扎进现场进行调查。

纪教授则无奈地笑笑，这顾森和陈子桑在学校里都是佼佼者，可实际操作能力还是未知数。可如果他们最终选择干这一行，那么不如现在就暴露出他们所有的弱点。

距离大门两步的地方躺着第一名死者，根据现有的资料，死者为这户人家的独生女苏婉，十七岁，在华扬一中上学，死时卧倒的方向是头朝着门，且死不瞑目。

陈子桑蹲在大片血迹旁，暗红的颜色此刻看上去一片死寂。她仔细观察了死者的模样，又转头看了看四周，忍不住皱起了眉头。

"发现什么了？"潘队见陈子桑神情奇怪，便也学她蹲在死者边上观察。

办案这么多年，潘清没少见这么血腥的场面，但踏进这屋里的一瞬间，那强烈刺鼻的血腥味依然差点让他当场吐出来。可这姑娘不仅没事，还表现得十分淡定。

"以前见过这么血腥的场面吗？"潘清忍不住好奇地问道。

陈子桑将自己左右移动的视线收回，淡淡地说了句："见过。"说完，她起身走到了顾森的身边。

一句"见过"语气平淡，却又带着强烈的情感。潘清搞不懂，他起身，双手叉腰望着男孩和女孩。

"嗬，站一起好扎眼。"潘清有些感叹，也有些羡慕。说完，他便扭头对身后的纪教授说，"他们两个在谈恋爱吗？"

"警校有规定，不准谈恋爱。"纪教授答。

潘清恍然大悟地"啊"了一声，道："差点忘了。当初就是这个规定害我大学四年守身如玉啊！"

纪教授毫不客气地回了句："要点脸。"

客厅中央，顾森站在沙发后，望着挂在墙上的字画以及架子上的各种瓷器，不动声色。

"上楼去看看其他死者。"顾森看了眼身边站着的陈子桑。

"嗯。"陈子桑点头。

"教授，虽然在这样子的场合下聊这个话题不太合适，但你有没有觉得你的这两位学生好像特别成熟。怎么说，他们身上好像都有什么特别的过往。"潘清摸着下巴，像在琢磨什么，"我看他们两个举手投足间很有默契。男女间的默契不就是爱情？没爱情怎么产生默契？"

纪教授叹了口气："逻辑课上教的东西，你都忘了吗？我说警校不准谈恋爱，可我没说他们两个之间没爱情啊。"

"所以他们两个是在交往？"

"并没有。"

"……"

纪教授抬手看了下时间，对潘队说："别顾着讨论小孩子的八卦了。我等下还有堂课，你先送我回去。基本情况我已经了解，有什么进展会第一时间打你电话的。"

"哦，那你的学生你不管了？"潘清拿出车钥匙后，又问了句。

纪教授抬头望了眼二楼，十分放心地说："或许他们会比我更快找到答案，就让他们留在这里吧，等下你负责送回去。"

听到这个，潘清不能忍了，他直接伸手对纪教授说："把你学生的打车费留下，我可不负责接送。"

"都是重案中队的队长了，你怎么还这么抠门？"纪教授边数落着边从怀里掏钱，交到了潘清手上，又叮嘱了一遍，"好好照顾你的学弟学妹，没准以后就是同行，还要归你管。"

潘清把钱往口袋一塞就揽着纪教授的肩往门外走去，像是不愿再听纪教授唠叨。

顾森和陈子桑沿着地上的血迹慢慢往楼上走去，留在地板上、楼梯上的血迹形状看起来十分古怪。

"凶手是追着苏婉到一楼的？如果是这样，那为什么苏婉的死法是那样的？"陈子桑不解，便轻声把想法说了出来。

二楼，血迹变得更多。那满地的血迹就像是清洗了这房子，味道越加浓烈。顾森先是拧了下眉头，然后看了眼陈子桑，确认她没有感到不舒服，便先走进了二楼左手边的第一个房间。

刑事技术部门的工作人员正在对现场进行拍照，提取指纹、足迹，见到楼上莫名来了两个学生样子的人，立即制止他们前进。

一个戴着口罩、只露出一双锐利眼睛的高个男人说："谁让你们进来的？"

"潘队。"顾森回答后，又单刀直入地问道，"这是苏婉的房间吗？"

刚刚问话的人是刑事技术部门的头儿，在听到"潘队"之后，对他们仍旧有着戒备心。他心想，两个学生模样的人，放进来到底是几个意思，真是猜不透潘清这个人。

"是。"但他还是回答了。

苏婉房间里的床上、地板上都有血迹。苏婉死在了一楼，那么这些血就是死在二楼走廊上以及另一个房间门口的苏婉父母的。

"事情很有可能先是在苏婉房中发生的。"说到这里，陈子桑又有些否定了这个想法，疑惑地看向顾森。

"如果凶案是先发生在苏婉的房里，为什么苏婉是最后一个死的？"顾森缓缓地说出了陈子桑的疑惑。

"薄藤，我先下楼。"旁边技术部门的同事对那个戴口罩的男人说完，就先走出了房间。

这个叫薄藤的人这会儿摘下口罩，仔细地观察着陈子桑和顾森，犀利的目光让人有些不寒而栗。

"你看起来比较像是严谨的科学家。"陈子桑忽然迎上了薄藤的目光，半开玩笑道，"不过科学家没你这么帅。"

薄藤愣了下，扫了眼陈子桑身边的顾森，发现他从进门到现在表情几乎没怎么变过，即便是听到自己的女朋友夸别的男人帅。

"噢，你不用看他了。我和他不是情侣关系，所以我夸任何一个男人，他都不care。"陈子桑耸耸肩，算是做出了回答。

可这个回答却把薄藤吓了一跳，他犹豫着问了句："你，会读心术？"

陈子桑笑着微微摇了摇头。一边有着身高优势的顾森跨了一步站在了陈子桑跟前，完全挡住了薄藤的视线。

顾森问："死亡顺序。"

薄藤怔忡，为什么一个只不过二十出头的人会有这么强大的气场？难道只是因为他的身高？还是因为他此刻心情太坏？

"初步判断，首先死的是父亲苏天明，其次是母亲张爱杰，最后是苏婉。苏婉房间里有明显的挣扎痕迹，但房间里没有第四个人的痕迹。不过，根据提取到的证物，我怀疑苏婉在被杀之前曾被强奸。"薄藤说的时候，顺便抬起了自己手上拎着的证物，那是一个粉红色日记本，现在上面也溅上了血迹。

"案发当时，日记本就在桌子上。"顾森瞟了眼那张也有血迹的书桌。

"苏婉当时在写日记。"陈子桑即刻明白过来，伸手就要去拿那证物。

薄藤收回手，没有让陈子桑触碰到。他眼神冰冷，就如法医手上的解剖刀一般。

"这个还是交给我们来处理吧。"薄藤淡淡地说，"你们不用回去上课吗？"

顾森抓住陈子桑的手腕，眼睛看着薄藤，说："先回去吧。"

说完这句话，顾森还真就拽着陈子桑从薄藤跟前离开了。走出房门的瞬间，陈子桑扭头冲着薄藤扮了个鬼脸。

薄藤既没有生气，也没有觉得陈子桑无理，相反，他居然觉得这个姑娘还挺可爱。

当时，除了苏婉的尸体还没有被送去法医室，其父母的尸体都已经被送往法医室。回到一楼客厅的顾森和陈子桑，迎面就撞上了把纪教授送到路口就匆匆赶回来的潘队。

"现场看完了？"潘队拦住他们，诧异地问。

站在潘队跟前的两个人互相看了一眼后，顾森先转头问了陈子桑一个问题："你刚刚做什么鬼脸？"

"我在表达'我讨厌他'的心情啊。有问题吗？"陈子桑也一本正经地回答。

顾森冷笑下说："在男人眼里，你那是在撩拨。"

"所以你也这么认为？"

"……"

顾森不再追问，扔下陈子桑一个人往外面走去。

这两个人的一问一答潘队听得一头雾水，他只好抓住陈子桑又接着问："等等，小学妹。先把你们打情骂俏这事放一放，我能先问你一个问题吗？"

陈子桑先望了一下顾森的背影，撇撇嘴，再看向潘队，点点头。

"你当时为什么如此肯定这里死了三个人？"这个问题其实纪教授在回去的路上也对他做了解释，但潘清就是想自己确认一遍。

陈子桑看着他，双眸明亮，说："是你告诉我的。"

"我？"

"是啊。"陈子桑点头道，"当时顾森试探性地提了'三'这个数字，你随之就对这个数字做出了肯定的微表情。"

潘清再一次感到神奇，想起纪教授在车上对他说的话。

纪教授说："陈子桑是人肉测谎仪。"

这个女孩这么厉害，那么那个男生的过人之处又是什么呢？

"这一家人都死得好蹊跷。"坐在出租车上，陈子桑望着窗外嘀咕着。

这不大不小的声音还是被司机听见了，司机是个中年肥胖男子，声音很憨厚："哪里发生命案了啊？"

陈子桑一听司机来搭话了，赶忙摇头解释："没有呢。刚和同学去看了场电影，现在正在回想里面的情节。"

司机瞧了眼后视镜里的顾森，若有所指地笑笑说："哦，那你的男同学很帅啊。"

顾森睨了陈子桑一眼，没有说话。两个人坐在后座，彼此之间的距离很是明显。各靠各窗，从上车开始，两人就没搭理过对方。

"看来那部电影不好看啊。"司机显然觉察到两个人之间尴尬的氛围，以为是小情侣闹矛盾了，他不自觉就开导了起来，"谈恋爱的时候就要多看看以爱情为主题的电影，你看看你带女朋友去看什么灭门惨案，这不存心找罪受嘛！"

这回轮到陈子桑瞄了眼顾森，正好撞上了顾森那越发不好看的脸色，只好装作若无其事地扭头摸摸脖子。

"就这儿下吧。"

车子在路过学校后门那条街的时候，顾森说话了。

"不直接进学校吗？"陈子桑看了下手表，此刻已经是正午十二点。她刚说完，肚子就不争气地叫了起来。

之前潘清送他们两个上车时，已经支付过车费了。到达目的地之后，顾森就真的开门下车了，陈子桑没办法也只好跟着他下车。

"今天星期三，下午公休，我们只要在集合前回学校就行。"顾森轻描淡写地算是给了个下车的理由。

陈子桑听到这个才恍然大悟："对啊，今天星期三，我们有公休啊。那你早知道这个，上午的时候，干吗不拦着我？我们明明可以不翘课的啊！"

"一头猪非要撞树上，是我能拦得住的吗？"顾森单手插裤袋，另一只手用手机搜索着附近的美食，眼睛不看她，嘴里不饶人。

要不是这会儿站在马路边上，陈子桑真想抬腿就给顾森一脚。不过算了，陈子桑凑近顾森，问了句："我们去吃什么？"

"猪脑。"

"顾森，我迟早要划烂你的脸！"

"打得过我再说吧。"

于是，顾森迈着他的大长腿瞬间就把陈子桑给甩在了后面。每次唇枪舌剑之后，陈子桑都像是受了很重的内伤，她除了捂着胸口深呼吸，还真的找不到其他办法让自己平静下来。

没办法，顾森怎么看都不像是会哄女孩子开心的男生。

两个人一前一后走进了附近街边的一家阳春面馆，这个时间点来面馆吃面的客人还是很多的。顾森找了个靠窗的位置，拉开椅子招呼陈子桑过来坐下。

"两位吃点什么？"过来打招呼的大概是附近理工学校的学生，这位女生年纪和他们相仿，长相清秀，声音也很甜。

对此，顾森和陈子桑一点也不意外，因为很多大学生都羞于问父母要钱，于是就选择勤工俭学来赚取点生活费。

"给我一份加牛肉的。"陈子桑饿得慌，很快就点好了。

女生笑着点点头看向了顾森，顾森说了句："和她一样。"

"好的。"

女生转身走了之后，陈子桑挑眉奸笑着望着顾森说："我觉得这样的女生挺适合你的。"

听到这莫名其妙的话，顾森给陈子桑倒开水的动作立马停住了。一会儿后，那杯本来是倒给陈子桑喝的开水变成他自己喝了。

"你不是很讨厌我这种类型的吗？"陈子桑闲来无聊，开始分析起了顾森对她的态度，"我们第一次在纪教授办公室见面的时候，你没说话，但我从你眼神里看出来，你对我的评价只有两个字'聒噪'。"

"定位准确。"顾森也随便她，反正无论她说什么，他既不会承认，也不会否认。

听到顾森这么说，陈子桑还来劲了。她拿过他置于面前的开水，不管不顾地先喝了一口，继而说："所以说……"

"说说你对案发现场的看法。"

"呃？"陈子桑要做最后陈述的话还没有说，就被顾森给呛了回来。但提起案子，她瞬间严肃起来，就连眼神都变了。

"周围环境我们也看了，人员排查情况，我们暂时还不清楚。但苏婉家的门窗都关得好好的，没有任何被撬的痕迹。也就是说，行凶的人要么有他们家的钥匙，要么是认识的人，当时被请进家里。"

顾森拿过杯子，重新给倒上了水，慢慢推到陈子桑的手边。他说："苏婉家的客厅墙上挂着名画，架子上也摆了不少贵重的瓷器。这些值钱的东西一样没少，而且二楼卧室、书房都没有被翻动过的迹象。换句话说，凶手的目的就是要杀光他们一家人。"

"就目前的情况来看，还有很多可能性。我们大概还要找潘队再了解下这家人的社会关系。"陈子桑面露难色，回想起那房子里一幕幕的惨象，她忽然没什么胃口了。

而偏偏这时，那姑娘端着两碗面上来了。

"请慢用。"她说话轻缓，让人感到舒服。

陈子桑笑着朝她微微点头，后又想到什么似的压低声音对顾森说："你不觉得奇怪吗，苏婉为什么是被割喉致死的？按照二楼的血迹分布情况，她的父母更像是被追着一刀一刀捅死的。"

"嗯。"顾森把筷子拿出来递给她。

陈子桑若有所思地拿起筷子夹了面条往嘴里送，吃的时候又忍不住说："而且看到苏婉死后的那个眼神，我总觉得她在临死前看到了什么。不行，到时候还要回现场再看看。"

顾森忽然有些嫌弃地叹了口气，抽出一张纸巾递给她说："你能不能别边说话边吃东西？"

"下午我们去找纪教授吧。"

"先把嘴巴擦干净了。"

"哦。"

两个人就这么有一搭没一搭地说着，一碗面很快就见底了。等他们吃完聊完，已经是下午一点半了。

警校的前门和后门都有人站岗，对进出校门的人和车辆都会进行检查。幸好，站岗的都是同学。

只不过，是同学也不一定都认识。

"打个电话给纪教授吧，站岗的同学我不认识。你认识吗？"陈子桑站在离校门口一百米处和顾森商量道。

顾森微敛双眸，无语地看向别处说："站岗的同学确实不认识。但是站在同学旁边的何队你总认识吧？"

"何队？"陈子桑震惊得张大了嘴巴，惊恐地往后退了一步，转身就想跑。

"都给我原地踏步！"身后传来中气十足、相当厚重的声音。

陈子桑几乎是捂着脸转回身站在原地，看见顾森已经相当听话地开始踏步了。无奈之下，陈子桑也只好照做。

光天化日之下，警校门口，两个人居然踏起了步。反正陈子桑是觉得羞得没脸见人了，得亏下午公休，学校几乎没什么人啊！

何队穿着常服，双手交叠放在身后，一步步朝他们靠近。这警校呢，没有所谓的班主任，每个系都有一个中队长和小队长。何队就是系里的小队长，类似于副班主任一样的职务。同样的，在警校，班级不称为班级，称为区队，而班长就称之为区队长。

正常大学里面的所有称谓到了警校一律改头换面，彻彻底底地实行军事化管理。

"一二一，一二一，立定！"何队的声音光听听就很吓人了，所以他的命令总是带着可怕的强制性。

"陈子桑！"何队忽然喊了声她的名字。

"到！"

"给我滚过来！"何队不耐烦地喊。

陈子桑轻轻地"啊"了声，无辜地看了眼何队，硬着头皮委屈地说："报告，我太瘦了，没办法滚，滚了骨头硌着疼……"

"让你说话了吗？！"何队几乎是吼出这句话的，这一吼吓得陈子桑不自觉地缩了下脖子。

何队也是一米八三的大高个，身形魁梧。但站在顾森面前还是矮了一个脑袋，所以他站得离顾森起码一步远。

他瞅瞅眼前这两个有事没事就闯祸的小年轻，想着警校的校规对他们是不是太宽容了，居然敢翘课！

"说，干什么去了？"他靠近陈子桑，语气没有之前那么强硬。

陈子桑抬头挺胸一本正经地答："报告，上午痛经，请假了！"

何队冷哼一声，就知道这小妮子会来这一套。于是，他转而面向顾森，问："她痛经，那你呢？"

"报告！她痛经，我送她回宿舍了。"顾森扯起谎来也是脸不红心不跳啊。

"哼，她痛经用得着你送她回宿舍吗？你们的宿舍是在学校外面的吗？上午的专业课，你们两个是一起上的吗？你们两个都不是一个区队的，她痛经你是怎么知道的？她发短信告诉你了？好嘛，上课玩手机，罪加一等。"

何队不愧是何队，一下子就把所有的谎话都戳破了。看着陈子桑和顾森沉默不语，他大喝一声："回去换上作训服！给我滚去操场跑圈！跑到吐为止！"

"是！"两人异口同声，且声音洪亮地答道。

但对于陈子桑和顾森来说，吐不吐倒是小事，要是真吐了，那肚子里的阳春面真是可惜极了。

何队看着前面小跑步前进的两个人，又提高嗓门追加了一句："都给我扎腰带、戴帽子、抱着被子跑圈，听到没有？！"

"是！"

何队撇了下嘴，"喊"了声，碎碎念道："我还治不了你们，真是。"他拿出手机拨通了纪教授的电话，一接通就说，"我已经按照你的指示，给予他们最高待遇的关照，能不能消受就看他们的耐力了。"

下午两点，太阳公公当空照。

空荡荡的操场上，有两个身影抱着被子慢悠悠地跑着步。跑道外笔直站着的何队，不苟言笑地盯着他们，时不时地怒吼一句："跑快点，你们没吃饭，还是没睡觉啊？！再这个状态，就追加一百遍百米障碍跑！"

于是，陈子桑和顾森只能咬着牙卖命地跑起来。

他们还指望着趁着公休的时候外出找潘队了解一下情况，这倒好被出卖他们的纪教授给恶狠狠地摆了一道。

"君子报仇十年不晚！哎呀，我的腰……"陈子桑一手扶着腰，一手扶着墙，嘴上骂骂咧咧艰难地往自己的宿舍挪去。

此时，天色渐晚。

"罚跑圈就跑圈，为什么最后又让我们站军姿站了一个小时？"陈子桑都一副半死不活的模样了，却还没完没了地骂着何队。

旁边看起来一点事都没有的顾森瞟了她一眼，淡淡道："他没让我们端腹端一个小时，你就该跪拜祖宗了。"

"说得好像你一点事儿都没有。你腰不疼吗？你们男人要是腰不行，这辈子就……你干吗？"

忽然间，顾森二话不说地凑近陈子桑，单手撑在她身后的墙上，脸上云淡风轻，只是问了句："你要不要试试？"

"试……试你个大头鬼啊！"陈子桑惊觉顾森开的玩笑过分亲昵，抬手撑在他的胸口上想要把他推开。

这时，在楼下正巧路过准备回宿舍的许瑶看到了这一幕，惊讶了三秒后，冷静地说了句："挺新鲜啊，你们两个居然玩起了壁咚。"

顾森盯着陈子桑尴尬的脸，意味深长地笑了笑。他站直身子，面不改色，若无其事地说："再见。"

"变态。"陈子桑对着他的背影低声咒骂了句，而后看向一边脸上已经浮现八卦笑容的许瑶，赶忙制止她，"别闹，停止你脑海中的各种意淫。他刚才的举动并不是因为喜欢我，他纯粹是在整我。"

"啊——"许瑶摇摇头，很是纠结地说，"有时候这种一眼就被你看穿各种小心思的感觉真的很微妙。因为我不知道是该感到惊讶，还是扫兴。子桑，答应我，以后看破不说破好吗？"

陈子桑也叹了口气，继续扶着腰往前走。

"你们两个又犯什么事了？今天一整天都干吗去了？还有为什么穿着作训服？被何队训了？我听别的区队说顾森和你在操场上约会跑步呢，我听得一头雾水。"许瑶不依不饶地追问，还顺便把自己刚买的水给递了过去。

陈子桑没有领情，倚在女生公寓楼的大门框上，很是无奈地问："作为宿舍的好姐妹，你第一时间该问的难道不是'子桑，你哪儿不舒服，我给你揉揉'这样的问题吗？还有，是不是全校的女同学都认为我和顾森有一腿？"

"这话什么意思？"许瑶收起嬉皮笑脸，严肃震惊地问，"你和顾森难道不止一腿？！"

"算了算了，挽我一把，回头帮我去操场把被子抱回来。"陈子桑扶着额作罢，不准备做任何无用的陈述。当务之急，她只想泡个澡，然后躺在床上睡觉！

反正警校有着严格的作息时间，到点就熄灯。而且宿舍的门就和监狱的一模一样，门上有个小窗口，透过这个小窗口把里面的情况一览无余。刚大一那会儿，同宿舍的胡晓萍偷偷躲在被窝里玩手机就被院督逮了个正着。

结果第二天，全宿舍的人抱着被子，跑了整整五千米。

警校生不允许无视纪律，从一盘散沙到坚硬如磐石，那是需要至高无上的团结意识。

这晚，熄灯之后，陈子桑便沉沉地睡去。这一睡近乎梦魇，她做了好几个奇怪的梦，可每个梦的结尾她都被浑身淌着血的"女人"给死死地掐住脖子，无法呼吸，无法说话……

"顾森！"

她惊恐地大叫着，那双感到害怕的眼睛，他第一次看见，却像是很早以前就为之动容过……

"顾森。"

他缓缓地睁开眼睛，发现是同区队的男生在叫他。

"你怎么在多媒体教室睡着了？091区队的那个女生找你，说是纪教授让你们去趟办公室。"男同学如是说道。

顾森抬头，看见了教室门口站着的陈子桑。她左手拎着包，还是那头清爽的短发、美好的笑容，和梦里的不一样。

"他们区队今天为什么要穿夏执勤服？"男同学有点纳闷地问，"才刚到四月，会不会太冷？"

顾森站起身，拎起自己的包，没有理会男同学的自言自语，径直朝陈子桑走去。

"先回去换套衣服。"走到陈子桑面前，顾森就提议道。

陈子桑点点头，然后说："我顺便去买瓶辣椒水。"

"嗯？"顾森停住脚步，看着她。

"喷教授眼睛上。"

"噗！"顾森忍不住笑出了声，摇摇头盯着她看，喷喷说道，"果然最毒妇人心。"

两个人走在教室走廊上，隔着走廊上的窗户看向广场，那下面走着的同学都是两人成行，三人成列，摆臂的动作也是整齐划一的。

"顾森，又和你女朋友去给纪教授帮忙啊。"

"真是每次看见你们都感觉眼睛要瞎一次。男才女貌的，两个人都太好看了！"

"哈哈，羡慕！"

走廊上，三三两两走过的人群中爆发出了各种声音。

这样的调侃已经数不胜数了。自从大一下半学期，顾森和陈子桑一同被纪教授选中帮忙做项目之后，有关于他们两个的各种传说和绯闻就闹得满天飞。

其实被其他教授选择帮忙的男女学生也很多，可偏偏颜值最高的这对成了风口浪尖的调侃对象。

对此，顾森和陈子桑都保持着一致的态度，那就是充耳不闻，随他们说。也正因为如此，同学们也一致认定他们之间的关系相当暧昧。

嬉笑的同学离开后，走廊上又恢复安静。

"我昨晚又做梦了。"陈子桑在下台阶的时候，若有似无地提起了自己晚上做的梦。

顾森停在了最高那级台阶上，似有些居高临下。

"同一个梦？"他问。

陈子桑手搭在楼梯扶手上，不太肯定地说："很像。很像有段时间我做的梦。只是，梦里的人开始变得不一样了。"

顾森也不知道自己为什么会略微紧张地皱起眉头，可他还是安慰道："或许是白天命案现场引起的刺激，你不要想太多。"

"弗洛伊德那一套说法，我自然是知道的……"陈子桑深吸一口气，耸耸肩回头对顾森说，"对了，我们为什么要换衣服？"

"报告！"

顾森最终也没能给出个合理的需要换衣服的解释，于是下楼的动作立马又换成了上楼。两个人直接去了纪教授的办公室。

"嗯，来了啊。"纪教授起身，他今天没有课，身上也没有穿着警服，只是穿了一套裁剪精致的西装，因为大长腿的缘故，那露出的脚踝格外性感。

陈子桑忍不住多看了一眼。

"我说陈子桑，你眼睛能看下别的地方吗？"说话的竟是一旁靠在桌边、双手交叉环胸的何队，他微眯着双眼阴阳怪气地来了一句。

"你为什么这么年轻就当了教授啊？为什么要当警校教授啊？"陈子桑忽然没头脑地问了一句。

纪教授竟一下子答不上来，他略微尴尬地整理了下袖口，想了半天才吐出来一句："现在不年轻了。和你家顾森比起来，我是老男人了。"

话题一转，莫名其妙就躺枪的顾森表示这锅他不背。

"叫我们来有事吗，教授？"顾森赶忙把话题转回到正题上。

纪教授看看他们两个，虽然天赋异禀的孩子容易得到更多的宽容，但学校是个讲究组织和纪律的地方。他们喜欢到案发现场实践理论知识，这是好事，但学生毕竟是学生，出了事谁也担当不起。

"逃课在警校里可是很严重的，你们为什么不好好上课？"

果然，逃课这事他俩是别想着翻篇了。

陈子桑自知理亏，只是……她说："实践出真知啊。课本上的知识总要运用到社会实践中，才能知道知识是可行的还是纸上谈兵。"

纪教授叹了口气，语气温和："你们受伤的话，我会很为难。"

这时候，顾森开腔了："我会保护好自己的。"

一开始，陈子桑还稍微期待了下，可听见顾森只说保全自己，立马抬起手肘捅了他一下，挤眉弄眼强调道："你应该说你会保护好我们！"

纪教授心里暗自发笑，可也免不了羡慕。年轻真好，陪伴的人就在身边真好，一切如果回到当初，现在会不会不一样？

"看来子桑以后只能做个乖学生了。"纪教授添油加醋道。

陈子桑略显着急，尽管警体课上教的擒拿格斗、一招制敌，她都是区队女生里最厉害的，但在顾森面前，她这些都是三脚猫功夫。

顾森见陈子桑在一旁干着急，觉得好笑。随后，他又补充了一句："我不能保证她毫发无损，但一定会让她平安回来。"

"顾森，你原来还会说这样的话呢！"突如其来般的告白让陈子桑受宠若惊，她得了便宜还卖乖地轻拍了下顾森的背说，"感动。"

看到这相亲相爱的一幕，一旁的何队站不住了。他挪到纪教授前面，盯着顾森啧啧道："臭小子还整这一套，还说不是在谈恋爱。"

又来了。顾森面色不改，冷静地说："我以我的人格发誓，我不喜欢她。"

随后，陈子桑也举起手认真地附和："我用我的人格担保，顾森他真的不喜欢我。"

何队听完，扭过头同纪教授相视一笑道："现在的学生啊，为了操行不扣分，爱情都可以出卖啊。"

陈子桑不紧不慢地解释："何队，我们说的都是真的。顾森压根儿不会对我动那心思。昨天一起吃饭的时候，他脸上还写满了对我的排斥。"

"这是事实。"这次轮到顾森认真地附和。

何队这爱管闲事的心绪一上来拦也拦不住，他抬手就拍了下顾森的脑袋，替陈子桑抱不平："她哪点配不上你？我们系的系花，你眼睛长在后脑勺上了吗？居然还看不上？"

听到这话，陈子桑直在心里喊：亲爹，何队你是我亲爹！

顾森视线投向别处，一会儿后，反问了句："那你是希望我们两个现在就谈恋爱吗？"

何队愣了一下，语气明显缓和很多，像是急着打发他们走似的说："这个嘛，男才女貌，天生一对，毕业了再谈。"

纪教授看着闹得也差不多了，赶忙打圆场，对他们两个说："我和潘队打过招呼了，你们可以和他一起去看看解剖结果。但是必须在晚上集合之前回来。"

"嗯！"陈子桑那头点得简直就和小狗摇尾巴似的殷勤。

"不过，你们到底是学生，以学习为主。"纪教授提醒道，"万一你们发现了什么也要第一时间告诉潘队，不要擅自行动。你们两个人中只要有一个人受伤，那就会彻底被禁足。"

事实上，顾森和陈子桑可以外出查案这事是纪教授瞒着学校，擅自和何队决定的。这事要是被学校领导发现，他们四个人可真的是会彻底翻船啊。

后面警告的话陈子桑完全没有听进去，能参与破案，而且还是凶杀案，这简直是天赐的好机会。

等到顾森和陈子桑离开办公室，何队八卦地和纪教授聊起了这两个小年轻。

"我赌一千块，他们两个日后一定在一起。"

纪教授一本正经地拒绝："为人师表，不参与赌博。"

何队不依不饶地说："如果我赢了，教授你负责带我下三个月的馆子。"

纪教授沉思了会儿，看着何队，淡淡地说："可我也觉得他们会在一起。"

"没劲……"何队最后也百无聊赖地走出了纪教授的办公室。

纪教授笑笑，回身，坐回到自己办公桌前，凝望着桌上的那张合照，嘴角的笑意渐渐收拢。

一眨眼，七年过去了。

"曲婧，这些年我过得还算好，你不要担心。"纪教授眼神温柔，声音轻缓，生怕吵醒了梦中的美人。

照片中的两个人也如现在的顾森和陈子桑般，因为年轻，一切都显得美好。

"纪教授，警体馆那边开会，我们过去看看。"隔壁教民法的老师过来喊他，架着一副无框眼镜，有时候看上去也挺滑稽的。

纪教授应声站起来同老师走出去，伸手将办公室的门带上。那办公室空无一人，才知道原来是这样的寂静。

下午四点过后，天色渐变。

天气预报说会下雷阵雨。顾森抬头望着大片厚重的乌云，想着看这架势还真不是在开玩笑。

但是，他和陈子桑现在已经站在了案发现场的门口。

自上次从案发现场回来后，他们心中还有许多疑点未解开，为弄清这些疑问，他们拜托纪教授从潘队手里拿到苏婉家的钥匙，让他们再到案发现场勘察一番。

"我们的信息还是要根据现场勘查的情况来进行分析。"陈子桑握住门把时，扭头同顾森说。可在说的时候，她竟意外发现了大门左上角的监控摄像头。

顾森站在她的身侧，见她面露怪异，也顺着她的目光看了过去。这监控摄像头，他上一次来的时候就看见了。

"他们家的监控摄像头两个月前就坏了。"顾森说。

陈子桑仍旧觉得诧异，两个月前，是不是坏得有些巧？她撕掉门上的封条，将钥匙插入锁孔，拉下门把，厚重的大门便被打开了。

此时，案发现场更像是阴气很重的恐怖片现场。那股血腥味依旧没有散去，光线昏暗，令人有些胆战心惊。

陈子桑进门后，脑中还原了当时案发现场的景象。苏婉就死在了离大门不远的地方，她颈部的血迹蔓延至周身。

见到苏婉尸体的那刻，陈子桑心中便疑窦丛生。

陈子桑慢慢走近干涸的血迹旁，先是蹲下身子，然后双手慢慢撑在血迹两侧，最后竟照着苏婉死后的模样趴在了地上。

地上的血迹尽管已经干涸，却依然像是滚烫的。陈子桑顾不上这些，只是眼睛不停地在不同的地方搜索，她好奇死前的苏婉眼神停留的地方到底有什么。为什么苏婉当时露出的眼神给人的感觉是惊恐，又更似愤怒？

因为要下雷阵雨的缘故，才下午四点多就已经暗得如黑夜。外面狂风四起，窗户也被风刮得发出了呼呼声。

突然，一个闪电打了下来。就在此时，陈子桑看见那道闪电就在顾森身后，忽然惊得失去了言语能力。

她竟被吓出了一身冷汗。

"怎么了？"顾森察觉到陈子桑神色紧张，上前将她从地上扶起，盯着她有些泛白的脸颊问，"知道什么了吗？"

陈子桑深吸了一口气，静了几秒钟后才说："我刚刚被吓到的眼神和苏婉是不是很像？"

顾森几乎想都没怎么想，就接上一句："苏婉在死前很有可能见到了凶手或者是其他熟人。"

"可是这样就说不通了。"陈子桑皱着眉头站在门口，"我刚刚被吓到是因为闪电就在你身后，再加上你一脸冷冰冰的样子很是凶残。可问题在于你那个时候站的地方是门外。"

顾森同她对视，深知她在怀疑什么。如果当时有人站在了门外，那案情就有点复杂了。他们暂时无法判断那个站在门外的人究竟是从里面出去的，还是原本就在外面等着，或者是碰巧出现。

"苏婉如果是被站在眼前的人所杀，那么割喉喷溅出来的血迹多少会有残缺。可按照现场情况来看，血迹完整地喷溅在了地上、墙上以及门上。"

陈子桑这么说的时候，顾森忽然绕到了她的身后，一手捂住了她的嘴巴，一手的食指已经划过了她的喉咙。

"如果是这样呢？"

陈子桑惊了一下，随后拉开顾森的手，向前一步，转身恢复冷静道："不可能。如果真是背后偷袭，那被割喉的苏婉一定会挣扎，或者会做出抬手捂着出血部位的动作。可实际上，苏婉丝毫没有挣扎，顺势就倒下了，她的手上……戴着的手套上完全没有捂住脖子所形成的血迹。"

"也许凶手动作快准狠。"顾森试着提出一百种可能让陈子桑反驳，每否定一个，他们就离真相更近一步。

陈子桑没有说话，静静地注视着地上那摊血迹，忽而觉得噩梦般的记忆再度浮现在脑海中。

"老实说，现场给人的感觉像是无组织犯罪。"顾森抬手打开了客厅的灯，再度走回到陈子桑身边，表情凝重。

"无组织？"陈子桑反问，"可是看这现场，这一家人死于非命，且没有目击者，犯罪现场也呈现着凶手的绝对控制，这怎么看都更像是有预谋的。"

顾森听完陈子桑说的话，正色道："好，我们现在把整个现场都过一遍。"

陈子桑虽不认为顾森所说的无组织犯罪是正确的，但真相就是通过否定无数个可能的情况得出来的。于是，她随着顾森从客厅开始一步一步走到了二楼苏婉的房间。

"我们学了很多知识，可往往过于理性运用这些知识会让你忽略自己的直觉。"顾森道。

陈子桑回想着自己第一次见到这现场的感觉，此时又经过顾森的提醒，竟脱口而出道："凌乱。"

"你再看这个现场，除了虐杀之外，并没有任何拘禁或者控制的手段。假设凶手是一个人，他要对付三个人，不管怎么样都是逐个解决的。可是逐个解决也没有让任何一个人有机会逃脱，这说明凶手的出现是苏家人意料不到的。"顾森站在走廊上，对着陈子桑说。

"听你这么说，倒像是一时冲动所犯的罪，那还真的就是无预谋。"陈子桑依旧抱着怀疑的态度，但顾森提出的可能性好像都在印证她之前的想法是错误的。

顾森没有让陈子桑的大脑有片刻休息，继续说："短时间内杀人，也说明凶手没有或者极少与被害人进行交谈。突然的暴力袭击一定是最措手不及的。"

"熟人作案。"陈子桑轻声念着，这明明就是他们最开始得出的结论。

顾森在一边等着她静静地思考，差不多的时候，他打开了苏婉房间的门，顺手将房间的灯也打开了。

当时白天所见到的一幕幕在夜晚看起来尤为瘆人。

"为什么这房间窗户开着？"明亮的房间却敞开着窗户，这让陈子桑尤为震惊。

于是，两个人快步上前，探头往外看去。外面昏暗，视野受到限制。苏婉房间的窗户打开后是靠近这片住宅区后门的护栏，而这护栏也不过是屋后种着的一些矮树。

"下雨了，我们先把窗户关上。"陈子桑不解，这窗户为什么开着。眼下她也只能先将它关上。

两个人站在苏婉房间观察着，现在没有其他人，他们自然要好好看一下。

"苏婉看起来很正常。"陈子桑看着粉红色的床单，墙上贴着可爱的照片，房间干净整洁，就是一个女孩子幸福的样子，"不过……"

陈子桑蹲下身盯着本该放置在书桌位置，可此时倒在床边的垃圾桶，里面的垃圾也被薄藤他们当作证据取走了。

正当陈子桑想着要掀开床单时，顾森却抢先她一步，粗鲁地将床单给掀了上去。床底下，一览无余。

"这是什么？"陈子桑在顾森手电筒的光照下发现了床头对应位置下有残留的碎屑，"整个房间这么干净，床底下怎么会有脏东西？"

陈子桑自言自语着，说完后接过顾森的手电筒钻到床底下，用手拈起那些碎屑，闻了闻后退了出来。

"这是饼干吗？"陈子桑把碎屑递到了顾森跟前，想让顾森也给点建议。

哪知顾森一看，就偏过头，冷冷道："你是吃货你来鉴定。"

"有洁癖就有洁癖，不敢碰吧你是？"陈子桑故意挑衅了几句，好在这是在案发现场，两个人也并没有因此拌嘴。

不知不觉就到了和潘队碰面的时间，顾森和陈子桑便下了楼。外面雨还在下着，但并没有之前那么天昏地暗。

"妈呀！"刚到门口，陈子桑吓得立马抱住了顾森的胳膊，五官都挤在了一起。

顾森护着陈子桑，神情凝重，眼神犀利地盯着门口站着的人。这个人撑着一把旧旧的伞，佝偻着背就这么和他们面对面站着。

"瞧这小姑娘给吓得。我一个糟老头至于吓坏你吗？"那人说话的声音有些嘶哑，但听得出来是个老人。

陈子桑看清后，松开顾森，站直身子，觉得有些抱歉："对不起啊，老伯，你突然出现在案发现场，形象又有点……对不起。"

"犯罪现场，禁止入内。"顾森可没有陈子桑好说话，表情冷峻。

"这死了人的房子里还亮着灯，把我家孙女都吓哭了，我就不能过来看看？自从这里死了人，这附近阴气都重了起来，可怕得很！"这老头理直气壮又有些忌讳地说。

陈子桑奇怪地"嗯"了声，忙问："你刚刚说你孙女被吓哭了？你孙女几岁？"

"八岁啊。"老头有些不高兴地回答，"这家人房子的风水肯定不好。前几天晚上，我家孙女就在二楼玩了会儿，突然就朝着对面这房子大哭了起来。你说，这叫什么事？孩子爸妈都寻思着要给我孙女去叫魂呢，高烧不退的。"

老头说完话，摇头准备走。

走之前，他又关心地问了句："你们没带伞？"问完他又转身瞧了眼房子外面的一圈护栏，不知道用意何在。

"不用，我们有人接。"顾森一直在与这老头拉开距离，但是说话口气比之前这老头把陈子桑吓着的时候好多了。

"嗯，小孩子家的不要往这些地方跑，早点回家。"说完，老头进入雨中，慢慢地朝着对面自己家走去。

顾森见老头走了，本想低头安慰陈子桑，却见陈子桑一脸认真地陷入了沉思。

"这老伯的孙女会不会看见了什么？"陈子桑忽而问。

对于她提出的这一惊恐想法，顾森保持沉默。有证人，但对于证人而言，这不是个能简单回忆的事情。

/

第二章
目击证人

/

"你们两个怎么淋成这样子？"来接顾森和陈子桑的潘队看见车上淋成了落汤鸡的两个人还有些费解，但下一句又立马强调，"等会儿把车座擦干净啊。"

陈子桑就坐在潘队驾驶座后面的位置上，她一手搭上潘队座椅的靠背，表情严肃认真道："我们有目击者了。"

"什么？"潘队边开车边竖着耳朵听着陈子桑的话，那传入耳朵的声音又似外面的雨，冰冷又残酷。

雨刷器不停地左右摇摆，那声音听着特别闹心。潘队又只好再次问道："什么情况？"这次似是问向了顾森。

此时，顾森望着雨水顺着陈子桑那巴掌大的脸颊滑落，她胸前的衣服已经湿了一大半，竟直接说："先回学校换衣服。"

"没事。"陈子桑一口回绝，还是对潘队说，"你边开我边说。虽然有目击者，可形势还是不容乐观。"

顾森索性不再看她，只是很固执地说了句："那先送我回去换衣服，我可没有你这么邋遢。"

潘队尴尬地笑了笑，这男人的心思他哪能不懂。顾森语气里的不满与介怀，他一听就知道了。于是，他对陈子桑说："行，先送你们回去换衣服。免得你们生病，纪教授拿我是问。"

在回学校的路上，陈子桑把她和顾森确认过的目击者一事详细地同潘队讲了一遍。

在怀疑对面楼老伯的孙女是目击者之后，陈子桑便和顾森商量了一下，决定进行现场勘查，看看老伯的孙女是在家中哪个位置看到了什么场景，以至于吓到大哭。

于是两个人冒着雨就这样跑到了老伯家门口，陈子桑摁响了门铃。只一下就有人应声，脚步声渐近。

"不好意思老伯，我忽然想起来我这位朋友祖上都是医生，他或许能帮助你的孙女。"来开门的正是刚才的老伯，陈子桑一把挽过顾森，将他拽到跟前对老伯胡扯道，"他之前……"

"她之前就是被我治好的。"顾森忽然将挽着他手臂的手拉下反扣在手心，抓着陈子桑的手一本正经地说，"她前不久做噩梦吓到痛哭流涕、头昏脑涨，连饭都不会吃，是我用家里的独门秘方治好的。"

老伯听得一头雾水，虽然心里觉得这两个小年轻一定是在忽悠，但又找不到两个如此好看的小年轻忽悠他老人家的理由，正犹豫着呢。

顾森又说："不收钱。"

"进来吧。"

就这样顺利进入了老伯家里，顾森和陈子桑开始了计划的第一步。跟在老伯身后，陈子桑一把甩开顾森的手，瞪了他一眼，用口型说了句："算你狠！"

顾森淡然一笑，手不动声色地插进了裤兜中。

老伯家房子的构造和苏婉家大致相同，只是里面的空间设计不一样。他们刚穿过客厅，准备上二楼，就见二楼下来另一位老人。

"孩子妈妈正在楼上给孩子物理降温呢，我去厨房煮点东西，你去帮忙。"老伯的老伴正着急地交代着，一晃眼看到了老伯身后的顾森和陈子桑，一脸诧异地望向老伯，"这都谁啊？"

"说是能把孙女的病给治好。"老伯手别在身后，弓着背，语气里也没有什么底气。

老伴见这一男一女如此年轻好看，更是怀疑，眼睛上下打量着，压低声音嘀咕："现在骗子都这么年轻了？"

"是这样的。孩子年龄小，心理适应能力和心理承受能力差，惊吓过度就容易导致发烧之类的情况发生。碰到这种情况，我们可以用科学的办法解决。我相信老伯一定也想要尝试用土办法吧？"

陈子桑口若悬河，为了打消老伯和他老伴的不安心理，继续说："土办法便是让神婆给孩子叫魂，实际上也是一种心理疗法。他从你们的言行中推理到了某种现实存在的可能性，从而根据这个可能性对受到惊吓的孩子进行安慰。因为认知体系还不成熟完善，孩子不会自己去分析，所以需要得到大人的帮助。你们或许觉得保持绝对的安静对孩子休息有帮助，实际上并非如此。"

"虽然听不懂，但好像很有道理。"老伯依旧负手站在台阶上，但显然好像比之前稍微信赖他们一点了，但他又反问了一句，"哎，不是那个小伙子治好了你吗？怎么听起来你更懂一点啊？"

"啊，这个……我被治好了之后就被他们家收为了徒弟，这些小道理用不着他出手。"陈子桑笑着解释着，又暗戳戳地用手肘碰了下顾森。

顾森听她越扯越离谱，差点冷笑出来，幸好被她示意提醒，他才回归正题，上前说："先去看看孩子是什么情况。"

"好好。"这会儿轮到老伯的老伴在前面领路了。

到了二楼，孩子的妈妈便迎了出来。见到陌生人，她自然也是一愣，随后听到顾森和陈子桑的来由之后，也赶紧侧身让他们进卧室。

"你们需要毛巾擦一擦吗？"孩子妈妈是个善良优雅的女人，看着顾森和陈子桑两个人的模样有些狼狈，便好意要拿毛巾给他们擦擦。

"没事，先看看孩子怎么样。"陈子桑甩了甩头发，瞬间又变得干爽了一点，到底是短头发，关键时刻就是不拖沓啊。

孩子的妈妈应声着也就没有去拿了。此时顾森没有进房，而是问道："孩子是在哪里受到惊吓的？"

老伯示意孩子的妈妈先带陈子桑进去，自己则领着顾森去看孩子受到惊吓的位置。那是位于二楼左手边的属于孩子的书房，窗户的位置正好正对着苏婉的家。

顾森站在书房中间环顾了一下，随后又朝窗户走去。这个时候，窗户是锁着的。

"当时你孙女是一个人在房间里吗？"顾森抬手往下扳窗锁。

老伯点点头说："就她一个人坐在这里看书。"

窗户一打开，雨水竟随着风倾斜进来，瞬间就打湿了窗台。顾森远眺对面那幢楼，以这间房间的视角，只能看见苏婉家通往二楼的拐角处，而拐角处那里的小窗口在那晚到底发生了什么？

"晚上八点多的时候，我家孙女突然哭起来的，把她妈妈给吓得。"老伯自己倒打开了话匣子，"她妈妈问她怎么了，她就是不说话，只是吓得一直哭。然后第二天收水电费的来催缴，我们才发现对门死人了，我就想是不是和这个有关系？"

顾森把窗户重新锁上，低头看到了孩子桌面上放的画画册子，就随手拿起来看了。他翻了几页之后，忽然眼神凝聚。

"我这孙女模仿能力特别强，画画总是在班里拿第一。每天没事就画画。"老伯说的时候还是挺骄傲的，弓着的背都好像能挺直了。

顾森将画册举到老伯面前，说："这画册能给我吗？"

"啊，对孩子有帮助吗？"老伯有些诧异。

"有。"

看着顾森认真的模样，老伯信了。他直接把整本画册都给了顾森，虽然不明白这到底能帮到孙女什么，但顾森就是长了一张让人信任的脸。

待在卧室的陈子桑看到了孩子的模样，躺在床上似是半梦半醒，样子单纯可爱，那微微颤抖的睫毛长长的像洋娃娃一般。

"孩子真好看。"陈子桑发自内心地感叹了一句。

"谢谢。"孩子的妈妈微微一笑，但还是一副忧心忡忡的样子，她忍不住说，"昨天药也吃了，可还是不见退烧。"

"小孩子受到惊吓是常有的事。你要安慰她，让她知道她并不是一个人。最好是和她说话，安抚她，让她直面她看见过的恐惧的事情，向她解释，事情并非她看到的那样。"

陈子桑的一番话让孩子妈听得云里雾里的，有点不知所措。因为她这个做母亲的也不清楚孩子怎么就给吓成了这样。

"听说对面那家子是被人杀死的？"孩子的妈妈最后也还是绕到了这个问题上。

"放心，警察正在努力查案，不会有事的。"陈子桑宽慰道。

孩子妈对陈子桑的回话感到意外，为什么一个学生模样的姑娘会站在警察的立场上对她做保证？难道这姑娘是警察？

"对了，孩子有时候还会说梦话。说什么'红''可怕'，还有什么'长毛妖怪'。我那个时候还在想她是不是看了什么电视剧。"孩子妈妈先撇开了心中对陈子桑的疑惑，说起了自己孩子的事情。

红、可怕、妖怪？陈子桑在心中默念着这几个词，当时在脑海里就组成了一个句子——一个可怕的红色长毛妖怪。

"我想你最好带她去看下心理医生，她可能需要专业的心理辅导。不过你放心，也不要觉得害怕，孩子一定会好的。"陈子桑说出的话里本来还应该有句"你孩子可能看到了凶手"，但经过深思熟虑最后她还是决定不说。

制造惶恐，只会节外生枝，不如不知。

"怎么样？"陈子桑走出了孩子的卧室，将门轻轻带上，正好看见顾森也从书房走出来，手上多了一本册子。

顾森径直走向她，对她说："我需要你模拟一下当时现场可能发生的场景。"

"嗯？"陈子桑一脸狐疑。

结果就是，陈子桑又冒着雨跑回到现场，通过手机对话按照顾森的指示二楼一楼来回地跑，一遍遍纠正位置。

"OK了吗？"陈子桑站在对面苏婉的家，就站在那楼梯拐角处的小窗户前同顾森对话。

确认完毕之后，顾森才说："可以了。"之后，他转身对老伯说，"不用担心孩子，她很快就会没事的。短时间内不要让她再到这个房间里来。"

老伯似懂非懂地点点头。

等到陈子桑冒着雨又跑回来时，正巧潘队打来了电话说快到了。于是，潘队就见到了两个湿漉漉的青年。

回到学校后，大雨变成了小雨。潘队将车子停在了女生公寓楼下，陈子桑直接打开车门冲回了宿舍。

"看不出来你还挺心疼她的嘛。"在顾森下车前，潘队不经意间说了句。

顾森愣了下，果断不作停留地下车跑回宿舍换衣服。

时间已经是晚上六点了。

"去哪儿啦，湿身成这样？"跑回宿舍的陈子桑迎面就撞见刚从浴室出来的程醉，她上下打量了陈子桑一会儿，立马扯着嗓子喊，"姐妹们，不得了啦，陈子桑和顾森出去鬼混啦，连衣服都湿了！"

"What？！"

正好全宿舍的人都在，一个个都探头探脑的好奇心十足。

陈子桑连忙把宿舍门甩上，朝她们做了个嘘声的手势，眼神嫌弃："脑子里装点别的好不好？我都说了不止一百遍了，我和顾森是纯得不能再纯的同学关系！纯得就和纯牛奶一样！"

"纯牛奶放久了也会变质的。"这时候，许瑶喝着酸奶，说出了一句至理名言。

陈子桑做了个投降的姿势，跪求道："大姐们，先放过我，我先换身衣服，等会儿还要出去一趟。晚上熄灯前回来。"

"可你为什么占着茅坑不拉屎啊？"程醉倚靠在她的衣柜旁，阴阳怪气道。

"哈哈哈，你说顾森是茅坑啊！"哪知陈子桑听到这句话的反应是直接笑开了，"你胆子好大哦。"

许瑶和程醉对视一眼，纷纷摇头。只有宿舍长一言不发地坐在自己的位置上埋头苦干着。

"宿舍长，你倒是说句话啊！你就不八卦，不好奇吗？这全校最帅的男生和最漂亮的女生在一起居然说没在交往，鬼都不信好吗？"

许瑶受不了，想要拉着宿舍长起哄。

"终于好了。"宿舍长松了口气，站了起来，直接把手里的东西甩到了许瑶的脸上，大吼，"你有这个闲工夫还不如自己亲手把自己的内裤缝好！你个没节操的女人！"

"我去！内裤破了，是我的错吗？晒在外面好好的，突然下暴雨吹到楼下树杈子上，钩破了一个洞，我也很心疼的。"许瑶连忙把宿舍长刚给她缝好的内裤扔进了衣柜里，涨红着脸说道。

程醉无语地摇摇头，想着许瑶这个笨蛋。

陈子桑也笑呵呵地拉上窗帘，将湿透的衣服换了下来。

"注意安全，记得吃晚饭。"最后，许瑶还算是说了句人话。

陈子桑开门的动作停滞了一下，回头微笑着说："都记住了。回见啦。"

回到车上，顾森已经在等她了。看见她上车，他顺手递给了她一瓶水和一块三明治。

陈子桑接过，笑着说了声"谢谢"。

随后，他们乘着车奔向一个未解之谜。

三个人到了公安局的刑事技术部所在的大楼，这时候，雨已经停了。

"薄藤，你也还在加班啊。"刚下了车，潘队就和边上一个走过来的人打起了招呼。

陈子桑一听这名字，顿时来了劲。她拽着顾森上前，瞪着这个叫薄藤的人说："这下子你那些证物我们是非看不可了。"

薄藤此刻戴着一副眼镜，整个人更显古板严谨。看到这么晚来局里的陈子桑，他倒是有些吃惊。

"薄藤是一种发色的名字。"一旁的顾森莫名其妙地说了这样一句话。

"是，我妈妈喜欢那个颜色。"薄藤面无表情地答。

顾森也面无表情地说："正巧你爸姓薄。"

这一来二去的对话听得潘队浑身不舒服，这两人没结仇吧？这刚见面就有丝丝的火药味是怎么回事？

"呵呵，"潘队忙打圆场，严肃道，"先去小徐的解剖室吧。"

公安局的办公大楼已经漆黑一片了，可法医室和刑侦大队那边还是灯火通明。

"我还是第一次进解剖室呢。"陈子桑有些掩饰不住的兴奋，她只能轻声对顾森说。

顾森也只是对其兴奋的心情表示理解，并没有说什么附和的话，反倒是格外注意走在前面的薄藤。薄藤好像用余光一直在打量着他们，或者说是打量着陈子桑。

四个人一起到了解剖室，正巧看见从解剖室出来、已经摘了口罩的法医小徐，她一边叹息着一边摘掉手上带血的手套。

"女法医？"在看见小徐的真面目之后，陈子桑惊讶了下，轻轻地感叹了一句。

听到有人说话，法医小徐抬起了头，一双清澈明亮的眼睛，面容清秀，怎么看都不像是手执解剖刀同死人打交道的法医。

"薄藤？"小徐脸上流露出惊喜。

潘清主动上前一步，向顾森和陈子桑介绍道："法医徐凌双。"而后又对徐凌双说，"顾森和陈子桑，我的学弟学妹。"

徐凌双微笑地看向眼前这两个气质长相都非常出众的小年轻，问了句："现在警校学生已经开始实习了吗？"

"说来话长。"潘队随口糊弄了一句，又问，"怎么样了？尸体上有什么发现吗？"

徐凌双只是挑了下眉，并没有直接回答，而后示意大家往外面的办公室走。随后，她又同薄藤说起了话："物证怎么样了？"

"只验了三分之一。"薄藤简单地回答。

跟在身后的陈子桑悄悄地靠近顾森，掩着嘴巴轻声说："徐法医好像对薄藤有意思。"

"看破不说破。"顾森瞄了眼前面的人，冷淡地回应了一句。

陈子桑顿时觉得无趣，这顾森怎么和许瑶说了一样的话，真是怪扫兴的。

出了解剖室上了二楼，往左手边拐了个弯就到了徐凌双的办公室。徐凌双用钥匙开了门，抬手打开电灯，房内一下子亮堂起来。请大家进来坐后，徐凌双则不管自己多疲惫都还是先替大家倒茶。

"我来帮你。"陈子桑都看在眼里，便上前主动接过了她手中的杯子。

灯光充足的办公室，徐凌双这才看清陈子桑的样貌，又惊艳了一番。随后，她缓缓抬头看向了顾森，在心里说，现在的学生真是不得了。

"顾森，你喝吗？"陈子桑给几位前辈倒完水之后，转头问道。

她这一问，潘清等人竟也纷纷将目光集中在了顾森身上。

顾森倒是镇定自若地看着陈子桑，淡淡说了句："不用了。"

于是，陈子桑给自己倒了杯水，捧在手心，慢慢走过去挨着顾森坐下。他们两个坐在沙发上，潘清则坐在了徐凌双的对面，薄藤很是规矩地坐在了单张的椅子上，离潘清不远。

　　"我现在只解剖了苏婉的尸体，就她身上便存在很多疑点。我本来想打电话给你，但既然你亲自来了，不如就去看看吧。"徐凌双双手交叠置于桌面，对潘清说道。

　　潘清喝了口水，脸色也不太好，只是略感奇怪地问了句："那刚才为什么不直接进解剖室啊，还来这里喝什么茶？"

　　徐凌双不好意思地看了下陈子桑和顾森，微微一笑，声音也有些疲惫："我可不想吓着这两个孩子。"

　　薄藤一直没开口，听到这里又看了眼陈子桑，发现她也正好看向自己，便煞有其事地收回了视线。

　　"这个你可以放心，他们两个可是纪教授的得意弟子，血淋淋的案发现场都去了，完全没有任何不适。"潘清说起来还颇感骄傲，大概是因为他们是自己的学弟学妹，格外有感情吧。

　　陈子桑慢慢地将一杯温水喝下，感觉到之前因为淋雨而有些发凉的身体现已舒服了不少，便将空杯子放在了前面的茶几上。

　　"徐法医，我有个问题。"这时，陈子桑开口。她眼睛亮亮的，表情认真，显得越发漂亮。

　　徐凌双转了下身子，面对着她，点头道："你说。"

　　"苏婉胃里有什么？"她问。

　　徐凌双皱了下眉，有些意外。就连薄藤也透过薄薄的镜片注视着坐在那儿嘴角带笑，却又无比认真的陈子桑。

　　而她身边的顾森倒是强行打断了薄藤的注视，拉着陈子桑起身，说："不如去解剖室验证。"

　　于是，解剖室的灯再次亮起。

　　徐凌双等人都站在解剖台前，望着年轻的苏婉静静地躺在那儿，却永远不会再醒来，便隐约觉得难受。

　　"怎么了？"听见身旁站着的陈子桑深深地叹了口气，顾森看着她轻声问了句。

　　陈子桑看着苏婉的脸，比起倒在血泊中时她的样子，陈子桑觉得现在的她才更为恐怖。

"只是想到她比我还年轻。"陈子桑叹息着，但并没有就此避开视线，牢牢地锁定在苏婉脸上。

那是一张年轻又清纯的脸蛋，最好的时光却全都凝固了。

"有时候习以为常是件坏事。"这时候，徐凌双开口说话，双手插进了白大褂的口袋里。她的目光柔和善意，对陈子桑说，"遇到这样的凶杀案，现在的我也只会平静地愤怒着。"

陈子桑听着前辈给的忠告，看清了她眼睛里流露的对苏婉的惋惜以及对藐视生命的凶手的愤怒。

她的平静源自她的正义。

"行了，聊点别的吧。"徐凌双见气氛有些凝重，转头说起了眼下这具尸体，面部的神情立马发生了变化。

"死因就是失血过多。喉咙处的伤口很深，一刀就割到了动脉。"徐凌双说的时候，伸手轻轻地触碰了下苏婉的脖子，那翻开的皮肉触目惊心，"伤口是从右往左割裂形成的，而且刀口是往下的。"

"从右往左？"潘清一听就觉得奇怪了，"那是怎么一个情况啊？凶手是左撇子？或者说凶手当时是正对着苏婉站着的？"

"这点我和子桑分析过，凶手和苏婉不是面对面站着的。如果是面对面，地上的血迹不会遗留得这么完整。"顾森说道。

陈子桑则是盯着苏婉，并没有吭声。

"她身上这些是防御伤吗？"顾森稍稍弯了下腰，盯着苏婉手臂上的青紫色痕迹问。

徐凌双点点头，表示这大概是死者和凶手正面冲突的时候所留下的。顾森目不转睛地盯着，似乎又生出了很多疑点。

"还有，苏婉有没有被强奸这事有点难以下结论。"徐凌双这时看了眼薄藤，接着说，"苏婉有过很多次性行为。"

潘清倒是并不觉得奇怪，社会进步很快，女孩子也越来越早熟。但有一点值得肯定，至少嫌疑人可以找起来了。

"还有你说的胃里的东西，有没被消化完的晚饭，还有一些零食。按照消化程度来看，零食是饭后吃的。"徐凌双把化验的单子递给了陈子桑，"根据残留的成分，零食应该是一些饼干之类的东西。"

饼干？陈子桑听后马上伸手到包里将密封好的、在苏婉床底下发现的碎屑交给了徐凌双，问："你看看，是不是同一款饼干？"

薄藤见状，伸手接过了他们并没有发现的物证，面无表情地说："这个交给我。"

说完，他转身要走。陈子桑一把扯住了他的袖子，目光清澈执着："能把苏婉的日记给我吗？"

"我已经交给潘队了，你问他要。"薄藤冷冷地说着，然后视线下移，停在了陈子桑抓着他衣袖的手上。

手指纤细、漂亮，就和她的脸一样，都让人过目难忘。

"噢。"陈子桑听到答案，立马就松开了他，似乎对他也没什么好感，很快就拉开了距离。

徐凌双见薄藤转身就走，也是见怪不怪。他从来都对尸体不感兴趣，他感兴趣的只是科学能解释的东西。

"等会儿我给你拿日记本，前面那几页写得挺正常的。后面的内容就有些奇怪了。"潘清摸了摸下巴说，"对了，凌双还有什么其他的发现吗？"

"我刚刚和你们说的都是疑点，我对苏婉的尸检才刚开始，很多都只是从表面上得出的结论。"结果，徐凌双抛出来这么一句话，她俯身将苏婉的一只手臂抬起来说，"看这痕迹应该是凶手抓着她的时候留下的，可这个痕迹上有个很奇怪的印迹。"

顾森其实已经注意到了，他也觉得有些不可思议，所以他并没有一开始就提出。

徐凌双走上台阶，站在解剖室外的房间里，顺势靠在了桌子上。那里放着现场拍回来的死者照片。

陈子桑等人也一起走上台阶，纷纷盯着那照片看，几乎在同一时间里，他们都看到了诡异的地方。

"所以苏婉身上那个奇怪的痕迹其实是戒指留下的？"潘清拿着其中一张被害者的照片反问，然后把照片反过来对着徐凌双，目光惊诧，"还是她爸爸手上的戒指。"

陈子桑敛起双眸，将视线从照片上收回来，看向徐凌双，问："你确认过了是吗？"

"是。"徐凌双点头，神情是不言而喻，"我把苏婉爸爸的手放到苏婉有抓痕的位置，完全吻合。"

顾森伸手拿过潘清手上的死者照片，然后又拿起苏婉和苏婉妈妈的照片仔细对比了下，然后说："苏婉身上除了抓痕没有其他防御伤了。可她的父母身上却有很多被利器划伤的痕迹。"

潘清也皱着眉头在思索这两者间的联系，顺便看了眼身旁神色比自己还凝重的陈子桑和顾森，他又提了一句："你们的目击证人有什么情况吗？"

"这个等会儿说。"顾森轻描淡写地回了一句，转而看向陈子桑问，"周末有时间吗？"

"知道了。"陈子桑直接回答了这么一句。

潘清有些搞不懂年轻人的思维，似笑非笑地问："你们周末要去干什么？"

"去苏婉的学校。"顾森答。

潘清先是愣了一下，随后立马制止："不行，不行。"

"可是我们的身份和长相完全适合去执行这个任务。"陈子桑自然是站在顾森这一边，态度明确。

徐凌双站在一旁看热闹，并不想掺和，毕竟她自己手头上还有这么多具尸体需要检验。

潘队一脸为难的样子，瞅瞅顾森又瞅瞅陈子桑，犹豫不定。

"他答应了。"末了，陈子桑笃定地对顾森说。

潘队这才惊觉，自己的想法好像写在了脸上，慌忙捂脸对陈子桑说："你这样就过分了啊！别仗着自己厉害，随便读心啊！"

于是，顾森和陈子桑马上立正朝潘清敬了个礼："保证完成任务！"

徐凌双最后也凑过去轻声对潘清说："越来越没用了，连两个孩子都搞不定。"

潘清哭笑不得，也不确定自己这种放任能给他带来多少惊喜或者是惊吓，但他唯一能肯定的是，如果这两个学生受到了什么伤害，纪教授是绝对不会放过他的。

这么一想，潘清又觉得还是暗地里保护他们比较好。

警校生活很是单一，在吃早饭之前需要出操，出操内容是队列还是跑三公里全看当天何队的心情。他要是心情不好，空腹先跑个几公里，完了你就累得饭也吃不下了。

何队的好心情就像女生的大姨妈，一个月一次。

"子桑，我先回去洗澡，其他人先搞内务。然后你就先替咱们把早饭打包了，行不？"许瑶把腰带和作训帽拿在手里，上气不接下气地说，"给我带个糯米团，加香肠，不要肉松。其他人照旧。"

陈子桑揉了揉被压瘪的头发，有些嫌弃："你又要带到教室去吃啊。这万一被院督查到，又得扣分了。"

随后上来的程醉一把钩住陈子桑的脖子，阴阳怪气地笑说："这哪能啊？今天站岗的院督是你家顾森，他要是敢逮我们，你就可以和他分手了。"

陈子桑撇撇嘴后站直，与这几个爱开玩笑的室友拉开距离，一本正经道："我就这么说吧，你们要是惹我不高兴呢，我就把糯米团先放到地上滚一滚，接地气之后呢，我再放到卫生间汲取精华，最后你们再心怀感激地吃下去。"

这时候，一直没吭声的宿舍长胡晓萍碎碎念了一句："这倒霉的糯米团应该没有我的份吧。我可是什么话都没有说。"

陈子桑一把拉过胡晓萍，笑呵呵道："当然，我们可亲可爱的宿舍长自然是和我一起去做这件事情啦。"说完，转身就往二食堂走去。

程醉急忙抓住陈子桑，正色道："大姐，我错了，真的错了。"

"那你想要什么糯米团？"陈子桑问。

程醉一脸被赦免后的晴朗："请给我一个正常的糯米团就好。"

"我也是。"许瑶也急忙附和。

陈子桑这才心满意足地去二食堂给她们带糯米团。留在北四公寓楼下的许瑶和程醉互相看了眼，忙跑回楼上去。宿舍在五楼，谁爬楼梯的速度快就决定谁能第一个进浴室洗澡。

警校生每天都需要整理内务，整理内务的工作也分配得相当人性：一号床负责倒垃圾，倒各种垃圾；二号床负责扫地、拖地；三号床负责擦玻璃、擦桌面、擦门，各种擦；四号床就负责打扫卫生间。

每次，四号床的程醉刚打扫完卫生间，二号床的许瑶就进去拉了泡屎。然后程醉就会扯着嗓子斥责许瑶，人家是一日三餐，她是一天拉四次！许瑶也不是吃素的啊，面不改色地回应，她可和会便秘的程醉不一样，随时随地，想拉就拉。

"拉你妹！你是狗啊，随时随地，不准随地大小便，你懂不懂啊！"最后，程醉只好爆了粗口。

二食堂，排队买糯米团的同学很多，陈子桑和胡晓萍就只能干等着。

"你最近都和顾森忙什么呢，没课就往外面跑。"大概是觉得无聊，胡晓萍抛出了这样一个话题。

听到声音的同学都被顾森这个名字给吸引了，纷纷回头看着她们，随后却又若无其事地扭头，装作不在意。可陈子桑知道，同学们的眼睛是不看了，可耳朵竖得高高的。

"没忙什么，就瞎逛。"陈子桑干笑着想要终止这个话题，但发现周围隐隐聚拢过来八卦的气息越来越浓。她突然觉得"瞎逛"这个词用得相当离谱。

胡晓萍瞪大双眼，吃惊地回望着她，反问："顾森居然和你去逛街了？那你们买了什么？我怎么想象不出来你们逛街的样子？你们逛街是什么样啊？聊什么呢？"

她连珠炮似的提出了一连串的问题，陈子桑都来不及捂上她的嘴。但陈子桑也没敢四周张望，现在只感到身上火辣辣的——是好奇心极重的同学投来的目光。

"和正常人一样。"

陈子桑摇摇头，拿出饭卡。胡晓萍满肚子的疑问没有得到解答，这会儿也只能闷在里头。

"那你周末有时间吗？许瑶说我们宿舍要来个聚餐，因为六街区那边开了家新美食店。"末了，胡晓萍又想起一事，就随口说了出来。

陈子桑有点哭笑不得，但无奈周末已经和顾森约好去苏婉的学校或者同学家里收集信息。宿舍里的聚餐她之前一餐都没有落下，明确说出理由恐怕会被打。

"你们去吃吧，我没时间。"陈子桑脑中百转千回了无数个谎言，却始终无法说出口。陈子桑厉害的地方在于能看穿别人的真假，而与此同时她也无法说谎。

胡晓萍一边和卖糯米团的大妈说着要加哪些配菜，一边惊讶地瞅着陈子桑，很容易就从她脸上看到了为难。

"我隐约猜到你的周末给了谁。"胡晓萍忽然轻轻一笑。

陈子桑也是没辙，但语气里还是流露出一种"你最好闭嘴"的意味："许瑶对我说'看破不说破'，宿舍长你也一样。"

胡晓萍讪笑下说："反正你回宿舍还是要老实交代的。"

唉，女人啊。陈子桑无可奈何地感叹，这每天聊她和顾森的八卦不会觉得腻烦吗？

可问题是，她和顾森真的只是很纯洁的革命友谊的关系。

嗯，至少目前是。

回到宿舍后，因为忙着排队洗澡、整理内务，那被子还要叠成豆腐块，消耗了不知道多少时间……于是，关于周末聚餐的事情，大家只字未提。

早上七点四十，他们在一食堂门口排队集合。在各自区队长的提醒下，每个人排在队伍中仔细检查自己的衣着。因为是警校，每个区队的服装都要求统一，并且对穿着有着相当严格的要求。

这天早上，因为陈子桑他们区队有活动，于是统一穿了春秋常服，也就是正装。

区队长在前面提醒他们别忘了常服的每颗扣子都要扣好，免得到时候过番号区时被冷面的院督给拦下，大笔一挥就扣了三四分。

每个区队结束汇报后，区队长就喊着"一二一"带着各自区队以整齐的队列方式往教学楼走去。

说实话，每次过院督，走到番号区都是每个人的噩梦。只要听到两边笔直站立着的院督底气十足地喊了一声"踏步"，任谁都能吓到出冷汗，然后不断在心里上演各种被抓的戏码。

结果，怕什么来什么。当陈子桑他们过番号区时，院督而且还是顾森顾院督，面无表情，声音冰冷地喊了声"踏步"。

"你，出列。"

此时的陈子桑丝毫没把院督喊"踏步"的原因往自己身上想，眼睛也一直看着前方。顾森这低沉的嗓音在她耳边响起时，她这才有些发蒙地扭头，用不可思议的目光扫向顾森，意思是"我吗"？

顾森并没有回应她的质疑，只是等着她出列。

无奈之下，陈子桑只好跨出了队伍，而自己的区队就这样先她一步去了教室。

"正装左侧口袋的扣子没扣好。"顾森冷冷地说着，抬手就拿出了违纪单。

陈子桑像是在做梦——她怎么会没扣扣子？明明来教室之前，区队长还提醒了！

"签字。"等陈子桑恍恍惚惚地把扣子扣好之后，顾森将违纪单递到了她的眼前。

陈子桑简直不敢相信自己的耳朵！她惊讶得微张了下嘴巴，眼前这个顾森可是跟她传绯闻的顾森啊，居然这么不给面子！

这绯闻白传了！

但为了不扣分，陈子桑忍了，稍稍抬眼，难为情地悄声叫了句："顾森……"

"签字。"

哼，果然是六亲不认、狼心狗肺、大义灭亲。陈子桑想。

于是，她接过顾森递过来的笔，气愤地把自己的名字写在了偌大的违纪单上，她的名字占据了三张违纪单的位置。

签完，她啪地把笔拍在了成沓的违纪单上。

看着那潇洒的字体，顾森在心里苦笑，但脸上仍旧云淡风轻。目送陈子桑跟着下个区队离开的背影，他突然有点后悔了。

等到陈子桑找到自己区队所要上专业课的教室时，全区队的同学都在用好奇和惊讶的眼神锁定她。

那种眼神，让陈子桑恨不得掉头去撞墙。

"姐妹，可以分手了。"刚找到位置坐下的陈子桑就被后座的许瑶好心提醒。

程醉也是一脸不解，和许瑶边小心翼翼地吃着糯米团，边打听道："顾森扣你分了吗？"

陈子桑一脸的了无生趣，态度消极："我真是看错他了，他居然让我签字！我们之间已经没有爱了，一丁点同学的感情都没有了！"

"那他真的是过分。"最后，胡晓萍总结了一句。

许瑶和程醉听到这话当即就觉得陈子桑会麥毛，哪知陈子桑一本正经地点点头说："对，他就是嫉恨这世界上比他聪明、漂亮的人！连一颗可怜的扣子都不放过！禽兽！"

星期五早上的课，陈子桑都在闷闷不乐以及极度愤怒中度过。

"你拿着手机已经发呆一节课了。等谁的短信？"上课时，顾森的临时同桌张华林悄声问道。

因为身高的优势，顾森总坐最后一排靠角落的位置，但其实并没有什么用，老师的目光还是能精准地落在他的身上。

只见他收起手机，悠悠地说了句："在思考要怎么道歉。"

"道歉？"张华林很是诧异，但诧异的同时竟没有深究原因地替顾森想起了主意，"对不起。我错了。请原谅。"

顾森瞟了他一眼，不作声。

"实在不行就跪下。"

"你跪过吗？"顾森问。

张华林摇摇头，认真道："我爸给我妈跪过。"

"你爸是条汉子。"顾森笑了下，然后在书本空白的页面写上了几个字——这是不可能的。

顾森上完一节课后，就先到了纪教授办公室整理之前还未整理完的研究数据。

纪教授见来的只有顾森一人，便追问了句："子桑呢？"

"在骂槐。"顾森头也不抬，不假思索地来了一句。

好一个"子桑"骂槐啊。纪教授坐在位置上，看着顾森顶着一张黑脸，冷不丁地轻笑道："是在骂你吧。"

顾森不说话，但翻页的动作一顿，整个人明显不耐烦甚至焦躁了起来。那声响让纪教授听了都有些尴尬，只好当作刚刚什么都没有发生。

每个系每个专业每个区队的课程都不太一样，排课时间也有差别，但在陈子桑心气不顺的今天，她还碰巧和顾森同一时间走进了食堂，两个人在食堂门口就撞了个正着。

当时的场面用许瑶的话来说就是"火花四射"。

陈子桑听到这话也没有回呛许瑶，而是翻了一个白眼后从顾森身边掠过，完全无视他。

见到此情此景，张华林买好饭菜之后战战兢兢地端到和顾森同一桌的位置上，开口之前他在脑子里组织了半天语言，结果吐出一句："陈子桑好像在生你气，你们吵架了？"

顾森将目光收回，暂不管不远处陈子桑的动向，平静地回了句："没有。"

张华林突然觉得自己有义务让他们两个和好，于是又说："所以你早上想要道歉的对象是她？那就赶紧去哄哄她啊，女人嘛，说几句好话就没事了。"

顾森抬头又看向距离自己三张桌子远的陈子桑，停顿几秒钟后，对张华林说："不是发自内心的讨好，被她一眼看破，我的日子会比现在难过一百倍。"

"苦了你了，兄弟。"最后，张华林只能叹了口气。毕竟他也是听说过陈子桑的厉害之处，这学校里能与她抗衡的可能也只有顾森了。

食堂人声嘈杂，有人的眼神却是穿越这嘈杂静静地停留在某个俏丽的身影上，没有言语，不去靠近。

"你们打算什么时候和好啊？"吃饭时，许瑶一口一个梅干菜蒸饺，含混不清地问。

陈子桑吃着豆腐汤年糕，烫到了舌尖，忙吐了吐舌头，装作没听见许瑶在说什么。

程醉用手肘碰了碰许瑶，悄声说道："床头吵架床尾和，这有什么好问的。隔天就好得和没事一样。"

许瑶随即非常认同地点点头。

"顾森也没错啊……"一旁认认真真吃着清汤挂面的胡晓萍悠悠地飘出来这么一句话。

此话一出，许瑶和程醉拼命地给胡晓萍使眼色，眼神的意思是

"蠢货，别哪壶不开提哪壶，你眼瞎啊"。

结果，陈子桑还真的就放下筷子，两眼犀利却又不言语半句，就这样盯得宿舍长感觉全身发毛。

"我……我是说他作为院督是有这个职责的！但是，他扣你分就是他的不对了！我们子桑，一个如花似玉、美得不可方物的姑娘，违纪单哪能说签就签呢，你说是不是？太不人道了！"胡晓萍一口气说完这些，本能地吞了下口水。

对面坐着的许瑶和程醉暗暗地给她竖了个大拇指。

"说得太对了！"哪知，陈子桑还信了。她兴奋地拍了下胡晓萍的肩膀，十分爷们儿地说，"就冲你这个态度，你这顿桑爷我请了！"

胡晓萍干咳了声说："我付过钱了。"

"噢，那就算了。"

"……"就知道陈子桑这家伙不会拿出诚意的，都是套路。胡晓萍口干舌燥地喝了口清汤。

由于今天是星期五，所有人都必须参加下午的降旗仪式，是不允许迟到和早退的。

国旗星期一升起，星期五降下。这期间的每一刻似乎都在提醒每一个警校生心中所要坚持的信念——

追寻真相，直到水落石出。

/
第三章
红色笑容
/

难得的周末，全宿舍都在昏睡中，只有陈子桑蹑手蹑脚地整理好自己，一大早就出门了。

"去哪儿？"

陈子桑刚蹦跶到楼下，拐个弯差点没被躲在那里的顾森给吓死。

她后退了半步，捂着胸口质问："你干吗？"

顾森穿着一件牛仔外套，慵懒地靠在墙上。他打量着陈子桑，站直身子，走向她。

"你离我远点，星期五扣分的事情和你没完呢。"陈子桑抬手人为地隔开距离。

顾森一把拉下她的手，在她手心放了一个热腾腾的糯米团，说："你先吃了。算账的事来日方长。"

陈子桑有点蒙，这算什么？

"就一个糯米团啊？"她不能这么轻易被收买，不能！

顾森另一只手里还有一杯豆浆，他示意给陈子桑看了之后，不急不缓地解释："需要喝的时候，我再递给你。"

没办法了，心脏受到一万点暴击。陈子桑觉得自己根本不是顾森的对手，最重要的是她已经没出息地原谅他了。

唉，善变的女人啊。

于是，两个人就这样迎着清晨的阳光走出了校门。

半路上，顾森装作突然想起，好似只是随口问了一句："你这么早出来是为了避开我吗？"

"那你这么早出来等我，是怕我避开你先去查案吗？"陈子桑反问一句。

顾森看了她一眼："算是吧。"

"那我也是。"

听到这样敷衍的回答，顾森稍显无奈，但没有继续追问，只是庆幸陈子桑并没有拒绝他买的早饭。

"对了，我有看苏婉的日记。潘队说的后面内容有些奇怪，这个奇怪包括两个方面：一是日记本上苏婉的字体到了后半部分开始变样了；二是内容以'她'也就是第三人称来叙述。"

出了校门，两人到对面等公交车。陈子桑便在站牌下同顾森说起了苏婉日记本上的事情。

"要么是伪造的，要么就是有两个人在写。"顾森很快就得出了结论。

陈子桑不解，毕竟短时间内改变字体不是件容易的事。每个人写字都有着特定的习惯和笔画，这不是说改就能改的，因为很多习惯是无意识的，就连本人都不会意识到。

"伪造日记的目的是什么呢？日记里有提到苏婉自己被强奸的事情，但她写得相当含蓄。全程只出现了一个'他'字，之后一律用'魔鬼'来代替。而且，苏婉还写了一句'妈妈在魔鬼身边笑，她并不爱我'。"

顾森轻轻皱了下眉头，很快又恢复平常。这时，公交车缓缓驶过来，停在他们跟前。

上车时，顾森稍稍扶了下陈子桑的腰，并没有触碰到，只是确保她不会被前面的人挤下来。

两个人找了车子最后座的位置，陈子桑靠着窗。清晨的微风很凉爽，案件的阴霾暂时被一吹而散。

"也就是说强奸她的男人是她母亲所熟识的对象。"顾森又接上了那个话题。

陈子桑回过头，犹豫道："强奸这事我们暂且不讨论。徐法医说苏婉不止发生一次性行为……"

"你怀疑苏婉的日记内容不全是真的。"顾森有时候也有着陈子桑的能力，总能轻而易举地读懂陈子桑的想法。

"人无论在何时何种情况下，都会掩饰一部分真实的自己。包括在写日记的时候，强奸的字眼一个都没有出现。苏婉用了'不再欢乐、纯洁的自己'等形容词来替代自己失去贞洁的事实。这世上没有藏得住的秘密，人在写日记的时候也总是会担心日记内容被泄露。因此，日记的内容大部分也会被作者修饰。"

"但修饰之下藏着真相。"

顾森的声音很有磁性，即便在什么都还未被证实之前，只要他说了，无论说什么，都好像值得相信。不知道这是一种盲目，还是其他什么无法形容的东西。

陈子桑点点头，看向窗外。刚刚的糯米团很好吃，里面加的都是她爱吃的配菜。正想着，听见耳边响起手机相机摁快门的声音。

"干吗？"陈子桑回头，狐疑地盯着顾森。

顾森看着手机露出一个满意的微笑："没事。"

"你偷拍我？"

"只是在调焦距。"

"……你骗鬼啊！"

于是，陈子桑张牙舞爪地想要夺过顾森的手机，奈何顾森脚长手长，一般人根本不是他的对手。三番五次下来，陈子桑只好作罢，再加上，公交车上的人越来越多。

等到了苏婉的学校，他们已经换乘了一辆公交车、一趟地铁，耗时一个半小时。

"苏婉的学校看起来似乎是贵族学校。"站在校门口，陈子桑感叹了一句。

顾森倒是不觉得奇怪，早在勘查现场的时候，他就很清楚苏家的财力。

"我们进得去吗？"

到了这儿，陈子桑开始担心眼前的实际问题。

可身边的顾森完全一副轻松模样，从怀里掏出一本证，对陈子桑说："没事，顾爷罩着你。"

"你……"陈子桑瞠目结舌，见顾森已经大跨步向前走，这才追上去，低声笑骂，"好啊，你连纪教授的警官证都敢偷！"

"注意措辞。是借，不是偷。"顾森纠正道。

于是，两个人就大摇大摆地往学校走去。学校的门卫叔叔自然是义正词严地拦住了他们。

"找谁？"他问。

顾森刚准备掏警官证，结果就被陈子桑强行打断，只见她上前一步，可怜兮兮地说："我们是高二（3）班的，忘记带作业回家了。"

"校牌呢？"嘀，门卫叔叔不好糊弄啊。

陈子桑沉着应对，腼腆地拉了拉顾森的衣袖说："我们要是把校牌拿出来，你不就不认识我们了嘛，我们……"

看着陈子桑那扭扭捏捏的模样，门卫叔叔瞬间明白了。他意味深长地笑了笑说："不要早恋，会耽误学习的。成绩下滑被爸妈知道，你们还不得挨批啊。"

"是是是，大叔你教训得是。我们这就把作业带回家，保证好好学习！"陈子桑忙拍打着胸脯打包票。

门卫叔叔乐呵呵地说："快进去吧。"

"谢谢。"道完谢，陈子桑拉着顾森就迫不及待地往里面跑。

这时候，另一个门卫大叔走过来，看着他们的背影说："你给他们钥匙了吗？不然他们怎么进去？"

"（3）班有人。"

"噢。"他点点头，后又困惑地问了句，"我们学校有长这么高的男学生吗？"

"可能太高了，我们之前只看到他的腿了。"

"……"

苏婉的学校，有三幢教学楼。她的教室也就是高二（3）班就在左侧教学楼的第三层。

顾森他们刚上到二楼，就见一个愁云满面、穿着淡蓝色衣服的女生从拐角处下来，同他们擦肩而过。

"哎呀，没有问门卫拿钥匙。"走到高二（3）班的教室门口，陈子桑才想起来还有钥匙这么回事。

但是她刚转身就被在教室窗户前驻足的顾森一把拉住，拖着她也来到窗户前，两个人都朝里看。

"那张桌子上有花。"顾森深邃的目光锁在了那张看起来尤为突兀的课桌上，"其他书桌上都摆着书，唯独那张桌子上没有。"

"那花还是新鲜的。"陈子桑站直，神情严峻，"是刚刚那个女同学！"

于是，两个人飞快地冲下楼去。在通往门卫室的路上，两人将那女同学给拦了下来。

"你们是谁？"女同学长得白净，面对陌生的两个人依旧保持着礼貌态度，站在原地打量着他们。

陈子桑微笑着解释："苏婉桌上的花是你放的，对吧？"

女同学还是和他们保持距离，即使听到和自己有关的问题。她警惕地打量着他们，漂亮的女生和英俊的男生，怎么看都不像是坏人。

"你们认识苏婉吗？"她问。

陈子桑点头。随后，顾森就扭头看了下校园外，便对女同学说："天气热，边喝奶茶边说。"

面对着帅气逼人的顾森，女同学挣扎了很久，最后妥协。于是，三个人就这样大摇大摆地走出了学校，门卫大叔依旧一脸的困惑。

周末，奶茶店里也正好有空余的座位。两个女生找了位置坐下后，顾森就过去点了两杯奶茶，自己则只是要了杯绿茶。

"苏婉她……"女同学试图开口，但似乎怎么也无法说出苏婉已经死了的事实。实际上，她根本不清楚苏婉发生了什么事，只是听同学和老师说苏婉一家都死了。

陈子桑安慰性地握了下她放在小圆桌上的手，并没有说什么。她只是鼓励这位女同学能多说一点自己知道的事。

"夏米粒。"回到陈子桑旁边位置上的顾森嘴里忽然吐出了一个名字，他是看着那位女同学说的。

女同学显然被惊讶到了，呆呆地问了句："你……你认识我？"

"准确地说，是昨晚十点四十分的时候认识的。我还知道你最近一次月考成绩跌到了班里三十名之后。根据月考时间，我有理由相信这期间你被某件事所困扰。而且，前段日子你放学回家的时间推迟了半个小时，刚好和苏婉回家的时间相吻合。也就是说，你和她在某段时间内同时推迟了回家的时间。我想听听你们在那半个小时里做了什么。"

顾森不急不缓地说完这一大段话，惊得对面的夏米粒同学更不敢说话了。她全身僵硬，眼神里流露出了害怕。

"别害怕。"陈子桑虽然也有些纳闷顾森什么时候做的功课，但她必须承认，顾森在很多方面都远远胜过她。比如，顾森从小就是个智商超群的天才；比如，他有过目不忘的本领；再比如，他能记住任何他见过一次的脸。这些能力和优势都让他成为同龄人中的佼佼者。

"他能从看过的资料中对比分析出这些问题，也能从一千张照片中认出你的脸，并且记住你的一切。所以，你回答他就好。"陈子桑对夏米粒说道。

夏米粒只是个高中生，哪见过这样厉害的人物。可她渐渐地不再害怕，反而从心底升起一股仰慕之情。

"好厉害。"她脸颊涨红，似是激动。

陈子桑轻笑着调侃："你不骂他变态，真是要谢天谢地了。"

听到这话，顾森瞥了眼陈子桑，不屑地冷哼了声。这时候，奶茶被端了过来，两杯奶茶并不一样——

一杯是布丁奶茶少冰，另一杯是红豆烤奶，温的。

"所以温的这杯是给我的？"陈子桑诧异，表示不能理解。今天外面的天气是能使人微微出汗的，喝温的不是辜负了这外面的温度？

哪知顾森悠悠地喝了口绿茶，面不改色地说了句："按照二十八天的周期循环，今天应该是你来大姨妈的日子。"

"顾森！"这回轮到陈子桑憋红了脸，真是烦透了！脑子好使，就非要把这种事也记住吗？

"你们是情侣吗？"夏米粒看着有点乐，不禁问了句题外话。

"不是。"结果，两个当事人异口同声且义正词严地否定了。于是这个题外话下一秒就终止了。

顾森目光锐利，并无感情看着夏米粒。想起他的同学张华林说的话，他好像只在看着陈子桑时眼神是温和的。对比其他人，他总是带着距离，而且是越拉越大的距离，甚是可怕。

可这点，他从没往心里去，因为他说不可能。

"其实，放学之后我并没有和苏婉在一起。我只是……只是跟踪她而已。"末了，夏米粒开口，指腹轻轻摩挲着杯沿。

陈子桑喝着温润可口的奶茶，听着这小女生说的话，又确认了一遍："你说你是在跟踪她？为什么？"

夏米粒面露难色，毕竟跟踪人这种事并不光彩，尤其是跟踪后所得到的结果让她匪夷所思。

"其实在两个月前，苏婉就变得有些奇怪。"

两个月前？

顾森微眯起双眼。

"不知道该怎么形容，就是性情大变。"夏米粒回忆起过去的点滴，仍旧是难以置信的口吻，"苏婉之前不是这样的。差不多就是两个月之前，她变得非常消极，还经常翘课，作业也常常忘记做，整个人很恍惚，放学也走了另一条并不是回家的路。"

"她去了哪里？"顾森问。这回换他来问问题，这样陈子桑就有时间观察夏米粒的表情，判定她话里的真假。

夏米粒眼神里充满了她对即将要给出的答案的迷惑，是的，她很费解，为什么苏婉会去那里？

"墓地。"她说。

这简单的两个字像是黑夜里的阴风，让她自己都打战，上下牙齿碰撞在一起，难以相信。

墓地。

陈子桑咀嚼着这个词，脸上没有显现什么表情，仍旧若无其事地看着夏米粒。

"那你还记得去墓地的路吗？"顾森说着站起了身，居高临下地看着夏米粒问。

夏米粒惊了下也站起了身，双手无措地交叠在一起。这时候，陈子桑也站了起来，微笑着问了句："不愿意？"是的，她看出了夏米粒的拒绝，那是一种并不想掺和任何麻烦事情中的拒绝。

"不去的话也可以。"顾森话语轻飘飘的，话锋一转，"上次的月考你有一门是作弊，被记了零分，这事你爸妈还不知道吧。"

"我带你们去，那个墓地很好找的。"夏米粒边说着边猛地转头，差点没撞到奶茶店的门框上。

陈子桑被夏米粒的大动作给吓了一跳，生怕这姑娘受了什么伤。随后，她拉住顾森，悄声问道："你这些资料都哪里来的？"

顾森故意倾斜了身体挨近她，继而冷漠又挑衅地回了句："不告诉你。"说完，径直跟上前面惊慌失措的夏米粒。

"讨厌鬼，不说拉倒！"陈子桑气呼呼地也跟了上去，但是心想这些资料八成是他从潘队那儿得来的。潘队这个人真是的，要什么就给什么，中队长的尊严呢？真是……

三个人拦了辆出租车，顾森坐在了副驾驶的位置上，陈子桑和夏米粒就坐在后座上。

车子行驶了二十分钟后，三个人来到了郊外的墓地。顾森和陈子桑先下了车，可一回头车上的夏米粒立即将车门给关上了。夏米粒只是摇下车窗喊了句："我只知道苏婉到了这里，我并不知道她去祭拜谁了。也不知道到底是第三排还是第四排墓碑。那个太晚了，我就先回家了，还要做作业！"

然后，这个颇有手段的姑娘就这么头也不回地走了。

"明明就知道是第几排，现在的小女生真是不靠谱啊。"陈子桑望着尘嚣而去的车子的尾气摇头轻叹气。

顾森低头看了她一眼，轻描淡写地说了句："并不是所有女生都和你一样，喜欢这些重口味的东西。"

陈子桑听罢只是浅浅地笑了下，而后抬头对顾森说："我并不喜欢，只是……没办法。"

那笑容里有无法言说的苦涩，顾森看在眼里，竟情不自禁地抬手想要轻抚她的脸颊，以安慰她的难过。

可他的手停在了半空中，陈子桑不明其意，与他对视。

顾森这才惊醒，顺势就朝着她的额头弹了下脑瓜崩。

"走吧。"弹得陈子桑脑门一阵发红后，他自己倒是像什么事都没发生过一样，埋头就往里走。

陈子桑"嘶"了声，揉了揉自己的额头，追着赶上去，喊道："你给我站住！你有种把腰弯下来！看我不弹死你！"

这是一个小村子里的集中墓地，面积不大，但说实话一进这地方就感觉凉飕飕的。那一排排的松树虽然是绿色的，但死气沉沉，好像都被休憩在这里的灵魂所缠绕。

顾森和陈子桑两个人站在墓地路口，放眼望去只觉得找到苏婉祭拜的对象简直是不可能的事。

"我看过有关于苏家的资料，两个月内他们家并没有什么亲人、朋友离世。所以，苏婉来到这墓地所祭拜的对象对她身边的人而言是个陌生人一般的存在。"顾森现在的脑子里全部都是空间立体画像，那些他看过的纸张完全复原呈现在他眼前。

他说："对其他人可能是陌生人，但对苏婉来说可能并不是。"

陈子桑认同顾森的说法，毕竟不会有人无缘无故在不是清明节的日子里常常来祭拜，不然只能说明两人关系匪浅。

"夏米粒虽然没有在说谎，但她的确有事瞒着我们。"陈子桑说完这句，停顿了一下后又说，"她一定知道苏婉在祭拜谁。可问题是她当时看见了什么，以至于不敢带我们进来。"

话说着，两个人已经走下了阶梯，一步一步朝着第一排刻着不同人名的墓碑走去。

"你能记下这里所有人的名字对吧？"忽然，陈子桑又计上心头，带着意味深长的笑望向一本正经的顾森。

顾森斜睨她一眼，以否定的语气说道："你别妄想我会让你站一边休息。"

"你全部记下来能省我们很多时间，我们回去一个个调查就好了。我……"陈子桑还想说什么，虽然她也觉得自己好像在找借口想早点离开这地方，但并非是她真的想离开。

顾森听着她的碎碎念，随即上前只是轻声问了句："肚子开始痛了吗？"

奸吧。陈子桑妥协了，反正在顾森面前她也瞒不了什么，只好脸不红心不跳地同他对视道："嗯。"

陈子桑在来大姨妈之前都会感觉到肚子痛，这事顾森知道。

两个人才走没几步，天空竟然渐渐阴沉了下来。大太阳不知道什么时候躲在厚重的乌云后，骤然刮起的风让顾森和陈子桑都深感不安。

"看样子要下雨了。"风吹乱了头发，陈子桑胡乱地拨弄了几下，提醒顾森先离开再说。

顾森倒不是因为要下雨了才决定先离开，而是陈子桑越来越不好的脸色让他有些担心。

"这个地方打车也不方便，我们还是先找个地方，边避雨边等车吧。"陈子桑说。

忽然，她看见了脚下一片被风吹过来的花瓣，那是因为失去水分而枯萎的花瓣。

"顾森，你看。"陈子桑震惊，弯下腰拾起那花瓣还有随之而至的枝叶，不可思议地望着顾森。

"是夏米粒放在苏婉桌子上的花。"顾森也一眼就看出了端倪。

"这荒郊野外的，怎么会有这样的花？一定是有人来祭拜的时候放在墓碑前的。"陈子桑说着就转身要去找线索，她知道这刮风下雨的很有可能把这缥缈的线索毁于一旦。

顾森见陈子桑一下子又无视自己身体不舒服的事实一头扎进案子里，只能脱下外套，跨步上前将衣服盖在了她的头上。

"动作要快点。"顾森交代了一句，"第三、第四排是重点。"虽然答案明显，但为了以防万一两个人还是兵分两路查看墓碑前摆放的祭品。

雨已经淅淅沥沥地飘了下来，额前的头发很快就被蒙上了细细的一层雨水。两个人才第一次搭档查案，就碰上两次下雨，看样子这案子不是那么容易解决啊。

每一排墓碑前的空地上都有侧翻在地的破碗、鞭炮碎屑，陈年旧事一般横在路边，赤裸裸的，让人看见了寂寞与不可再见的事实。

陈子桑脚踩在这些碎屑上，因为雨打湿了这些干燥的碎屑，走了几步竟粘在了鞋底上。这时候她也顾不上蹭掉它们，只是抓紧时间在看哪块墓碑前有着这样的花。

"找到了。"

陈子桑才走到倒数第三排，就听见顾森的声音穿过越来越大的雨声进入到她的耳朵里。

她一步一步走向顾森的所在地，从背后望去顾森整个背都已经湿透，隐隐约约地看见他挺拔的背部线条，全身的肌肉似乎都在紧绷着。

他好像每时每刻都过得很轻松，又似乎没有一分一秒地放松过。陈子桑恍惚，她认识他多久了，怎么从没有深入了解过这个男生？

顾森，是一个既不懂开心是什么，却又能随时体谅她心情的人。他虽然无时无刻不在和她抬杠，从不怜香惜玉，但关键时刻他却总能先替她考虑。

陈子桑微微地摇头，晃掉这些烦乱的思绪，朝着顾森一步一步地走去。

"两个月前死的。"待陈子桑走到身旁，顾森开口说道。话音刚落，雨水就顺着他的脸颊滑落。

陈子桑将盖在自己头上的外套举高，试图越过顾森的脑袋。

但不出意外，失败了。

"怎么？"顾森看着陈子桑费力的样子，觉得有些好笑，但与此同时也明白了她的用意，他也不多话只是顺势接过外套挡住了两个人的脑袋，"这种事说一声就好，不要勉强自己。"

陈子桑听出他在调侃自己，便也不客气地回击："你妈喂你吃了什么长这么高？"

"喂奶。"

"没得聊。"陈子桑摇头放弃，看向墓碑上刻的字，皱皱眉头抬头问顾森，"你脑子里有'周满满'这个人的资料吗？"

顾森摇头。

"回去查查他的死因是什么，和苏婉是什么关系。两个月前到底发生了什么事？还有这些干枯的花……"

陈子桑想着这些问题时，腹部痛得更加厉害了。她倒吸了一口凉气，又试着调整自己的呼吸，以减轻疼痛感。

"回去吧。"顾森看了她一眼，将外套放下重新盖在她的头上，然后扶着她的肩膀，两个人往外面走去。

雨天，这地方果然连一辆出租车都没有。

"我们还是要再找一下那个夏米粒。"陈子桑倚靠在墓地外的一座凉亭的柱子上。她想坐下，但凉亭里的座位也被雨全部打湿了。

陈子桑的难受，顾森看在眼里，但这雨丝毫没有要停下来的意思。他拿出手机，毫不犹豫地就拨通了一个电话。

半小时后，潘队居然来了，而且还是开着警车来的。

"你们两个怎么每次都玩湿身呢？"潘清在接到这俩孩子之后，忍不住开起了玩笑。

回去的路上，雨居然越下越大，天色也变得暗暗的。

顾森看着歪着头靠在车窗上一言不发休息着的陈子桑，随口就催了句："能开快点吗？"

"下雨天，这是安全的车速。"潘清一时还不明白顾森的用意，只是关心起了案子，便问，"你们发现什么了，还查到墓地里来了？"

雨刮器的声音很聒噪，身边的陈子桑又是一脸沉重的模样，那拧着眉头一声不吭的样子实在是让人提不起兴致谈案件。

"苏婉生前经常来祭拜这里的某个'人'。据她同学说，苏婉在两个月前性情大变，行为诡异。我和陈子桑怀疑，苏婉家遭遇的事情和这个人有关。"顾森还是说了，"周满满死于两个月前，潘队你回去查查这个人的信息。查到的时候告诉我一声，我需要亲眼看那些资料。"

才一天工夫，这两个人就查到了这么重要的一条线索。潘队仍旧觉得神奇，好奇地问道："陈子桑是人肉测谎仪，那你呢？我还没见识过你的厉害呢。"

顾森对别人给予的标签很不以为意，他觉得这些天赋本身就是一种不公平的存在。既然如此，并不需要特别说明。如能将天赋发挥到正途上，对他本人来说也是件幸运的事。

这时候，陈子桑轻声说了一句："我们教授称他是'人体扫描仪'。只要是他见过的，哪怕是街上擦肩而过的陌生人，他都能记得，甚至记得对方的穿着打扮。"

"厉害。"潘队有点心颤，想着幸亏毕业得早，没有和这些可怕的人成为同一届。

顾森目光深邃，定定地看着陈子桑。

停顿了一会儿后，他听见陈子桑用更轻的声音说道："能记住所有的事并不都是好事啊。"

他扯了下嘴角，似乎对陈子桑又有了新的认识。

能记住所有好事坏事的他与能看穿所有谎言和伪装的她，在其他人眼里都是特别的存在。

可陈子桑对于顾森的意义，那并不是三言两语能说清楚的。有时候，就连顾森他自己都犹豫不决。

可或许是，他们两个人的噩梦都是一样的吧。

下午陈子桑回到宿舍，结果宿舍里的人还真的跑出去撒欢了，一个人都不在。陈子桑艰难地一个人洗完澡、洗完衣服、吹干头发，累到两眼发黑，然后就血崩了。

这次，真的是疼得她全身虚脱，她就跟尸体一样直挺挺地躺在床上，辗转一下都疼得要人命。

她想，算了，省点力气。

半个小时后，手机响了起来。陈子桑从被窝里伸出手，那双手都变得苍白无力，她拿起枕边的手机，然而手机啪地就掉下来砸到了脸。

"顾森，什么事？"她是闭着眼睛说话的，"没事我要挂电话装尸体了。我不想浪费一丁点力气。"

顾森在打这通电话的时候，女生北四公寓的宿管阿姨就一直盯着他看，把他看得浑身都起了鸡皮疙瘩。

"你怎么样？"他问，同时又瞟了眼依旧打量着他的宿管阿姨。

陈子桑直接回了句："我快死了。"

"好的。"顾森就这样把电话挂了，然后以最快的速度上了楼。宿管阿姨虽然狐疑好奇，但是顾森这人全校谁人不识谁人不知啊！

长得是挺帅的，果然传闻是真的，这小子和501那女生在交往。宿管阿姨得意地一笑，她也有八卦和别人分享了。

"谁啊？自己开门。"听到外面有人敲门，陈子桑以为是室友回来了，完全没有下床开门的意思。

"我。"

结果，她仿佛听见了顾森的声音。她歪着头想了想这事绝不可能发生，于是忍着性子嗤之以鼻道："你们就算伪装成顾森的声音，我也不会下来开门的，自己去隔壁翻墙进来。"

顾森在门外，敲门的手僵硬地停在半空中。这个陈子桑来大姨妈的时候会影响听觉是不是？

宿舍楼道里来来往往的女生对顾森的出现感到震惊的同时也掩着笑，她们走走停停对他侧目而视，后又互相推搡着消失在楼道里。

然而，顾森很快就听见了女生们很大声的交谈声。

"刚刚那个是顾森吧！天哪，近看更帅了！"

"他怎么会来女生宿舍？果然是……"

"肯定是来找陈子桑的！"

顾森装作没听见，他这才知道女生间的悄悄话原来可以这么大声。于是，他又只好再次拨通了陈子桑的电话。

"又干吗？"陈子桑不耐烦地接起电话。

"开门。"对方也是不耐烦。

陈子桑在床上挣扎了三秒后，果断起身了。她艰难地来到门边，开了门，正对她的果然是——

"顾森！"陈子桑怔忡，探头环顾四周，惊讶地问，"你一个人？来干吗？这是女生宿舍。"

顾森看清了她脸色苍白，身上穿着滑稽的居家服，无奈地摇头上前把门又打开了一些，随后他将完全在状态之外的陈子桑打横抱起，轻轻放回到床上。

"你到底来干吗？"陈子桑的表情就像是jpg模式，完全呆滞。

顾森替陈子桑把被子盖好，轻描淡写地说了一句："来看你死没死。"

"那你可以出去了。"

不理会陈子桑的挑衅，顾森又折回到门口，将他放在地上的保温杯给拿了进来。他拉了把椅子坐在床沿，打开杯盖，一股浓浓的生姜味便飘了出来。

"喝了。"顾森把杯子递到了陈子桑面前，口吻是不容置疑的。

陈子桑注视着顾森的眼睛，那双眼睛看起来和平常没什么两样，但又觉得好像……

"你，在担心我？"陈子桑提出这个问题的时候就连自己都感觉匪夷所思，她竟然从顾森的眼睛里看到了"焦虑""操心过度"等词汇。

顾森的脸顿时阴沉了下来，冷冷地说："先把这个喝了，看能不能缓解点。"

"可是你……"陈子桑还是觉得这事有点离谱，顾森什么时候变得这么温柔了？

"是。"他忽然轻飘飘地吐出了这么一个字。

"嗯？"

顾森一本正经地看着她："我是在担心你。"

莫名其妙被告白的陈子桑突然心跳加速，同顾森对视的瞬间，就连苍白的脸都有点微微发烫。

现在是什么情况，她接下来要说什么？

"担心你成为这世上第一个被大姨妈弄死的人。"

"滚滚滚滚滚！"

"没力气就少说话。"

"……"

看着陈子桑将姜汤全部喝下后，顾森才松了口气看向了落地窗外。阳台上晒着好几件衣服，以及……

"你把我的衣服也洗了？"他问的时候，声音有微微的颤抖，他并没有意识到当时心跳的频率称之为"心动"。

"嗯。等晒干了就还给你。"

"好。"顾森应答着，嘴角翘起，这弧度刚刚好，笑容刚刚好。

喝完姜汤的陈子桑倒头就睡了。顾森看着她睡着的时候还难受地皱着眉头，俯身单手撑在她的身侧，右手抬起轻抚着她的眉心。

可舒展开后，她仍旧渐渐地拧起眉头，似乎是习惯，又像是极度缺乏安全感。

顾森凝视着她的睡颜，思绪飘得很远。如果那一切并未发生，陈子桑的梦应该是甜的。

可如果那一切没有发生，他就不会知道陈子桑是谁。

时间，说好的带走往事，可日子不断往后推移，他们能记住的依然是往事，依然能感受到那无法承受的伤痛。

顾森不再作停留，神情凝重，打开房门走出了这宿舍。可一走出宿舍，他正好和宿舍里其他几个姑娘撞了个正着。

于是，空气瞬间静止了。

许瑶机械地扭头，问程醉："我们，是不是走错了？"

程醉则盯着顾森，一言不发，一秒后，口水竟然顺着她微张着的嘴巴流了下来……

"我不认识她们！"胡晓萍一把推开了程醉，慌忙站到一边假装在包里找钥匙。

许瑶则后退了几步往走廊尽头的窗口探出头去，看了许久又退回到顾森跟前，歪着脑袋说："顾大帅哥，这是女生宿舍哎。"

顾森不是第一次面对陈子桑的奇葩室友，但每见到一次都能刷新他对女生底线的认知度。

"她在睡觉。"末了，顾森说了一句。说完这句话，他头也不回地转弯下了楼梯。

此时的程醉扶着墙，擦去了耻辱的口水，重新站定，困惑地朝她的室友问了句："所以他刚刚是在警告我们不要吵醒陈子桑是吗？"

"我们501宿舍的脸都被你丢光了，你个败类！"结果，许瑶并没有搭理她的话，直接嫌弃万分地开骂，"你又不是没见过顾森，这会儿流什么口水啊？"

程醉表示很冤枉，她并没有在垂涎顾森的美色……好吧，就算是有那么一点点，可这口水说流就流，本能反应怎么拦得住？

"不过说真的，近看顾森真的超帅！我差点被他帅得尖叫出来！"哪知，许瑶一转身又露出了另外一副面孔，拉着程醉两个人边蹦跶边犯花痴，那个小脚跺得不要太欢喜。

"对吧对吧，怎么会有这么帅的男人啊？少女心满满，难怪那么多女的前赴后继死在追他的路上呢。那张脸真是舔一万遍都不够啊。"

"我可以舔一万年。"拿钥匙开门的宿舍长悠悠地来了一句。

结果，三个人在门口就炸开了锅。

"哇，宿舍长你个禽兽！"

"哈哈哈，别吵着子桑。我猜她是来大姨妈了，才会在大白天睡觉的。"宿舍长做了个噤声的手势，压低声音道。

许瑶提起手里特意为陈子桑打包的食物问："那这个怎么办？"

"实在不行，我们可以替她先吃了。"

"好主意。"

顾森撑着伞走出女生宿舍，微微抬头发现雨变小了，只是风里还夹杂着雨水，让人讨厌。

他收回视线往男生宿舍楼走去，从他身旁经过的同学不禁议论纷纷。不知道从什么时候开始，同学们谈论顾森时总会有意无意带上陈子桑。可他并不清楚别人在谈论陈子桑时是否也会提及他。

雨水倾斜稍稍打湿了他的裤腿。

在意吗？他自问。

于是，顾森又停下脚步，转身仰头看向五楼楼道的窗口。女生楼上楼下地走着，她们的笑容都和这个雨天截然相反。

那么美好无瑕。

"美好？"顾森忽而皱起了眉头，神色古怪。他的视线依然停留在来往的学生脸上，那是一种属于这个年纪的神情，悠然、欢乐。

她们脸上的颜色是粉红色的，是梦幻的。可为什么苏婉……不对，可为什么那孩子画出来的画会是那个样子？

顾森想到这里，撇头重新往自己宿舍楼大跨步走去。迎面走来的张华林同他打招呼他也视若无睹，全部的注意力都集中在脑海里出现的那张画上。

"不是给陈子桑送温暖去了吗？为什么露出这么可怕的表情？"张华林不太明白个中原因，于是一个人在那里瞎想，"那姜汤可是他跑到纪教授宿舍特意熬的呢。一个大男人做这种事，陈子桑怎么可能不心动啊？我要是女的我都以身相许了，唉！"

张华林不明所以地摇头自顾自地小跑着去超市买饮料，只是听说某个牌子的饮料开盖有奖。

他兴冲冲地在冷柜前挑了半天，笃定地挑了瓶绿色的，满怀期待地拧开了盖子。

"恭喜你'再来一瓶'！"收银员笑着看向他。

张华林双手握拳，表示十分满足。这另外一瓶饮料还可以给顾森，以安慰他撩妹失败的心情。

可事实上，顾森正埋头于那小孩的画作中，虽然一张张他都烙印在了脑子里，但再次翻开又觉得记忆被填充了更多的信息。他需要重新分析那个"唯一的目击者"当时的情况。

顾森坐在桌前，聚精会神地看着画中的每一处细节，就好像在剪辑电影，一帧又一帧。

画很简单，但什么都有：苏婉家的大门、苏婉家的楼梯、苏婉家的窗户以及苏婉。小孩的画井然有序，她几乎把一些不起眼的东西都用特定的颜色标了出来，没有具体的一笔一画，只是那形状能让人一下子就联想到她想要画的究竟为何物。

在看完最后一张后，顾森抬起了头。他终于明白那天自己在看了这小孩画作之后内心产生的怪异感，原来是这么回事。

"纪教授，你现在有时间吗？"顾森拨通了纪茶白的电话。

电话那头的纪教授正在宿舍里看书，接到顾森的电话，纪教授合上了那本签着曲婧名字的书，从座椅上起身，深吸了一口气。

得到教授帮助后，顾森拿上画又匆匆忙忙地离开了宿舍，楼梯上又碰上了回来的张华林。

"又去哪儿？我给你带了饮料！"张华林冲着楼梯拐角下的顾森喊。

"你自己喝。"

张华林听到顾森的声音，"喊"了一声，嘟囔道："这么冷淡，难怪陈子桑不给你好脸色……"

顾森的宿舍在"南二"，他本想在宿舍楼下等着纪教授开车过来，可目光一瞥竟然看见了站在北四楼下的陈子桑。

才过去半个多小时，雨已经停了，只是天气依然阴沉沉的，像是化解不开的抑郁，压在心底，不知道何时又会爆发。

"你干什么？"

顾森跑过去，站在陈子桑跟前就这么质问了一句。

陈子桑脸色没有起先那么苍白，她的体质虽然在大姨妈来的第一天会痛，但是休息一下就会完全好起来，更何况今日还有顾森特赐的姜汤，她一下子又生龙活虎了。

"纪教授打电话给我了，说是你有发现。"陈子桑老实作答，然后歪着脑袋，突然"喷"了一声，"你说你怎么能乘人之危呢？我身体不舒服，你也不能自己一个人去破案啊。我们是拍档啊！"

"拍档？"顾森冷笑着重复了下这个词，瞥了眼头发还有些乱糟糟，身上穿着背带牛仔裤，有一边的带子还没扣上，就这么斜斜地滑落在手臂上的陈子桑，冷哼了一句，"我没有你这么邋遢的拍档。"

　　陈子桑微张着嘴巴，惊讶于之前这个本来还说会保护自己周全的男生转眼间居然露出了这副嘴脸，简直是人生如戏，全靠演技啊。

　　"我可告诉你，你记我名字，扣我分这事，我要追究到底！你别以为你长得帅了一点，我就下不去手打你，我跟你说……"

　　陈子桑还在怒不可遏地细数着顾森的罪状，却不料顾森出其不意地上前一步，逼近她，距离近得让她都快成斗鸡眼了。

　　"对，你这么漂亮我不也还是记你名字扣你分吗？"

　　"……"陈子桑身子微微向后倾，对着眼前气息沉稳、眼睛清亮、嘴角竟然还带着一抹人畜无害的微笑的顾森，她真的快气结了，唰地站直身体，冲他喊，"你又来这套！"

　　顾森也随之站直身体，双手轻轻滑入裤兜，玩味十足地反问她："还要追究我的责任吗？"

　　"你真的很烦！"陈子桑别过脸，咬牙切齿地低吼。可实际上，她完全被顾森的那句"你这么漂亮"给忽悠得乐颠乐颠的。

　　认识顾森这么久，陈子桑第一次听见他夸自己漂亮。

　　没办法，女人都是很肤浅的，喜欢听好话是必然的。就算是深知顾森个性的陈子桑也不例外，最重要的是顾森这个看起来清心寡欲的人居然也会说好话，不给他点面子对不起发生这事的概率。

　　陈子桑微微低着头偷着乐，来往的女生总是习惯性地把目光集中在顾森身上，继而看见一旁的陈子桑，没说什么却都是意味深长地回眸一下再回眸一下，然后笑着走开。

　　纪教授开着车来到北四楼下，看见顾森和陈子桑都在，便摇下车窗，对着他们喊："上车。"

　　这次，顾森坐在了副驾驶座上，陈子桑则坐在了后座。刚出校门，纪教授握着方向盘，打了左转方向灯，开上大道之后，就微笑着对他们说："潘队说你们有很大的发现。"

　　陈子桑拿着手机，一开始无所事事地刷着朋友圈，听到纪教授问话，放下手机，也不管是不是在问自己就说："准确地来说，是顾森发现的。他问潘队要了苏婉整个班的学生情况，然后筛选出了重要信息。我只是负责辨认他得到的信息的真假。"

顾森侧过脸，看着车厢后座的陈子桑，笑了下说："你突然这么谦虚，我都不知道该怎么接话了。"

"你可以不说话。"陈子桑回应的时候语气生硬，明显带着斗嘴的意味。

纪教授捂着嘴笑，想着这两个学生只不过是他挑选来帮忙的，没想到这样的组合居然还会产生意想不到的火花，也算是功德一件。

"不过，昨天你是不是和顾森吵架了？"纪教授又不嫌事大地多嘴问了一句。

陈子桑的屁股往前挪了挪，摆出一副"这事我得说个清楚"的架势，十分委屈地对纪教授说："顾森他居然不顾一点情面就记我名字扣我分。我一个五好青年，哪里来这么多分给他扣啊？说出去多丢人，那天我回到教室，所有同学都盯着我看，那眼神就是在说'哎哟，你也有今天，而且还是被顾森给扣分了。你们不是关系很好吗？'，我当时能怎么办？我只能硬着头皮坐到位置上。整整一个早上，我都在想要怎么在违纪单被送到何队办公室之前把它偷出来……"

"然后呢？"

"然后，"陈子桑有些丧气地白了眼不说话的顾森，"然后就只是想想啊。"

真是，在警校穿着警服还想着干偷鸡摸狗的事，简直是目无王法，迟早会被雷劈。她陈子桑可没有这么蠢，所以也就只能在脑内逞一时之快了。

纪教授听到这里大概明白了事情的经过，他若有所思地看了眼一直盯着窗外的顾森，语重心长道："干吗和女人过不去？这违纪单要是送到何锋铭手里，陈子桑还不得被那个疯子虐个半死，到时候你不也难过吗？"

听到这话，顾森好像突然恢复神志，不明所以地反问了一句："我难过什么？"

纪教授哑然失笑地看了眼顾森，摇摇头，决定安心地当司机。这孩子脑子还没开窍呢。

后座的陈子桑也懒得理顾森，这家伙的脑回路反正曲折得很，猜不透也正常。

开了二十五分钟之后，三个人到达了目的地。公安局大门之内的两侧绿色植物在雨水的洗礼下，颜色尤为鲜艳，苍翠欲滴，好像这压抑的氛围都得到了缓解。

左手边的法医鉴定大楼已经有人下来开门了，因为开门需要密码，只能由佩带着门卡的警察刷卡开门。

然而，下来开门的是薄藤。

"好久不见，纪教授。"薄藤最先打招呼的是纪茶白，似乎都是旧相识。继而他看到了三天两头往局里跑的顾森和陈子桑，但他只是象征性地对他们点点头。

纪教授和薄藤走在前面，两人并排走着，聊着一些学术话题。跟在身后的顾森和陈子桑都若有所思。

"喂。"没一会儿，陈子桑就扯了扯顾森的衣服，悄声对他说，"那个薄藤好像对我们意见很大。"

顾森本来看见这个薄藤就心气不顺，尽管也没怎么理清为什么觉得不爽。但现在被陈子桑这么一说，他好像找到了原因。

这原因就是——薄藤先看他们不顺眼。

"他刚刚拿眼睛扫我们，心里一定是在说'学生就该好好念书，理论都不过关，没有资格参与实践'。"陈子桑说得有板有眼，好像真就那么回事。

顾森平常冷静自持的模样渐渐有了变化，他脸色阴沉，眼神也越加犀利起来，那架势似是要上前和那个高傲的薄藤一比高下。

"顾森，我为什么从你的脸部表情上看到了'胜负欲'这种东西？"末了，陈子桑背着双手，轻轻跳到顾森跟前，盯着他的脸看了一会儿后，有些不敢相信地说道。

顾森斜了她一眼，大手一伸覆盖住她的眼睛。手心能感受到她长长睫毛微微地颤动，但是他声音如常，只是说了一句："你的眼睛其实可以看点别的。"

"你……"陈子桑不耐烦地扯开他的手，站在那儿打量了他很久，深思熟虑之后吐出了一句，"可你全身上下就脸最好看啊。"

听到这话，顾森露出了一个前所未有的表情，他扬起嘴角："你确定？"而后他悠然自得地上了一级台阶，同陈子桑并排站着，自然地弯腰靠近她的耳旁，气息缓缓，低声道，"我全身上下最好看的可不只有脸。"

顾森低沉的声音让陈子桑瞬间失了神，后又猛然意识到什么，即刻抽身出来，边往前跑边惊恐地大喊："纪教授，顾森他耍流氓！"

还停留在原地的顾森突然愣住了，他只是想让陈子桑看看他身上的八块腹肌，这怎么耍流氓了？

"啊……"顾森明白过来，低笑着摇摇头望着前方惊慌失措的陈子桑想，一定是被宿舍里那几个没节操的女生给带坏了。

听着有人从身后跑上来的声音，薄藤停下脚步回望着她。他不喜欢短发女生，从来都不喜欢。

可他知道，这会儿他的视线就落在她的这一头漂亮的短发上。

"顾森开黄腔这事我可真不信。"纪教授笑笑不予理会，因为他无法将顾森那张脸同黄段子画上等号。

陈子桑觉得自己受了惊吓，连忙表示顾森骨子里就是个不正经的人，她经历过很多次了。

作为"大人"的纪茶白和事不关己的薄藤对此不发表意见，只是薄藤有些诧异地反问："你不是人肉测谎仪吗？你看不出他对你……"

陈子桑微微歪着脑袋听着薄藤说话，听到关键处，他却戛然而止了。只见他目光偏向了她的身后。

顾森微眯了下双眼，看都不看薄藤，拉着陈子桑就往前走，好像他知道接下来他们要去哪一间办公室一样。

纪教授笑着对薄藤解释说："你见怪不怪，他们两个平时的相处模式就这样。"

"相爱相杀吗？"薄薄的镜片后是薄藤锐利的双眸，他好像也看到了什么感兴趣的东西。

纪教授又忍不住笑了起来，摆摆手说："相爱还不至于。不过他们两个的确是感情好。"

感情好？薄藤在心里嗤笑了一下，年轻人的感情随时都会分崩离析，因为他们不知世间险恶。

可眼前这两个人却是明知险恶，仍要蹚浑水。

"教授你是过来人，为什么还任由他们参与到这些事情中？"薄藤转而神色严肃，或许他一直都是这副模样。

纪教授明白他在说什么，隐忍的情绪有了波动。可他的身姿还是那样挺拔，像是在告诉薄藤，即便结局已定，他也不会屈服。

"每个人的命运都已经写好了。"纪教授声音轻轻，却掷地有声，"既然如此，我为什么要拦着他们？"

薄藤没有回应，只是望着纪教授。七年前，他也还是个大学生，可对于纪教授遭遇的事情，他也非常了解。了解到，企图化解纪教授的心结。但，或许就像教授自己说的，每个人的命运早已决定好了。

顾森拉着陈子桑往走廊尽头快步走去，两个人迎面就撞上了脚步匆匆的法医徐凌双。

"徐法医。"陈子桑甩开顾森禁锢自己的手，毕恭毕敬地打了声招呼。

徐凌双依旧白大褂在身，但白大褂之下是蓝色的警服。她看见顾森和陈子桑，略微诧异，只是问了句："怎么来这儿了？潘清没告诉你们抓到嫌疑人了吗？"

"什么？"听到这个，陈子桑十分诧异，本来就大的眼睛此刻瞪得更大了。

"什么嫌疑人？"顾森倒是冷静地问了句。他之所以冷静是因为知道，出了这样的大案子，潘清一定是没日没夜地在调查。案发到现在已经过去四天了，锁定个嫌疑人也很正常。

徐凌双看了这俩孩子的表情才明白，原来潘清没把这事告诉他们。不过就算现在他们过去，潘清也顾不上他们。不如……

"去我办公室坐坐？"徐凌双继而侧身邀请他们道。

陈子桑微笑着说："你刚刚好像有事情要办，不用招呼我们，没关系的。"

徐凌双往前努努嘴巴，对她说："喏，我要去办的事情，他自己来找了。"

陈子桑和顾森知道自己身后都有谁，一想到徐凌双讲的是薄藤，陈子桑就冲顾森挤眉弄眼的。

"行了，知道了。"顾森笑了下又抬起手绕过她的后脑勺捂住了她的眼睛。

随后而来的薄藤和纪茶白都很好地处理了下刚才凝重的神色，都对徐凌双报以微笑。四个人相安无事地进入了徐凌双的办公室，开始了对案件的探讨。

决定来局里的是顾森，所以在开始之前，顾森就把那小孩画的画拿了出来，摆在了玻璃茶几上。

"这画怎么了？"徐凌双拿起来翻了下。

顾森在解释之前就翻到了两张小孩画的苏婉家的全景图，之所以可以称之为全景图是因为这画几乎把苏婉家的外景和以小孩的视角能看见的内景全部都画出来了。

"前面这张是小孩一月份的时候画的，后面这张则是半个月前画的。"顾森说的时候看了眼聚精会神的陈子桑，以她的眼力她也早该注意到了其中的不同之处。

"啊，原来是雨伞。"果然，陈子桑脱口而出这么一句话。她伸手指着两幅画的共同处对他们说，"苏婉家大门口一周都装了铁栅栏，你们看防盗门左侧的栅栏上。其中一张上有长长的一条青绿色，另一张上则没有。根据她画的形态，这应该就是把青绿色的长柄伞。"

"没错。"顾森接过话，继续说道，"我会肯定它是把伞而不是别的，只因为那天我和陈子桑冒雨去现场，孩子的爷爷正巧出现，问我们是否带伞时，他抬头看了眼栅栏的方向。"

陈子桑微微点头，记忆虽不及顾森来得清晰，但隐约也能想起。于是她说："他的举动是配合着他说的话而下意识产生的，也就是说他当时认为那里会有把伞。"

其余三人听了之后，表情越加不明朗了。徐凌双好奇地笑着问了句："所以呢？"

"不止这些，我看过这孩子所有的画。她会在每幅画的底下记上时间。她几乎每天都会画画，我查过她每幅画的时间，栅栏上挂着伞的那天必定是晴天，可如果那天是阴雨天，那伞就会消失。"慢慢地，顾森好像说出了一个乍一听很合理的推论，但仔细推敲又觉得哪里怪怪的。

"下雨天伞不见了正常。"纪教授对此提出了质疑，"这说明家里一定有人在雨天使用它。"

徐凌双点头，表示认同纪教授的看法。

"不。"此时薄藤推了推他的眼镜，冷冰冰地说了句，"所有证物里都没有那把青绿色的伞，且她家放雨伞的地方也没有一把是青绿色的。"

说完，他看向了顾森，可顾森却并没有理会他。

"再者，伞出现的频率从时间上来看并没有特殊规律。但是结合苏婉爸爸的出差情况就能得出来，伞挂在栅栏上的那天，正好是苏婉爸爸出差的日子。"

先是由薄藤提出一个反驳之后，顾森紧接着又抛出了一个更为犀利的"假设"。

陈子桑轻蹙起眉头，杵在茶几上的双肘也慢慢放下收拢，而后倾斜着身子靠近顾森，语气略微带着点不服气道："你背着我问潘队要了多少资料？我们天天在一起呢，你什么时候看的啊？"

面对陈子桑的质问，顾森只是认真地回了一句："在你被大姨妈折腾得半死不活的时候。"

其余三人还在考虑顾森提出的隐性推论，这会儿又听到这两人"打情骂俏"似的话忍不住一阵羡慕。

"所以总结起来就是'为什么伞会消失''伞出现的时间说明了什么'以及'伞现在在哪儿'这三个问题。"纪教授轻咳了几声，列出了这三点。

顾森摇摇头，说："不止。"他又翻出了另外一张画。

那张画上，二楼走廊的拐角处，有个人正在看着窗户上的玻璃，而那个人是苏婉。

"苏婉的脸被涂成了红色，但嘴巴却是一个微笑的弧度。这里，我指的是倒映在玻璃上的苏婉的脸的颜色。"

从伞到苏婉，这听着有些诡异，细细去琢磨，竟还能感觉到顾森最后一句话里蕴含的阴冷气息。那像是冷风，轻轻地从脖子后吹过来。

陈子桑盯着那幅画越久，越觉得那笑容添加在大红色的脸上的诡谲。

红色……

"危险的意思吗？"陈子桑不太确定，她不太确定红色在小孩眼里的意义，可出于直觉她认为当时的苏婉应该是不能靠近的。

"一下子青绿色的伞，一下子红色的脸，这案子听起来还挺玄乎。"徐凌双轻声说了句。

纪教授没有说话，但他心里似乎明白了什么。

顾森也不能肯定红脸的苏婉在小孩眼里象征着什么，但他确信那不是一个女孩子该有的状态。

聊到各自沉默时，薄藤开了口："你在苏婉床底下找到的碎屑确实属于同款饼干，和凌双从苏婉胃里发现的未消化的零食成分一样。"

这话应该是对陈子桑说的。

陈子桑又把脑袋歪向了薄藤，露出了不可置信的表情，喃喃道："这就奇怪了……"

正感到不解时，潘清大步走了进来，拿起茶几上纪教授的水杯就一口饮尽。完了，他说了句："知道那嫌疑人是谁吗？苏婉家的摄像头就是他负责安装的，而且苏婉一家死的那天，他没办法提供不在场证明。最可疑的是，我们居然在他身上搜到了苏家的钥匙。薄藤，回头采集下他的指纹，看看和遗留在现场的指纹有没有一致的。"

潘清在说的时候，很是激动，都没怎么留意在座各位的表情。他说完之后，才随口问道："对了，你们坐这儿聊什么呢？"

/

第四章
两个人的秘密

/

顾森和陈子桑见潘队进来就碎碎念了几句，忙起身走到他跟前，异口同声道："嫌疑人现在在哪儿？"

潘队喝下去的那口水刚顺着喉咙下去，口干舌燥的感觉还没来得及缓解，又被这两个小年轻一把给拽住架着朝门外走去。

"在审讯室呢。"潘清边说着边停下脚步，被两个小家伙架着往前走，这重案中队中队长的脸往哪儿搁，而且还是在自己的地盘上。

"我说纪教授，自己带来的学生管管行吗？"潘清转过脸，回头看向还坐在徐凌双办公室津津有味地看着他们的纪茶白。

纪教授无奈地笑了笑，起身时双手自然地将西装的扣子给扣上，继而走到站在门外的三个人身边，拍拍潘清的肩膀说："你当年念书的时候也是这个德行，心心念念想要冲一线。"

"是啊，所以我现在就真的奋斗在一线了啊。"潘清摊开手，索性承认自己当年的年幼无知。完了，他又补了一句，"于是就开启了这天天不着家的模式，再过不久我就要结婚了，结果我快一个月没见着我老婆。万一赶不上自己的婚礼，我可能出去会被雷劈死。"

众人听完，"扑哧"一声笑了出来。尽管这是来自警察叔叔的玩笑话，可这笑话里头有潘清的苦涩，虽然他也在笑。

"听起来有点惨。"陈子桑笑笑后看了眼潘清的神情，轻声说了这么一句，而后一本正经道，"你一定会赶上婚礼的。"

陈子桑的这句话让潘清有点感动，或许是她看出了自己并非真的只是在开玩笑。于是，他又半开玩笑似的说了声"借你吉言"。

晚点走过来的薄藤仍旧是没什么表情，倒是徐凌双感叹了一下。这潘清算是整个局里最年轻有为的人了，长得帅不说，办案能力也是首屈一指，就连未婚妻也是长相惊艳。不得不说，老天爷是公平的，给了他荣誉与能力，继而就剥夺了他的自由。

"对了，还有一个发现——苏婉并不是苏天明亲生的。"这时，徐凌双想到了一开始要告诉他们的事。

几个人，包括潘清都一脸诧异地看向徐凌双，似乎用眼神在问"Excuse me"。

顾森冷静地问了一句："那是她妈妈张爱杰亲生的吗？"

徐凌双耸耸肩，点了点头。

"这苏天明和张爱杰都不是二婚，苏婉又是张爱杰亲生的，那……"潘清起先疑惑，说着说着突然明白顿感无语。

"也就是说苏婉是她妈妈和别的男人生的。"陈子桑双手环胸说出了潘清卡在喉咙里的话。说完这句话后，陈子桑又绕到了顾森身侧，摸着自己的下巴说，"现在问题在于苏天明知道这事吗？"

"他知道。"哪知这刚抛出来的问题立即就被顾森给解决了，他转过身同陈子桑面对面，"苏天明手上戴的那枚戒指并不是婚戒，但是他的中指上有一圈常年戴戒指后留下的痕迹。我猜他也是近期才知道这事，所以将婚戒摘下的。"

"我在张爱杰的床头柜里找到了苏天明的婚戒，和张爱杰手上戴的那枚是一对。也就是说他的结论是正确的。"薄藤此时提出证据以证明顾森的观点。

陈子桑听后若有所思，但她又不能冠以太多的"假设"，免得犯了方向性的错误。于是她推理道："他们夫妻两个一定就此事情吵过架，苏天明扔了婚戒，由张天爱捡了回来保留着。我看过苏婉的日记，她并没有在里面提及自己的身世。就算是后半部分的日记，奇怪的字体，前言不搭后语的语句，但就内容而言确实没有提到任何她知晓这事的痕迹。就算是事发当晚，她也只是翻开日记，或许是根本没来得及写什么或许只是翻开看看。"

潘清抬手摸了一把脸，一副生无可恋的模样。他把目光扫向了一旁的纪茶白，想要寻求安慰，但发现纪茶白和他没有什么默契，压根没注意到自己的视线落。

"薄藤，你还有什么其他发现吗？"纪教授沉吟片刻，同薄藤交流了起来。

薄藤又重新接回陈子桑的话，说："苏婉的日记我复印了几页拿去给笔迹鉴定专家鉴定，鉴定结果为不属于同一个人的笔迹。后半部分的字体呈现出一种低智商、文盲的状态，那一笔一画像是依葫芦画瓢一般，生硬且是错误的笔画顺序。"

六个人就站在过道上谈论案情，本以为能讨论出个结果来，没想到却出现了更多的未知数。

"一本日记本，两个秘密拥有人。"陈子桑对此百思不得其解，可当她看向顾森时，发现他正与纪教授对视。

两个人眼里似乎对此有了不可言说的推测。兴许是推测还不够成熟，两个人脸上的表情并不明朗。

"等等。"这时候潘清想起了什么，一把拉过顾森，对他说，"你不是让我查本市一个叫'周满满'的人吗？这人就是个智商低下、举止行为犹如七八岁孩童的十五岁男生，他父母都在。两个月前，他死于一场车祸。"

顾森听闻，顿感这事有蹊跷，忙对潘清说："带我去看看你查的那些资料。"

"天底下哪有这么巧的事情？"徐凌双也觉得不可思议，难道苏婉日记本上的内容是那个周满满写的？可苏婉和周满满是什么关系？

此时，顾森和潘清还有纪教授已经消失在这条过道上，拐角的楼梯上响起了三个人急促的脚步声。

陈子桑没有跟上去，想着有顾森在，她可以着手去干点别的什么事情。转头想对徐凌双和薄藤说声"谢谢"和"再见"，结果陈子桑又从徐凌双的表情上看出了她的困惑，本想不说，但又忍不住。

"苏婉后半部分的日记应该不是周满满写的。因为写那些日记的时候，周满满已经死了。"于是，陈子桑解释。

徐凌双微张着嘴巴，略显惊讶。她打量着陈子桑这张年轻的脸庞，皮肤白皙、个子和她一般高，将近一米七，这样的个子恐怕也只有站在那个顾森旁边才显得恰到好处。

"你不去吗？"这时候，薄藤上前一步站在了陈子桑身侧，语气冰冷得一如往常。

陈子桑想着不如自己再去找下苏婉的同学夏米粒，没准她知道一些关于苏婉和周满满之间发生的事情。

"那个，你有车吗？方便送我去一个地方吗？"陈子桑抬头，天真无邪地问了句。

薄藤盯着她的眼睛看了会儿。他还没说话，陈子桑就立马露出一个微笑，道："谢谢。"

薄藤顿时没了脾气，回头看了眼忍俊不禁的徐凌双，心想在人肉测谎仪面前还是不要故作犹豫，免得尴尬。

"去吧，我到时候替你去和教授说一声。"徐凌双不拿手术刀的样子很温柔，就连说话声音都是柔柔的。

陈子桑觉得这样的女人在工作中和在生活中的状态都是值得她学习的，毕竟现在很多人分不清工作和生活，将其混为一谈。

"谢谢徐法医。"陈子桑依旧微笑道谢。

薄藤朝徐凌双点头示意之后，随着陈子桑下了楼梯。两个人的背影在徐凌双眼里略微有些恍惚。

陈子桑站在顾森旁边恰到好处，站在薄藤身旁竟然也相当适合。

"嗬，瞎想什么？"徐凌双自嘲着摇摇头，转身又准备回到自己的解剖室。

每次都这样，瞎想的时候只要拿起解剖刀，神智就会恢复，什么都会冷却下来，包括自己躁动的心。

所谓情感理智就是压抑，就是不作为地放弃。

这边上了薄藤车的陈子桑认真地系好了安全带，随后拿出手机编辑了一条短信，告知顾森自己和薄藤的去向。

"你们两个互相都知无不言言无不尽吗？"薄藤一眼就瞥见了那短信的内容，便不痛不痒地问了一句。

短信发送成功后，陈子桑把手机放回口袋，看着薄藤说："因为我们是搭档。如果到了既定时间我们两个不是一同回学校集合的话，我们两个可能都会被何队整死。"

"还会被记过吧。"薄藤事不关己。

陈子桑对此笑而不语，反正他是说对了。像他们警校生，身上穿的虽然是警服，但这不过也就是校服罢了，没有多余的头衔，也没有多余的光环。

她和顾森的任性就是仗着纪教授对他们的宽容，以及他们与身俱来无法抛弃的一些能力。

"你有女朋友了吗？"路上，陈子桑略显无聊，看着薄藤一丝不苟的样子，忍不住八卦了一句。

薄藤开着车，无视了她的问题。

结果陈子桑见他不回答，又问道："既然还没有女朋友，那你为什么不近水楼台先得月呢，徐法医就很不错啊。"

薄藤还是一脸波澜不惊，也不管陈子桑还会问出什么幺蛾子来，自顾自地听着导航的指示。

"你都快三十了还没有女朋友，那徐法医和你就是男才女貌、天作之合啊。所以你是在挑剔什么，还是说你有什么特殊的爱好？"

薄藤有条不紊地开着车，耳边是陈子桑一直没停下来过的絮絮叨叨，可他并没有觉得烦，但也不觉得她可爱。

"你和你那个男同学在一块儿也这么多话吗？"车子掉头进入另一条道时，薄藤不经意地问了句。

陈子桑先是愣了一下，然后后翘起嘴角，往他这边倾斜身子，奸笑道："'你那个男同学'？你不称呼他的名字，你对他有意见？"

"我看他是对你有意思。"

陈子桑被薄藤回击得顿时没了兴致，百无聊赖地坐正身体。这时候手机响了起来，她不用看都知道这一定是顾森打来的电话。

"看不出来你对那个薄藤还挺有好感。"果然，这家伙一开口就变着法骂她。

"那他还说你对我有意思呢。"陈子桑听着顾森别扭又阴阳怪气的语气也觉得不爽。平白无故干吗用这种口气说话，真是的。于是，陈子桑就就地反击。

结果，顾森把电话挂了。

"啊，这日子过不下去了。"陈子桑瞪大眼睛对着暗下去的手机屏幕，气不打一处来。

"嘀，相爱相杀。"薄藤笑，想起了自己和纪教授所说的话。

陈子桑觉得这笑不怀好意，但因为被顾森气得够呛，她也就没有再理会薄藤。她单手把玩着手机，脸上不在意，可心里却非常介意。

距离夏米粒家还有一千米的时候，陈子桑忽然想起什么似的，谨慎又怀疑地问薄藤："一个人会不会同时拥有两种书写习惯？"

"你都说了是习惯。一般人哪怕只是一种习惯都难以更改，更何况是两种。每个人书写的习惯都不一样，所以笔迹鉴定专家才能找到规律进行笔迹鉴定。"薄藤回答。

这时候，陈子桑突然联想到顾森对小孩所画的画的解释，一种可怕又荒唐的念头出现在她的脑海里。她双手抓着安全带，越想越觉得荒谬。

"到了。"薄藤说。

他看了眼不作声的陈子桑，见她神情凝重，目光凝视前方，不知道在看什么，但她好像知道了什么。

薄藤没有再说话，只是静静地陪着她坐在车里。等到陈子桑将繁乱的思绪整理好，已经过去两三分钟了。

"我得打个电话给顾森。"

末了，陈子桑拿出手机拨通了顾森的号码。

原本是在等他打过来道歉，可在正事面前，她又似乎全然忘记了女生作死时应有的态度。

"顾森，你等我回局里，我们必须去审讯室一趟。"陈子桑说完就把电话挂了，转头就对薄藤说，"我得找夏米粒确认一件事情。"

薄藤很配合，说不上来是陈子桑长了一张让人信任的脸的原因，还是她长了一张漂亮的脸蛋的原因，总之就是让人能"言听计从"。

"子桑说什么？"纪教授坐在潘清办公室的椅子上，看着再次接完陈子桑电话、表情变得稍稍有些转变的顾森问。

顾森收起手机，看了下潘清后说："她大概和我们想到一处去了。不过，她还是要亲耳听听潘队你带回来的嫌疑人是怎么说的，顺便让徐法医验一下这位嫌疑人的DNA吧。至于周满满的车祸，我想我们需要再查一次，疑点很多。"

潘清也没有含糊，他知道陈子桑和顾森在怀疑什么。于是，他二话不说也拿出手机拨通了徐凌双的电话。

与此同时，徐凌双在解剖室继续干她的活。她看到苏婉妈妈的尸身有很多刀伤，好像比苏天明身上的还要多。

"嗯？"徐凌双在检查张爱杰的双手时，发现她的右手手指上缠着几根黑色的长头发。于是，她用镊子将这几根头发小心夹出放置在托盘中。

"张爱杰染的是黄头发……"

徐凌双思索着，又回身翻起了之前苏天明的尸检记录。为什么这两个人身上都有着……

脑海中一下子浮现的共同点让徐凌双一阵激灵，感觉后背有股凉凉的冷意袭来，在这冰冷的解剖室中尤为瘆人。她脱下橡胶手套，扔在垃圾桶里，拉开解剖室的门，急忙往办公室走去。

她才用钥匙打开办公室的门，就听见自己放在抽屉里的手机振动个不停。

"潘队，我正好有事找你……好的，知道了。"徐凌双听着那边潘清的声音，点头回应着。

潘清结束和徐凌双的通话之后，看向顾森，他似乎还有什么心事。想着他们接下来应该有得忙了，潘清忍不住趁着空当又调侃了起来。

"看你之前和陈子桑打电话，脸色都变青了。你要是看上人家姑娘就早点告白，不然这陈子桑迟早是别人的。"

纪教授听到这些关于顾森和陈子桑之间的暧昧话题已经有免疫力了，反正全世界都觉得顾森和陈子桑在谈恋爱，就两个当事人喜欢睁着眼睛说瞎话。

哪知顾森略微一挑眉，神情轻松，轻笑道："没有别人。"

顾森这自信又腹黑的样子让潘清觉得自己奸计得逞，偷笑着看了眼纪教授，似乎在用眼神说"年轻人还是太嫩啊，一试就试出来了"。

然而纪教授并没有给出回应，只是事不关己地看向窗外，竟微微有阳光出现。

"既然没有别人，那你和陈子桑为什么还不在一起？"潘清还玩上了，没完没了地追问起来。

顾森瞟了眼潘清，似有不悦，却也只是语气加重说道："没有人配得上她。"

嘀，就你配得上她。潘清无语地想着，这年轻人就是嘴硬，都是过来人，这点心思谁还没有过似的。

潘清心里叽叽歪歪个不停，但看着顾森那不愿意再交谈下去的厌烦表情，他决定闭嘴，被自己的学弟讨厌，那不是个好现象。

"子桑有说什么时候回来吗？"这时候，纪教授看了下时间问。

顾森说："恐怕还要一会儿。"

"那我们就先去周满满的家了解一下情况。"纪教授放下手中的一次性杯子，起身。

潘清也随之站了起来，理了理自己办公桌上的案卷后，对纪教授说："那一起去吧。"

于是三个人又坐着潘清的警车去了周满满的家。

此时此刻的陈子桑已经成功进入了夏米粒的家，面对面地同她坐在客厅的沙发上。

夏米粒家比较朴实，桌椅摆设什么的并没有多大的讲究，完全是按照家里人习惯来。茶几上放着昨天吃剩的水果，几颗葡萄、一个苹果，还有一串香蕉。

"该说的我都说了。"夏米粒在自个家里也显得很拘谨，眼神不住地打量陈子桑身旁这位气质清冷、目光深邃的男人。还没正面回答陈子桑的问题，她倒是好奇地问了一句，"你之前的那个男朋友呢？"

陈子桑听到这个问题，想都没想，直接面不改色地说了句："分手了。"

夏米粒有些震惊，小心地看向薄藤，起身坐到陈子桑身侧，轻声问："所以这是你的新男朋友？是个大叔？"

薄藤虽然戴着眼镜，但是耳朵非常好使，眼神立马就杀过去了："我和这位小姑娘一点关系都没有，如果非要扯上点什么关系的话，我暂时是她的司机。"

陈子桑被薄藤一本正经的样子给逗乐了，悄声对夏米粒说："其实我和之前那个也没什么关系，就是关系比较好的同学。"

夏米粒流露出更加惊讶的神色，不可置信地盯着陈子桑看，嘀咕了一句："可是你们很配啊。我看之前那个男生看你的时候都……反正满眼都是喜欢。"

这回轮到陈子桑不知所措了，她略带试探性地问了句："小妹妹，看不出来你很有经验啊。"

夏米粒红着脸，害羞地说："那倒没有，但是有暗恋过某个男生。我感觉自己看他的时候就是那样的。"

"呵呵！"陈子桑笑笑，回头看了眼薄藤，发现他并没有觉得不耐烦或者怎么样，一个人坐在单人沙发上，双手交叠置于腹部，镇定自若的样子。

但是他的目光是落在她的身上。

陈子桑莫名有些惊慌，她看不懂薄藤的眼神，那种冰冷又灼热的眼神。她分辨不出，只能心虚地收回视线，重新开始和夏米粒的交谈。但是她在交谈之前偷偷地给顾森发了条短信，大致内容是"夏米粒喜欢的男生是谁"。

"暗恋这事很容易就被别人看出来了，那个男生知道吗？"陈子桑若无其事地和夏米粒聊着天，少女怀春这事聊起来最容易了。

夏米粒剪着学生头，不过好似有段时间没有修剪了，半长不长的中长发头一歪便遮住了她的脸颊，但还是能看出她在脸红以及掩饰着失落。

"是不是大家都知道你喜欢那个男生，只有男生他傻兮兮看不出来呢？"陈子桑接着问，这扮演着知心大姐姐的角色她还是相当的游刃有余。

一旁听到陈子桑这么说的薄藤冷笑一下，她不就是那个"大家都看出来顾森对她有意思，只有她傻兮兮看不出来"的蠢货吗？还"人肉测谎仪"，零件生锈了吧？

薄藤忍不住嗤之以鼻，不过奇怪的是顾森看起来绝对是那种占有欲极强的男人，可他似乎也没有承认对陈子桑的感情，难道他们两个真的是纯洁的友谊？

这么想着，薄藤便有些不敢相信地又把视线集中在了对面挨着夏米粒坐着、脸上始终带着礼貌微笑的陈子桑。

"没有……"夏米粒似是而非地回答着陈子桑的问题，目光始终停留在自己抓着裙角的手指上。

陈子桑看了看，又直视着她说："啊，看样子你还没有向那个穿着白衬衫、爱打篮球、学习成绩年级第一、耳垂上长了颗痣的男生表白。那这么优秀的男孩子一定很多人喜欢吧？"

夏米粒听到陈子桑对自己心仪男神的描述吓得从沙发上弹了起来，双手依旧紧张地抓着两侧的裙边，着急地低声道："你怎么知道他耳垂上长了颗痣？还有……不要再说了……"

她心虚地朝楼上看了一眼，咬了咬下嘴唇，面色绯红。

陈子桑虽然觉得每次对一个小姑娘使这招有些过分，但人唯有在秘密面前会服软、妥协。

"妈妈在楼上，还是爸爸在楼上？"陈子桑索性一不做二不休，佯装站起来要往楼上走。

"哎，不要吧……"夏米粒随着陈子桑的走动立刻拦在了她的跟前，支支吾吾，"我爸妈在睡觉呢。"

陈子桑觉得好笑，又坐下，嘴上还低声地说了一句："又说谎。"

夏米粒这会儿由害羞得脸红直接转变为羞愧得脸红，她抿抿嘴唇也乖乖地坐回到沙发上。

"周满满是谁？"双双坐下之后，陈子桑直接抛出了这个问题。

夏米粒惊了一下，慌张地看了眼正襟危坐、不苟言笑的薄藤一眼。她也不知道自己为什么要看眼薄藤，看了之后反倒更怕了。

"你明知道苏婉祭拜的人是周满满，为什么不告诉我们？"终于进入正题的陈子桑表情立刻变得严肃，眼睛锐利清澈，有着看透一切的智慧，"你知道苏婉有可能因为这个周满满而性情大变吗？"

"我……"夏米粒越加紧张，呼吸急促，双眸流转间透出的尽是犹豫不安、焦躁难耐，"苏婉她……我是真的不认识周满满，只是听苏婉提起过，不过我知道的时候，苏婉说他已经死了。我甚至不知道他是男是女……只是苏婉特别伤心，伤心到……我觉得她变了个人。"

"所以你放学后就跟踪了她？"陈子桑隐约感觉到了事情的变化确实源自于周满满的死亡。可一个正常的高中生为什么会和一个智商低下的人有交集？

夏米粒摇头，表情依旧暗沉沉的。她说："不是的。只是有一天，我记得那天是星期三，下午有体育课，自由活动结束之后，我就找不到苏婉，所以就回到了教室，看见她一个人……"

说到这儿的时候，夏米粒对回忆起的画面仍有抵触，她打了个寒战。随后，她同陈子桑对视，那是一种无法解释的恐惧。

"苏婉她一个人坐在位置上写字。"夏米粒舔了下自己干燥的嘴唇，又抿着下嘴唇，停了好一会儿也没有再往下说。

陈子桑搓了搓她的手臂以表安慰，随后问："她写了什么？"

夏米粒因为惊恐，眼睛瞪得比之前还要大，她的双手十指交叉，用力地握紧，她说："她在……她在写自己的名字。"

"自己的名字？"陈子桑怔忡。

夏米粒话语里的哭腔是真实的，她被苏婉吓到了，至少那个时候她确实感受到了苏婉身上的诡异。

夏米粒垂着脑袋，却又打起精神点点头。

"当时的她是什么样子？"陈子桑感觉隐藏在迷雾中的真相正被她一一拨开，她居然兴奋了起来。

夏米粒不知道该如何形容那时苏婉的模样，但她说了句："她在傻笑，傻傻的样子。就连写的字也很奇怪，那根本就不是她的字。可我又亲眼看见她在写。"

"你有保存她写上自己名字的纸吗？"陈子桑也紧张了起来，如果能拿到那张纸，让薄藤鉴定一下就知道日记本上的不同的字体到底是怎么回事了。

这个问题也很奇怪，谁没事会把别人写上自己名字的字条带在身上？可正因为这事情本身就足够奇怪了，反倒做出这样的行为还合理了。

"我有偷偷留了一张，我去给你拿。"夏米粒这次没有推脱，起身就回到自己的房间。

这期间，薄藤对陈子桑的观察也结束了。陈子桑认真调查案子的模样和顾森吵闹的样子有着天壤之别，可他不知道这样的结论对他来说有什么意义。或者，他刚刚坐在这里一声不吭地盯着一个才二十出头的姑娘看用意何在。

大概，他只是在确认这个女生是否犹如传言中的那么厉害。

"借口。"他在心底嘲笑自己。

与此同时，陈子桑也朝他看了过来，对着他莫名其妙地比了个胜利的手势，脸上带着轻松的微笑，好像对这案子已经胸有成竹了。

"幼稚。"薄藤别过脸没有看她，只是低声吐槽了一句。

夏米粒很快就将字条拿了下来，望着那张字条，陈子桑都不自觉地对此行了注目礼，还站起了身。

"是不是很奇怪，我居然会留了一张这样的字条。"把纸交给陈子桑之后，夏米粒自己也觉得这样的举动有些匪夷所思。

陈子桑接过纸，摊开。一张A4纸大小的页面上写满了"苏婉"这两个字，可这两个字全都写得歪歪扭扭，"苏"的艹字头和下面部分基本分离，就像两个字；至于"婉"就更加离谱了，因为笔画多，更显得结构凌乱，无法辨认。

这些笔画、字形都和当时在苏婉日记本上看见的字体极为相似。因此，陈子桑更加确定了心底的猜想。

"我不知道苏婉怎么了，看着她写字我叫了她一下，我只不过是拍了下她的肩膀，她唰地回头冲我咧着嘴巴笑。我当时真的被她吓坏了，刚想问她怎么了，她就傻笑着跑出了教室。于是，我就拿起她课桌上的纸看了看。等到下节课她回来，她又变回正常的样子了。"

这会儿，陈子桑不再追问，夏米粒也自顾自地说了起来。好朋友遭遇了这样的事情，难过的同时也应该有着很多不解。她没法解答，有时候为了省去麻烦，她还要学会逃避、撒谎。

陈子桑把字条收好之后，最后又问了句："当时你在墓地看见了什么？"

如果这一问一答是整出戏的节点，那么夏米粒的每一次回答都是这出戏的高潮。

她声音微颤，那不是单纯的害怕，而是梦魇之后的恐惧。

"我看见她……她……她站在墓碑前，笑着和自己说话。"

"薄藤，这些东西交给你，你再去鉴定一下。关于苏婉，我已经有初步的定论了，接下来就要看顾森那边查得怎么样了。还有那个现有的嫌疑人……"

陈子桑从夏米粒家走出来，上了车后直接把那张字条递给了薄藤，边说边系上安全带。

薄藤手里多了那张纸倒没有什么，而是刚刚这个小丫头片子居然直呼他的名字。

"你刚刚叫我什么？"他问。

陈子桑系好安全带，偏着头又说了遍："薄藤啊。不然要叫你什么？要学港剧里叫你……薄sir？哎哟，好恶心。"

"算了。"薄藤没有计较，也懒得计较。她叫他的名字很顺口，就像是已经认识许久的朋友一样，自然不做作。只是，他觉得两人一下子拉近距离，好像会衍生很多麻烦。

比如，他很肯定他刚刚心跳加快了，在陈子桑叫他名字的时候。

"顾森？"这时候，陈子桑接到了顾森的电话，"我这边已经好了，你们呢？啊，我还是和薄藤一起回来啊，怎么了？"

薄藤已经启动了车子，开出了夏米粒所住的这个小区，进入了大道。但他的耳朵一直在听着陈子桑和顾森两个人说话。

"嗯，知道了。那你等我一下，咱俩晚饭还是要一起吃的……也对，晚饭估计是赶不上了，那你能请吃夜宵吗？"

老夫老妻即视感是怎么回事？薄藤只觉得这两个人的对话很是辣眼睛……噢不对，辣耳朵。

"啊，什么意思？好吧。"最后，陈子桑狐疑地挂了电话。她扭头看向了薄藤，打量了他一会儿道，"你是不是得罪顾森了？"

"嗯？"

"顾森让我不要和你说话，尽量少说话。"

"……"

嗯，顾森是不承认他对陈子桑的感情，但显然他还是很有危机意识的。

薄藤想，但这关他什么事？

顾森在给陈子桑打电话的时候正好到达周满满的家，下了车的他们对一眼就能看到的房子并不感到奇怪。周满满的家看起来很正常，就外观上来说，既不富裕也不贫穷。

"周满满家距离苏婉家不过只是隔了三排的房子，既然是同个村的，那么苏婉会认识周满满看来也不是巧合。"锁上车门的潘清走到前方和纪茶白他们站在一起，双手叉着腰说道。

纪茶白环顾了下四周，又看了看周满满家的房子，发现整个村子里的房子外观都是一样的，只不过苏婉家境殷实，里面的摆设就有别于一般人家。

但是周满满家的房子却始终只建了一层，相较于其他居民的房子，周满满家看起来显得比较落后。

"他们家最近粉刷墙面了。"这时，走在前面的潘清，抚摸着周满满家的外墙面，皱着眉头说。

纪茶白自然也是意识到了这点，走上前去拍拍潘清的肩膀说："敲门吧。"

此时是周末的下午，村子里好多小孩都在跑来跑去地串门，手上拿着各种各样的树枝树杈，你追我赶，也不知道在玩什么游戏。来的路上，经过沿路的一条小溪，还看见小孩用自制工具钓小龙虾。

本来，苏婉和周满满也该享受这样无忧无虑的生活。

潘清上前敲门，却又一下子发现不知道该敲哪里。这不是大门，而是房子的后门。前门上了锁，锁都生锈了，一看就知道这户人家不经常使用前门。但后门又是卷闸门，无奈之下，潘清索性扯着嗓子喊周满满父亲的名字："周照辉！周照辉！"

顾森在身后都觉得这喊声有点震耳欲聋，他下意识地堵了下耳朵，有些不耐烦地往边上看去，发现几个小孩停留在不远处，打量他们。

"傻子家，嘿嘿！"有个小孩肆无忌惮地说着。

顾森看了眼潘清和纪教授，转身走向了那几个看热闹的小孩。小孩见这个个子高高的大哥哥走了过来，不知道为什么觉得有些害怕，竟着急想走。

"等下。"顾森伸手一把就摁住了想要逃跑的小孩的脑袋，随后慢慢蹲了下来，瞅着眼前这个小孩问，"你认识这家人吗？"

被顾森抓住的是个小男孩，穿着蓝色长袖，胸前还印着一只小熊的图样，深色的牛仔裤，不过衣服和裤子都因为到处玩耍而变得脏兮兮的，一看就是不爱做作业的熊孩子。

"那个是小傻子的家。"小男孩嘟囔着，瞥了眼顾森，又迅速将头低下。

"知道他的名字吗？"顾森继续问。

小男孩思考了下后，摇摇头。第一次听到"小傻子"还是自家爸妈在饭桌上开玩笑时说的，他也没问过"小傻子"到底叫什么。

顾森微眯了下眼睛，摁住小男孩脑袋的手松了松，转而往下抓住了他的胳膊："那你平常有看见他和谁在一起玩吗？"

"不知道。"小男孩老实地回答，后又说，"我们都不会和他玩，有些人还拿小石子扔他。我没有扔过……"

顾森懒得去评价一个小孩的行为，毕竟他们所做出的行为80%受父母影响，评价他们就等于批判他们的父母。

"我爸妈说小傻子死了，他是怎么死的？"小男孩转而问起了顾森问题。

树荫下，顾森蹲着，小男孩站着。斑驳的树影落在顾森身上，晃动来晃动去，可顾森的表情一如既往，没有变化。

"我看见有人和小傻子玩，小傻子还送给那人花呢。"这时，本来先跑开的小伙伴见顾森没有对小男孩做什么，又壮着胆子折了回来，并给出了这样一个信息。

顾森转头看向他，问："男人还是女人？"

"是个漂亮的姐姐。"这个差不多将头发剃光的小男孩很肯定地说，顺便还抬手指了指不远处的房子继续说道，"喏，就是住在前面一点的那户人家的姐姐。"

啊，漂亮姐姐就是苏婉。

顾森点点头，拿出手机打开了相册，将其中一张照片放到光头男孩眼前说："送的是这种花吗？"

光头男孩分不清花的种类，只是模糊地记了个大概，犹豫地说好像是，他也不确定。然后，他伸手碰了下手机界面，结果花的照片不见了，他看见了相册里其他照片。

"哇，大哥哥你手机里的这个姐姐更漂亮。"小男孩一喊，另外一个也把脑袋凑了过来，睁着好奇的大眼睛拼命地想看个究竟。

"真的呢。是大哥哥的女朋友吗？"

八卦的小孩。

但顾森却没有半点不耐烦地回应道："现在还不是。"继而将手机收回，别过脸抑制不住的嘴角向上翘着。

"顾森！"这时候，潘清洪亮的声音响彻耳边。

顾森站起身，拍拍小孩的头说："在外面玩不要跑来跑去的，注意安全。"

"嗯，大哥哥再见！"

小男孩跑开，恢复开心的样子。顾森转身朝他们走去，此时周满满的父亲周照辉已经在门口，有些不知所措地面对着这几个不速之客。

周照辉中等个子，身材单薄，穿得很朴素，鼻梁上居然还架着一副黑框眼镜，乍一眼看过去，他的气质倒还蛮接近一名教师。顾森边观察着边向他们靠近，等到他走近时，才看清周照辉残疾的右手。

"你们是？"这是固有的开场白，周照辉打量着他们，客气地问。

潘清随即出示了警官证，顺便例行程序说道："现在有一宗案子我们需要向你了解一下情况。"

周照辉怔在原地，一时没了主意。

"方便的话，我们进去说。"潘清又追加了一句。看着周照辉的眼睛，潘清只觉他已经在想如何应对了。

"噢，好好。"周照辉应答着不自然地侧身到一边，让他们进屋。等人都进来了之后，他对着门外暗暗皱了下眉头。

卷闸门还是向上拉着，屋内的情况一目了然。纪茶白看了看四周的墙，都是雪白的，墙上一点东西都没有。

"家里最近刚装修好？"纪茶白环顾四周，脸上带笑。其实他更想问的是，这收拾得如此干净是准备搬家了吧。但他并没有戳破。

周照辉在屋内的另一边忙着沏茶，听到他这么问，尴尬地笑着回身应了一句："嗯。"

整个一层的房子被隔成了好几间，厨房、客厅、卧室、洗手间都在这一个空间里。而潘清他们坐的地方就是周照辉他们吃饭的地方，坐的凳子也是饭桌旁的凳子，至于地面也只是简单的水泥地，普通得不能再普通了。

周照辉倒好茶水一一放到了他们跟前，随后他自己也坐了下来，脸上的表情是想报以礼貌的微笑却又苦于没有要笑的理由。

"现在家里就你一个人？"潘清端起一次性茶杯小喝了一口，有点烫舌头，他轻轻地咂巴了下嘴巴问。

周照辉神情忽而暗淡了下来，苦笑道："嗯。"说完后是浅浅长长的叹息。

来之前，潘清和顾森都有看过周满满一家的资料。几年前，周照辉因为在工作当中操作不当而失去了右手的三根手指，厂里给赔了点钱，但这点钱却被自己媳妇给拿走，从此再也没有出现过。

一开始，周照辉还善良地以为媳妇失踪了还到派出所报案。结果当民警联系到他媳妇时，媳妇却说给他生了个傻儿子，本来就是一家人的负担，家里没有钱，全靠周照辉，可周照辉手又残疾了。那才盖起一层的房子还欠了好多债。她承受不起，选择离开，拿走钱是为了弥补自己这些年对这个家的付出。

从此以后，周照辉也陷入了人生的低谷，找不到工作，东奔西跑受尽白眼，生活相当的落魄。

"周满满出车祸的那天你在哪儿？"顾森犀利地抛出了第一个问题。

周照辉自然是没料到这样一个沉重的话题会再一次摆在他的面前，他的神情包括他细微的举动都在极力排斥着这个问题。

"在家。"他几乎是咬着牙回答的。

顾森能体会到周照辉当时的心情，周满满被撞的地方就离家两百米。也就是说，如果当时的他并没有喝多酒……

"资料上说你并没有追究肇事者的刑事责任，也就是说肇事者非但没有逃逸，反而对你进行了赔偿，而你们就赔偿事宜达成了一致。"潘清单手放置在桌子边沿，一下子就进入了审讯的状态。

周照辉的表情从急剧悲痛中转而进入震惊的状态，他微微垂着的脑袋陡然间抬起，过于意外的话题让他抬头的瞬间，眼泪竟猝不及防地落了下来……

顾森看着他的神情，一瞬间想到的竟是陈子桑。想着如果她在应该能看出个端倪来，究竟这个周照辉震惊的是什么，悲痛的又是什么？

潘清手里现有的资料仅有周照辉这方的，对另一方肇事对象却是一无所知。按照常理来想，仅有的一个和自己相依为命的儿子被人给撞死，怎么可能答应私下了结？

周照辉闻声只是低头沉默不语，他似乎是不想面对或者是不想回忆当时自己的心情。

"肇事车辆车牌还记得吗？"潘清没有多做纠结，直奔了主题。

周照辉沮丧无力，想了想却也只是摇头："记不清……我儿子虽然不聪明，但那也是条人命，他们却……"

说话间，周照辉开始微微发抖。

"他们是谁？"顾森紧接着问。

周照辉一副彻底结束了的表情，或许是对儿子的愧疚，或许是对自己当时的懦弱感到悲哀，他最后说的时候竟是出人意料的愤怒："就是那个苏天明！他一定会有报应的！他们全家都会有报应的！"

攥着拳头的周照辉双手仍旧颤抖，额头青筋暴起。

苏天明？

他们互相对视，震惊于这个突然出现却熟悉得很的名字。苏天明意外撞死了周照辉的儿子，但这和苏天明一家的灭门惨案会有什么联系吗？

此时的潘清感到莫名的压抑，那种当了几年警察之后对坏事的预感，从来都没有错过。

也包括现在。

"按照你之前的话来说，当时车上除了苏天明还有别人。那么另外一个是谁？"顾森没有让周照辉有任何喘息的机会，身子往前倾，追问道。

周照辉整个人再一次沉浸在悲恸中，对顾森的声音置若罔闻。他悲愤地哭着，好像世界对他而言已经不再具有意义。

"我问你，还有一个人是谁？"顾森上前掐住了周照辉的胳膊，眼神凛冽，声音低沉厚重。

周照辉一个劲地摇头嘶哑着哭着，但他还是留有神志，断断续续地说："不知道是谁，但他脸上好像有颗痣，因为长在嘴边，所以印象比较深刻。"

　　嘴边长了颗痣？顾森听到这儿的时候，将目光投向了潘清。那种三番五次受到冲击的感觉终于在最后这句话里得到了印证。

　　潘清正巧也听到了关键词，那诧异的神色和顾森如出一辙。于是，两个人竟头一次觉得巧合是件多么不合常理又可怕的事情。

　　而当时的纪茶白正好走到了卧室里查看，发现周满满的房间床上堆着一堆的纸，有胡乱作的画，也有一张张写着"苏婉"名字的纸。

　　那些字稚嫩不成形，纪茶白却看出了周满满和苏婉之间那不为人知的微妙情感。

/
第五章
灵魂堕落
/

"今天谢谢你啊。"

去夏米粒家的路上好像时间过得特别慢，可是回来的路程却显得很短暂，好像才系上安全带没多久就到了。

薄藤轻声"嗯"了句，算是对陈子桑表达谢意的回应。他看了她一眼，想了下后对她说："苏婉的房间暂时没有别的发现，但是她房间垃圾桶里的零食包装纸有点奇怪。那不像是她爱吃的东西，都是高热量的食物。一般像她这个年纪的女孩都以减肥为己任。还有他们家确实没有第四个人出入的痕迹，至少在那天没有。"

陈子桑其实心中大致明白一二，内心涌上来的对真相的渴望已经变得淡然，她甚至有点不愿去证实她脑海里假设的事情。

"最差的情况不过是知道凶手是谁却无法抓住吧。"她苦笑，随意低头，情绪莫名低落。

薄藤不知道她此话从何说起，但能明白每一件凶杀案的背后都是一些欲望在作怪，人之常情的欲望却能使人致命。

"先上去吧。"薄藤看了下时间，已经是下午五点十三分了。想着潘清他们也该快好了。

陈子桑点头说好的同时拿出了手机，本想给顾森打电话来着，转念一想他可能还在忙，于是就编辑了一条短信发了过去。她发完短信刚准备跟上，迎面就撞上了薄藤的后背。

"你怎么不走啊？"陈子桑有些好笑，虽然不疼，但多少觉得有些尴尬。

薄藤脊背稍稍有些僵硬，但他转头同走到自己身边的陈子桑说："是你和他发短信太认真，没看见我停下来等你了。"

陈子桑稍显错愕，抬头和薄藤对视，冷冰冰的镜片下那双眼睛却出奇的亲和。本该锐利的双眸却变得有点温和，这是怎么回事？

"啊，不好意思。顾森让我回来的时候告诉他一声，所以我就回条短信给他。不然，这个人生气的话很难对付的。"陈子桑收回自己的视线，算是解释了一番。

薄藤往上托了下自己的眼镜，语气清冷地问了句："所以你们真的不是小情侣吗？关系都好成这样了？"

"没有啦。"陈子桑大方地笑着摇头说，"学校里的同学都这么认为，就连我们的队长也是这么想的。可问题是我和顾森真的没有在交往啊。我们两个是纯洁的革命友谊关系。"

"迟早会变质。"薄藤冷不丁地来了这么一句。

看着薄藤往前走的背影，陈子桑只是低头一笑。她和顾森会吗？她能看透别人的心思，也一样看透顾森的。可为什么他会不一样？究竟是他本身不一样，还是她觉得他不一样？

第一次见面的场景都还历历在目，顾森对她真的没有半点好感，甚至还很排斥。陈子桑不懂他为什么从见到她的那刻就流露出了奇怪的神情，但她知道那反正不是喜欢的意思。

可就是这样的一个人，却深受大家的喜欢，喜欢他的人从来没有减少过，甚至还出现上升的趋势，但他从不在意这些。

即使他对她毫无感觉，他却依然能对她照顾得面面俱到，细致入微。就因为这样，他们成了师生眼中的"情侣"，更因为他们两个在别人眼里都属于怪胎。

所以对陈子桑而言，顾森注定和别人不一样。

"想什么？"薄藤再一次停下来回头看她，她正好站在大厅门口的一排柳树下，没有什么风吹过，他在看她的那刻却感觉春风佛面。

陈子桑笑着摇头，跟上他，还是说了句："我侥幸能看出别人的心理诉求，但顾森却是实实在在能读懂我的人。我想这大概就是为什么在你们眼里我们会是一对了。"

"既然这样，为什么不在一起？"薄藤觉得好笑，都上升到灵魂层面的关系了，还扯些什么喜欢不喜欢的问题。

陈子桑也困惑，想了半天，她没有不喜欢顾森啊，可要说喜欢好像还欠点什么。于是她笑着问："这个，非要在一起吗？"

现在的年轻人真是搞笑。薄藤本来就不是个爱管闲事的人，可偏偏在面对陈子桑的时候，他觉得自己变得有点啰唆。

"那将来万一他和别的女人在一起了，你会难过吗？"最后，他问出了一个实际性的问题。

陈子桑怔在原地，她好像没有想过这个问题。她乌溜溜的大眼睛盯着薄藤看，倒有点想让他给出答案的意思。

"你这样目不转睛地看着我，被那个万年醋坛子看见，一不小心打翻了，会把整个公安局腐蚀掉的。"薄藤拉拉衣襟，别过脸说，"走吧。反正他还没有别的女人，而你……没准会有别的男人，这样你就可以把这个难题抛给他解决了。"

"啊，你这样说得好像顾森喜欢我一样。"陈子桑笑得很灿烂，随着薄藤往刑侦大楼走去。

前面的薄藤无奈地冷哼了下，简直是个聪明的笨蛋。

上了楼的两个人发现，徐凌双已经在潘清办公室等他们了，见到薄藤和陈子桑先回来，她也站起了身，手上多了几份报告。

"徐法医。"陈子桑礼貌地唤了声，然后薄藤走向她。

徐凌双也只是礼貌性地笑了笑，表情瞬间恢复严肃。她将报告先递给了薄藤，对他说："苏婉家门把手上留下的指纹和我从潘清带回来的嫌疑人汪永航身上提取到的指纹完全吻合。更甚之，杀死苏婉的那把刀上的指纹也是汪永航的。"

"是汪永航杀死苏婉的吗？"陈子桑疑惑地将脑袋凑过去，和薄藤一起看那份报告。可是看了一会儿后，陈子桑又否定道，"徐法医你不觉得奇怪吗，汪永航为什么要留下一把带着他指纹的凶器？如果是他杀死的苏婉，那他当时已经在门口了，他从门口逃跑的时间绰绰有余，为什么不把凶器处理掉？"

徐凌双自然是看出了这些端倪，她愁眉不展也是因为她对自己得出的结论感到震惊，甚至觉得可怕。

她看向陈子桑说："目前为止，汪永航留下的指纹是最大最直接的线索，但其他的线索更加的匪夷所思。我在苏婉爸妈身上都找到了一个共同点，那就是——苏婉。"

"嗯？"陈子桑和薄藤都不解地看向她。

徐凌双知道这听起来很不可思议，但证据强迫她说出心中的疑惑。她只能继续说："还记得苏婉手臂上的防御伤吗？如果凶手另有他人，那么苏婉爸爸苏天明出于紧张抓着苏婉逃跑，抓着她手臂的手掌心一定是向下的。可事实上苏天明的手掌却是托着她的手臂，也就是说他的手掌心是朝上的。这更像是苏天明在阻挠苏婉做某件事情。"

陈子桑不说话，只是聚精会神地听着，尽管她心里早已波涛汹涌。

"还有我在苏婉妈妈张爱杰的手指上发现了属于苏婉的头发，那头发就缠在指间，像是不小心拽下来的。"对于张爱杰的描述，徐凌双说得比较简单，因为她确实只发现了这一个疑点。可光是这个疑点就让她觉得事情有些诡异。

整个办公室里只能听见三个人浅浅的呼吸声以及偶尔的叹息。陈子桑没有对徐凌双的怀疑做出回应，她只是在消化，消化这些天她掌握的证据以及即将到来的真相。

"我怀疑……"徐凌双用一种极度震颤的语气想要试着讲出她所得出的假设，那个卡在喉咙处的秘密让她有点喘不过气。

可她正准备脱口而出，就见潘清领着纪茶白和顾森行色匆匆地走了进来。潘清径直往办公室自己的座位上走，压根没坐下，只是着急地喝了口茶。

而陈子桑见顾森回来，也忙着走上前打听情况。至于纪茶白，他和薄藤并肩站着，也交流了起来。

"情况有点复杂。"顾森只对陈子桑说了这么一句，然后看了看她的脸色，这一下午东奔西跑，她也没顾得上休息。好在平时在警校的训练强度一直在增大，她看起来还好。

"刚刚听徐法医也讲了一些，情况确实有些奇怪。"陈子桑也皱着眉头，轻声说。

"周满满是被苏婉的父亲给撞死的。"相顾无言几秒后，顾森把这个信息告诉了陈子桑。

"什么？"陈子桑也觉得意外。

顾森脸上没有任何波澜，他的惊讶早在周满满家里就已经表现过了。现在的重复，他也只是为了说而说。

"等等再吃惊。"顾森把整只手臂搭在了陈子桑的脑袋上。

两个人并排站立着，陈子桑被顾森的手压得脑袋发胀，可画面却意外的和谐。

"周满满是被苏婉的父亲撞死的，但副驾驶座上坐的却是汪永航。"顾森不紧不慢地补充道。

"啊？"陈子桑转身往前一步，看着顾森，更加震惊了。

顾森的手垂下重新揣回了裤袋里，望着神色巨变的陈子桑，还是问了句："有没有和他多说一句话？"

陈子桑还沉浸在各种杂乱又带着冲击性的信息中，完全没有听见顾森的话，自己一个人埋头在理思路。

"问你话呢？"顾森见她没反应，也不管她是不是正在思考，伸手掐了一把她的脸颊。

顾森第一次感觉到她皮肤的柔嫩和光滑，那种牛奶般的肌肤触感让他感觉自己的心脏被暴露在了外面，危险赤裸。

陈子桑回神，茫然地问道："你说什么？"

结果顾森恍惚地问了句："你用了什么护肤品？"

"啊？"陈子桑真的怀疑自己耳朵出了问题，好端端的为什么要掐她脸，问她用什么护肤品啊？他是不是有病啊？

"啊什么？"顾森一边反问，一边又抬手再次掐了下她的脸，面不改色地问道，"又嫩又滑的一定是用了什么护肤品才这样。"

陈子桑震惊于顾森对自己"毛手毛脚"，这家伙向来不喜欢与人有过多的肌肤接触，今天是不是有点反常？

"怎么不说话？"他好像掐她掐上瘾了，又轻轻捏了下她的脸颊。

"流氓！"陈子桑皱着眉头大喊一声，随后不管三七二十一扑了上去，奋力地伸手想要掐顾森的脸，"掐脸干什么？我掐你试试，你舒不舒服？有毛病啊！"

顾森觉得好笑，只是轻而易举地就把陈子桑的手给抓住了，一下子就让张牙舞爪的陈子桑束手无策。然后他脚下一转，将她整个身子抵在墙边，低笑玩味。

"你干吗啊？"

陈子桑被钳制得毫无反击之力，她想踢腿击中顾森的要害，哪知又即刻被他识破。顾森大长腿往前一步，就挪到了陈子桑两腿中间，整个人又逼近了她一寸。

这让陈子桑顿时沉不住气了，憋了半天嚷道："你个变态！纪教授，救命啊！"

陈子桑嗓门一喊，本来都在各说各话、总结分析案情的人都纷纷扭头看向角落的他们。

可是顾森仍不为所动。

纪教授看了眼两个人亲密又尴尬的举动，没有多说一句话，淡定地看向薄藤说："目前我们掌握的信息就是这样，需要再去和汪永航聊聊才能知道。"

"也就是说汪永航是最后一块拼图是吗？"薄藤连看都没往那边看，心无旁骛地同纪教授说道。

"难说，我们现在还不确定他们之间到底发生了什么。"与此同时，潘清喝完水也加入了他们的讨论。

徐凌双看着那边小两口打情骂俏的不好打扰，这边几个爷们也在严肃地探讨案情。该说的她都说了，虽然怀疑的事情她并没有完全说出口，但她相信，陈子桑听得懂。

于是，徐凌双暂且离开回到自己的法医室，因为她竟突发奇想准备做点别的事情。

"所以有必要再对汪永航进行一次'谈话'。顺便让周照辉指认一下，周满满被撞死的那天，汪永航究竟有没有在场。"潘清双手叉腰，用力地挤了下干涩发痛的眼睛。

于是，三个大男人瞬间做鸟兽状散了。

"喂，纪教授，你们……"陈子桑是万万没料到，纪教授这么一个温文尔雅的教授居然会弃学生于不顾，任凭她陷入虎穴。

顾森盯着她看，似嘲笑："你是觉得我会吃了你吗？"

"你什么事干不出来啊？我说错什么了，你态度那么恶劣还挂我电话。我跟你说，扣分那事没完，你竟然还敢招惹我，还……还这样对我，你……放开啦！"陈子桑越说越恼火，被顾森这样像猴子耍简直就是人生屈辱，可能怎么办呢，她确实打不过他。

顾森听着她的长篇大论，不屑地冷哼："扣你分是天经地义，至于挂电话……只是因为我要说的已经说完了。"

如此之后，顾森就松开了陈子桑，两个人之间的距离又恢复平常。不过于靠近，又不刻意疏远。

陈子桑才不会信他的鬼话，说最后一句话的时候，眼神有了闪躲，那明明就是回避甚至讨厌提及那件事情的反应。她揉揉被顾森掐过的手腕，没有觉得疼，大概也是因为顾森并不是真的想要在和她的斗嘴中占上风。

"走吧，听听汪永航嘴里的话是不是真话。"末了，顾森也没有停留在之前那个话题，直接走出了潘清的办公室，对陈子桑说道，"没准案子很快就要结束了。"

陈子桑双手垂下，双眸清冽，随即跟上。

周末的夜晚来得特别快，当顾森和陈子桑一起过去审讯室的时候，外面天色已暗，可两个人丝毫没有感受到时间的流逝。

"都已经这么晚了，学校食堂的饭点都过了吧。"陈子桑走到楼外，拿出手机看了下时间。结果一看，她就看见有几条未读的微信短消息，"居然还有人惦记着我。"

打开微信看了一会儿，陈子桑皱起了眉头，忐忑地扭头对顾森说："程醉告诉我，下午的时候紧急集合，何队点名了。"

顾森斜睨了她一眼，随后问："还有呢？"

"没有了啊。"陈子桑不知道顾森在问什么，直截了当地回答，然后一脸平静地准备往前走。

顾森的神情在清冷的月夜显得更冰冷，他没好气地追问道："还有谁给你发微信了？"

"嗯？"陈子桑站定回身，脸上有点尴尬和别扭，她为难地说，"那个隔壁区队的区队长问我去哪儿了，说想请我吃饭。"

"嗬。"结果顾森皮笑肉不笑，没有给任何回应自顾自地往前方走去。请吃饭？嗬，隔壁区队的区队长是不是在搞笑？

陈子桑明显从顾森身上感受到了一股莫名的压力，那是什么呢？说不清道不明的，总之他现在应该非常不高兴。

　　大概是隐约有点明白顾森在恼火什么，陈子桑便婉拒了别的区队区队长的好意。本来嘛，她都答应和顾森一起吃晚饭、吃夜宵了，突然有人冒出来要请她吃饭，顾森一定不爽。

　　对，一定是这样。

　　随后，两个人一前一后地走进审讯室隔壁的监听室，纪教授也在。只是纪教授坐在大屏幕前。

　　通过画面，陈子桑看见了汪永航的样子。那是个嘴边长了颗痣，偏瘦、短头发，略微驼背的男人。他现在有些不耐烦，面对着潘清，他双手放在桌上，十指交叉，焦躁地摩擦着。而双眼也是不安分地东看西看。

　　"2月20日的时候你在哪儿？"潘清问。

　　汪永航头也不抬，简单地回答："在家。"

　　潘清看了他一眼，随手就朝他扔了一张周满满生前仅有的一张照片，语气冰冷、例行公事地问道："认识他吗？"

　　汪永航皱着眉头不情愿地回应着潘清的话，抬头映入眼帘的竟是这样的一张照片，他顿时愣了下不敢吭声。

　　"他认识周满满。"隔着玻璃观察着这一切的陈子桑对顾森说道，"可是他却在犹豫。"

　　顾森站得笔直，和陈子桑一起盯着仅有一面玻璃之隔的审讯室。

　　"不认识。"汪永航回答得很干脆，但语气并不坚定。他甚至没有看清整张照片，只是坐在那里，瞥了一眼后给出了答案。

　　这么明显的回避，潘清不会看不出，他更是故意把周满满的照片往汪永航跟前推，动作是缓慢的。

　　"你只瞥了一眼怎么可能看得清，拿在手里再仔细看一下。"

　　汪永航身子微微后仰，他根本没有在看照片，微微向左偏的脸颊难掩厌恶之色。

　　"你说2月20日在家，谁能给你证明？"潘清接着问。

　　汪永航已经有点力不从心了，他忽而双手掩面，沉默半晌之后说："我要找律师。"

这时候，外面走进来一个民警，对着潘清使了个眼色，随后将一份材料交到了他的手里。

潘清接过来一看，有些不可思议。他扭头看了看身后的玻璃，露出一个奇怪的表情。

"看样子汪永航的事情发生了变动。"没等陈子桑对潘清的样子做出"评估"，顾森倒是抢先一步做了猜测。

随后顾森先走出了监听室，留下陈子桑一人依旧盯着里面对汪永航看。他好像在拼命掩饰着什么，当时看那个照片他依旧是有点不耐烦，他认识周满满没错，但有没有交集就难说了。

没一会儿，顾森又重新走了进来，拉着陈子桑往外走。陈子桑疑惑，这是准备走人了吗？

"去哪儿？"

"回学校。"

"啊？"

这就回去了？还没等汪永航交代呢！陈子桑往后一拽，迫使顾森停步，然后面对面问道："你是不是知道了什么？"

"那个警察告诉潘清，2月20日苏天明刚出差回来，那个时候汪永航不可能在他的车上。也就是说，周照辉在撒谎。"顾森正色道。

陈子桑略微吃惊，周照辉为什么要说谎？再者，如果车上坐的不是汪永航，那苏天明撞死周满满的那天，副驾驶上究竟有没有人呢？如果有人，又会是谁？又是谁让周照辉撒的谎？

"周照辉对汪永航的外观描述很具个人特点，他如果没有亲眼见过汪永航，那只能是有人告诉了他。"顾森知道陈子桑在怀疑什么，便开口解释，随后又看了下手表上的时间，"今天太晚了，我们先回去，这事纪教授会跟进，他会告诉我们的。"

"嗯。"现在纵使有很多新增的难题，陈子桑也无法一下子就得出答案，她只能听话地随着顾森离开。

可两个人刚走到门口，顾森就见其他民警带着周照辉往审讯室走去，想着一定是潘清让周照辉去认人了。于是他又改变主意，和陈子桑折了回去。

两个人就这样跟在周照辉的身后，他整个人略显萎靡，脚步稀松甚是无所谓。

陈子桑才刚看见周照辉就觉得这个人身上被浓郁的阴霾所笼罩，他整个人像是被恶鬼拽进地狱失去了半条命一般，犹如行尸走肉。

"目前的情况是苏婉和周满满之间、周照辉和苏天明之间、苏天明和汪永航之间以及周照辉和汪永航之间存在的关系。苏婉和周满满的相识我并不奇怪，那看起来像是个善良的女生对一个受尽人欺负又无个人判断力的男生的保护。但这三个男人之间错综复杂的联系，必定和女人有关系。"

顾森的一番话让陈子桑脑海里的思绪翻腾，徐凌双明明说了在凶器上验出了汪永航的指纹，又说苏婉并非苏天明所生。

"汪永航明明见过周满满，却说不认识。周满满家离苏婉家不过几百米距离，如果汪永航曾经多次出现在苏婉家，那他见到周满满的几率一定高于其他人。"

陈子桑双手轻轻别在身后，随着顾森悄无声息地跟在他们后面，嘴里也轻声地同顾森说着自己的看法。

顾森看陈子桑边说边走得靠边了，伸手自然地搭在她肩上将她往自己身边带，顺便绕了个身，让她走在内侧。

"再者，汪永航的指纹为什么会留在苏婉家的水果刀上？是什么时候留下的？"陈子桑并没有过分在意顾森对自己的举动，仍旧沉浸在推测中。

顾森看了眼前方周照辉的背影，偏头问道："你肯定凶手不是汪永航吗？即便他有杀人动机？"

"太过于明显的证据反而使人怀疑作假。我不否认汪永航在这起案子里的可疑程度，但徐法医说的事情更让我在意。一家人除了苏婉，其余两个身上都释放着一个共同的信号，那就是——"

和当时徐凌双一样，都到了喉咙口的话又被突发状况给塞了回去。周照辉进入审讯室隔壁的房间，透过那块单面玻璃看见了汪永航，情绪激动地指着那头沉默不语的人对纪茶白喊："就是他！就是他！"

顾森和陈子桑忙跑了进去，只听周照辉在这头喊："就是他，就是他害死了我儿子，是他……"

"你确定当晚看见的另外一个人是他？"纪教授坐在椅子上转过

身，问道。

周照辉点头，这时的他双眼通红，那种怒气直白地写在了脸上。

顾森皱眉，看了眼陈子桑说："他的情绪是真的。"

"可他说的话是假的。"陈子桑双眸清澈，眼里似有粼粼波光。随即她上前一步，盯着周照辉问，"你儿子被撞死的那天晚上，汪永航不可能出现在苏天明的车上，在苏天明车上的另有其人。"

周照辉矢口否认，转过身立即冲着陈子桑不满地低喊："害死我儿子的人，我怎么可能会忘记？！就是他！他当时就在苏天明的车上！"

纪教授瞄了眼本应该回学校集合的顾森和陈子桑，无奈地轻轻叹了口气，站起身同周照辉面对面，说："你说你不会忘记一个并不是直接害死你儿子且你不知道姓名的人，可你连肇事车辆的车牌号都无法提供。假使你说的是真的，那你能告诉我那天汪永航身上穿的是什么颜色的衣服吗？"

周照辉怔了怔，看似着急地蹙起了眉头。

"你当时说苏天明一家都会遭到报应，很显然你已经知道苏家人已死，那么我们现在可否怀疑你与苏家灭门一案有关系呢？毕竟你现在也有了杀人动机。你憎恨苏天明撞死了你儿子，于是你就杀了他们一家。而你房间里收拾好的行李，在我看来就是为了潜逃做准备的。你还有什么要说的吗？"

纪教授的语气平静如往常，却字字珠玑，让周照辉当场不知所措。他又只能急忙地为自己开脱，说自己没有杀死苏天明一家，就算是他憎恨苏天明，也不会对和儿子一般大小的苏婉下手。

"杀人犯都不会承认自己杀人。也就像说谎的人在解释自己的谎言时也仍旧用其他谎言作为澄清的理由。"纪教授上前一步，紧逼道。

"我没有……我没有杀死苏天明一家。"周照辉后怕地后退一步，可后路已经没有了。

"那晚，你到底看见了谁。"最后，纪教授以陈述句作为了这场心理博弈的终结。

周照辉挣扎着，靠单手撑着桌面支撑着自己的身体，无力地扶着额头，那断指的手看起来尤为悲凉。

"我不认识他，可他也是凶手！"周照辉低声怒吼着，"如果不是他半路慌张地冲出来推了我儿子一把，我儿子也不会死在苏天明的车轮下，他就不会死！"

听到这里时，陈子桑歪着脑袋疑惑地看向了顾森。顾森明白她的意思，但此刻两人也都是心照不宣地静听着。

"他也是害死我儿子的凶手！他才是害死我儿子的凶手！"周照辉大喊，崩溃只是一刹那发生的事情。

纪教授没有为之动容，只是语气变得稍稍缓慢，又问："事发时，苏天明和车上的人都下来了吗？"

周照辉抹了一把眼泪，把那副不怎么适合他的眼镜拿在手里，微微颤抖着。他说："苏天明一下车就开始骂，说是满满突然冲出来才出事的。当时满满浑身都是血，我动都不敢动他，可苏天明却连急救电话都不愿意打，像他这种人死了才是老天爷开眼！我跪在地上，膝盖上都是满满的血，我喊他的名字，他只是一个劲地口吐血沫子。他本来还能开口叫爸爸，可是那会儿他连眼睛都睁不开了……我的孩子，才这么点大，他什么都不懂，我只是想让他无忧无虑地生活着，都怪我，都怪我没用，都怪我……"

周照辉又不可抑制地痛哭了起来，那种血浓于水的亲情在此刻被放大，赤裸地摆在了众人的面前。

陈子桑望着周照辉几乎瘫坐在地上的背影，顿时觉得心里像被千斤顶压住一样，喘不过气。她猛地转身，压抑万分地微闭上了眼睛。

这场景，熟悉得让她恨不能拔腿离开。她不愿意见到这景象，就如当年妈妈的那句——

"为什么死的不是你？！"

顾森察觉到陈子桑的异样，只是看着她，随后抽了一张放在桌上的纸巾朝她靠了过去。

"鼻涕擤干净。"他似漫不经心地说着，却把纸巾搭在了她的鼻子边，像是爸爸对女儿那般说道，"用力。"

陈子桑先是破涕而笑，继而真的用力地擤鼻子。完了，她抓着顾森的手再蹭了蹭纸巾，对顾森说："顾爸爸，谢谢你。"

哪知，顾森说了句："不要叫我爸爸，我没有你这么邋遢的女儿。"说这句话的时候，竟还用另外一张纸巾轻轻地擦了擦她眼角的泪水。

"苏天明虽然可恶，但好在他的女儿明事理。明明见到那种场面吓得要死，却抖着手打了电话，最后和我一起跪在冰冷坚硬的地上等着救护车来。我知道满满没有朋友，却唯独和她聊得来。可是老天爷为什么要对两个孩子这么狠毒，为什么啊……"

周照辉哭着讲着那晚的事情，可就在这时——

"你说什么，当时在车上的是苏婉？"

陈子桑万万没想到，苏天明出差回来时，副驾驶座上坐着的会是苏婉，为什么会是苏婉呢？当时苏天明出差回来的路线并没有更改，也就是说他并不是中途将苏婉带上车，而是从一开始就带着苏婉出差。

"这很奇怪不是吗？"陈子桑心里升起一个最为糟糕的念头，她联想到之前徐凌双对苏婉的尸检结果，顿时觉得结果令人不寒而栗。

顾森和纪教授都深刻明白陈子桑的怀疑意味着什么，两人都没有说话。片刻安静之后，纪茶白安慰了下悲痛欲绝的周照辉，看向单面镜子那边的汪永航仍旧沉默着，潘清也是在想对策。

"你在这儿看着，我过去和汪永航聊两句。"顾森看着陈子桑说，"早点结束这一切，我们回去吃夜宵。"

陈子桑愣了下，可她看见的是顾森胸有成竹的模样，他眼睛里有一种笃定，那是对真相的执着。

即使他们都知道，这个真相说出口会有多难。

顾森推门而进，出现在了监视器画面中。汪永航见来的还不是律师，很是失望地别过脸。

"2月20日晚上你的确是在家，只不过是在别人家。"顾森轻描淡写地说着，随之拉开了潘清旁边的椅子坐下，"当天苏天明出差，于是你去找了张爱杰。我猜你们之间的通信方式就是那把青绿色的伞吧。张爱杰以挂出那把伞为信号通知你苏天明不在家，而你能够时时刻刻知晓苏家的情况，是因为你在下载的那个软件中登录了苏家监控器视频画面的账号密码，你能够看到外面那个监控器的任何情况。"

"嗬，说得好像你看见了似的。"汪永航不屑地冷哼，他没有把顾森这样一个高个子的年轻人放在眼里。

顾森坐在椅子上，身子往后靠，嘴角一翘道："不如你拿出手机验证下如何？"

"我说了我要等律师！你们这些警察就会把问题误导到别人身上，好让大家都觉得我有罪。"

汪永航振振有词，理直气壮。可他这些话语在陈子桑听来却是缥缈无力，毫无说服力可言。

"我们刚刚有说你有什么罪吗？"潘清反问，手中的笔故意转来转去，"我们不过是说你和张爱杰有一腿而已。"

"你！"汪永航随即一拍桌子站起来，但立即被旁边的警察单手摁住肩膀给强行压了回去。

顾森神情冷峻，接着说："苏家钥匙为什么会出现在你身上？因为那把钥匙就藏在伞里。一把雨伞为什么总是在放晴时挂在外面，下雨时却收了回去，而苏家却没有一个人用过那把伞？汪永航，你等律师来也毁灭不了证据，就好像杀死苏婉的水果刀上有着你的指纹，就连门把上也沾有你的指纹，你要怎么解释？"

审讯室里的氛围很凝重，就连空气流通都受到阻碍，那窄小的空间让汪永航在顾森的连续质问下冷汗直冒。

"你和张爱杰早在十几年前就是初恋情人的关系，却因为不为人知的原因分开。可就在张爱杰嫁给苏天明之后的某一天，你竟意外地来到他家为他们工作，于是你和张爱杰旧情复燃，全然不顾各自的家庭纠缠在一起。但后来被苏天明发现，于是你就一不做二不休杀了他们，可你为什么要杀了张爱杰呢？"顾森所说的内容来自于不完整的推理，他要在这虚实的结合中试探汪永航，以达到目的。

"我没有杀她！我也没有杀了他们全家！"汪永航青筋暴跳，奋力反驳道。

潘清扬扬嘴角，佯装恍然大悟道："所以你承认你和张爱杰有一腿了。"

汪永航顿时惊醒，坐在位置上一时无所适从。他沉不住气，在这样的环境下，他根本不知道顾森和潘清会问他什么，又会说出什么话激怒他。他双手交叉握成拳，似是在下定什么决心。

"就算是你杀死了张爱杰，你不爱她了，可你知道吗，张爱杰一直有件事瞒着你。"顾森乘胜追击，他势必要击垮汪永航内心的防线。

汪永航没有接话，但心里却咯噔了一下。

"就连苏天明也一直瞒着。那就是——张爱杰，为你生了个女儿。"顾森说出这个"秘密"时，脸上波澜不惊，只有坚定的双眼死死盯着汪永航。

而听到这晴天霹雳的话，汪永航彷佛从地狱苏醒过来一般，瞠目结舌不知该作何反应。

但他又时刻提防着这或许是他们的陷阱。

顾森拿出手机，将里面的一张照片慢慢推向了汪永航，慢慢地说道："人的遗传基因是很神奇的，由显性基因决定的遗传特征，称为显性遗传。我不知道该说是幸运还是不幸运，苏婉身上的显性基因让她饱受争议。苏天明和张爱杰都不是高鼻梁，可苏婉是。而且，苏婉的那双眼睛和眉毛你不觉得都像极了你吗？"

汪永航不敢相信，只是瞠大着眼睛在质疑顾森说的这一切。听起来顾森完全就像是在一本正经地胡说八道。可他却不停地往外冒汗，他甚至开始后怕得微微颤抖。

不仅如此，他回忆起苏婉的模样竟隐约觉得熟悉亲切，那种血脉的呼唤让他开始不得不往顾森倾斜。

可如果苏婉真的是他的女儿，那他岂不是"杀人凶手"？

而与此同时，陈子桑逐渐回忆起苏婉写在日记本上的东西。那里面的文字陈子桑初次看的时候，十分肯定地认为苏婉并未提及自己身世的相关信息。

可是，她好像错了。

苏婉从始至终都知道自己的身世，且日记里的内容打从一开始就说出了这个秘密。那句话就夹杂在苏婉的一篇因为生气发泄的日记里。

"就算是捡来的孩子，他也不能逼着我做我不喜欢做的事啊！更何况是我这种十几年养到大的……亲情这种东西跟了谁就跟谁姓，就好像妈妈最终嫁给了谁就属于谁……"

当时陈子桑以为这是叛逆期孩子都会说的话，并未往心里去。可现在细细想来，苏婉真的知道得太多了。虽然并不能确定她是从什么时候开始知道的。

一会儿后，每个人的手机里都收到了来自徐凌双的短信。看完后，大家都对顾森投去了敬佩的目光。

顾森见到徐凌双给出的答案，微微一笑，随即将手机中的那张照片举起放置于汪永航眼前。他一字一句道："这是你和苏婉的亲子鉴定，毋庸置疑，她就是你的亲生女儿。"

汪永航惊诧不已，瘫坐在位置上，眼睛死死地盯着那张单子。受到的打击过重让他连声音都发不出来，就连低喊也只是卡在喉咙深处，难受得无法吞咽。

"你现在能告诉我，为什么你的指纹会出现在那把凶器上？"顾森步步逼问，他能看出汪永航已经在接受他给的事实。

而另一边，纪教授也只是轻声说了句："汪永航不是凶手。倘若他是凶手，为什么大门内的把手上没有他的指纹？他既然要进来行凶就必定要出去。"

陈子桑也点头同意，她犹豫了好久才对纪教授说："我和徐法医都怀疑这起案子的性质。苏婉知道自己不是亲生的，但她并不一定就知道谁才是她真正的父亲。而且根据苏婉日记上的不同字体，我怀疑……"

"多重人格障碍是吗？"纪教授出其不意地反问道。

"你早就知道？"

纪教授先是看着顾森那边一会儿，才缓缓说："当时进苏婉房间时，我就感受到了那种极不协调的氛围。她的书桌整理得很干净，可她的床却始终凌乱不堪。后来你们在床底下发现了饼干的碎屑，再加上薄藤所说的年轻女孩不爱吃的高热量零食，我就怀疑她当时已经成为'周满满'，吃着这些好吃又容易长胖的零食，躲在床底下，好像在陪伴保护着'苏婉'。"

"天哪。"即便知道会是这样的一个说法，陈子桑仍旧觉得心有余悸。一个房间，两个灵魂，一个在床上，一个在床下；一个害怕懦弱，一个无知无畏。

黑暗冰冷的床底，苏婉……苏婉的"周满满"在想些什么呢？苏婉吃着零食，听着寂静的一切，是不是得到了安全感？

陈子桑无从得知，只觉得这悲剧式的结尾越发令人不寒而栗。

"我想苏婉会变成那样，来自于对自己身世认识的模糊以及可悲，再加上亲眼看见周满满惨死以及苏天明的暴戾行为，让她愧疚、害怕，可却无力回天。"纪教授此刻将自己所知的事情全都说了出来。

陈子桑却听得心一阵凉，因为她好像懂得了苏婉写在日记上的另一句话，也明白为什么苏天明出差回来副驾驶上坐的是苏婉。

"'妈妈在魔鬼身边笑，她并不爱我。'"陈子桑轻声地念出了这句话，整个表情因为过于震惊而变得狰狞，她看向纪茶白，声音颤抖竟带着哭腔，"嘀，我终于知道苏婉遭遇了什么。她无法对家人和朋友说出这一切，于是她告诉了周满满，以至于她最后变成周满满也仍旧保守着这个秘密。她想带它进入死亡……死亡……"

话音刚落，陈子桑转身推开门来到隔壁审讯室。她重重地打开审讯室的门，径直朝汪永航走了过去，一把揪起了他的衣领，悲愤地质问道："现在你知道她是你女儿了？来不及了！你知道她生前遭受了什么吗？在你和张爱杰卿卿我我的时候，你知道你的苏婉遭受了什么吗？！她被养了她十几年的'父亲'压在身下痛苦地喘息着！可却没有人救她！她救她自己的唯一方法就是去死！而你这种人，连给她陪葬都不配！"

含泪说完，陈子桑重重地推了把汪永航。顿时跌坐在地上的汪永航也噙满了泪水，这次是悔恨的泪水。

他仍旧说不出话，可却放声大哭了出来。

顾森当即就起身来到陈子桑身边，扶住她的肩将她带出门外。此时，潘清对这案件已经了如指掌，只不过他没想到陈子桑会用这么强烈的举动来摧毁汪永航的心理防线。

最后，律师没有来，汪永航全部交代了。

案发那天，他确实如约去了苏家，可因为路上堵车比平时晚到了半个小时。而就在那半个小时里，苏家发生了翻天覆地的变化。等他拿起钥匙打开门的瞬间，刚好目睹了苏婉拿刀划开了自己的喉咙。

鲜血喷涌而出，苏婉倒在了他面前。他不知道发生了什么事，只是看见苏婉脖子处的鲜血不断蔓延开来，那场景让他害怕到不敢多看一眼，于是顾不上要往家里看看发生了什么事，就这样带着伞慌不择路地跑回了家。他只希望不管发生什么事都牵扯不到他。

而那把带有他指纹的水果刀确实是他买的，是他和张爱杰私会的时候路过一个小摊子，张爱杰提及家中水果刀不好用，汪永航便买了下来。买了不到几天，张爱杰还没来得及触碰，就成了苏婉自杀的利刃。

　　顾森后来也说，当时第一眼见到苏婉的尸体时，他的脑海中就有疑问：为什么苏婉在家还要戴着手套，家里明明开着暖气，且四月天已经没有那么寒冷了。而那把水果刀掉落的地方离她的手是那么的近……

　　事已至此，再多的回想都已成定局。

　　可如果汪永航当时能停下来看看，或许苏婉不会死。但结局如果改变，那苏婉又将何去何从呢？汪永航本就有自己的家庭……

　　故事的最后总是不随人愿，可以避免的悲剧都一一发生了。谁能说出个道理来，这一切不过是场梦，可梦里的人根本无法苏醒。

　　那晚发生了什么或许再也没有人知道，也再也不会有人过问。只是明白苏婉在那个晚上不顾后果地变成了那个无知无畏的少年，她不知道除了自己以外谁是谁，她唯一确定的是这一切都该结束了。

　　即便双手沾满鲜血，即便灵魂堕落。

　　她终于解脱了。

　　"唉——"

　　星期一大早上六点集合，去广场升国旗。陈子桑站在队列中敬礼注视着国旗，心中感慨万千。

　　自从苏婉的案子结束后，她几乎没有睡过一个好觉，难得睡着了，却每时每刻都梦魇缠身，她真的差点吃起了安眠药。

　　但这一举动被顾森制止了，因为他说："本来脑子就不好，等下吃成残废怎么办？"

　　陈子桑觉得他说得不无道理，于是一直没有去碰安眠药。倒是宿舍里的好姐妹给她搜罗了一百种治疗失眠的方法，但无一奏效。

　　"没道理啊。我是属于一看书就犯困的，屡试不爽。"许瑶捧着一本霸道总裁的言情小说，不可思议地说道，"我最喜欢高富帅了，可我居然对书里的不感兴趣，简直奇迹。"

　　"恭喜你，少女心不复存在。"程醉拍拍她的肩膀，开始了内务整理。

许瑶不信这个邪，非要把书塞给陈子桑，强烈要求道："我觉得你和我比起来，你更没有少女心，因为你的少女心都给顾森了。拿去看看，没准你一无聊就睡着了。"

陈子桑觉得好笑，但看到这些言情文她又克制不住地想起了苏婉。即便是那样的年纪，她也没有了少女心。

那颗心，早就被杀死了。

"又来了，又来了，这个表情！"许瑶索性捧住了陈子桑的脸颊，晃了晃说，"不要露出这么难过的样子。被人看见以为你被顾森甩了！我跟你说，只有我们宿舍里的人甩男人，没有男人甩我们的道理。"

陈子桑无奈地笑道："干吗总提到顾森？"

"因为你只听顾森的话啊。"拿了块抹布准备擦桌子的宿舍长胡晓萍悠悠地说出这样的一句话来，"我们让你不要吃安眠药你不听，顾森呛你一句，你就妥协了。"

"你也知道他那是'呛'我啊？我就是受不了激将法啊。"陈子桑将许瑶的手拉下，默默地坐回位置上，片刻后又陷入了沉默。

程醉拉着拖把走到胡晓萍和许瑶中间，忧心忡忡地问："怎么办？再这样下去，陈子桑会死吗？"

"你再乌鸦嘴，先死的就是你。"许瑶双手环胸，白了眼程醉，警告道。

可问题就是即便是宿舍里的好姐妹也没有弄清楚陈子桑萎靡不振的原因，因为她们没有人知道顾森和她刚破了个大案子。

"你说会不会是他们小两口情变了？"刚骂完程醉的许瑶纳闷地提出了一个似乎不太现实的看法。

三个人挤在一边，盯着陈子桑的背影，胡思乱想。

"他们是小两口吗？他们连承认互相喜欢都做不到。"胡晓萍鄙夷地反问道，手里还不断地甩着那块抹布。

程醉冷哼了下，翻了个白眼，对宿舍长这一想法嗤之以鼻："不承认难道喜欢就是假的了吗？我跟你说，我可调查过顾森的背景……"

"调查？八卦就八卦，干吗往自己脸上贴金？"许瑶转头不屑地反驳，然后伸手从宿舍长的桌上拿了个苹果，张嘴就是一大口。

程醉摆手示意许瑶不要打岔，悄声道："顾森的爸妈都是官场上的人。他爸爸是省公安厅里的领导，妈妈是检察院的领导，顾森是名副其实的官二代啊！你想想，我们子桑要是嫁过去，那他们家还了得，简直是……"

"太棒了！"许瑶嚼着苹果兴奋地低喊，还跺着小脚冲着胡晓萍和程醉说，"那我们可不是有了靠山！以后办事多方便！"

"哎？"程醉一听，都忘了自己一开始要说的是什么了，甚是惺惺相惜地和许瑶握了手，偷笑道："言之有理，言之有理！"

许瑶心一横，出了个主意道："为了我们畅通无阻的未来，我们一定要尽最大的努力撮合这对都不太好对付的人。"

"嗯！明白！全听首长指示！"程醉很不要脸地立正敬礼，搞得和真的似的。

当她们聊得正嗨时，前方飘来陈子桑悠悠的声响："这宿舍就这么点大，我听得见，姐妹们……"

许瑶和程醉互看一眼，抿着嘴继续笑，只有胡晓萍盯着许瑶手中的苹果，真希望这苹果有毒。

陈子桑不说话，坐在一尘不染、井然有序的桌子前，她感到了前所未有的空虚。那晚，案件结束后，她和顾森面对面地坐在阳春面馆吃面，面凉了，他们两个都没有吃下一口。

顾森问她："相信命运吗？"

陈子桑摇头。

之后，两人再无话。

那一天发生了太多的事情，太多的坏情绪蒙蔽了他们的双眼，以至于无法察觉到身边细微的变化。

早上七点四十分集合，陈子桑的无精打采让整个区队多站了十分钟。何队看得出陈子桑的沮丧，也曾安慰过她案子破了是好事，该过去的事情就应该放手。

可年轻人毕竟心思细腻，就算再怎么聪明，她也无法将这件悲伤的事情当作没发生过一样，理智无法战胜情感上的起伏。

"我告诉你，你们501的被子叠得和垃圾一样，我已经从五楼扔下去了。顺便再告诉你们四个女生一句话，上完早上三节课，抱着被子操场跑步。我等着你们。"

何队不耐烦地扯着嘴角对着四个女生低吼道，魁梧的大个子挡住了陈子桑如今稍显消瘦的身躯。

何队的分贝刚好让整个区队的同学都听见了，更不要说隔壁区队的顾森以及隔壁的隔壁区队那个想请陈子桑吃饭的区队长。

陈子桑无语，却也觉得对不起宿舍姐妹们。这几天她心不在焉的，内务也是整理得一塌糊涂，连累她们陪着她接受何队变态的惩罚。

"区队长可以带队走了。"最后，何队不痛不痒地说了句。

待到顾森那队走到他身边时，他又阴阳怪气地笑着轻声问了句："心疼不？心疼可以替她跑啊。"

顾森目不转睛地看着前方，迈着步子和大家整齐地走着。面对着何队的"挑衅"，他只是回了句："我们的宗旨就是绝对服从。何队的命令高于一切，至少在学校里。"

何队撇撇嘴，站在原地没有动，任凭顾森这队走远。他摸了摸下巴，随后打电话给了纪茶白。

"茶白，你这学生心理状态不行，有空给辅导辅导。我光是罚她跑圈好像不能解决问题。"

纪茶白这会儿刚倒了杯水，准备润润喉给陈子桑他们区队上课。接到何锋铭的电话，他好像顿时没了上课的心情。

"你干吗老是罚她跑圈？一个女孩子家家的，整日被你罚跑，你于心何忍？"纪茶白放下茶杯，置于桌面上，随后坐了下来，离上课还有二十分钟。

何锋铭这时候已经往办公室走去，半路上还捡了根花坛里的树杈，边走边用树杈轻敲自己的腿。

"在警校，男人当畜生用，女人当男人用。身心都不坚强，往后碰到黑暗的事情多了去了，难道她也要整天这么郁郁寡欢吗？"

何锋铭这话倒是很有道理，陈子桑是纪茶白的学生，也是他的学生。再加上，默认陈子桑和顾森去查案的事也有他的份。

"她只是过于心善。"纪茶白轻声叹息。

"你确定她不是有心结？"何锋铭拿着树杈这里戳戳那里戳戳，看似无聊得很，"我看她心事很重的样子，睡眠不足，黑眼圈都有了。

我们系花可不能这么垮了。"

纪茶白捏捏鼻梁，好似明白了要怎么做，不过他多余地问了句："你怎么左一个陈子桑又一个系花，你怎么不问顾森？"

"那小子好着呢。连我罚陈子桑跑圈他都无动于衷。哎，你说顾森这小子到底喜不喜欢陈子桑？"

"嗬，"纪茶白低笑一声，道，"我上课了。"

随后他就把电话挂了。留着何锋铭一人对着挂掉的电话哼哼，这纪茶白明明知道什么却不说，真是枉费自己对他那么好了。

上午的三节课分别是《刑法学》《犯罪原因分析》以及《普通心理学》。好在上课的时候，陈子桑还是能打起精神，不为别的，只是害怕《刑法学》挂科，教刑法的曾老师是个相当严厉又特立独行的老头，严厉在于打分的时候，就算是卷面分加上平时分也会给个不及格；特立独行在于他喜欢在上课讲案例的时候说英语……

"强奸罪这个，我看很多人评论说什么女孩子穿着miniskirt（超短裙）走在大街上，这么招摇那危险系数肯定高啊！这虽然是对强奸犯的犯罪行为进行诡辩，但说真的夏天的时候我去别的学校上课，一排女生全都穿着热裤啊，一眼望去全是大腿……"

唉，这个不正经的老头。

上完课，陈子桑的脑子里昏昏沉沉的全都是"miniskirt"，要怪就怪曾老师的口音，实在是形容不来的奇葩。

"我们午饭吃什么？"下了课，宿舍里四个人边收拾边问。

还没等得出什么结论来，神出鬼没的何队倚在教室门框上，笑得相当阴险，然后手里依旧拿着那根树杈架在肩膀上，就这样悠悠靠近她们说："回去换作训服，跑到我满意为止，然后我再替你们想想午饭吃什么？叠成豆腐一样的被子吃吗？"

陈子桑和其他三个人无力地叹了口气，手上收拾的动作瞬间停了下来。

程醉壮着胆子笑嘻嘻地对何队说："就不能罚我们去操场叠被子吗，何队？"

"五公里。"结果，何队听后莫名其妙地就往上加路程。

许瑶忙举起双手晃，说："不不不，我们现在马上回宿舍换作训服！说好的三公里就三公里，大丈夫一言既出驷马难追！"理直气壮地说完之后，她抓起自己的包就冲其他几个人喊，"赶紧撤啊，姐妹们！"

"哦哦。"陈子桑她们连声应和着，都纷纷拎着包从何队身边快速闪开。

几分钟后，操场上多了四个倒霉蛋抱着乱七八糟的被子在使劲地跑圈。何队一如往常，一边乐呵呵地看着她们跑步，一边又打电话给纪茶白唠嗑。

与此同时，操场边上的篮球场上，顾森已经和同区队的张华林打了快一个小时的球了。

"顾森，你的女朋友耐力不错啊，都跑第五圈了还一点都不喘。"同区队的男生看见陈子桑，忍不住调侃起来。

顾森手里刚接过球，听到同学这么说，便不管手里的球是否要传给张华林，就转身看向陈子桑所在。确认是她之后，他又瞥了眼跑道外优哉游哉的何队，皱了皱眉头。

"她不是我的女朋友。"顾森漫不经心地回答，之后看也没看就将球抛向了斜对方，那是张华林所站的位置。

但这个话题还没有翻篇，男同学一听，双手叉腰疑惑地反问了一句："真不是女朋友？难怪我听说隔壁区队的区队长要追她呢！"

"嗬。"顾森好似听见了什么笑话，冷不丁地笑出了声。

这一场景让一起玩球的几个同学都备感诡异，顾森就算是听见了天大的笑话也面无表情，但他现在的笑充满了嘲讽不屑的意味。

同学脸上写满了问号，又不知道从何问起。后来只听见顾森说了句："有意思。"

"有……有意思？"这会儿连张华林都站不住了，抻长脖子强调了这几个字。

顾森还是那般模样，清冷孤傲，但眼神却明显发生了变化。他冷静低沉地回复了一句："我是说之前还不是。"

篮球场上但凡是听到这句话的人全都一脸惊疑的表情。

五十分钟过去之后，陈子桑她们的速度明显降了下来。何队在一旁和纪茶白有一搭没一搭地聊着，通常都是纪茶白挂了电话，他因为太无聊又死皮赖脸地打了过去。

终于，他再打过去时，纪茶白已经把手机关机了。

"行了行了，都给我过来。"何队不是因为心软才终止惩罚，他只是因为无聊透顶了。

跑到何队身边的陈子桑等人喘着气，拖着沉重的双腿，破罐破摔地将被子扔在了何队的脚边，然后四个人瘫坐在了地上。双手撑着硌得慌的塑胶跑道，仰着头闭着眼睛，累得连话都说不出来了。

"子桑，有件事想请你帮个忙。"何队见这几个女孩光是跑个步都累个半死的模样，很是替她们丢脸。但他还是蹲了下来，好声好气地对陈子桑说。

"什么？你求子桑帮忙，你罚我们跑步干什么？"还没等陈子桑吭声，许瑶和程醉倒是恢复元气表示强烈抗议。

何队"喊"了声，教育道："求她办事和罚你们跑步是两回事，别瞎扯到一起。"转而，他又笑嘻嘻地问陈子桑，"怎么样？"

"拒绝。"陈子桑休息了会儿，坐正了身子，歪着脑袋看向何队，简洁明了地表达了自己的想法。

何队没有动怒，抬眼看了下前方过来的人，胸有成竹道："这事你没法拒绝。"

陈子桑见何队态度如此，顺着他的目光看了过去，来的竟然是手拿着四瓶水的顾森。

"所以何队的忙需要我们两个人帮？"面对突然出现的顾森，陈子桑满脸狐疑地从顾森手中接过那瓶他已经为她拧开的水。

同样拿到水，却需要自己拧开的许瑶、程醉和胡晓萍三人相视一笑，喝了一口，夸张地笑道："啊，这夫妻搭配就是干活不累。顾森买的水，喝完跑步不累。哈哈哈。"

陈子桑果断地给这几个人一人一个白眼。

"什么忙？"顾森看了眼跑完步面色红润、体质巨佳的陈子桑，随口就问道。

何队却卖了个关子说："其实不光是帮我一个人的忙，还有纪教授的。到时候你们就知道了。"

Time
can't steal
you

Episode2
爱情不会说话

爱和死并不是
两件不同的东西，
是同一件东西的表和里。

——乙一

TIME

/

第一章
初吻

/

三天之后，一身漂亮礼服的陈子桑挽着身着黑色西装的顾森出现在潘清婚礼上的时候，作为新郎的潘清才知道何锋铭和纪茶白都因为有事无法出席婚礼，于是委派了自己的学生。

"你们两个穿成这样，别人都不知道今天结婚的是谁了。"

潘清扯着嗓子大喊，深表不满，还强烈要求顾森把西装脱下来。他嘴里嚷嚷着："这都叫什么？你一个宾客你穿这么帅，我可是你师兄，今天你师兄结婚，给点面子，回去换一套最丑的。"

顾森精致的五官却透露着一股"你再这样，爷就直接回去了"的不爽气息。但身边的陈子桑也承受着来自新娘和伴娘们的眼神压力，那强烈的目光似乎也在要求陈子桑回去换套最丑的。

"衣服都是何队和纪教授挑的，说是代表他们出席婚礼，穿着打扮不能含糊，更不能让他们丢脸咯。"陈子桑无奈，只好微笑着解释道，又连忙说，"潘队真厉害，能娶到这么漂亮的老婆。"

这话可不假，潘清的老婆巴掌大的脸，水汪汪的大眼睛，脸上还有个漂亮的酒窝，简直是个大美人。

就在这时，潘清眼睛一亮，似乎是又迎来了什么贵宾。

"我去，今天我结婚，你们一个个都打扮得这么好看干什么？"还是这样的话，潘清自己都觉得没劲，可大喜的日子，见来的都是俊男美女，他心里也是相当高兴的。

"子桑？"听声音，绝对是局里最年轻漂亮的法医——徐法医。

陈子桑惊喜回头，不得了，徐法医脱下白大褂、放下手术刀真的是风情万种，好看得让人收不回视线。

让人移不开眼的还有旁边的薄藤。

器宇轩昂的薄藤同样穿了一件黑色的西装，笔挺地站立在他们跟前，此时的他看起来尤为沉稳。

薄藤和顾森互相看了对方一眼，两两无话。倒是陈子桑此刻心情慢慢转好，大概是因为今天是潘清的大喜日子，所有人的笑脸都让她觉得自己被幸福所包围着。

"来来，进去坐吧。刚巧给你们安排到了一桌。"潘清乐不可支地招呼这四位，伸手往里面请。

但陈子桑和顾森刚抬脚准备往里走又被潘清一把拉住，只听他低声带笑地对他们说："到时候别着急走，等我一下，有事请你们帮忙。"

陈子桑和顾森面面相觑，纳闷怎么都找他们帮忙？这世上其他人都在忙着结婚吗？

顾森本能地想要开口拒绝，但被陈子桑推了一把，两个人继续往里走。此时，里面的宾客已经坐了大半，宴会大厅正前方的墙上，投影仪正循环地播放着潘清和他老婆的结婚照。

一个平时大大咧咧、出入重案现场，一丝不苟的警察却在许诺要和自己共度一生的妻子前温和地展露笑颜，眼里充满着宠溺与爱意。每一张照片都预示着他们光明的未来，美好幸福。

一同坐下的四个人，一开始都无话。慢慢适应这种热闹的氛围之后，陈子桑才偷偷地问起了顾森。

"你真的是官二代吗？"

声音很轻，但靠得很近的两个人依然能在嘈杂声中寻得彼此的声音。

顾森抬眼看向陈子桑，顺手就把刚倒的一杯红酒推到她跟前，挑眉道："你喝了，我就告诉你。"

"你明知道我对酒精过敏……"陈子桑满脸愁容地盯着眼前这杯醇香的红酒低声抗议道。

顾森笑笑拿回红酒，晃了晃酒杯对她说："可我对你过敏。"

"什么？"陈子桑被顾森这没头没脑的话给弄蒙了，竟看不出他是在开玩笑还是在说真的。

顾森盯着潘清的结婚照看了会儿，脑子里突然蹦出了他和陈子桑站在一块的画面，那不是几年后的画面，那就是现在的他们。

"为什么突然对我感兴趣了？"他喝了口红酒，漫不经心地问道。

陈子桑觉得顾森这话说得不对，她不是突然对他感兴趣了，她是才找到他身上有意思的点。

"我们宿舍的人说你的家庭背景超厉害，说如果我嫁给了你，她们就前途无忧了。我得向你确认一下，免得她们意淫过度了。"

"等你嫁过来就知道了。"

陈子桑猛然抬头，发现自己正好撞入了顾森清澈明亮、堂堂正正的双眸里。

一时无言。

"子桑。"这时候，徐凌双轻轻拍了下陈子桑的手臂，唤着她的名字，示意她转向自己这边。

陈子桑错愕地转头，却面带微笑地看向徐凌双。

"我听纪教授讲，说你近来精神状态都不太好。"徐凌双此刻就像是姐姐般地对陈子桑报以关怀。

一想到这个，陈子桑有些羞愧地低头一笑，却又不否认地说道："我是不是太懦弱了？明知道事情过去了就该放手，内心却抓着不放。"

徐凌双只是淡淡地笑着听她说。

"替苏婉不值，替她悲哀，替她觉得不公。"陈子桑低声说着，苦笑了起来。

"这世上不公的事情太多了，你知道的仅限于你看到的。但你要明白，日子还在继续。"

徐凌双温柔轻声地同她说着，凡是亲眼看过悲剧的人都无法修复自己在面对悲剧时那颗震惊过度而受伤的心。再厉害的人，就算是潘清在面对那么多生死之后，他也无法抹灭每次案件带给他的冲击感受。

生活就是生活，它有戏剧的冲撞，更有戏剧无法演绎出的悲欢离合。更甚之，电视里塑造的那些面对凶杀案面不改色、内心毫不动摇、生活节奏从不被打乱的人，在这世上根本不存在。

黑暗的恐惧来源于我们只能在黑夜的陪伴下入睡。

陈子桑能感受到徐凌双对她的鼓励，刚想说声谢谢，却又听到徐凌双调侃道："我看你在面对顾森的时候，心情好像会好很多。"

这一次，陈子桑竟没有大方地摆手说"不是啦"，而是突兀地红了脸，只因为想到顾森刚刚发神经似的说了一句话——"等你嫁过来就知道了"……讲得好像她一定会嫁给他，他会娶她一样！

"我只是在笑他对酒精过敏。"陈子桑没辙，开始胡诌。

结果她刚一说完，顾森端起酒杯就大口喝下了红酒。陈子桑目瞪口呆，见过拆台的，没见过这么拆台的。

"我过敏了，你负责送我回家。"顾森喝完，笑得很灿烂，说话的分贝也丝毫不掩饰心中的喜悦。

"你少不要脸。"陈子桑立马驳回，尴尬地拿起顾森给她倒的饮料，也学他一口气喝下。

然后打了个嗝……

一边坐着的薄藤将这一切都尽收眼底，竟忍不住同徐凌双耳语："他们两个都这样了，还说没在一起？"

"你不懂，谈恋爱的最美好阶段就是还没有谈恋爱。"徐凌双笑着饮下一口酒，这话听起来有着双重含义，但徐凌双觉得顾森和陈子桑之间的状态确实是令人羡慕的。

薄藤见徐凌双如此，也笑了一下，他大概是不会明白这所谓的少女心了。

可爱又让人不知所措。

为此薄藤似乎理解了顾森，理解为什么所有人看起来都觉得般配的两个人会死鸭子嘴硬地不承认喜欢。于是他冷不丁地低笑自言自语道："真是辛苦。"

整个婚礼进行得很顺利很圆满，当新郎和新娘在司仪的带领下互相说着未来的期盼，新娘哽咽，热泪盈眶。潘清只是忍着感动，抬手拭去新娘脸上的泪水，最后拥吻在一起。

台上的人忘情地互诉爱意，台下的陈子桑则一不小心哭花了妆。

"你干什么？"顾森觉得好笑，一边给她递纸巾，一边无法理解地说，"人家结婚你哭成这样？"

陈子桑眼睛红红的，说话竟都有了鼻音。她把纸巾捏在手心，带着哭腔说："新娘哭成这样为什么要结婚啊？我才舍不得我爸妈……"

听到陈子桑这么说，顾森笑得更厉害了，他忍不住抬手摸摸她的头，沉吟片刻之后缓缓道："你会幸福的。"

顾森手掌心的温度一直留在头发上，余温顺着丝滑的头发一直蔓延，蔓延到了陈子桑的额头，从额头一路向下，脸颊、脖子，直到胸腔某处。那种陌生又抓不住的感觉，陈子桑第一次体会到。

她当下觉得那种反应是悸动，尤为的紧张不安。尽管她并不能理解自己为什么会忐忑，但她更不能理解顾森为什么要用一种愧疚的眼神看自己？

"我觉得顾森喜欢陈子桑多一点。"在等着新郎新娘过来敬酒的闲暇时间里，徐凌双和薄藤聊了起来，但话题总绕不开眼前这两个年轻人。

薄藤瞧了眼此时各看各的陈子桑和顾森，沉默了一会儿却也是点点头，道："可那小子似乎并不觉得他表达的情感是喜欢。"

"怎么说？"徐凌双不是很懂男人的想法。

薄藤也讲不清楚个中原因，或许是出于男人的直觉吧。他只是单纯地认为顾森对陈子桑的好是在极力克制。

"喜欢这种东西有时候是没办法说出来的。"最后，薄藤摘下眼镜，揉了揉眼睛，像是随意又似感叹地说了句。

徐凌双笑笑，是啊，有时候喜欢这种东西真的难以说出口。

等到潘清过来敬酒时，他已经有点微醉了。别人没起哄他和新娘子接吻，他居然一把将陈子桑推到顾森怀里，起哄他俩亲一个。

当时，整桌的人都是一脸"你智障啊"的表情。

"害什么羞，放心！你们纪教授和何队今天都不在呢，往日里藏着掖着的都在潘师兄的地盘上敞开了做！潘师兄罩着你们！"潘清还是没羞没臊地说着有的没的。

被强行推到顾森怀里的陈子桑满脸通红，索性就把脸埋在了顾森的胸膛上，破罐子破摔了。

"今天是你结婚，不是我们结婚。"

顾森单手搂着陈子桑的肩，或许是知道她有点难为情，于是搭在她肩头的手轻轻地拍了下，示意她没事。这边又和潘清讲明了今天谁才是真正的主人公。

"啧啧，小年轻。谁结婚不都一样嘛！早晚的事！你们结婚我要当伴郎……嘿嘿……"潘清开始说胡话了，搞得一旁的新娘都有点哭笑不得。

顾森见状，反正他也没打算拦着潘清发酒疯，但是他很认真地说了句："我看你的忙是不需要我们帮了。"

没想到这一招这么好用，潘清整个人一下子就清醒了，他赶忙拉过陈子桑和顾森的手，将他们的手紧紧握在一起。

他压低声音道："最近高校城附近出现了一个变态色狼，我们队里找不到合适的人选去引蛇出洞，所以我想让你们两个本色出演帮忙把那个变态抓住。"

一听到是案件，陈子桑不觉得害羞了，忙把脸露出来，睁着好奇的大眼睛看着潘清。

"这个色狼男女通吃吗？"顾森转而冷淡地问了句。

"哈哈哈！"潘清端着小酒杯仰天大笑了会儿，又正经道，"之所以称为'变态'，就是他专门摸和男朋友出去散步的女人的屁股。"

"哇。"陈子桑忍不住发出一声惊叹。

但此时，众人的脸色都有点不好看，尤其是新娘。

"行了行了，今天是你大喜的日子，工作的事情先放一放。"一旁还坐着的徐凌双看不下去了，起身解围道，"潘队，新婚快乐。"

她捧起酒杯，和潘清、新娘碰了杯，酒被一饮而空。薄藤也如此，祝福的话语无以言表，唯有喝完杯中酒方能表达此刻心情。

潘清心里还惦记着顾森和陈子桑是否答应帮忙，不过他们不答应也得答应，他已经交代下去了，马上就会部署方案。

"好像挺有挑战。"陈子桑说这话算是答应了，与此同时她也在征求顾森的意见。

"你没事我就没意见。"顾森说。

达成一致的两个人互相碰了杯，笑着将各自杯中的酒喝了个底朝天。

"我天，这是什么？这不是可乐吗？"陈子桑吐着舌头，难过地低叫起来。

"刚刚要敬酒的时候我给你倒了红酒，怎么了？"徐凌双看向陈子桑，打量着她因为喝了红酒五官都揪在一起的模样，奇怪地问。

顾森无奈地对徐凌双说了句："她酒精过敏。"

次日早上六点的时候，陈子桑在自己宿舍的床上醒来。她记得前一晚发生的事，记得所有细节。

那细节包括顾森在出租车上伸手为她发痒的后背轻轻挠痒的感觉，并没有舒服多少，甚至是更痒了。

就连心最后也被他挠得很痒。

陈子桑抬手，手背置于眼睛上，深深地叹了口气。从昨晚开始，自己满脑子都是顾森的脸。

"绝对是因为他帮我挠背的时候，碰到了我的胸罩肩带！一定是这样！这个不要脸的浑蛋，让他挠痒干吗摸到我的胸罩肩带！"

陈子桑恍若在梦中，低声说出来的话竟让全宿舍的人都瞬间清醒。

"你说什么？昨晚你和顾森终于厮混在一起了？他都开始解你的胸罩了？！"许瑶唰地坐起来，摸了一把脸，睁着惺忪睡眼震惊地问道。

程醉没有直接醒来，但嘴里嘟囔了一句："她都帮他洗衣服了，这关系早就是男女朋友了……"

"衣服，什么衣服？"宿舍长翻了个身也学许瑶坐起来，直面陈子桑，"顾森的衣服？"

三个人看问题的重点都有点奇怪，但这并不妨碍她们不约而同地再一次聊起了陈子桑和顾森漫长的"情史"。

陈子桑闭上眼睛，翻了个身，面朝墙，想要把室友们唠叨不停的话题摁下暂停键。但她们正在兴头上，即便她没做任何回应，她们也能在床上脑补出一场年度大戏。

直到上警体课，许瑶还在和程醉耳语种种关于顾森和陈子桑之间不为人知的男欢女爱的故事。

对此，陈子桑深感后悔。开口是这个下场，不开口还是这个下场。女人的想象力可以撬起整个地球。

"哎呀，惨了惨了，这节课男女主人公都在。"程醉悄声地在陈子桑耳旁说着。

陈子桑猛地一回头，才发现顾森他们区队今天也选择在警体馆上课！不过，穿作训服的顾森果然是好帅呀。

"你为什么色眯眯地盯着顾森看？"许瑶排在陈子桑身后，忍不住抬手捅了下她的腰部，贼笑道。

陈子桑也不避讳，单手捂着嘴，笑得怯怯地说："我就是觉得他穿作训服帅到让人想尖叫嘛。怎么，你们不这么觉得吗？"

"我内心已经吼了快两年了'顾森，你是最帅的'！然而，他从来没有听见过……"这话出自一直让人误以为是性冷淡的宿舍长胡晓萍之口。

于是，许瑶和程醉上前，一人勾住她的脖子，拉着她的手臂，一人给她挠痒痒。

"你个闷骚的女人，果然有不可告人的两副面孔！"程醉咧着嘴巴，开玩笑道。

许瑶一边挠痒痒一边冷哼道："我一定要让你的本质暴露出来被大家知道，免得大家被你小白兔的外表给骗了！一天到晚只知道吃青菜！连肉都不吃！其实你就是肉食主义者吧！"

胡晓萍笑得没辙，连声求饶。因为还没有上课，大家都闹哄哄的，但陈子桑这边的动静总是能过分引起别人的注意。毕竟在男生眼里的陈子桑和在女生眼里的顾森是一样的。

独特有魅力，让人移不开眼睛。

顾森的视线穿过人群也落在了陈子桑的身上，她的表情比昨天明朗，肢体动作也多了起来，或许是潘清的婚礼让她释怀了许多。

总之，不管怎么样，谢天谢地，她如此开心。

"今天选择室内上课就是教大家练习射击……"上课时，老师刚一开口，底下同学一片欢呼。老师忍不住强调道，"你们傻啊，今天真的上射击课，我会让你们在警体馆上吗？今天我们练习射击的基本动作要领。"

顿时，哀鸿一片。

警体课连着上了两堂，等到下课的时候，因为一直在练习持枪动作，中途就连何队也闲着无聊过来给他们上课，纠正他们的动作。于是导致大家的双臂无力酸痛。

"真枪就那个重量，可我没想到橡胶做的假枪也能做得逼真到那个程度，至于吗？"许瑶垂着手，一副生无可恋的模样道，"我手快废了。"

"也不知道是谁拿着一把假枪大摆POSE，还上传到朋友圈。"一边看起来什么事都没有的程醉立马戳破了许瑶冠冕堂皇的话。

结果惹来许瑶一个大白眼。

陈子桑的想法和许瑶一样，但是她比她们更惨，中途又被何队给虐了个半死，非要她举枪举个二十分钟，她不仅手开始抖了，连腿都软了。她完全搞不明白何队整她的意义在哪儿，就是知道何队总是给顾森"抛媚眼"。

惹得顾森最后干脆走到了他们区队，就站在陈子桑旁边，啥也不做，就和何队大眼瞪小眼。

这到底唱的是哪一出啊，完全看不懂啊！

陈子桑无语地回想着，走到食堂门口，发现排队的人已经很多了。刚想拜托姐妹们帮忙打个饭，手往口袋里一伸，手机刚好振动了一下。她拿出来一看，是顾森的短信。

短信内容是——"最左边第三桌，过来吃饭。"

陈子桑没有回复，因为看到短信的刹那，她就开始心跳加速。她归结于昨晚那些"意外"与"不应该"，她的情愫道不明说不清，就像现在她突然考虑起了她和顾森之间的关系，模棱两可，她根本不想考虑得那么清楚。

于是，薄藤无意间对她说的话，她此刻记得无比清晰。如果顾森有了女朋友，她会作何感想。

事实是，她想都不敢想，甚至还笃定自己无法接受。

"怎么了？"这时候，许瑶回头看她，发现她泛红的脸颊有些许的不对劲，便折回到她身旁，关切地问，"是不是在纠结午饭吃什么？我告诉你最近二食堂出新菜品了，去尝尝？"

陈子桑笑着挽过她的手臂说："没有，顾森说在等我吃饭。所以你们不用管我。"

"哟哟，这郎情妾意的。"许瑶一听，立马换了副嘴脸，果断甩开陈子桑的手，头也不回地朝着程醉和胡晓萍跑去，边跑边散播"谣言"道，"顾森可宠着子桑了呢，连饭都亲自帮她打好了。你说，怎么不见顾森对别的女人这么好过啊？这独宠着系花……好像也合情合理啊。"

程醉奸笑着大声附和道："反正让顾森雨露均沾这事是绝对不可能发生的，就好像违背大自然规律那般，不可逆。"

胡晓萍则是全程冷漠脸，完了默默补充了一句："我觉得像顾森这样完美的男人就该孤独终老。老天爷已经给他开了太多扇大门了，是时候关上小窗了……"

"宿舍长，你真的是蛇蝎心肠，坏得要死啊。"最后，许瑶和程醉同时向胡晓萍竖起了大拇指，点头肯定了她的歹毒。

陈子桑就站在她们背后亦步亦趋地走着，周边的眼神不要太凛冽啊。但对此，陈子桑只是装作不在意地偷笑，说实话和一个这么帅的男人传绯闻，难道不是件值得高兴的事情吗？更何况，顾森只和她传过绯闻哎，这说明顾森还是个行为很检点的男人。

哈哈，这都什么鬼？走上食堂的台阶，陈子桑狠拍了下自己的脑壳。明明都是之前习以为常的事情，为什么突然间好像变得只有她过分在意了起来？

走进食堂，清一色的警服让眼神都迷茫了起来，几乎不知道谁是谁。但陈子桑就是能在众多人群中一眼找到顾森，即使他没有告诉她正确的位置。

眼看着就要到第三排了，陈子桑突然就被隔壁的隔壁区队的区队长给拦住了，此刻他捧着打好的饭叫住了她。

"你还没打饭吗，这会儿排队都没有什么菜了，要不要一起吃？"这个同样高大帅气的区队长李科力看着陈子桑语气轻缓地问道。

陈子桑看得出他眼里的殷切渴望，可她还是只能说："是没有打饭，不过……"

她还没解释什么，就感觉到一股沉重压力扑面而来，碾压了她要往下说的欲望。这种感觉，她只在一个人身上感受到过。

"子桑。"身后有清冷可靠的声音响起,离她很近,且是越来越近。

他鲜少叫她的名字,可每一次听到,都觉得"子桑"这名字取得真是太好听了。

"你是想要我喂你吃饭吗?"顾森一过来就拉住了陈子桑的手腕,眼睛注视着她,话也只是对她一个人说,"菜都要凉了。"

"嘀。"陈子桑略微觉得尴尬,却又好像被及时拯救了一般,总之她心情复杂又轻松地对李科力说了声,"祝您用餐愉快。"

然后,她忙随着顾森走到该坐的位置上,也没有注意当时的李科力是怎样的表情。

"哈哈。"本来憋着笑的顾森突然捂着肚子笑出了声。

"你干吗?"陈子桑不解,望着桌上顾森给打的饭菜,顿时胃口大开,抬起手想要拿筷子,手臂却像千斤重一般,拎都拎不起。

顾森还是笑着,边笑边说:"'祝您用餐愉快',你是不是有病啊?你是高铁乘务员还是怎么的,还'用餐愉快'。颗粒无收的李科力,你觉得他用餐会愉快吗?"

"等……等一下。"陈子桑听得有点发蒙,"你说的话信息量有点大,我得捋一捋。什么叫作'颗粒无收的李科力'?"

顾森不笑了,自顾自地拿起筷子,瞟了她一眼道:"类似于'指桑骂槐的子桑'。"

"啊,我就知道你嘴里没一句好话。"陈子桑作罢。但是过了好一会儿,陈子桑也没有动筷子,因为手臂实在是痛得提不起来。于是,面对着可口的饭菜,她只能嘀咕一句,"这手是举枪举废掉了。"

"再不吃,菜真的凉了。"顾森好意地提醒道,但却很自觉地放下自己的筷子,拿起了陈子桑的筷子。

本来他替她打饭有一半原因是因为陈子桑会遭这罪完全是何锋铭为了看他作何反应而采取的措施。

顾森始终不明白,何队都这么大个人了,为什么还热衷于玩这么幼稚的游戏?难道是因为何队迄今为止还是个单身汉?

"又干吗?"陈子桑头往后一仰,明显拒绝顾森真的要喂她吃饭的举动。

顾森完全不避嫌，只是平静地说了句："潘队打来电话，下午我们就需要演练一遍他们给的方案，晚上就执行。所以你不吃饱，到时候拖我后腿，我很难交代。"

"哼，拖你后腿简直是天大的笑话！"于是，陈子桑就凑了过去，朝着顾森举在半空中的、夹着一块火腿的筷子咬了过去。

刚张嘴，火腿刚送到嘴巴里。这边，戴着钢盔的院督就走了过来，朝他们敬了个礼之后，递了一张违纪单给他们。

按理，院督在全校行动的过程中始终保持着"两人成行，三人成列"的行走模式，他们是不能跑的。所以，如果顾森和陈子桑要溜，院督是不可能撒开腿追上来的。

但问题在于，无论陈子桑和顾森跑多远都没用，每一个院督都认识他们俩，更何况顾森本身也是院督一员。

于是，放弃反抗的两个人被请进了何队办公室，一顿饭也吃不安生，还让当时在场的同学都不明所以又心知肚明。

何锋铭和纪茶白也才吃完饭，和陈子桑、顾森等人几乎是一起踏进办公室的。何队见到这两个人因为被人误会是谈恋爱而被罚违纪，实在是提不起什么骂人的兴致。

一回到办公室，何队就坐在椅子上，两手一摊对两小年轻说："你们两个承认算了。"

顾森和陈子桑并排站在何队的桌前，两个人也没顾得上和纪教授打招呼，反正纪教授看起来也不关心他们犯了什么错，因为他一直在低头玩手机。

"如果我不喂她吃饭，那么下午我们两个的行动力就都会降低。我可不想办正事的时候带着个拖油瓶。"顾森神情冷淡，语气也波澜不惊。

陈子桑虽然听了在心里已经把顾森拳打脚踢了一百遍，但表面上却竭尽全力地附和道："我完全认同顾森的观点。"

何队白了一眼陈子桑，心想这个不争气的东西。他嘴里碎碎念着，随手就将桌上放着的违纪单放到了一边，丝毫不在意地说："搞不懂你们，承认互相喜欢比登天还难吗？"

顾森不想争辩地叹了口气，又说："没有的事要怎么承认？"

陈子桑听后则用力地点头："我对顾森的反驳没有任何异议！"

何队不耐烦地怒了，焦躁地冲他们摆摆手说："滚滚滚！夫唱妇随地滚出我的办公室！要是再因为这种事情进我办公室，我就罚你俩接吻接到世纪末！我管你们是不是在谈恋爱！"

侥幸地走出办公室的陈子桑和顾森像是没事人一样，从四楼走下来，都是一脸的云淡风轻。

此时，纪茶白才从手机中将头抬起，问坐在椅子上百无聊赖的何锋铭："他们又犯什么事了？"

何锋铭没有直接回答纪茶白的问题，只是很心累地扶额埋怨道："我觉得自从我当了他们区队的队长，我每天的任务就是从顾森和陈子桑平常接触中发现他们谈恋爱的蛛丝马迹，劳心劳力。"

"这不明摆着吗？"纪茶白嗤笑了下。

何锋铭立马坐直了身体，双眼放光，忙问："怎么说？"

"他们两个确实没有在谈恋爱。"纪茶白继续玩味地笑。

何锋铭顿时感受到纪茶白的戏弄，心累地说："老纪，一把年纪了就不要学年轻人那一套好吗？说话直接点，不要给多余的期待。"

"老纪？"纪茶白不满地挑眉，上下打量着何锋铭，突然想起了什么，颇好笑地说，"巧不巧。我姓纪，你姓何。"

"怎么，缘分让你想要和我在一起吗？"何锋铭话锋一转，也学着纪茶白讲话，"我要拒绝你，老纪。因为我是个直男。"

纪茶白都懒得吐槽他，只是冷冷地说："我只是碰巧想到了纪晓岚和和珅。"

何锋铭："……"

见何锋铭撇嘴无语的样子，纪茶白又将话题绕回到顾森和陈子桑身上，他肯定地分析道："他们两个的确没有在交往。可他们相互吸引，彼此喜欢。这个没有说破的过程是很美妙的，更何况对于顾森而言，和陈子桑传绯闻对他只有利没有弊。"

这个话题一抛出，何锋铭一下子来了兴致，拉了拉警服的领子，洗耳恭听。

"这样一来，顾森完全不用担心有情敌的出现，因为全校都认为陈子桑是他的女朋友。"纪茶白扬起嘴角一笑，仿佛时光退后到了若干年前的某一个晴日的午后，他和她配合默契地破解了一桩谜案，他也是这么笑的。

时过境迁，他居然还是能这么笑。

何锋铭听后恍然大悟地点点头，继而竖起了大拇指，嘴角下拉肯定道："高明！"

陈子桑和顾森两个人下午都没有课，准确地说是两个人都没有选修课。不知道是该说巧合呢还是默契，他们两个的选修课是一样的。

陈子桑也怀疑，选课的时候他们两个并没有商量过啊。但后来这个问题就被抛之脑后了，因为没有深究的意义。

"来来来，快过来！"

陈子桑和顾森才搭516公交车颠簸到达局里，潘清连给口水喝的关怀都没有，直接将他们拉进会议室开会。

但其实，会议商讨的重要内容基本已经结束。潘清开会的最后一个阶段目标很明确，就是告诉在座的各位警察，由顾森和陈子桑假扮情侣，引蛇出洞。

"他们不是真的情侣吗？"果然关于这个问题，但凡长眼睛的都会多余地问一句。而问这个问题的是刑侦大队的内勤，一个清秀的姑娘。

坐在这个大会议室，面对着六个警察六双眼睛的凝视，陈子桑觉得自己的后面一定贴着那几个大字——"坦白从宽，抗拒从严"。

"真的还需要假扮吗？"顾森倒是气定神闲地回了一句，而后看了潘清一眼说，"你打算怎么办？"

潘清笑得眉眼弯弯，和破案时候凌厉的模样完全是两回事。顾森看在眼里，当时心里想这个人肯定又在出什么坏主意。

"鉴于你们是假的，所以我们要利用半天的时间来给你们训练下真实男女朋友之间的相处模式。"说这话的时候，潘清笑得更开心了。

陈子桑则是一脸状况之外的表情。

"这还用训练吗？"顾森冷哼道。

潘清往椅子上一躺，右手一抬，漫不经心地说了句："来，先亲一个。"

这调戏味十足的命令让在场的同僚们都兴致盎然，看着这对男帅女美的组合，谁都想一探究竟。没有谈恋爱，不是真的情侣，但凡长了眼睛的都选择不相信。

作为当事人的陈子桑当下就愣住了，她木然地转过脑袋瞅着脸上写满了"潘清你大爷"五个字的顾森，竟然脱口而出道："是你亲我还是我亲你？"

"哇哦——小学妹带劲啊！"对面的一位也是刚从警校毕业参加工作的男生忍不住对陈子桑大胆的言语起哄道。

其他人都是"哎哟，不错哦"的表情继续围观。

顾森脸上的"潘清你大爷"转瞬成了"陈子桑你是白痴啊"这几个大字。他有点怒其不争，盯着陈子桑那张无辜到人畜无害的脸，反过来问了一句："你想我亲你哪儿？"

额头？眼睛？脸颊？还是嘴唇？顾森一下子想了很多，双眸流转停留在她美妙的红唇上，可他也只是半认真地问了前半句。

这对话一来二去让潘清都觉得这事好像搞大了，可怎么办好想看接下去要怎么发展。

陈子桑望着顾森那张精致的脸，思考了半天之后，她转过头问潘清："那个变态摸屁股的对象除了是和男朋友一起出来逛街的女生，还有什么其他明显的选择标准吗？"

"女生是长头发，而且都很漂亮。"潘清左手边的警察补充道。

"哦，那也就是说我得戴假发。"陈子桑边点头边说道，"还有一个问题，有女生在和男生接吻时被摸屁股的吗？"

这话一问出，大家倒是都认真地想了想。最后得出结论，暂时还没有发现。

"那就行了呗，我和顾森可以假扮柏拉图式的恋爱啊。"陈子桑轻松地回应了这个话题，在办正事的时候，陈子桑单纯得有点难以置信。

面对着淡然处之的陈子桑，顾森内心却犹如野草疯长。他在胡思乱想，可这个女人却在提倡柏拉图。

潘清一时语塞，扯着嗓子干笑着又拍着手说："好好好，柏拉图式的恋爱，这个答案我给满分。我就不为难你们小两口了。我们内勤有给你们准备服装，到时候走过的路线都会安排我们的人在那里，有情况也不要轻举妄动，听候命令。"

"那我要是真的被摸屁股了这有精神补偿吗？"陈子桑果然还是很在意自己的屁股，双手交叠置于会议桌上，认真地询问。

潘清"扑哧"一声笑了出来，可抬眼就见顾森神情冷峻，可怕到没朋友，硬生生地把笑声给憋了回去。

只听顾森压低嗓音对陈子桑说："他要是敢摸，我就敢把他杀了。"

此话一出，震惊四座。陈子桑再一次感觉到自己心脏被顾森重击了，隐约有点感动又莫名其妙地觉得此时的顾森好像有些不高兴。

"连老虎屁股都敢摸，他肯定活不长久。"末了，顾森又淡定地补充了一句。

语毕，在座的人都笑开了。

只有陈子桑气得满脸通红，又不能当着师兄前辈的面动粗，只能咬着牙朝顾森翻白眼，翻到眼睛都差点变成斗鸡眼。

在准备任务之前，顾森问潘清要了之前那个变态性骚扰者的活动轨迹。在看详细地图的时候，顾森看出了端倪。

"他不会再出现在这条街上，所以安排警力在这里没什么用处。"散会后，顾森单独对潘清说，"之前已知的受害者对当时所处位置的描述都不一样。这几条街道都是从理工学校为中心往不同方向发散的，也就是说，那个变态的心理安全地理位置在理工学校附近。安排警力在理工学校附近，运气好的话可以赶在他作案之前抓住他。加上他作案的时间都在晚上九点到十点之间，可很多学校的门禁时间就是十点，所以我们出现的时间掐在十点之前就好。"

潘清点点头，觉得顾森说得有道理。可转念一想，他又说："根据被害者的描述，她们甚至都没有看到那个人的长相。屁股被摸之后，她们回头那个人就不见了。这足以说明这个人在人群中并不显眼，他既不邋遢，也不出众。"

"一滴水融入大海根本没有什么不一样。因此他很有可能就是名学生。"最后，顾森眼神犀利、话语惊人地给出了答案。

此时，伪装好的陈子桑已经从内勤的宿舍走了下来，回到会议室。一头秀丽的长头发，还有着齐刘海，加上内勤为之精心准备的短裙搭配棉麻衬衫，活脱脱一小清新代言人啊。

更何况，陈子桑本就唇红齿白，脸蛋精致小巧，这样一来更是美得不可方物。

"怎么样，好看吗？"陈子桑对这身打扮很是满意，一到会议室就嘚瑟地转了个圈，满心欢喜地等着对面的顾森做出肯定的回答。

顾森瞟了她一眼，漫不经心地说了一个字："丑。"

"喂你……"听到丑字，潘清都听不下去了。这陈子桑明明漂亮得不得了，短头发都已经那么好看了，这换了黑长直简直就是女神级别的啊。不过，顾森这反应是属于害羞还是不太高兴于让别的男人看到这么好看的陈子桑呢？

顾森没有理会托着下巴思考着一些有的没的的潘清，继续研究着手里的资料。他必须准确推测出嫌犯会出现的位置，同时他也必须确保陈子桑不会被侵犯。

"你长没长眼睛啊？他们都说好看！"陈子桑大写的不服，她自己照镜子的时候都快被自己给迷倒了，顾森居然说丑！

顾森头也没抬一下，声音平淡："我喜欢短头发。"

陈子桑怔怔，半秒之后，她阴阳怪气地问道："你是喜欢男人吧？"

顾森表示不与傻瓜论长短，对陈子桑置之不理。

一切准备就绪之后，潘清按照顾森给出的线路沿路安排警力，他也说不清为什么，只觉得顾森总有一种令人不得不相信他判断的气场。从之前的一个案子中他就感受到了。而且，他觉得顾森眉眼间透露出来的自信与笃定好像在哪见过……

晚上八点四十的时候，陈子桑和顾森很是正常地出现在了理工学校后花园的正门口的那条街道上。这条街道距离他们警校也只有一千多米，但沿路也有很多小店，应有尽有。闲来无事的学生自然也是很多。

"我们要牵手吗？"挨着走的两个人始终就只是挨着走，陈子桑觉得这和平时的他们并没有什么不同，于是主动提出了对情侣而言很正常的亲密举动。

她才刚说完，顾森就一声不吭地主动牵起了她的手。他都没有看她，眼睛一直直视前方，握着她手的力度不轻不重，却亲密地攥在手心。他第一次真切地感受到女生的柔软，来自陈子桑的柔软细腻。

躲在暗处看着顾森和陈子桑两人的潘清见到牵手这一幕，立马握拳做了个加油的动作，嘴里还喊了声"Yes"。其余人反正不懂他在兴奋什么。

至于陈子桑本人好像觉得这只是工作，她竟然觉得顾森牵她的手很正常，完全没有哪里不对劲。

两人就这么漫无目的地走着，顾森就听见耳朵里传来潘清恨铁不成钢的声音。

"拜托，你们聊点什么好吧。哪有谈恋爱的小年轻闷声不吭只管走路的啊？你们要走到哪里去？聊着聊着口渴了买奶茶喝啊！我的天，都几岁了，谈恋爱还要我教啊！"

顾森真是觉得潘清聒噪，他看了下手表，时间正好九点。于是，他忽然松开陈子桑的手，转而一把将她的肩膀搂住。

"宝贝，接下来我们玩点什么好？"顾森亲昵地靠近陈子桑耳畔轻声说道。

陈子桑倒是受到了不小的惊吓，但立马反应过来，娇嗔地抬手推开了他靠得太近的脑袋，也学他玩味似的笑说："接下来我想喝点东西。至于玩嘛，留着晚上，你看好吗？"

突然妩媚起来的陈子桑给顾森的打击也不小，黑夜灯光下，他看陈子桑的眼神都有了变化，恍惚得不知道是真是假。

可他低笑了下，嗓音依旧低沉："你刚刚好像在拉客。"

"谁让你刚刚把男朋友演成了嫖客。"陈子桑掩饰着，尴尬地笑了笑后又说，"回头晚上推荐部好看点的电影给我，最近少女心爆棚，想看偶像剧。"

"偶像剧？"顾森冷笑地反问，"你天天看我，难道不能脑补一出偶像剧吗？"

"瞧把你美的。"陈子桑也嗤笑道。

周边来往的情侣很多，却总有很多对情侣朝他们看了看。不管在哪里，陈子桑和顾森都是人群中的焦点。而他们之间的举止也变得越来越自然。

　　时间已经过去二十分钟了，他们在人流密集的地方都有过停留，但似乎还没有等来那个变态。

　　但就在九点三十一的时候，顾森和陈子桑耳朵里又听见了潘清的声音，他紧张又兴奋地提醒道："离你们身后五米距离的地方有个可疑人物，穿着黑色短袖，深蓝色牛仔裤。他已经跟了你们有五分钟时间了。"

　　"五分钟，你早该注意到了吧。"陈子桑听见潘清这么说，便故意抬头微笑着问顾森。

　　顾森笑笑，承认道："不止五分钟。时间拖得久一点才知道这个人是不是我们要抓的人。显然，他是。现在他离我们的距离只有三米了……"

　　人群嘈杂，时间不停地走着。可顾森和陈子桑却像是流动时间里静止的存在，他们静等着他靠近。

　　三米、两米……

　　那双在背后的手以为时间成熟，奸笑着朝着目标靠近。人群流动，同学们都自顾自地谈笑着，往前走着，同这双手的主人擦肩而过也浑然不知。他们都不曾想过，他们会离"罪恶"如此接近。

　　就在那双手即将碰到陈子桑的千钧一发之际，顾森突然拽住陈子桑的右手臂一把将她拉至自己另外一边，而后迅速抬脚凌厉地将变态者踹翻在地。

　　整个过程一气呵成，丝毫不拖泥带水。

　　人群中随即爆发出"哇"的响声，声音里有惊吓的意味也有惊叹的成分。总之看着一个莫名其妙被踹翻在地的男人以及突然围上来的便衣警察，大家能发出的声音除了惊吓也只有惊叹了。

　　潘清等人一拥而上，立马将这个人给拷上了。这人脚上还穿着人字拖，此时一只鞋子已经飞到道路中央去了，狼狈不已。

　　"干什么，你们干什么？"他大叫。

　　潘清也懒得和他废话，只是说了句："你刚刚企图对这位漂亮女学生做的龌龊举动已经被录下来了。有什么话回到派出所再说。"

"果然很普通。"一边还紧紧拽着陈子桑手的顾森在看清男人的长相之后不屑地说了一声，"难怪被侵犯的女生一转头就找不到。"

陈子桑还沉浸在当时顾森都没和她商量，强行拽着她转了个圈的场景。她那会儿清晰地看见顾森凌厉的样子，沉着冷静，完全没有平时和她开玩笑时的半点痕迹。

她想，那么多人喜欢他确实是有原因的。

"你们还好吧？"潘清走过来关切地问，他的视线停留在戏已经结束，顾森却还抓着陈子桑不放的手上。他笑道，"你们继续，我先回去审着。"

于是，下一秒陈子桑就甩开了顾森的手。周围的人，都还搞不清楚状况，却一直盯着他们俩打量。人群中甚至还有人认出了顾森，交头接耳地说着顾森是警校的大帅哥，真人果然好帅。

陈子桑对此嗤之以鼻。

"潘队说让我们继续。"任务明明结束了，顾森却莫名地不爽了起来，他转身正对着陈子桑，微微扬起嘴角道，"晚上要怎么玩？"

"你醒醒，别陷入嫖客的角色中无法自拔好吗？"陈子桑抬手示意顾森打住，嘴里还念叨着，"再说我们扮演的是柏拉图式恋爱的情侣。"

顾森这才恍然大悟，原来他不爽的是这个。既然这样，那演戏就要演全套。

于是，他上前拦腰将陈子桑往怀里一拉，没等她反应过来就低头吻上了她的唇。有点莫名其妙，有点意料之外，他好像对自己会吻陈子桑这一行为并不感到荒谬，实际上又可笑至极。

可吻了才知道，女生的唇才是最柔软的。

或许，只有陈子桑的唇才如此柔软。

时间不长，吻下去到松开她，只有仅仅十几秒时间。但这一分不到的时间里，顾森将一切都抛之脑后。

气息有些混乱，顾森凝望着再一次状况之外、持续发蒙的陈子桑，哑着嗓子低沉地说一句："谁要和你柏拉图。"

陈子桑此刻脑子里噼里啪啦地炸开了，压根没听见顾森说的是什么，只知道这个杀千刀的突然脑抽夺走了她的初吻。

"那边听说死人了，快过去看看！"

突然响起的惊慌失措的求救声让街道混乱起来，顾森和陈子桑在各怀心思、神情羞涩的情况下被这尖锐刺耳的声音所吸引，就像是午夜的钟声，打断了陷入梦境的人。

这也导致后来发生的事情让他们暂时忘记了这个意外的吻。

/

第二章
初定心意

/

潘清才走了不到十分钟，便又掉头赶了回来。就在理工学校后花园附近，距离他们抓住性骚扰的嫌犯不足五百米的地方有人发现了一具尸体。

理工后花园，这个在高校园区有着超高人气的约会圣地，此时拉起了警戒线。就是在花园内的一个凉亭里，有学生发现了一个趴在凉亭护栏上一动不动的女人，她最后呈现的姿势像是喝醉酒之后昏睡的模样。但在发现死者的学生没有出来呼救前，路过的其他同学也只是自顾自地朝目的地走去，目不斜视并不做任何停留，心思单纯地以为邪恶的事情永远不会在他们周围发生。

死者的下巴卡在护栏上，头朝下，头发凌乱地遮着脸，双手直挺挺地垂在身子两侧，双腿跪在地上，就这样了无声息地死在了这个地方。

而凉亭外是个面积不大的湖，那湖水并不清澈，此刻倒映着她的模样，在月光下尤为瘆人污浊。

"吓死我了！我一开始还以为她只是晕倒了……我真的是，她的样子真是太……"就算是高大的男同学也被这景象吓到哆嗦，话也说不完整。

另一边的刑警正在给发现死者的男同学录口供，潘清则站在尸体边用手中的笔撩了下盖住她五官的头发。惨白的脸上晃动着倒映湖水的点点波光，可还是能看得出这女生生前该是生动美艳的模样。

光是从外观上来看，并没有什么明显的外伤，只有脖子处一圈红红的勒痕。潘清放下死者的头发，看了眼一边站立着、表情很不好的陈子桑和顾森。

这会儿，薄藤和徐凌双都还没有来。周围的嘈杂声不断，可这凉亭里却似乎听不见那些声音，只有死者徘徊着的死亡之声。

最令人在意的是，这案件发生的时间和地点，在潘清他们忙着抓变态的同时却有更变态的人在他们眼皮底下杀人。

对于这种情况，潘清无论回想多少遍都觉得有种挫败感。平淡无奇的夜晚，谁知会发生这么多的变数。

"死者还有体温，证明死后不久。她的穿衣打扮性感露骨，脚上的高跟鞋也是高级货，但我在她的名牌包里发现了学生证。也就是说，她是个不简单的学生。"这时候，顾森同走过来站在一边愁眉不展的潘清说，声音清冷，和现场的氛围一样，"还有她……"

顾森正说着现场的情况，却在此时被陈子桑打断。她突然一把拉住顾森的手臂，表情凝重，轻声道："不早了，我们先回去。马上要点名了。"

此时此刻，陈子桑的举动让顾森感到不安。他能深切体会到陈子桑的心情，那是烦乱、焦躁甚至是压抑着的难过。

再见到命案现场，陈子桑还是难以从容，即使她明明见过更惨烈的，可那自始至终都不一样。

至亲至爱的人死在血泊中，那种悲伤被刻入了骨髓，伴随她一生。她偶尔可以不用想起，可一桩一桩案件却像是在一遍又一遍地提醒她千万不要忘记已逝之人。

"好。"顾森低声温柔地回应，顺便将她的手从自己手臂上拉下，轻轻握在了手心中。

潘清当务之急是要确认死者的身份，不过既然顾森说了包里有学生证那就容易多了。他朝顾森点点头，随即又看了眼脸色不太好的陈子桑，对顾森说："好好照顾她。"

顾森没有搭腔，只是带着陈子桑立即离开了现场。平时这花园清新无比，今夜却是阴森恐怖。

走出花园，陈子桑将自己的手从顾森的手心抽离，那种骤然变疏离的感觉让两个人彼此相顾无言。

许久，待两个人走到学校后门时，陈子桑停住，停在了离网球场不远的石子路上，再往前走就是图书馆了。

她叹了口气，轻缓地说："我没事了。"

"嗯。"顾森知道陈子桑在介怀什么，知道她在后怕什么。他没有想过让她面对这一切，接受这一切，他似乎更希望她远离这一切。有点自私，或许也是为了"自保"。

陈子桑露出一个笑脸，拍了拍顾森的肩膀说："明天见。"

她转身要走，都没有来得及摘下假发。

顾森抬手，一下子扯掉了这头不属于她的长发。

"你……"陈子桑吓了一跳，步子都有些踉跄。站稳回身后，她还是略带惊吓道，"大哥，麻烦你以后要做什么先吱个声好吗？我刚被你吓得魂都飞起来了。"

顾森不语，抬手抓住她的手腕又重新将她拽入怀中，这次没有给她一个措手不及的吻，只是抱着她，轻轻地抱着，似是给出了所有的鼓励。

"干什么？"陈子桑头埋在他的怀里，轻声问。但没有得到顾森的回应，她很肯定此刻的顾森在担心她，因为顾森心跳的频率听起来和往常不太一样。于是她又宽慰他说，"我真的没事了。我想徐法医说的是对的。过去的就要学会放下，苏婉的案子已经结束了，我会放手的，你不用担心。"

不知道是错觉还是幻听，陈子桑在说完这些话后，隐约听见了顾森浅浅地叹息。

他说："你还是担心下自己吧。"

"嗯？"

"头发臭了。"

"……"

顾森松开她，微笑着轻拍了下她的脑袋，心满意足地抢先她一步往宿舍楼方向走去。

身后则传来陈子桑气得要死的声音："死顾森！我跟你不共戴天！"然后，她脱下鞋子就朝顾森扔了过去。

可惜，没砸中。

回到宿舍，陈子桑洗完澡刚想爬到床上去，就被许瑶一把扯住，还神神秘秘地拉住她，小声地说："我今儿个在外面看见顾森了！"

"哦。"陈子桑百无聊赖地回答，她一整个晚上都和顾森在一块，这个许瑶居然只看见了顾森，没有看见她，什么眼神。

"哦？？？"许瑶不可思议地摊手，表情滑稽地强调了一遍陈子桑这个轻描淡写的"哦"字，死命拉住她，严肃地说道："我告诉你，你可别哭鼻子。顾森有女朋友了！"

"嗯？"这会儿陈子桑不淡定了，什么时候的事？

一听到顾森有女朋友，躺在床上敷面膜的程醉都立马坐起，声音克制着，语调怪怪地问道："真的假的啊？那个高冷的顾森平常都不怎么理人，突然有女朋友了是怎么回事？"

"你看错了吧？"胡晓萍从阳台晒完衣服，捧着脸盆进来，第一时间怀疑许瑶的视力。

许瑶不屑地"啧啧"几声，拉着陈子桑的手，像妈妈安慰女儿一样语重心长地对她说："就算顾森有女朋友了也没关系。就冲你这长相、你这人品、你这智商，不怕找不到比顾森更好的。"

"还有比顾森更好的男人？"胡晓萍提出了质疑。

"去！"许瑶挤对胡晓萍，完了又继续说，"你要相信我，我亲眼看见顾森当街拥吻一长发美女！那女的身材好得不得了！姐妹，不要难过，天涯何处无芳草，何必单恋一顾森。"

我去。陈子桑在心里低骂了一句，许瑶这个瞎子！不过幸好许瑶是个瞎子，不然被许瑶发现那个长发美女就是自己，回来还不得把她扒得连胸罩都不剩了。

真是不幸中的万幸。

陈子桑庆幸地低头笑了笑，同时也暗笑许瑶的"蠢萌"。许瑶见陈子桑不仅不难过，反而还笑了，顿感事情的严重性。于是她更加苦口婆心地劝陈子桑："姐妹，难过就哭出来，别憋在心里啊。你这样，我看了可难受了。"

"我不难过啊。总算好了，以后我就再也不用和他捆绑在一起了，再也不会有人怀疑我和他的关系了。何乐而不为？"陈子桑微笑着拍拍许瑶的肩膀，肯定地说，"许瑶，我真为你2.5的视力感到骄傲！"

"哦，别客气，这都是我应该做的。"许瑶也有点被陈子桑说蒙了，莫名其妙地就随声附和。

"你有拍照吗？"本以为这个话题该过了，这时候宿舍长却突然提出了这样一个能证明真伪的实质性问题。

躺下的程醉又弹了起来，八卦之心永不死。

许瑶一听还真的连忙拿出了手机，调出了照片，指给她们看说："我还真拍照了。这现场勘查这堂课可不是白上的，你看看这角度，是不是和拍证物时老师教的一样？"

还拍照了？陈子桑这下可慌了，一把夺过手机，不管三七二十一就把那张虽然清晰却看不清她脸的照片给删了。

"干吗呢？"程醉大叫一声，面膜立马起皱了，她又只好先躺平面膜，碎碎念道，"我还没看那个妖孽长什么样呢！"

许瑶和宿舍长也是一脸问号，陈子桑慌张的举措让她们匪夷所思，都在心里问，这是几个意思？

"我……我就是不想知道那个妖艳贱货长什么样。"陈子桑这会儿已经豁出去了，骂自己是贱货不会少块肉！陈子桑攥着手机，强迫自己相信这个编造的理由，强而有力地点了点头。

许瑶这会儿却忽然智商在线，悠悠地拿回手机，无奈地说了句："子桑，你真的很不会撒谎。"

"所以你是真的喜欢顾森吗？"宿舍长又当机立断地放出了个狠招，两眼直勾勾地盯着陈子桑问。

陈子桑大拇指抠着食指，那句平常里说得很溜的"不喜欢"今天却有点说不出口。

"就是，怎么说呢。"陈子桑纠结，能做朋友自然是因为喜欢，只是这男女之间的喜欢，她还真的不能确定。

恰巧这时手机响了起来，陈子桑一看打来电话的正是顾森，忙接了起来。

"明天去局里把衣服、假发还给潘队。"顾森开门见山，把打来电话的意图说得一清二楚。

"哦，好的。"

"一起去。"

"嗯……"

寥寥几句之后，互相挂了电话。顾森并没有多说什么，他向来惜字如金，就是拿陈子桑开玩笑的时候不懂吝啬。

"你这样不行的啊，会被顾森牵着鼻子走的！不行，我明天要替你讨回公道！"许瑶啪地就把手机往床上一甩，义正词严道。

"不用啦，我和顾森本来就没什么啊。人家有女朋友那是理所当然的啊，没准我很快就会有男朋友啊。"陈子桑无语，要是让许瑶出马，按照顾森的脾气不把那个妖艳贱货就是她的事实给抖出来才怪呢。

许瑶愤愤不平，坐到椅子上，身上还穿着搭在作训服里头的短袖，勾着脚教育陈子桑："你好歹也是个系花啊，不能落后于顾森晓得不？哎，最近听说某个区队的区队长在追你？"

"是李科力。"终于敷完面膜下床来的程醉把"某个区队的区队长"给简单地概括成了一个人名。她穿着拖鞋，慵懒地走过陈子桑身边到了全身镜前，照了照后飘出来一句，"哎呀妈呀，我的黑眼圈好黑啊。"

"程醉你要是没病就赶紧说人话。"许瑶不耐烦得想要多听一些关于李科力的八卦。这警校最不缺的就是帅哥了，所以她必须要了解下这个李科力是何方神圣。

程醉回到床前，打开下面的柜子拿出了各种瓶瓶罐罐开始倒腾自己那张脸。

"李科力嘛，我也是道听途说的，听他们区队的人说，他也蛮清高的。而且他还是学校各大晚会的御用主持人呢，普通话说得那叫一个标准。喜欢子桑也是正常，清高的人都喜欢挑战不可能以此来证明自己的魅力。"

宿舍长听了程醉的话，摇摇头看向听得很认真的陈子桑，困惑道："看上你的人为什么都是这样的德行？"

"什么德行啊？"陈子桑眯着眼，压低嗓音不满地反问。

胡晓萍不说话，给自己倒了杯水。

"这么说李科力还是挺有实力的哦。"许瑶从程醉的三言两语里得出了这样一个结论。

程醉往脸上抹好了各种霜啊、精华液，转身对对面的许瑶说："没几把刷子谁敢追系花啊？"

陈子桑在旁边听着突然产生了一个疑问，她忍不住拉过椅子同她们坐在一起，歪着脑袋问了一句："我这系花是怎么来的？既然有系花，那校花是谁？"

另外三个人面面相觑了好久，猛地异口同声道："对啊！你为什么不是校花而是系花呢！这谁选的，什么时候的事情？"

于是，这成了当晚解不开的"谜"。

第二天一早没有下雨，所有人都听着集合的哨声哀号着排着队伍出操。今天不在操场跑圈，而是绕着学校外围跑圈。

一早上就五公里。

在警校，所有人最喜欢的就是下雨天。这意味着早上可以多睡半个小时，半个小时啊苍天。

所以每天早上起床时，陈子桑主要是负责竖起耳朵听外面有没有雨声，一听一个准。

但最近都没有下雨。

区队长带队跑步的时候，也有别的区队暗自比赛。区队长也见不得别的区队跑得比自个区队快，于是就成了恶性循环，你追我赶，跑到最后，差点都吐了。

"喂喂，我们区队在跑的时候，李科力他们区队一直跟在我们区队后面呢。他是带领他们整个区队在给我们陪跑吗？"摘下作训帽和腰带，许瑶撩了把汗涔涔的头发，喘着气八卦着。

陈子桑也双手叉腰，跑得累死，没有力气回复。程醉倒是她们四个里面体能最好的，八百米是可以破学校记录的，所以她气定神闲地说："李科力真是煞费苦心啊。不过顾森他们一直跑在最前面，显然顾森对你没有半点留恋啊。"

又来了。陈子桑无力地摇头。

"你们区队整体的水平不高啊，跑这么慢。"还真是说曹操，顾森到。他从食堂不远处走过来，给了陈子桑一个大分量的糯米团子和一瓶热牛奶，"快上去洗澡，洗完澡我们要去趟局里。我已经和何队汇报过了，等会儿七点四十的集合我们可以不用去。"

"等等，"一看到两大八卦主角都在这里，许瑶和程醉立马开启了审问模式。一个问，"你不是有女朋友了吗，为什么还对子桑那么好？"另一个问，"所以你跑那么快是为了提前给子桑买早餐？"

只有胡晓萍特别冷静地说了句："你们慢聊。"然后就立马冲进了食堂买早饭。

这边的陈子桑都来不及阻止，所有话题就都抛了出来。对此，她能做的就是捏着那个糯米团，祈祷顾森不要搭理她们。

"女朋友？"没想到，顾森搭理了。他咀嚼着这三个看起来和他扯不上什么关系的字，挑着眉看向了低着头俨然一副做错事的陈子桑。

"我昨晚都看见了，你在理工附近那条街上明目张胆地拥吻了一个长发美女。照片我都有，你可别想抵赖，脚踏两条船是会死得很难看的。"许瑶不愧是许瑶，面对顾森面不改色、无所无惧，还理直气壮。

程醉显然就聪明多了，她对此没有发表其他意见，只是默默地在心里对许瑶这话立了个死亡的flag。惹谁都可以，就顾森不行。

"嗬。"顾森毫无征兆地冷笑了下，跨了一步之后直直地站在陈子桑跟前，居高临下地盯着她，语气冰冷却轻缓，"确实是个美女，只不过我更喜欢短头发的美女。"

陈子桑明显感觉到顾森说话的时候流动的气息直冲她的脑壳，再加上他说话的语调，听起来就怪怪的甚至还有点咬牙切齿。

"哇，你这个人！"许瑶第一次见到顾森说话轻佻的样子，尽管被他帅了一脸，但在自家姐妹面前，许瑶仍旧把陈子桑放在第一位。她冲着顾森挑衅道，"你能找女朋友，我们子桑也能找男朋友！"

"她敢。"

平淡的两个字，一如往常清冷的语气，再搭配一张百看不厌的精致脸庞，顿时让三个女生同时噤了声。

顾森却还是一脸云淡风轻地盯着陈子桑的脑壳看，看她什么时候敢抬起头来和他对视。尽管心里有过忐忑，但顾森宁愿相信陈子桑是不敢承认而不是不愿意承认。

"她……她怎么不敢啊？隔壁区队的李科力就挺好的，人家也就比你差点，就那么一点点。"许瑶这个不怕死的还补充了一句，刚说完就拉着程醉逃跑了，她边跑边对陈子桑喊，"自求多福啊，姐妹！"

糯米团都快被捏变形了。陈子桑无奈，终于抬起头，和顾森对视一眼之后她又立马撇开了头，说了句："我先上去洗澡，顺便搞内务。"

"李科力在追你？"顾森原先想着管他什么李科力，可他今天听见这名字心里居然别扭得要死。

陈子桑又急忙转身瞪了他一眼，压低声音道："干吗说这么大声，这人来人往的。注意你的人本来就够多了，你还这么没自觉。"

"说得好像想占你便宜的人比注意我的人要来得少一样。"顾森这会儿没了耐性，顿时满脸的不高兴。

"拜托，第一个占我便宜的人是你好不好？"陈子桑真是要被顾森这强词夺理给气死了。但话一出口那晚的画面就完整地浮现在了脑海里，记忆中的画面全部都是粉红色的。

只是她现在才想起一个问题，那就是顾森为什么要亲她？她想问，却看见顾森在看着她笑，那笑容温和灿烂得像是地主家的傻儿子。

"你笑什么？"她略微嫌弃地往后退，还得要注意来往同学的怪异以及羡慕的眼神。

顾森嘴角翘起，双眸清亮，笑道："发自内心地觉得自己机智。"

"啊？"

"在毫无防备的情况下吻了你。"

"啊啊啊啊！你个神经病！"

陈子桑像见了鬼一样地带着糯米团逃跑了。顾森仍旧一脸温和地笑，他觉得他已经很克制了。

可他并不知道在旁人眼里，他看陈子桑的眼神就像是想要把她宠上天，又像是只想占为己有。

在食堂集合的许瑶等人又冤家路窄地撞上了和顾森一个宿舍的三个男生。他们互相都认识，但都没有搭过腔。

"啊，顾森果然是给陈子桑送早餐去了。"一起排队买牛肉粉丝汤的张华林瞧了眼另外一个窗口的三个女生，同身后的室友王泽霖等人说道，"你看，陈子桑都不在。"

王泽霖瞧了眼旁边的三个女生，表示没有多大的兴趣，但他又对排在他身后的室友黄千阳说："那个女生的长相好像是你喜欢的类型。"

黄千阳怔了怔，朝那边看了过去。他一眼就看见了队伍中的程醉……嗯，王泽霖说的是程醉。

"还真是。"黄千阳忽而笑了，继而猛拍了一下王泽霖的后背，"知我者莫若你啊，怎么连我的择偶标准都摸得这么清楚？"

"因为我怕你爱上我，所以我得赶紧给你物色一个对象，让你正视自己的性取向。"王泽霖眯着眼睛，一本正经地说。

黄千阳不笑了，板起脸抬腿就踹了他一脚。结果王泽霖一个趔趄往前一扑直接把张华林刚买好的牛肉粉丝汤给打翻在地。

"咣当"一声响，把在场所有同学的目光都吸引到了他们身上，包括还在聊着八卦的许瑶、程醉和胡晓萍。

"你有病啊！"张华林心痛地盯着地上惨不忍睹的粉丝，冲着王泽霖吼道。

王泽霖则侧身，努了努嘴巴说："阿黄踹的我。"

"是他嘴贱。"黄千阳当即反驳。

"给老子重新买一份！"张华林也不去管地上的那一摊粉丝，也不去理会接二连三上前买牛肉粉丝的同学，对这两个贱货再次吼道，"城门失火殃及池鱼，你们两个操蛋的！"

"阿黄买。"

"王八买。"

"王八骂谁？"

"阿黄又是哪条狗？"

围观的同学都笑而不语，自顾自地打饭。这时候已经买好早餐的许瑶等人路过，冲着这三个起内讧的男生鄙夷地笑。

"白痴。"许瑶冷哼，夹杂着此前对顾森敢怒不敢言的愤懑。

程醉倒是咧着嘴，呵呵笑着望着他们仨，眼神里透露出来的也是两个字"白痴"。

与此同时，黄千阳近距离见着程醉，想着要打声招呼，便连忙往前追了一步。结果，人算不如天算，他一脚踩上了地上那摊粉丝，脚底一个打滑，整个人直直地扑向程醉。

于是，噼里啪啦一阵响之后，那场景，张华林表示有生之年都不想再来第二次。

黄千阳扑倒了程醉，顺便也扑飞了程醉手里的早饭，掉落在地的早饭汤水又溅湿了许瑶的裤腿。

各种早餐味道混合在一起，香甜又怪异。

"对不起。"黄千阳是真的在为自己愚蠢的行为道歉，他伸手想将程醉扶起。

结果程醉啪地打掉他的手，凌厉地站起身子，抡圆了胳膊就给了黄千阳吃惊的一拳。

"喂，打人就不对了啊！"张华林见状顿感事情不妙，这程醉看着瓜子脸，眼大鼻梁挺，可这性子原来这么烈呢。

程醉撩了把作训服的衣袖，指着地上的饭菜说："粒粒皆辛苦懂不懂啊？！被你们打翻的都是钱！钱！"

"原来她是心疼钱。"站在黄千阳身后的王泽霖轻声道。

反正被打蒙的黄千阳直愣愣地看着程醉，心里居然感叹了一句：幸好是个女的，万一是个男的，那么重的一圈挥在脸上，牙都要被打掉了。

"行了，别的也就不说了。我们姐妹仁的早饭你们都包了吧。吃完早餐顺便在北四楼下等我们，把我们的作训服给洗了，就当赔罪了。"

许瑶当机立断地给了个赎罪的法子，反正顾森她得罪不起，那整一回他宿舍里的人总是绰绰有余的。

"我们和顾森一个宿舍的，我们难道不是一伙的吗？"张华林上前谈判道。

许瑶放下餐盘，双手环胸，歪着头质问："谁跟你们是一伙的？你们宿舍的顾森移情别恋了知不知道？从今往后我们501跟你们还有顾森水火不容，说白了顾森和外面那些男的都一样，都喜欢吃着碗里的看着锅里的。"

"啊？"听了这话的三个人都表示这事不可能。

"是不是有什么误会？"张华林怀疑地问。顾森移情别恋，这怎么可能？他昨晚还看见顾森给陈子桑打完电话后，嘴角扬起的弧度，那弧度就是少年春心荡漾的弧度啊。

"得，懒得和你们废话。赶紧的，把程醉的早饭重新买一份。"许瑶才不和他们浪费时间，自己和相安无事的宿舍长坐下来先吃了。

程醉也火冒三丈，早上睡不醒也就算了，早饭还让人给打翻了。这事她越想越生气，瞪着黄千阳的眼睛都在冒火。

黄千阳对自己弄巧成拙的本领也是很佩服，想打招呼不成，反倒给人留下了糟糕的印象。

唉，不然给顾森发条短信，让他和陈子桑一说，求陈子桑说个情。这样，他和程醉的关系或许还能缓和点。

"想什么呢？"王泽霖凑过来，蹭了蹭黄千阳的肩膀，问。

黄千阳拿出手机，舔了下嘴唇道："求顾大少爷帮忙。"

"他会理你就有鬼了。"王泽霖哼哼着往前走着，边走边说，"你没听系花的室友在斥责顾森脚踏两条船，我估计顾森自己现在也够呛。明明追陈子桑追得那么辛苦……"

"你等会儿。"黄千阳放下手机，疑惑地问，"顾森在追陈子桑？还在追？我一直以为他们已经在一起了！"

"智障。"

"王八你好好说话，不然我把你在校外勾搭理工女生的事给张贴到校公告栏上……"

前有两个白痴依旧打闹，后有一个操碎了心的张华林连忙编辑短信告知顾森已然成为"渣男"的事实。

"嘀。"到站下车时，顾森才拿出手机看了一眼，完了就发出一声冷笑。

陈子桑刚整理了下背着的包，手里还拎着衣服，回头就看见顾森神情冷酷，那鄙夷的样子简直令人不寒而栗。

"脚踏两条船。"他走上前，语气清冷，就像是一根冰柱猝不及防地插入了陈子桑的心脏。然后他又说了一句，"吃着碗里的看着锅里的。"

"呃……"陈子桑身子略略后仰，她知道他在说什么。不过干吗那么介意，许瑶不过是不清楚状况，又是个仗义的姑娘，心急就容易办坏事。但此刻，陈子桑还是决定先安抚下顾森的情绪，免得到时候自己死得很难看。

"等哪天她们知道真相就能还你清白了。"陈子桑说完这一句在心里质疑自己，这也算安抚？

顾森双手插裤袋，拦在她跟前，本就低音炮的嗓音此刻因为不爽更加富有魅力。他问："你不打算还我清白吗？"

"我？"陈子桑觉得好笑，于是开启了算账模式，"顾少爷，应该是你先还我清白吧？我又没吻你。"

陈子桑说到"吻"的时候，声音顿时没了底气，反射弧太长的她除了脑海中那挥之不去的亲密画面外还有心跳加速的反应。

"你想要公平？"顾森眼神锐利却又夹杂着点调笑的意味。

"不行吗？"陈子桑反问。

然后下一秒，顾森就拉住她的手引领着她往自己腰上一搭，两人之间的距离刹那间消失。

他淡然一笑，微微俯身，声音低沉道："那你吻我。"

陈子桑抱着顾森腰的双手顿时像触电一般，酥麻酥麻的。她尴尬到想要收回手踹他一脚，可是他握着她的手不放，似乎早就知道她会是这样的反应。

"变态！等价交换也不是这样等价的啊！"陈子桑涨红了脸，极力拒绝这个要求。

"挺遗憾的。"末了，顾森得了便宜又卖乖地放过了陈子桑，淡淡地说，"你错过了一个主动吻我的机会，以后都不会再有了。"

"谁想有这种机会啊！"陈子桑怒甩他的手。顾森不正经起来的时候简直是警校的一股污流。

顾森笑着同她转身，一眼就看见公安局大门口门卫室的人探出头饶有兴趣地"观看"他们，就像是在看一部电视剧。

登记了下信息走进局里，潘清并没有下楼来。反正对于公安局顾森和陈子桑也都不陌生，于是径直上了刑侦大楼三楼去办公室找他。

两个人刚走到三楼，薄藤就从四楼下来了，还是那副冷冰冰、难以接近的样子。

薄藤看了他们一眼，问道："最近改行做黑白无常了吗，又碰上命案？"

一来就是这种气人的态度，陈子桑白了他一眼，不客气地说："这事你得问潘队，我们两个那天晚上本可以高枕无忧地在学校里天天向上的，他非要拉我们去大街上假扮情侣。"

"嘀。"薄藤冷不丁地笑出声，仔细扫了他们一下说，"那看来假扮得很成功，以假乱真。"

"你们什么时候去江琪居住的地方调查？"顾森并没有搭理薄藤无聊的话题，正经道。

"江琪？"陈子桑偏着头问。

"昨晚的死者。"薄藤答，随后看向顾森说，"九点去。凌双还在尸检，潘队还在吃泡面。"

说完，薄藤就先走回自己的办公室去了。这才隔了多长时间，就又发生了一起命案，还是发生在高校园区的命案，被师生知道又要引起巨大的恐慌。不过按照当晚的情形来说，消息传播出去的速度一定是可以想象的。

陈子桑望着薄藤的背影，想到刚刚他布满血丝的双眼，昨晚肯定一晚上没睡吧。他没睡，估计徐法医也没睡。

"他刚刚叫徐法医，凌双？"陈子桑不可思议地抬头和顾森对视，眼里跳动着小星星。

"就像我叫你子桑一样。"他答，算是解释。

陈子桑微怔，挣扎了一会儿后，她放弃聊这个话题，说："还是去找潘队还衣服吧，顺便了解下案情。"

"江琪的身份信息我已经查出来了，电话通知了她的家属，她父母估计今天下午到，注意接待时说话的方式，尽量安抚。"潘清放在手边的桶装泡面还冒着热气，他才吃了几口就又和同事打电话聊起了公事，"昨晚发现尸体的男生我今天还要去再找一下了解下情况。那男生和江琪都是理工学校的，不知道平常有没有接触？还有昨晚抓住的那个变态都交代了吗？行行，我等会儿过去。"

潘清挂了电话才看见站在门口的顾森和陈子桑，忙笑着起身推开桌前的泡面请他们进来。

"来也不说一声，先坐会儿啊。"潘清无论什么时候都是精神抖擞，好像没有什么事能够消耗他的精力。

顾森和陈子桑往办公室靠右的沙发上坐下，陈子桑也放下手中的衣服，对潘清说："我们来还衣服了，顺便问下潘队还有什么需要帮忙的吗？"

"说到这个，"潘清索性不吃泡面了，先是对顾森说，"昨晚你对那个性骚扰者的判断完全正确。他确实就住在理工附近，不过他是科技学院的学生，不住宿，在外租的房子。"

"嗯，他承认了多少起性骚扰的案子？"顾森问。

"我按照你给的他作案的路线分别调取监控，被监控摄像头录下的是三天前他作的案。视频里那人的体型很明显就是他，天黑看不清脸，不过脚上还是那双人字拖。因此，他只承认这一起。"

"那如果证据不足，你们也拿他没办法。"陈子桑说出了潘清担心的问题。

所以当务之急需要更多的证据、更多的证人。而且，要查看的监控视频也就更多了。眼下还有一桩命案需要解决，简直是一个头两个大。

"老规矩，走访笔录我和子桑帮你搞定。"顾森不管潘清是否同意他们插手案件，自作主张地说，"至于视频监控我一双眼睛就够了。"

这话说得让潘清没法接，和天才是没办法理论的，因为从出生开始就有了差距，这差距是后天怎么努力都比不上的。

"什么时候定的老规矩？"潘清一脸茫然，心想这小子又想冲一线破案了。虽然上次的灭门惨案有了他们参与，才能迅速破案。但他们毕竟是学生，总是这样到时候出问题了怎么办？

"昨晚第一个发现尸体的男生其实有些奇怪。"这时候陈子桑回忆起当晚的情形，推算起了时间，"从后花园跑出来到后门街道只需要五分钟，可从他说自己发现尸体的时间到出来呼救的时间却间隔了二十分钟。这二十分钟里，他在干什么？再加上，他当时描述死者样子时神情惊恐，但眼神却总是飘忽不定。他显然对当时所处环境很是忌讳，而且他说话时，双手不停地搓着，还总是蹭裤缝边，好像手碰到了很脏的东西。"

潘清对陈子桑眼睛看见的东西从不怀疑，但这个信息一说出来好像顿时就有了怀疑目标，真是令人振奋。

"不仅如此，那个男生旁边还有另外一个男的，在此过程中他都没有说话。他们明明就是一起的。"陈子桑又补充了一句，"总之这案件不会像表面上看着那么简单。"

顾森认可地点点头。从昨晚初步的情况来看，江琪的社会背景也有待调查，一个没有兼职靠着父母给生活费的姑娘是怎么买得起那些高档化妆品还有包包配饰的。

她昨晚的打扮明显是出去赴约了。问题是她和谁赴约了？赴约之后是马上回了学校，还是又去见了其他人。

"江琪手机有查过吗？"顾森想到了这个。

潘清打了个响指，单手手肘撑在桌面上，意思是顾森问到点子上了。他说："她包里就没有手机。"

"这么说，手机里有能够找到凶手的线索或者是直接证据。"

潘清冲陈子桑点点头，转而又面露难色："手机是查了，可是已经关机。现在只能时刻监控着手机的动向，而且我们也不知道凶手是把手机藏起来了，还是给损坏了。"

对此，顾森也点点头，表示认同。在查案过程中一定会出现多个概率问题，解决案子的路径可能有千千万，但却不一定都有用。耗时耗力不说，还可能出现方向性错误，彻底错过犯罪嫌疑人。

错过确定犯罪嫌疑人也就是说案子会成为悬案，谁都不想见到这样的情况发生。

"你们今天没课？"末了，潘清问。

顾森随意地回答："反正我没有。"

"嗯？"陈子桑一听这话就觉得不对劲了，她忙拿出手机打开微信，编辑了一条信息发给了许瑶。

结果许瑶回了一句："我现在就在上课啊。老师点名了，我没有帮你喊到，因为你长相太显眼。老师一进来就说'今天系花没来上课啊'。这我还能扯什么谎呢？"

看到这条回复，陈子桑肺都要气炸了，瞪了面带微笑、事不关己的顾森一眼，又低头噼里啪啦地打字。

"你上课还玩手机？！"陈子桑在无声的微信上怒吼。

许瑶："因为我跟老师说，我正在联系生病的你，看有没有可能让你拖着病恹恹的身体过来上课。"

"……谢谢。告诉老师，很抱歉，没可能。"

"好的。"

陈子桑这才放下手机，立马抬手就狠狠地推了一把顾森，不管不顾地责问："你是不是故意的啊？来的路上你告诉我没课的。"

"就当作上次你拉着我翘课的代价，我们扯平。"顾森还伸手企图要和她握手言和。

陈子桑懒得理他，报复心这么重的顾森简直就是人类的灾难。但顾森是个既有心机还不依不饶的家伙，非要抓着陈子桑的手握一握。

"你们两个关系还真的是好呢。"潘清忍不住笑道，随后又多嘴说了句，"昨晚行动被别人拍下来了，还有你们接吻的片段，要看吗？"

"没什么事，我先走了。"陈子桑果断起身，脚步飞快地离开了办公室。

顾森就这样看着陈子桑的背影消失在三楼走廊上，然后看着潘清问了句："很明显吗？"

"什么东西很明显？"潘清不明白，但嘴角一直挂着明目张胆看好戏的笑意，"你喜欢她这点很明显。"

"视频里，她的样子。"顾森表面上没有一点波澜，就连声音也是平静得不像话。

潘清哈哈一笑说："画面上只能看出是两个身材比例都很好的年轻人在接吻，看不出是谁。"

"嗯。"得到答案，顾森也起身，"那我就先回去了。学校那边的情况晚点再告诉你。其余你知道的信息到时候短信告诉我吧。"

潘清有点不好意思，也觉得不能过早地将他们带入社会阴暗的一角，可迫在眉睫的案子，似乎也不应该操心多余的事情。更何况，顾森和陈子桑是迟早要加入公安队伍的。

"这次的事都还没和纪教授他们商量过。你们的何队要是知道我又把你们拐跑了，肯定会过来打断我的腿的。"潘清半开玩笑，但这事也不是完全没可能。何锋铭那家伙最护着自己的学生，只有自己能欺负，别人要是敢欺负他的学生，他能分分钟尥蹶子，还不管校规。

顾森想了想后说："还是有必要说一声，不过这事就交给你了。何队那人最近因为到了适婚年龄还没有女朋友，脾气大得很。所以，祝你好运。"

"你……"真是个可怕的后辈。潘清挠挠头，深吸一口气后坐下犹豫了很久之后才拨通了何锋铭的电话。

说真的，潘清和何锋铭是同一届的。最后何锋铭留了校，他则成为警察。两个人当初还是一个宿舍的，回想起那段时光，潘清总是有诸多感慨。

"有话快说，小潘，我忙着给学生加训呢。"刚接通，何锋铭就大嗓子喊了过来。

潘清吞咽了下后，觍着脸笑说："我能不能借一下……"

"没钱。"何锋铭果断拒绝，然后又听见他咆哮了一声，"蛙跳一百下啊！没跳完的今晚睡操场。"

潘清一脸黑线，还是耐着性子说："锋哥，你这话说得多见外，我哪能问你借钱呢。"

"怎么没有，上学的时候你借了我五十块钱去玩DOTA，至今都没还。"

"……"潘清一时无语，智商重新上线之后，恍然大悟了一句，"我说呢，结婚那天你让子桑带的红包里的数目怎么是2830！敢情你还扣了五十块！"

"那可不是，亲兄弟明算账啊！"

"你真行！我不管，你把五十块补上！我要凑个吉利！"

"拉倒吧，你用自己的钱凑！"

"姓何的，你是不是想干架啊？"

"什么？哎呀我去，信号可差了，再见。"

"靠！"

一来二去，潘清早已经忘了正事是什么了。

/

第三章
这样的顾森，真的很好。

/

　　江琪的尸检其实并没有开始，因为潘清说了要等她的父母来了之后再说。所以徐凌双忙了一宿，只是非常严谨地在江琪尸体表面进行了取证。然后她大早上就直接在解剖室睡了半个小时，醒来的时候手边多了杯常喝的咖啡。

　　徐凌双伸了个懒腰，面露微笑，疲倦的样子被这杯咖啡温暖了不少。她看看手机，有两条短信，一条来自陈子桑，一条来自薄藤。

　　"嗯——又把子桑他们给扯进来了，这个潘清。"徐凌双笑笑，而后又看了眼薄藤的短信，只是简短的一句"我再去现场一趟"。

　　只字未提咖啡的事，这是薄藤的作风。

　　徐凌双也并没有在这件事上多做停留，而是将江琪一部分的尸检报告结果打电话告诉了潘清，顺便逐条地发短信告知了陈子桑。

　　初步判断，江琪是窒息而死的，脖子处的勒痕相当清晰，只是造成这勒痕的工具有点奇怪，像是绳子又好像不单纯是条绳子。她的后脑勺有受到重物重击的痕迹，这应该会导致江琪陷入暂时的昏迷。在花园那种人来人往的地方实施犯罪，这个凶手可真是大胆。

　　不过更为奇怪的是，江琪凌乱的着装，以及裙子里那褪至大腿根部的内裤。可江琪本身并没有遭到性侵，这是怎么回事？

　　江琪的妆容很精致，按理少不了口红，可她唇上几乎没有口红，这不合常理。加上，她还在江琪的指甲里提取到了一些表皮组织，可能是在反抗中从凶手身上抠下来的。

　　还有很重要的一点，那就是江琪脸上有被人捂住嘴后留下的印记以及泪痕。

　　这些，徐凌双都告诉了陈子桑。接下来更具体的情况就要等江琪父母来了之后同意尸检才能知道了。

　　她叹了口气走出解剖室，站在走廊上伸了个懒腰，竟看见警局门口一前一后往外走的陈子桑和顾森。

　　"你先回去，我留局里看下监控。"追出门外的顾森拉住陈子桑交代了一句。

　　陈子桑回身，想了想后点头说："好。"转身要走时又被顾森拉住，她睁着大眼睛疑惑地看向他。

　　"不要一个人去调查，等我回来。"顾森十分了解陈子桑那片刻的沉思是想做什么，他不想陈子桑有一刻的冒险。尽管现在这个"险"的程度无人知晓。

　　陈子桑"哎"了声，有种被看穿心思后的不爽，但还是口头上承诺道："我就先回去吃碗阳春面，太饿了。你那个小糯米团完全不管饱。"

　　"带钱了吗？"顾森没有怀疑陈子桑说的话的真实性，因为他知道她不会这么听话。但眼下她说她饿了，这个好像比较重要。

　　"没带。"陈子桑爽快地承认。

　　嘀，果然还是想一个人先去调查。明明没带钱，还说什么要去吃阳春面。顾森注视着她的双眼，发现她的目光无处停留。

　　陈子桑也知道糊弄顾森不是件容易的事，于是只能觍着脸笑着问："你要带钱了的话，就先借我点呗。"

　　顾森二话不说就拿出了钱包，放到她的手心："自己拿。"

　　这一举动让陈子桑有点受宠若惊，拿过钱包忍不住开玩笑道："我能拿里面的卡吗？"

　　"可以。"没想到顾森回答得这么爽快。

　　陈子桑在心里激动了一会儿，嘿嘿笑着问："密码是多少？"

　　顾森低笑，俯身凑近她的耳朵旁轻声道："你猜。"

　　"……"我猜，我猜你个大头鬼我猜！陈子桑立马忌讳地躲开他身旁，管他三七二十一就头也不回地将他整个钱包带走了。

　　顾森望着她气急败坏的背影只觉得好笑，回身抬头就看见了四楼倚身窗户旁、喝着咖啡的徐凌双。

　　这见面有点突兀，但好在两人并不陌生，于是相视一笑。顾森走进局里，徐凌双则单手插口袋，继续喝着咖啡。

心想，读书的时候她怎么没有谈恋爱呢？大概是因为没有遇上像顾森这样出色的男生吧。唉，大学欠她一个像顾森这样的男朋友。

但，工作之后遇到的薄藤大概是老天爷对她的补偿。只是不知道能不能如愿以偿。

独自一人回校的陈子桑小包袋里揣着顾森的钱包在后街下车，反正钱也拿了，阳春面不吃白不吃。

"一碗加鸡爪的阳春面。"陈子桑在收银处边说边打开顾森的钱包，发现钱包里面没有什么隐私，除了钱就是卡，连照片都没有。

陈子桑抿着嘴感叹顾森这人强烈的保密意识，付完钱后她走到和顾森常坐的位置上坐下，托着下巴看着人来人往。

隔壁桌的应该是对小情侣，吃个面还腻腻歪歪的。女生虽然只顾着低头玩手机，但男朋友一直悉心地喂她吃面，吃完了还要亲一个。

陈子桑顿时起了一身的鸡皮疙瘩，她搓了搓胳膊，眼前又时不时浮现出顾森发神经似的一吻。

那个吻，是喜欢还是逢场作戏？陈子桑不确定，正因为没有定论，她的心动就变得可笑。她不想成为一个患得患失的人，也不想失去顾森这个朋友。

总之，她思绪复杂却仍然和顾森一如往常般地相处，实在是不知道怎么办之下的唯一选择。

陈子桑目不转睛地看着那对小情侣，最后被发现了。女生的视线从手机上抽离，狐疑地打量了她一眼，继而和男朋友耳语，两人说完还咯咯地笑。陈子桑略显尴尬，忙扭头佯装拿出手机打开微信。

"好像很久没看见叶清清了。"

旁边桌的两位服务员在收拾桌上的碗筷时聊了起来。

一个擦着桌子的女生表情纳闷，她仔细地将桌上的残渣抹进垃圾桶里，歪着脑袋同另外一个说："我也不知道她怎么了。不过，我最近上了学校论坛，发现有关于叶清清的帖子，说什么她只是外表清纯，实则也是个想傍大款的姑娘。还有人说看见她喝醉酒被好多个男人带去酒店开房呢。"

"不会吧。论坛上好多信息也只是捕风捉影，叶清清不像是这种人。如果她要傍大款，那她之前干吗勤工俭学呢？"端着碗筷的女生压低着声音替那个叶清清抱不平。

另一个女生也只是撇撇嘴小声说："没准人家嫌勤工俭学来钱慢呗，知人知面不知心。"

"行了吧，别以讹传讹的。"这女生说话还挺有正义感，但话锋一转她又神秘道，"听说昨晚后花园那里出事了？死人了？"

"嗯嗯，还是理工同学报的案，发现了尸体。"

"最近晚上还是不要出去了，太可怕了。"

两个女生的交谈内容统统传入到陈子桑的耳朵里，这年头信息传播速度之快，根本什么都瞒不住。尤其还是在这种高校园区，都是学生的，可一旦信息流出又会造成不必要的恐慌。想来潘清忙到通宵，这个也是其中一部分原因吧。

"不过，她们刚刚说的叶清清是谁？"陈子桑摸摸后脖颈，疑惑地想着。

这时，服务员端着她的面上来了。

飘香四溢的阳春面总是令人忍不住流口水，陈子桑拿起筷子抬头想说声谢谢，可服务员早已转身离开。她耸耸肩，筷子刚要伸进碗里，忽然想起什么似的，她立马环顾四周。

"不是，这个也不是……"她有些莫名其妙地开始在服务员中找寻某个人的身影，可看遍了所有人，竟真的不见那有过一面之缘的清丽脱俗的姑娘。

难道那个女生就是叶清清吗？陈子桑不解地将搜寻的目光收回，搅拌了一下面，又暗自笑道："真是神经过敏。这么多勤工俭学的，她有一天不来也正常啊。不过，我为什么直觉她就是叶清清呢？"

停顿想了许久之后，陈子桑发了条短信给顾森，大致的意思就是："还记得我们上次吃阳春面看见的那个女学生吗？"

没过一分钟，顾森回："不记得。"

喊，骗人。陈子桑无语地放下手机，吃了一口面。顾森明明就有过目不忘的能力，记住一个长得漂亮的女生对他而言简直不需要一点力气，在这装什么呢？

气不过，她又随手回复一句："起码你得先想一想后再回复我，这样骗人比较有诚意。"

然后就不管顾森了，陈子桑带着对美食的敬意努力地吃面。幸好是自己来吃的，她可不想当着顾森的面啃鸡爪。

刚吃到只剩最后一口汤时，陈子桑一眼看见从店门前路过的薄藤，来不及喝完就立马抽了一张纸巾胡乱地擦了下嘴巴立刻冲了出去。

"去哪儿呢？"她兴冲冲地赶到薄藤面前，这才发现随着薄藤来的还有另外几名同事。她顿时觉得自己有点唐突，便笑笑说，"我正好要去找昨晚发现尸体的那两位男生，你有什么信息要透露给我的吗？"

薄藤先是看了其他几位同事一眼，然后轻轻拉过陈子桑置于身侧，意思是让她跟着他们同行。

"凉亭那边昨晚就已经采完证了。我们准备去江琪的宿舍看看，正好你也可以去问问她室友一些有关于她的情况。"薄藤说着，算是给出了信息。

陈子桑点头，默默地跟在他旁边。

"其他警察呢？"陈子桑又多问了一句，因为看来看去好像没有什么其他人。再加上，薄藤也是一身警服，几个人走在一起也是特别扎眼。

虽然警校离理工学校不远，但警校从不允许学生将警服穿之于校外，这个规定是为了避免一些麻烦，同样也是为了保护学生。可能对于警校的人来说，警服就算只是校服，那也是一种信仰。

"他们已经过去宿舍那边打招呼了。"薄藤答。

"哦。"陈子桑点头。

薄藤本来见她是一个人，就有些奇怪。他想问顾森怎么不陪她一起，又觉得自己过于八卦，不太好。他思前想后，还是决定算了。

一行人来到了理工宿舍一区，走走停停的学生很多，但围观的却很少。陈子桑一开始想是不是因为要上课，周三之前都是课比较多的。但薄藤后来解释，是因为不允许围观。

走进女生宿舍，陈子桑并没有对凌乱的场面感到意外。女神和女神经之间就差了一个女生宿舍。

只是警校女生平常周一至周五都要整理内务，桌面上不得摆放任何私人用品，所以整间宿舍看上去都是亮堂堂的，相当舒心。可是一到了周末不用检查内务的时候，程醉可以一秒将桌面铺满各种垃圾，还把衣服裤子挂满了椅子、护栏以及任何可以挂的地方。

女生就是出门在外艳丽至极，一回到宿舍就原形毕露的存在。

"我们要出去吗？"留在宿舍的三个女生靠在一起，心情很是复杂，甚至眼里带着点惊恐。

陈子桑看在眼里，这相互扶持的三个女生明显感情更好。她们的肢体动作都表明她们对有关于江琪的事情的抗拒，或者说是反感。因为最左边那位女生从他们进门到现在都没有正眼看过江琪的床位。

"不用，这位将会负责给你们采笔录。她问什么你们只管知无不言就好了。"薄藤第一时间替陈子桑争取机会，也顺便间接地替她证明了身份。

几个女生并没有怀疑陈子桑的身份，只是看她的时候眼里有艳羡的成分，估计是因为陈子桑足够年轻，也足够漂亮吧。

薄藤轻拍了下她的肩膀，以示鼓励。他自己则和同事立马展开了调查取证。旁边几位刑警也都认识陈子桑，毕竟上一次案件也接触过，再加上潘清结婚那次也碰过面。

总之大家彼此间都不陌生，工作起来也有了默契。刑警们在陈子桑做好问话准备后，自觉地打开了录音笔。

"江琪的事想必你们也都知道，瞒得了别人，却瞒不了你们。"陈子桑讲这话是有其他用意的，她在试探这些女生之间的情谊究竟是真是假。

再者进来之前，她就先了解了一下这几个女生的情况，这些都是向顾森学的。趁他不在，多拿来用用，尽管记性没有那么好，但也不至于连个人名都记不住。

最左边那个留着黑长直头发、戴着一副眼镜、样子冷酷到让人觉得她不高兴的女生叫作钱薇，睡在一号床。平时为人不善言辞，学习成绩中等，朋友还真不多，至少在这学校里。

"她瞒着我们的事多着呢。"钱薇半低着头，神情冷静，语气里还有着对离世江琪的埋怨。

站在中间的乔楚皱着眉头轻轻拿手臂碰了下她，而后抬起头见陈子桑看着自己，咬了下唇后主动说："江琪平时和我们都不大聊天，她做什么我们其实都不知道。就连死了也……"

或许乔楚想说的是，江琪那晚夜不归宿她们不知道，更不用说她已经死了。说明江琪夜不归宿是常事，和她们疏远也是情理之中。

陈子桑没有说话，只是看着乔楚拨弄着手指，甚是心虚。三个女生现在只有靠近落地窗站着的王芸芸没有说话了。

近看，王芸芸也是个不输江琪的美女。长长的头发染成了栗棕色，微卷的发型让她的脸蛋看起来更加精致显小。还有就是她的睫毛很长，弯弯翘起，很是好看。

"江琪家境怎么样？"这话是旁边一个刑警问的，正好可以让陈子桑好好观察她们几个人。

听到这个问题，三个人倒是不约而同地摇了摇头。这个摇头是不清楚还是不怎么样，她们没有明说。

"那你们知道江琪和谁走得比较近吗？或者说江琪有交男朋友吗？"刑警接着问。根据他们昨晚的调查，江琪最后一个电话是打给了宿舍的座机，证明这三个人中有人和江琪打了最后一通电话。

王芸芸此时浅叹了口气，看起来并不好受。但她也只是轻描淡写地说："追江琪的人很多，但没有听说她交了男朋友。"

"男朋友什么的我们也不清楚，只是有一次我听见她在阳台上打电话，听那口气像是和电话里那人有着很亲密的关系。不过打给谁的我就不知道了。"这时乔楚补充了一句，偷偷看了陈子桑一眼后又将双眸垂下。

警察听了也没有流露出太多表情，例行公事地对她们进行询问。最后，他还是问了句："昨晚她有打过宿舍电话，你们谁接的？"

三个女生面面相觑，表示都没有接到过电话，她们回宿舍的时间是晚上九点。而江琪打电话的时间是晚上八点四十，正好错过。

陈子桑再看了看四个人的床铺，似乎能明白江琪为什么选择打宿舍电话而没有打她们的手机。想必打这个电话只是为了让她们中的某个在宿舍的人帮忙将她晒在外面的被子给收回来吧。

一夜过去，江琪的被子仍旧晒在阳台上。

陈子桑略微觉得心里不适，这种事情绝对不会发生在她们的宿舍。任何一个时刻，只要她们宿舍中的某人有需要，其他人就算是在忙别的也会立刻赶回搭把手。

别看许瑶平时大大咧咧，说话不过脑子，可却是十足的仗义，见不得朋友受委屈。

去年禽流感大肆流行之际，陈子桑陪着感冒发烧的许瑶去医院看病，鉴定下是不是禽流感，就算不是反正回校也得隔离一段时间。

在排队等着就诊时，陈子桑因为白天训练时不小心扭到了腰，站着累得慌，便就近坐在了一个空位置上。

结果原先坐那个位置的一个男人回来了，站在原地瞪了陈子桑好久。陈子桑想着他可能是病人，便连忙笑着起身说不好意思，可那男人依旧满脸不高兴地瞪着她，然后坐下。

戴着口罩目睹这一切的许瑶当即就火了，随口就斥责道："这椅子上写你名字了？别人坐不得吗？"

那男人听见许瑶骂他，更加不高兴了，强调这位置一开始就是他坐的。这男人一副据理力争的样子让许瑶的火暴脾气一下子就上来了，扯着嗓子又骂起了那男人。

陈子桑当时其实有点发蒙，却又被许瑶这一举动给感动了。但大庭广众下吵架并不是件好事，来医院的人本身就不会有什么好心情，再吵下去对自己身体也不好。

陈子桑制止了许瑶和这男人的冲突，完了她也狠狠地瞪了那男人一眼。这事其实不分对错，全凭当事人一时的心情。

后来，陈子桑感动地拥抱了下许瑶，结果隔天她也感冒发烧，回校后和许瑶双双被隔离在了学校空置的宿舍楼。

被隔离的那个星期，是陈子桑和许瑶最痛苦也是最开心的时候，而那样的时光不管多久以后再回忆起来也觉得弥足珍贵。

程醉也是一样。用陈子桑的话来说，程醉是她见过的所有独生子女中最完美的一个。程醉不娇生惯养，没有独占欲，似乎也没有嫉妒心。她琴棋书画都沾点边，为人热情开朗，还善于发现对方的优点。敢爱敢恨，坏脾气来得快去得也快，从不记仇。

曾经程醉偶然听见有人在说自个宿舍人的坏话，当着对方的面就吼过去：“只有我才能说我们宿舍人的坏话，你们凭什么！”

这事程醉不会主动说出来，陈子桑她们会知道也是听当时在场的人说的。感动的心情不需要别人奉献了什么，而是身边信赖的人总是能在各种场合下维护自己，不问缘由。

至于宿舍长……一个能帮宿舍里的人缝内裤、补雨伞的五好青年，怎么不惹人喜欢？

想到自己宿舍的种种，陈子桑越发觉得江琪她们宿舍的悲哀以及冷酷。她扫了这三个姑娘一眼，人情冷暖并不是在一朝一夕间形成的，总有着各种说不出口的误会让冷淡以拒绝交谈的理由继续保持下去。

可造成现在这个局面的原因真的只是来自于江琪一人吗？

“怎么样？”出了宿舍楼，薄藤随意问道。

陈子桑先是摇摇头，后又说：“江琪和她宿舍里的人关系确实不怎么样。女生之间的矛盾其实都很简单，所以也并不觉得哪里奇怪。”

薄藤点点头，随后看了下时间问：“我要先回局里，你呢？”

“我还有事。”陈子桑简单地说了声，往前走了几步随手拿出手机翻看了下来自徐凌双的短信。内容有点多，但都是陈子桑想知道的。

“那你自己小心。”薄藤看她样子也知道她接下来要去做什么，于是又告诉了她另外一些信息说，“凉亭那里来往的路人很多，地上脚印杂乱。昨晚的足迹鉴定，证明其中一双在死者江琪周围来回走动的脚印是属于报案男生的其中一个。”

“是吗？”听到这个，陈子桑心中的疑惑又加深了，想了想后说，“来回走动，他是在犹豫什么？那二十分钟的间隔里，他在做些什么呢？或者说是他们在做些什么？”

薄藤看着她沉思的模样也不好打断，此时周围的同事过来说：“潘队让我们回去开会，说是死者的父母快到了。”

薄藤点头应答着，本想和陈子桑再说声，但发现她自顾自地走远了。再者江琪宿舍都很正常，并没有其他什么可疑的地方，他便暂时随着同事一起开车回了局里。

陈子桑边走边看手机，差不多知道那两个报案男生的动向之后，她打开看了下朋友圈。看见自己很早之前发的一条状态至今都还有人点赞，点赞的是李科力。

好像是最近才加了好友的关系，李科力对她的动态很是关注，还单独给她发过信息，说她好像不怎么在朋友圈发动态。当时陈子桑就回了一句："我和顾森都不爱发状态。"

结果，李科力就没有再回复她。其实陈子桑觉得这话没什么问题，因为她和顾森在微信上有很多共同好友，毕竟是同个学校的。经常就会有人问她"怎么你和顾森都不发状态，还是说你们的朋友圈只对彼此开放"，这让陈子桑怎么回呢？她好歹还会隔个三四个月发一条"今天天气真好"，可顾森从始至终朋友圈都是空的。

高冷到别人以为他把所有人都删了，但即便这样也没人敢主动删了他微信。因为他们都曾经向陈子桑求证过，证明顾森并没有屏蔽他们，对此陈子桑也是哭笑不得。

"走路的时候别玩手机。"

陈子桑正陷入一些与微信有关的事情中时，顾森突然出现一把就从她手心里抽走了手机，然后自然地塞进了自己上衣的口袋里。

"这么快就将监控录像看完了？"陈子桑诧异，第一反应竟然不是拿回手机。望着才分开两个小时的顾森，她觉得不可思议。

顾森瞧了她一眼，又看向前方，问："刚刚在想什么？"

"没什么。"陈子桑立马摇头否定，眼睛直视前方。

"至少想一想再回答，这样骗人才有诚意。"他平静地说着这句话，完了脚步停住，站在理工学校一号公寓大门前，注视着陈子桑。

陈子桑懊恼，顾森这人就是这点不好，报复心太重！于是她暗自想了半天，然后抬头坚定地回答："没想什么，我发誓。"

"嗬。"顾森冷笑，对陈子桑这敷衍的行为他心知肚明。他也不再追问，反正她不想说的事情肯定也是他不爱听的。

罢了。

"监控视频看得怎么样了？"两个人继续往前走着，陈子桑也换了个话题。

顾森换了个边，让陈子桑走在道路内侧，继而说："有重大的发现。被抓住的那个变态叫应责名，是个大三的学生。我在调取文二路视频监控的时候，发现他上个月3号晚上摸了两个女人的屁股。"

"啊，这是重大发现？"陈子桑对那个变态实在是提不起什么兴致，真是糟心死了。神智正常的一个大男人大晚上的上街摸女孩子屁股，简直醍醐。

"不止这些。"说话间，两人已然走到十字路口，顾森在红灯等候区轻轻拉了下陈子桑的手臂，示意她和自己停下等绿灯。然后趁着几十秒的时间他又说，"按照应责名的作案习惯，他只摸有男朋友的女人的屁股。可那个晚上他同时摸了两个女人的屁股，你不觉得奇怪吗？"

"同时？那两个女生是一起的？"这会儿陈子桑的好奇心被勾起。

确实，像应责名这种连续作案的嫌犯都会遵从一定的作案模式，并不是说为了特立独行，而是这种模式对他来说是安全的，是足以发泄他内心欲望的。可忽然改变模式，只能说当时的情况一定有别于其他时间，以至于他只能做出改变。

"走。"绿灯后，顾森又抓着她的手肘处带着她过马路。

顾森和陈子桑的肢体触碰不止这一次，顾森的自然让陈子桑的紧张显得有些奇怪，但她控制不住，还是略微紧张害羞地起了鸡皮疙瘩。

"我自己能走。"都走过人行道抵达对面了，陈子桑才收回手臂，尴尬地说了句。但尴尬归尴尬，陈子桑好像素来不太知道娇羞是个什么玩意，尽管她现在脸有点微微泛红。

顾森瞥了她一眼，嘲笑道："你脸红什么？"

"有什么好脸红的？！我就是突然被你牵着走，感觉自己像条狗……"越说越离谱了，陈子桑差点咬到舌头。

顾森恍然大悟地"哦"了声，语调有些许的暧昧，只听他说："擒拿格斗课上，你我对打的时候，我可是当着两个区队同学的面把你给撂倒过。你当时不仅没脸红，还站起来又和我对打了一次，结果你又摔了个狗吃屎。真是勇气可嘉。"

"是谁允许你提那件陈芝麻烂谷子的事情啦？！"陈子桑这会儿是真怒了，被气得满脸通红。

顾森伸出食指左右晃了晃，就连他的食指好像都散发着别样的傲气和那欠揍的得意劲。

他纠正道："就上个星期的课。"

"……"

吼，也对。就因为擒拿格斗课上被顾森秒杀，陈子桑一跃成了学校女生抗打排行榜上的NO.1。毕竟，除了她，也没有女生和顾森对打过，还毫发无损的。

"行行行，你赢了。"陈子桑摆手，反正投降就是了。但却在心里暗暗发誓，改天一定要学个近身搏击，打得他跪地求饶喊她奶奶！

顾森见她自顾自地在那儿傻笑，拍了下她的脑袋说："走吧。"

"回到那个监控视频的话题。那两个被摸屁股的女生是有什么特别之处吗？"陈子桑一提案子，表情即刻恢复严肃。

顾森目光如炬，脸上的神情比陈子桑还要凝重，却又多了点古怪的兴奋。

"其中一个就是江琪。"

"怎么会这么巧？"陈子桑脱口而出，随即又问道，"那另外一个女生呢？"

顾森并没有直接回答，而是反过来问她："你为什么会突然问起阳春面馆里那个勤工俭学的女生？"

"因为偶然听见其他几个勤工俭学的女学生在讨论一个叫作叶清清的女生，说她已经好久没去面馆帮忙了。我当时……"陈子桑说的时候再一次看向了顾森，发现他眼里的古怪更甚，顿时惊讶道，"另一个女生难道就是面馆里的那个女生？"

"就是叶清清。"顾森肯定地答。

陈子桑当下就提出反驳："大晚上的，监控录像的分辨率哪有这么高？你又没见过叶清清，你怎么能肯定那个人就是她呢？"

顾森停住脚步，脸上神情难以捉摸，但嘴角微微带笑。他就这样一瞬不瞬地看着陈子桑，似已将答案全盘托出。

陈子桑也望着他，顾森的眼睛本就深邃，那高深莫测的样子她早就习以为常。她善于看清别人的心理，但她从未揣测过顾森。这世上，不存在不会说谎的人，如果有，那只能是顾森。

"你不会是又提前把学生档案给看了吧？"陈子桑早先的惊讶已然转变成了惊恐，这人都什么时候干的这事，完全不动声色。

顾森笑，悠悠道："全部。"

"什么？你个变态把整个理工学校的在读学生全部看了个遍？"陈子桑难以克制地喊了出来，与此同时她又忍不住提出质疑，"你不觉得你这样特别浪费脑容量吗？为什么要记住所有的人？"

"随意看一眼就记住了而已。"

"……"陈子桑吐血阵亡。

两个人继续往前走着，目标是报案的那两个男生。路上，顾森向陈子桑说着视频中的其他内容，最后陈子桑得出一个结论，那就是叶清清和江琪虽然不是同个专业的，却在最近时常走到一起。

"那3号晚上江琪和叶清清去了哪里？"陈子桑觉得这两个表面上看起来八竿子打不着的女生晚上相聚在外实在是有些奇怪。更何况，按照顾森对监控视频的描述，当晚的她们好像还喝醉酒了。

顾森说："还在调查。不过可疑的是，叶清清似乎在那晚之后就失踪了。"

"也就是说我在阳春面馆里听见她们的谈论至少有一半是真的。叶清清好久没去勤工俭学的原因是她失踪了。"陈子桑双手环胸，思考着这两者间的关联，"江琪死了，叶清清失踪了。两个结伴的女生为什么都会发生变故？"

"那天晚上叶清清的打扮和江琪一样。"顾森冷不丁地又给出了一条信息，"而且喝醉酒的是叶清清。"

陈子桑惊诧，凭着对叶清清的第一印象，她无论如何都没办法将那个笑容清冽、说话轻柔可人的姑娘和浓妆艳抹陪着男人开房的女人扯上关系。

"所以我们必须先找到叶清清。"最后，顾森首先给出了一个调查方向。

江琪的死亡牵出失踪的叶清清实在是有些意料之外，这反倒让这案件越加扑朔迷离了起来。

而江琪之死就现在看来，性质都还不能确定。尽管宿舍的女生对她是否交了男朋友没有明确表态，可她们明显对她略显靡烂的生活作风不满。和社会上的人来往过分密切，使得江琪的人际关系复杂起来。

于是，这样一来排查的对象也随之增加。

两个人一路都在分析案情，就连最后直接跟着顾森走进理工男宿舍，陈子桑都浑然不知。宿管大叔半摘下眼镜盯着陈子桑，要不是看在陈子桑旁边还有个高大帅气的顾森，估计这宿舍的门她都进不去。

"你看过那两个男生的课程表吗？确定他们在宿舍？"径直上了三楼，陈子桑还是要追问一句，顾森就算再神通广大，她也有质疑的权利。

顾森这会儿没有露出嘚瑟的表情，直接上手掐了把她的脸蛋说："在我身边脑子就可以不带了是吗？"

"起开！动手动脚的！"真是要被气死！问个问题还被讽刺没长脑，问了又怎样？！陈子桑不服气地握拳就捶了他一把。

结果，顾森干咳一声，坏笑道："这力道是在打情骂俏？"

"你……"对于顾森这种突如其来的不要脸的行为，陈子桑深感不安，甚至有点气急败坏。打又打不过，就连嘴巴上也占不了便宜。

"别说话。"忽然间，顾森一脸严肃地拉过陈子桑置于身后，他自己则站在三楼楼梯口处谨慎地听着什么。

几秒钟后，又突然传来重物撞击的声音。

"有人在吵架。"陈子桑低声说道。

"305。"

两人迅速来到305宿舍门前，此前陈子桑和顾森都已经知道那两个男生就是305的，于是关于昨晚的一些细节两人不谋而合。

"说出来你就别想活着离开这个学校。"那恶狠狠的声音完全不像是一个大学生应该有的戾气。

"万一被警察查出来，会以为人是你杀的！"另一个男生喘着气，语气里带着哀求，但他明显是有理智的。

又一声重的撞击声，这次直接把人给推倒在了门上。而受到撞击的门竟打开了一条缝。

都这会儿了，为了避免情势朝着坏的方向发展，顾森果决地推开了房门，一把抓起倒在地上哼哧哼哧叫疼的男生，推到陈子桑身旁，说了句："打电话给潘队。"

陈子桑扶着那男生，应声道："好。"于是她立马埋头往小包包里掏手机，结果，她又无奈地说了一句，"顾森，我的手机在你身上！"

真是，关键时刻搞什么呢？

此时，那名企图进行攻击的男生举着宿舍里的椅子本意是想砸向那手无缚鸡之力的懦弱男生，却被突然闯入宿舍的顾森和陈子桑给打断了。可眼看顾森凌厉地朝他走来，他一时无措，仍旧将椅子重重扔出。

顾森只是侧身一躲，那椅子就砸向了墙上嵌着的全身镜上，顿时"哐当"一声，镜身粉碎，掉落一地的玻璃碎碴让现场看起来很是混乱。

"你在这儿等我一下。"陈子桑回身先将宿舍门给锁上，然后拍拍身旁这个捂着胸口很是难受的男生肩膀，说，"我先去拿下手机。不管怎么样，你勇气可嘉。"

男生觉得有些莫名其妙，突然间被一个漂亮的女生给安慰了。他正纳闷着，忽然想起这两个人不就是昨晚出现在命案现场、看起来和警察很熟络的那对男女吗？

哎，可是那会儿看见的那个女生不是长头发吗？

另外一个男生见顾森身手矫健、神情冷漠，还气势嚣张，顿时慌了手脚，竟掉头想着要往阳台上跑。

"喂！"陈子桑一看事情不对，这男的慌不择路要跳楼啊！这要是跳下去，估计她和顾森都要吃不了兜着走。

好在顾森一个箭步上前，一把抓住了那个企图跨上阳台护栏的男生的衣领，用力地将他往回拽。喉咙处被衣领紧紧勒着的男生顿感呼吸困难，但他只是脚步踉跄，一个回身双手一甩就挣脱了。

顾森使出的劲很大，但想逃之人的欲望过于强大。场面有些混乱，眼看着那男生就要蹿上护栏了，陈子桑倒是立刻冲上前，双手一把抱住对方的胳膊，往后一退步就将那给扯了下来。毕竟男生双脚离地都踩在护栏上，一只手又被陈子桑抱着，顿时失去了重心。

之后，摔倒在地的男生也痛得直骂脏话。

顾森上前帮着陈子桑钳制住那名狂躁的男同学，将他的手别在身后，单腿压在他的后背上，然后扭头问陈子桑："你没事吧？"

"没事，就是一下子忘记课堂上老师教的'一招制敌'的招数了，只能随便伸手抱胳膊了，感觉有点蠢啊。"陈子桑还有心情自嘲，随后就上前蹲下说，"手机。"

还没等顾森给出回答，陈子桑就把手伸进他上衣口袋里，从他怀中把手机拿了出来。这一动作自然和谐，完全没有半点的尴尬。

"你们到底是谁？想干什么？"被顾森单腿压在地上的男生，脸贴着地，愤怒地低吼着。

顾森轻蔑地看了他一眼，警告道："她在打电话的时候，你最好闭嘴。"

趴在地上的男生听着这话突然就吓得一动不动了。尽管顾森都还没有说出后面的"否则"，但他就是感受到来自顾森的全方位的碾压气势，被震得不敢违抗。

"嗯，好的。"这边，陈子桑已经和潘清取得联系后挂了电话，回头告诉顾森说，"他正好往这边来，估计5分钟后到。"

陈子桑问完又望向依旧靠在门上、面如土色的瘦弱男生，走过去问了一句："需要给你叫救护车吗？有没有哪里不舒服？"

"不不，不用了。"男生在陈子桑靠近之后，突然恢复气色，面色潮红，说话都有点不利索了。

陈子桑点着头，想要伸手去扶他起来，但一想又多问了句："你能自己站起来吗？不能的话还是去医院检查一下比较好。"

男生有点犹豫，他确实撞到了盆骨，疼得不能立马站起。但这样子又好像在女生面前有点丢脸。

"喂，理工宿舍三区，有人受伤不能直立行走了。"男生还没想好，陈子桑果断又拨通了120的电话。

男生顿时泄了气，反正挨打已经很出糗了。不过……他偷偷打量着陈子桑，这个女生美而不艳，个子高挑身材正好，到底是哪个学校的？他们理工美女也挺多的，好像也没见过她。

陈子桑意识到男生正在好奇地打量自己，便蹲下身子，微笑着说："我叫陈子桑，是警校的大二学生。他叫顾森，也是大二的。不过他脾气不好，性格古怪，还是个天才。"

哇，这都什么组合？未来的警界精英吗？男生目瞪口呆，说不出什么话来。

"你叫什么名字？刚刚和他吵架的原因是什么？"陈子桑随后就

问道。

男生这才明白，女神的自我介绍只是铺垫。不过提起这个他也确实觉得自己很荒唐，昨晚发现尸体是受到了惊吓，可惊吓过后，是强烈的自责。

"我叫高洪，是理工大三的学生。他叫徐旭鸣，也是大三的。昨晚我们发现尸体……其实是徐旭鸣先发现尸体的……"

这位叫高洪的断断续续地说着，话语间有羞耻也有惭愧，甚至还有着对死者江琪的内疚。

陈子桑听着听着，竟有了点寒意。她偏头看向阳台上的顾森，庆幸自己能有个这么健康向上的伙伴。

嗯，庆幸自己的朋友是天生的智者、入世的强者，且是乐观阳光的人。这样的顾森，真的很好。

潘队来了之后先是对顾森和陈子桑提出了批评，反正就还是那几句："你们要是出事了，何锋铭会把我杀掉的！这点希望你们每时每刻都记在心里！我才刚结婚，我连蜜月都还没有度！能给我积点德吗，祖宗？"

明明大家都完好无损，可还是把潘清吓得连祖宗都喊出来了。看得出，潘清很在意顾森和陈子桑的安危。

"我们没事啊，潘队。我们又不是抓凶手，只是帮你找嫌疑人而已，不会出什么事的。"陈子桑这话算是对潘清的安慰。

但是潘队眼尖地一把就抓起陈子桑的手问："那你这胳膊上的抓痕是怎么来的啊？"

听到这个，顾森也看了过来，顿时被陈子桑胳膊上那触目惊心的三条抓痕给刺痛了眼睛。

顾森没有注意到陈子桑在拖拽徐旭鸣时反被他抓伤，于是下一秒就听见楼梯口传来惨叫的一声"啊——"。

众人望着滚下半层楼梯的徐旭鸣，胆战心惊地转头盯着顾森看。

"不是故意的。"顾森声音清冷，别过脸说。

除了潘清，其他几个早就下去扶那个男生了。幸好只是半层楼梯，不过徐旭鸣的脑门被擦破了点皮。

"你干吗呢？"陈子桑对于顾森的举动同样震惊。她抬脚下楼梯去看徐旭鸣摔得怎么样，有没有伤到哪里。

潘清是相当佩服顾森，明目张胆就敢为自己喜欢的对象报仇，扯犊子还不带脸红的。完了他总结出一点，生气的顾森才是这个世界上最可怕的，比自己生气的老婆还要可怕。不动声色的，真是得罪顾森之后怎么死的都不知道。幸好和顾森不是同一届的，幸好自己年纪大。

潘清头一次感受到年纪大的好处这么棒。

"我说你亲都亲过人家了，表白了吗？"潘清也是不怕事大，又重提昨晚的事情。

顾森双手插着裤兜，居高临下地望着那个骂骂咧咧的徐旭鸣，心里想着是不是踹得轻了点。

"问你呢，表白了吗？"潘清穷追不舍。

顾森转移目光，落在陈子桑身上，说："我不喜欢她，表白什么？"

"霸王硬上弓了，还说不喜欢人家？"潘清挨着顾森学着他样站着，轻声说，"你这样一味地否认就没意思了，是男人就该爽快点。我看你也不像是个招蜂引蝶的，换成是别的女生，你下得去那个嘴？"

"我有洁癖。"顾森冷冷地回复，他不想继续这个话题，但又觉得潘清说得有道理。

"嗬，选择性洁癖我懂得——"潘清挑着眉，故意用手肘碰碰他说，"亲她的时候什么感觉？"

"不告诉你。"顾森扔下这句话后，就朝着陈子桑走去。

留下潘清一个人在高处，揣摩着他的神情。顾森说他不喜欢陈子桑，可大家都看得出他有多喜欢她；他说不表白，可任谁都看得出他在她身边无时无刻不在表白。

他们站在一起就像是老天爷钦定的一对，般配到令人尖叫。可现实到底会怎么样，潘清也不知道。他总感觉顾森和陈子桑身上都有一种特别的魅力，一般他们称之为"神秘"。

"回学校，去校医那里消个毒。万一这家伙被狗咬过呢。"顾森上去一把就拖走了陈子桑，还又怼了徐旭鸣一下。

陈子桑还是觉得顾森过于紧张，被抓破而已没什么大不了的，自己玩的时候还有磕磕碰碰呢。

顾森自然没有理会她的反抗，只是一路上他都在想表白这件事情。

"这案子你不觉得很古怪吗？徐旭鸣先发现了死者，那时候的死者内裤是褪至脚踝。按照后脚就出现的高洪的话说，徐旭鸣当时并不知道江琪已经死了，误以为她是喝醉酒趴在那里睡着了，本想轻侮她……"

"本意就坏的人就算人不是他杀的，他也有必要进行深刻的反省。"顾森对这个徐旭鸣的印象已经跌入谷底，说什么都不顶用了。

陈子桑没有接着顾森的话讲，仍旧说着案情："高洪觉得徐旭鸣不应该这么做，所以阻止了他。而后徐旭鸣虽然不高兴却还是准备将江琪的内裤给穿上了。也就是在这个过程中，高洪意识到江琪死了，才慌不择路地跑出来报案的。"

这期间，顾森只反问了一句："为什么徐旭鸣下意识地会觉得江琪是喝醉酒昏睡在那里？"

"这……"陈子桑没有想到这个问题。确实，一般常理下，见到江琪那般模样，冷漠的人选择走开，善良的人则会选择上前试探。但徐旭鸣两样都没有做……随后陈子桑就意识到另一个重点，"会不会是徐旭鸣之前就遇到过那副模样的江琪？"

顾森对此的态度颇为冷淡，他没有陈子桑那么在意。这世界上未破的悬案那么多，带着悲痛的心情苟活至今的人也那么多，没有人愿意一次又一次地面对痛苦。

"陈子桑。"顾森叫了声她的名字。

"嗯？"陈子桑抬头，同他对视。

顾森凝视着她清澈的双眸，表情严肃，声音低沉就像是即将要道出一个尘封许久的秘密。

"怎么了？"她笑着问。

"毕业后会选择当警察吗？"

"会。"

她没有半点犹豫，坚定地回答这一个字。顾森皱着的眉头忽而释然，他上前摸摸她的头，依旧认真："那我陪你。"

陈子桑不明其意,不知道顾森这突然的感慨是做什么?可下一秒顾森居然扶着她的肩膀慢慢靠近她……

"你又想干吗?"陈子桑立马推了他一把,捂着嘴巴后退三步。

顾森翘着嘴角,满是遗憾地说:"我就想试试我再吻你的话,你会是什么反应。果然,你还是推开了我。"

"你个变态!色狼!不要脸!"陈子桑惊慌地低骂,脸上却又是一阵火辣辣的感觉。

顾森刹那间笑得很开心,故意步步逼近她,转而露出一脸邪笑:"反正已经变态、色狼、不要脸过一次了。"

"……许瑶,救命啊!"陈子桑转身撒腿开始跑,边跑边呼救。就是不知道她为什么喊的是许瑶的名字。

顾森站在原地,望着陈子桑逃开的背影渐渐敛起了笑意,独自一人往宿舍走时,从地上的影子都看得出他心里涌起的那强烈的不安。

与此同时,潘清等人将徐旭鸣带回局里了解事情经过,此时江琪的家长已经到达局里在会议室里等待着。沉寂的会议室,焦灼地等待,一切的一切对江琪的父母来说都是折磨。

徐凌双知道江琪父母已到,却不敢只身一人进入会议室。起初最见不得的是亡者,如今最见不得的是亡者还活在世上的亲人。

来的只有江琪父亲,他一个人坐在椅子上,看着地上,双唇紧抿。此前听潘清讲过江琪之前还有个哥哥,只是一年前死于车祸。母亲为此生了场大病,一蹶不振,现今还躺在家里的床上。

家里所有的重担全部落在了父亲一人身上,而江琪平常的开支父亲根本负担不起。所以,对于江琪还有太多的未解之谜。

"虽然知道世界总是不公平的,但每每看见不公平的事情发生,总想骂老天爷不开眼。"徐凌双低声说着,站在门侧阴影处,看不清表情。

她身后的薄藤轻轻搁住她的肩膀说:"我们的职责不是替死者抱怨不公平,而是竭尽所能地还原每个来不及说再见的人想要传达给这个世界的声音。"

徐凌双轻叹,熬了一夜喝了很多咖啡,脑袋依旧很疼,就连双眼也异常刺痛。她一想到江琪的父亲离他"女儿"只有一幢楼的距离,更是觉得命运的残酷。

"怎么不进去？"潘清风尘仆仆地赶回来，见徐凌双和薄藤都站在门外随口就问了句，继而接着说，"这案子有点变态。顾森和陈子桑又发现了其他的可疑人员，人给带回来了，同事还在审问。"

"那他们没事吧？"徐凌双本能地询问起顾森和陈子桑的情况。毕竟是学生，学校教的很多理论知识放到实践中仍然需要很长一段时间的磨合和适应，万一有个闪失，可是怎么都弥补不了的。

潘清整理下领口，看了眼会议室里面的情况，对徐凌双和薄藤说："没事是没事，就子桑受了点皮外伤……"

说到皮外伤的时候，潘清有点心虚，小心地看了眼对面两人的表情，舔了下唇立马说："我先进去和江琪父亲打声招呼，你们忙你们的。"说完，他就溜进了会议室。

徐凌双转身，表情有些不明朗，担心地对薄藤说："不知道子桑的皮外伤是什么程度。早上的时候，她和顾森是分开行动的，顾森在局里看了很久的监控。"

薄藤这才明白为什么当时看见的陈子桑是孤身一人的，不过他也有些懊恼，确实不应该让陈子桑一个人去查案。不过这样的事情，顾森应该提醒过她，以他的脾气根本不可能让陈子桑一个人去查案。

"我想应该没事，至少潘清完好无损地回来了。"薄藤的脑回路也是异于常人，这话算是安慰了他自己和徐凌双。

徐凌双愣了愣，继而明白道："说得也是。要是伤得严重，顾森第一个不放过潘清。"

说罢，两人相视一笑，回到各自岗位上。

进入会议室的潘清已然是另一副样子，脸上没有半点轻松，每次面对死者家属，他心里所承受的压力不比破案的过程来得小。

"警官，我的女儿到底怎么了？"江琪的父亲紧张地看向潘清问，"她一直很乖，每个月都有往家里寄钱，她不会干坏事的。"

做父母的第一时间总是为儿女辩解，即使不知道发生了什么。毕竟接到警察的电话，只觉总是自己的孩子可能犯了错。

潘清看了眼江琪父亲，心里开始纳闷，也就是说江琪不仅没有问家里要钱还反过来给家里寄钱？可是没有任何信息显示江琪有在做兼职，所以顾森的推测已然成真？

"您女儿没有做坏事……"潘清艰难地做了个吞咽动作，双手食指交叠，紧握似在下决心。他最后抬头，眼神坚定，神态凛然，一字一句道，"江琪是个好女儿。所以她不管做什么都不希望您老人家伤心，也包括我接下来要说的话。"

江琪父亲干燥苍老的双手微微发颤，似有感觉潘清即将要说出来的话是什么。但他努力地让自己好好地坐在椅子上，努力地管理好自己可能随时会崩溃的样子。

最后，他只听到潘清说了句："您女儿已于昨晚九点二十五分左右窒息死亡。"

有时候光是字面意思就足以令人跌入万丈深渊，万劫不复。如果再追究字面下的隐情，或许就连生命都会在刹那间失去意义。

江琪的死对于她父亲来说就是晴天霹雳，噩耗让一个已近五十的朴实老人顿时惊颤到无法开口说话。

不愿意相信，怎么可能相信呢？自己的女儿说没就没了，换作谁都会觉得恍惚如梦。

直到潘清将江琪父亲领到徐凌双的解剖室，看见白布下自己女儿的面容，苍白得没有一丝血色，他一下子跌坐在地上，久久无法站起。

徐凌双穿着白大褂，只觉得浑身寒意。她不用说什么，她也不想做什么，反正"坏人"都由潘清去做就可以了。

潘清扶起江琪的父亲到了外面，一直等江琪父亲平静下来，但一时半会儿根本不可能。

死亡是人人都能预知到的结果，但这个结果到来的时间却无法预料，以至于任谁都在准备接受死亡的过程中又无时无刻不在和死亡搏斗。

想赢，想活着，哪怕多活一天。仅此而已。

"嗯，说。"在外面走廊上陪着江琪父亲的潘清接到了同事电话，"叶清清的父母每个星期都有接到叶清清的电话？是公用电话打的吗？你去查一下她在哪儿打的公用电话。好的，我知道了。"

关于叶清清和江琪之间的秘密越来越多，失踪的叶清清不出现在大家面前却始终与父母联系。她的失踪到底是真是假，和江琪的死有关吗？

　　安抚好江琪父亲，潘清便告诉他，他们要对他女儿进行尸检。因为他女儿是被人谋杀的，真凶还不知在哪儿。江琪父亲一脸悲痛，他没有过多言语，只是点头同意。他还希望女儿的死可以先不要让家中的妻子知道，这点潘清没法保证，但他也没有说，只是拍拍江琪父亲的背，希望他能节哀。

/
第四章
第二个死者
/

"喂，等会儿去哪个食堂吃饭啊？"宿舍里，玩了会儿游戏的王泽霖关掉电脑，脑袋后仰问宿舍里其他的几个人。

黄千阳正单手拿着哑铃在全身镜前苦练他的肌肉，据说是为了下次再遇见程醉的时候可以不被她一拳就打蒙了。

"去哪个食堂我都无所谓，重要的是今天顾爷请客。"黄千阳呵呵笑着说，整张脸都紧绷着。

张华林从洗手间出来听见他们的谈话，瞥见顾森坐在桌前拿着手机不知道在看些什么。

"那就二食堂吧。"顾森虽然注意力不在他们身上，但也没有错过他们说的任何一句话，包括废话。他放下手机，伸手准备从怀里拿出钱包，结果手一伸才意识到钱包不在自己身上。

"喂，你这掏钱的姿势这么帅，中途停下来我很容易心肌梗死的。"王泽霖从椅子上起身，走到顾森跟前，捂着心脏痛心地说，"你可千万别说什么钱包掉了之类的，我不听啊。"

顾森看了他一眼，道："没有掉。"

"那就好。"王泽霖松了口气。

"在子桑那里。"

"什么？"顾森的这句话，惹得三个人一时间都放下手中的事情围了上来，一副"兴师问罪"的模样。

黄千阳流露出佩服的神情道："你们果然暗度陈仓了啊。"

"不是。"王泽霖抢过黄千阳的话头，难以置信地说，"她还没过门呢，你钱包就归她管了啊。这陈子桑是不是太强悍了点？"

张华林一直处在观察阶段，最后也终于忍不住问："你们一大早干什么去了？登记去了？"

"去你的！"结果黄千阳和王泽霖一块儿把张华林给推边上去了。这好好的顾森怎么说是陈子桑的就成陈子桑的了？还有没有王法了？这顾森平日里就经常弃兄们于不顾，这要真和陈子桑在一起了，那以后还怎么一起出去组团玩游戏啊？！

听着室友们的各种怀疑和抱怨，顾森站起身，扫了他们一眼，慢条斯理地说："是我给她的，所以就让她请你们吃饭吧。"

一个个听着这话完全像是遭受了雷击，杵在原地一动不动地看着顾森走到阳台上打电话。

十分钟后，在北四楼下接受异样目光的顾森四人组终于等到了姗姗来迟的陈子桑和她的三个室友。

"你是在宿舍里想着要怎么私吞我的钱吗？"刚见到陈子桑，顾森就嘴巴不饶人地说了一句。

陈子桑满脸的尴尬外加抱歉，拉过顾森小声说："对不起，我好像把你钱包给弄丢了。"

顾森漫不经心地问："是你假装藏起来哄骗我说弄丢了，还是它真的不翼而飞了？"

"真的不翼而飞了。"陈子桑没有半点开玩笑的意思。在楼上接到顾森电话后，她就开始找钱包了，那个小包袋真的没办法藏东西，里面的东西一目了然。陈子桑都不知道钱包是什么时候不见的，给她惊得出了一身冷汗。

但，该面对的还是要面对的。

顾森眼一眯，没有说话，反倒是身边的人都有些后怕地聚在了一起。

"顾森那眼神是什么意思？"许瑶拍了下张华林的手臂，悄声问道，"好奸诈，感觉他在想怎么整死子桑。"

"他钱包里到底有多少钱啊？"程醉离顾森这么远都能感受到顾森身上那股正在聚拢的黑暗气息。

王泽霖干笑着说了句："钱包还真掉了。"

"顾森的钱可都是他自己赚的。"这时候，黄千阳解释道，"他摄影可厉害了，是专业级别的，拍一张照片能卖好多钱呢。"

"哇——那他干吗考警校？"胡晓萍都忍不住当众犯起了花痴，语气里充满了对顾森的崇拜。

"这个……长得帅的男人难道不都应该上交给国家吗？"王泽霖笑嘻嘻地给出了个大家普遍接受的理由。

于是，三男三女不约而同地看向即将倒血霉的陈子桑和马上要炭化的顾森。

"对不起，我当时吃阳春面付钱的时候钱包还在的……"陈子桑无力地解释着，后来索性放弃了，心一横道，"里面的银行卡我帮你去补办，至于现金……"

这也是陈子桑有点后悔的原因之一，当时她只顾着看钱包里有没有顾森的隐私，完全没注意那钱包里到底有多少现金。

"算了。"哪知顾森竟然视金钱如粪土，轻描淡写地就给了陈子桑特赦。陈子桑还没来得及表达感谢，顾森话锋一转，盯着她打量道，"肉偿吧。"

"哇哦——"围观的六人发出了惊叹，顾森自带犀利的目光往他们身上一扫，他们又很识相地竖起了大拇指，异口同声道，"肉偿好，肉偿妙，肉偿呱呱叫。"

陈子桑此时羞得脸都能渗出血来，大庭广众的又不能对他们拳脚相加，又不能爆粗口。鬼知道院督什么时候就会绕过来，随手就塞给她一张违纪单。此时，她也只能干瞪眼，真是要被气死了！

"吃饭吧。"最后，顾森转身就朝着二食堂方向走去。

陈子桑又狠狠瞪了那六个人一眼，追上顾森商讨解决的办法。卡没有补办回来之前，他拿什么吃饭啊？

"你不是有饭卡吗？"顾森反问。

陈子桑微微点头。

"嗯，以后吃饭叫我。"

"……"陈子桑在心底叫了声，"爸爸，给我汇点钱呗！我养了个小白脸。"

身后的几个人笑而不语地也跟了上去，期间黄千阳和程醉倒是走在了一起。不过程醉一门心思都在陈子桑和顾森的八卦上，没怎么理他。倒是许瑶和张华林聊得起劲，主要是因为张华林和许瑶上了同一门选修课——音乐鉴赏，为此更为熟络。

"这顾森和陈子桑自从成了纪教授御用'助理'之后，关系真的是突飞猛进。我都怀疑陈子桑给顾森下药了。"说这话的是王泽霖，他啧啧道，"没有一天不提陈子桑的。"

对此，许瑶、程醉还有胡晓萍三人同时嗤之以鼻道："我们宿舍就是这个实力。陈子桑既然能莫名其妙地当上系花，她就能搞定全校最禁欲系的顾森。"

张华林等人对这番言论致以最崇高的敬意与掌声。

走在前面的顾森和陈子桑又聊起了案情，因为潘清给顾森打过电话，告诉了他发现的新线索。而徐凌双那边也开始尸检，很快一些细节性的、决定性的证据会出现，当然这也是希望。

"叶清清为什么要用公用电话打家里的座机？她的手机又去哪儿了？"陈子桑觉得奇怪，"江琪手机也不见了，是不是有点可疑啊？这个叶清清，怎么作案嫌疑越来越大了？"

"所以潘清又审问了那个应责名，应责名说他不知道那两个女生是谁，只知道她们是从同一辆豪车上下来的。"顾森简单地转述潘清和他说的话，"但他并没有看清那辆车的车牌号。不过没事，我知道车牌号是多少。"

陈子桑对顾森的记忆力完全是佩服得五体投地，奈何这种天生的能力是她学也学不来的。

"你从小就这样吗？"

"所以他们都叫我天才。"

顾森说这话的时候并不是得意的样子，他只是将人们对他的认知用自己的声音给说了出来。

快走到二食堂楼梯口前时，顾森看着陈子桑也问了句："那你呢？也从小就这样吗？"

陈子桑愣神，隔了一会儿她才正视着顾森回答："不清楚。只是那年家里发生变故之后，就更加明显了。到了现在跟着纪教授学了犯罪心理，思维模式就系统具体化了。"

"对不起。"顾森突然站住，道了个歉，表情认真到让人觉得他真的充满内疚。

"为什么要说对不起？"

"接下来要让你破费了。"

"……"陈子桑就知道顾森这个人总喜欢说话说半句给人下套！每次都上当的她也是蠢得可以！

八个人一起"声势浩荡"地来到二食堂吃饭，刚一撩开二食堂的帘子，就看见走在他们前面的何队和纪教授。

男生和何队颇为亲近，都主动上前打招呼。何队虽然严厉，但私底下和学生仍旧打成一片，或许这也是何队留校的原因。

"吃个饭安静点，吵什么？"何队一脸嫌弃地看着顾森宿舍的男生，瞄了眼和顾森走在一起的陈子桑，特别八卦地拉过这几个男生问，"什么情况？你们两个宿舍联谊了？"

"没有啊。"张华林老实地回答，完了又补充一句，"顾森和陈子桑在解决经济纠纷，都是些家庭矛盾。"

"什么经济纠纷啊，那是夫妻共有财产。所以今天他俩请我们吃饭呢。"王泽霖笑呵呵道，脸上堆满了占便宜后的愉悦。

何队嘴巴张成了一个"O"形，笑得贼兮兮道："我听说他俩已经进行到那个阶段了。"

"哪个阶段？"黄千阳光顾着看着程醉了，没听见前面的话题，傻傻地问了一句。

何队这个"听说"也是听潘清说的，潘清为了借用顾森和陈子桑答应了何队提出的要求，那就是有任何风吹草动都必须汇报。所以那晚的拥吻就成了公开的秘密。

"就是那个呀。"何队皱着眉头，语气不耐烦道，"你说你们一个个大老爷们怎么连这点男人间的暗语都听不懂？"

王泽霖顿时震惊地低喊道："什么，滚床单啦？！"

"嘘！"何队一把扯住王泽霖的衣领，假装什么事都没有发生，又抚平了被他扯皱的衣角，怒其不争地轻声说，"你白痴是不是？满脑子都是些不可描述的画面。那个阶段怎么就是滚床单了？真是，作为未来的人民警察，想象力要丰富点，不能拘泥于这种……啊，这种常见的情侣模式。他们可能只是拉拉小手，亲亲小嘴啥的。"

这时候，许瑶突然凑进来，表情凝重，盯着何队问："何队你也知道了？"

"什……什么？"何队一惊，赶忙站直身体，以此表示他之前什么都没有说。

"就是你之前说的亲亲小嘴啊。这个顾森，真是过分，亲了人家还要到处说吗？"许瑶愤愤不平道，回头还瞪了一眼正和纪教授交谈的顾森，好在顾森没有看见。

何队忙附和道："就是，顾森这小子就是嘚瑟。"完了还怂恿其他几个人一同附和。

"对对，顾森就是这个德行。他做什么事向来都是胸有成竹，一气呵成，亲个小嘴自然不在话下！"王泽霖说的时候还大手一挥。

许瑶听着这话，抬手就给王泽霖重重的一掌，斜着眼睛道："顾森这个朝秦暮楚的家伙，一定要给点颜色他看看！"

何队和其他几个男生一听，顿时面面相觑，不明就里。最后还是何队不明白地问了一句："我们说的是同一件事情吗？"

这时候，胡晓萍和程醉早已排队打饭。顾森和陈子桑还在和纪教授聊那个案子。大概的案件经过潘清也都告诉了纪教授，所以顾森说得比较简单。

"案件性质未定很难说，不过就凶手将死者内裤脱下却没有性行为这点很值得注意。"纪教授抬头看了眼前面和学生打得火热的何锋铭，便不管他，边说边和顾森他们往窗口走去。

"凶手会是女性吗？"陈子桑对这点有些想不通。凶手没有性侵江琪，也没有用其他方式性虐江琪，只是勒死了她。

顾森对此倒是有自己的看法，他说："我怀疑凶手不是没有性侵，而是来不及性侵。当时徐旭鸣和高洪出现的时间同江琪的死亡时间是差不多吻合的，要么是徐旭鸣他们杀了江琪，要么就是徐旭鸣他们'吓跑'了凶手。"

"徐旭鸣虽然性格冲动且有暴力倾向，但高洪的一两句话就阻止了他对江琪的侮辱行为，再加上最后他们还将江琪的内裤给拉了上去，说明他当时还是有悔过心理的。"

陈子桑说这话显然是更赞同顾森给出的第二种可能，而纪教授也微微点头，表示认可。

"嗯，等到法医给出验尸报告或许我们能得到更多的答案。"纪教授说着，往前面走去排队。快要走到教职工那个窗口时，他又回身问了句，"你们两个宿舍今天联谊？"

顾森漫不经心地答："我被她包养了，其他人是附带。"

陈子桑惊慌得忙摆手说："不是不是，我把顾森钱包弄丢了，所以我只能包他饭票钱了。"

纪教授"哦"了一声，尾音拖得有点长，似有怀疑的成分。果然，他下一句就问："为什么他的钱包会在你身上？"

"这个……"陈子桑也不知道该从何说起，但是无论从何说起这个事解释起来都特别暧昧。

"茶白，这两人绝对在一起了。我有前线密报！"何队又在此时插了话，哼哼道，"想瞒我，没那么容易。"

纪茶白看了眼有些懊恼的陈子桑和淡然处之的顾森，微微一笑没有说什么，拍了拍何锋铭的肩膀拉着他买饭去了。

留下陈子桑只能无计可施又羞愧地看了眼等着她掏饭卡买饭的顾森，忍不住叹气。

"为什么教授会这么执着于每一起命案？"顾森很是突然地问了这么一个问题。

陈子桑不解，但隐约感觉到顾森像是在给她透露什么信息。只是那个时候陈子桑没有理解，也不在意。

人们在对很多事情想当然了之后就失去了探索的能力，认为那就是真相，那就是自以为是的真相。

周一至周五，警校生都不准外出，任何出校门的理由都需要经过区里的中队长审批，出个校门相当于请假。

陈子桑为了帮顾森补办银行卡，只能硬着头皮去中队长办公室请假，同行的自然还有顾森。

原以为会被说上一通，哪知那个时候的中队长正在和别人打电话，估计聊的是正事，神情看上去也比较严肃。中队长看到陈子桑递过来的请假条，边打电话边签上了自己的名字，然后有点不耐烦地让他们两个赶紧出去。

没想到请假这么顺利，陈子桑简直乐坏了，忙跟顾森说："我觉得今天出去办事一定会很顺利。"

"嗯，反正接下来你的选修课在晚上，趁着下午的空当去趟局里。"顾森站在A教学楼的楼梯口，对陈子桑说。

陈子桑也点点头，虽然明知道学生的任务是学习，但追寻真相的脚步却不能停留在校园里。

一旦步子迈出了校园，所有家长、老师、朋友给的保护伞都会收起，那个时候你会看见什么？

因为要去趟市中心的银行，光是地铁就转乘了两趟。陈子桑和顾森一路上都保持着同一个表情，那就是"无聊"。

不过就如陈子桑预言的，补办银行卡相当顺利。两个人出了银行，陈子桑如释重负。顾森也没有半点损失，只是……

"你生日是5月4日啊，五四青年节？"在填写资料的时候，陈子桑看见了顾森的身份证号，好奇地问了句。

顾森当时只是"嗯"了声，并没有多说什么。但他的生日确实已经过去了，而陈子桑居然现在才知道。

算起来他生日那天，好像也没有单独和她在一起过。她不知道也可以原谅吧。

"啊，五四青年节那天我们社团有活动。"

从银行往对面过斑马线的时候，陈子桑想起来了，那天确实一整天都没有见到过顾森……说实话，她和顾森就算不是一个区队的，这见面的次数和见自己宿舍里的人的次数也差不多。是不是不太正常？

"就你们那个动漫社在五四青年节做的活动都没人看。"顾森对此嗤之以鼻。每次有节日需要活动，都能看见动漫社摆在食堂门口的几幅应景的动漫画作。问题就在于这些漫画都入不了他的眼，尤其是陈子桑那拙劣的画功。

陈子桑使劲地拍了他胳膊一下，据理力争道："你可以侮辱我，但你不能侮辱我们动漫社！你的社团有多好啊？我都没见过你们社团搞活动，是不是形同虚设啊？"

"枪协需要搞什么活动？"顾森冷冷地回复一句，瞥了眼看起来有点无辜的陈子桑，干咳了下没有说话，继续往前走。

陈子桑歪着脑袋，想了半天问："我们学校居然还有枪协？怎么我当初选社团的时候没有看见呢？"

"因为你当时看到二次元的动漫人物眼睛都直了。"

"你怎么知道？"

"猜的。"

陈子桑拉住顾森，露出一脸"我明白了"的表情，调侃道："你是不是早就注意到我了？那可是在大一的时候，我都还不认识你呢。哟哟，所以我们的顾大少爷是对我……"

"一见倾心。"

得了，陈子桑难得想主动攻击结果反被狠撩。

顾森笑得一本正经，完全没有半点的不怀好意，看了眼她拉着自己衣服的手，问："可以松开了吗，这位漂亮的姑娘？"

输得一败涂地，陈子桑只能松开，抓住了自己斜背的包带以掩饰心虚。

两个人刚走到对面，就看见一辆警车顺着道就往前开，几秒之后停在了离他们几百米处的一家KTV的门口。

顾森回身目光随着那辆警车移动，扫了下四周之后，他立马拿出手机拨通了潘清的电话。

"潘队，找到那辆车了，不过情况可能有变化。"

"怎么了？"陈子桑被顾森突变的目光给吓了一跳，也立刻警觉起来。她也立刻回身看，可是她看不出哪辆车有问题，只知道围观的群众瞬间就多了起来。

顾森放下手机，径直朝着警车所在的方向拨开人群走去。陈子桑随即快步跟上，想到顾森说的"车"便联想到之前江琪和叶清清从豪车上下来的情节，便肯定顾森应该说的是那辆车。

两个人一前一后地赶到事发地，警车上下来的警察并不是潘清等人，这里是由别的派出所管辖负责的，因此都是陌生面孔。

下来的警察往KTV的后巷走去，那条巷子比较狭窄，但放着几个巨大的垃圾箱。几个警察走上前，顿时皱紧眉头。

顾森就站在外围看着，一眼就能看到垃圾箱里挂出的两条人腿，还是穿着西装裤的，就连皮鞋也是擦得干干净净的。

"这得联系刑侦大队了吧？"负责的民警瞅了一眼倒在垃圾堆中的死者，表情凝重地和同事说。

同事刚想说什么就接到了潘清的电话，寥寥数语之后，他耸耸肩说："刑侦队接手了，说这名死者和昨天的一宗命案有关。"

"两天里死了两个？"民警脸色也变得难看起来，又抬头看向了围观群众，连叹气都只能在心里叹。

"潘队在电话里说有个长得很帅的男生就在现场是负责这个案子的……"接电话的那个民警四处张望，最后目光停留在人群中的顾森身上，那在人堆中扎眼的外貌真是让人毫不怀疑他就是潘队说的那个男生。

那名警察往外走着，停在顾森前面，问了句："名字？"

"顾森。"

"进来吧。"一对上"暗号"，警察就为他抬起了警戒线，随后又看见他旁边的漂亮女生，不太确定地追问了一句，"一起的？"

"是。"顾森简短地回答。

身后的陈子桑急忙点头附和。出于一种莫名其妙的直觉，民警就准许了陈子桑和顾森一同入内。完了他还和同事嘀咕说："局里什么时候多了这么好看的新警？可是新警怎么可能被分配到局里？"

"难道是因为秀色可餐？"

"那我觉得我也挺可餐的。"

"你拉倒吧，你这样的我都吃不下。"

"……挑食！"

走到里面的顾森和陈子桑死死地盯着那外露的双腿，露出的脚踝已然僵硬惨白。

陈子桑和顾森探头往垃圾箱内看，果皮、纸屑、各种酒水瓶子的碎碴里躺着一名男性死者。玻璃碎碴甚至还掉在了他外凸的眼球上，那死不瞑目的惨状让陈子桑倒吸了一口凉气。

顾森蹲下来，看了看垃圾桶地上周边的痕迹。一会儿后，他站起身，抬头看起了四周的建筑物。

"死者是你那晚说的送江琪和叶清清回校的那辆车的主人吗？"陈子桑偏头轻声问。

"嗯。"顾森向外望，用下巴指了指路边停着的那辆保时捷，"就是那辆车，车牌号和监控视频里的一模一样。

陈子桑觉得不安，为什么和叶清清接触过的这两个人都死了？那会不会还有下一个？

可现在他们连叶清清是死是活都不知道。

此时，另外两位民警正好在人群中碰见两个前来寻问、满脸惊慌的年轻人，伸手拦住他们想要拉开警戒线进入现场的行为。

"那个警官，里面死人了吗？"黄毛小年轻哑着嗓子，两眼试探性地往里面看，但碍于里面的顾森和陈子桑，他啥也没看到。

其中一个高瘦点的民警上前询问，问这个黄毛有什么事。黄毛一开始还支支吾吾的，不肯说。旁边另一个头发稍微长点的男人急了，瞪了眼身边没出息的黄毛，对民警说，自己的朋友已经不见了一个晚上，不知道上哪儿去了。

"名字。"民警这会儿警觉起来，拿出从死者身上搜到的身份证看了一眼后问。

黄毛急忙接过话说："叫黄达。"

"年龄。"

"三十几岁吧。"黄毛挠挠头，下意识地看了小伙伴一眼。

头发稍长的小伙伴也表示这事不清楚，有钱人的穿衣打扮看起来都比实际年龄要小好几岁。

民警将身份证收回，这两个人提供的信息完全和他们掌握的吻合。也就是说死者黄达昨晚还和这两个人在一起玩。

"什么时候发现他不见的？"民警接着问。

黄毛回想着，努力地说："我们就是睡到现在才出来找他，打他电话也没人接。一开始以为他自己先回家了，可他的车还停在这里。"

"我出来找他，发现这里围满了人，想着可能出事了……就过来看看。"这个长发男看起来没什么阳刚之气， 一脸沉迷酒色后的萎靡。

这时候，陈子桑已然站在了民警身边，听着他们之间的谈话后，她问了句："为什么会觉得'可能出事了'？"

长发男子一见问话的是个五官精致漂亮的姑娘，顿时哑然，光顾着看居然忘记了回答。

黄毛也惊讶于短发女人的美貌，同时也骇于她此刻的气场，不像是一般的女孩子。

　　"问你们话，胡乱看什么？"民警见两人都心不在焉的，伸手在他们眼前晃了晃，厉声问道。

　　"哦哦，这个……"黄毛回过神，目光依依不舍地从陈子桑身上收回，又时不时地往她脸上扫去。

　　"这个我们其实也不太清楚。只是昨晚喝酒的时候，黄达中途接了个电话，回来说什么有人想要他偿命。我们当时都觉得是个玩笑话，黄达他自己也没有在意。我们喝酒的喝酒，唱歌的唱歌……"

　　陈子桑没有说话，黄达居然接到过这样的电话，而且还就死在了这附近。也就是说，凶手一直在跟踪黄达。

　　可他是怎么拿到黄达的号码的？

　　"黄达的手机在哪儿？"陈子桑转身问民警。

　　民警则说："应该还在他身上。潘队说案子由他们接管，所以取证什么的都由他们局里的人来做。"

　　此时，顾森暂时勘查完现场，走上前同陈子桑并肩站着，对民警说："手机就在垃圾箱里，顺着黄达的裤袋掉入了垃圾中。"

　　说完，顾森用两根手指捏着用纸巾裹住的手机一角，放在了陈子桑眼前，那手机上还沾着呕吐物。

　　"快拿回去让薄藤验一验。"陈子桑也没有犯恶心，直觉告诉她，凶手一定用电话诱骗黄达出来，然后杀了他。不过现在，她困惑地看向顾森，"你的洁癖好了吗？"

　　"没。"顾森尽量忍住浑身的不舒服，但是即便忍住了浑身还是激起了鸡皮疙瘩。所以他只能目不转睛地看着陈子桑，以缓解这恶心的东西带给自己的不适感。

　　陈子桑低头一笑，此时潘清已经带着薄藤和徐凌双到了现场。人群里大都在窃窃私语，有人就死在了KTV楼下的垃圾箱里。一大早，包厢里的人匆匆忙忙走了出来，一一接受排查。

　　"带这两个人先回局里，"潘清下车来大致了解下后，看了下那黄毛俩人一眼后又说，"先回去做份笔录。"

　　黄毛俩人也不敢怎么样，便顺从地坐上了警车，由着其他警察将他们带走。

徐凌双一下车就径直往尸体处走去，都没来得及和陈子桑打招呼，同样的还有薄藤。这两个人工作起来的热情倒是一模一样，完全不理会周遭有什么熟人。

顾森将手机交给了薄藤，那只手便僵硬地垂在裤缝边，不敢乱动。完了，他对潘清说："手机里最后一个来电号码应该是黄达朋友的。但是我看有个号码在晚上九点三十分打给黄达，间隔两个小时后又再次打给了他，重点是那个号码是叶清清的。"

"什么？"潘清觉得自己才到现场没一会儿得到这么劲爆的线索有点难以接受。

"你怎么知道是叶清清的号码？"陈子桑就相对平静很多。

"因为来电显示的名字就是'叶清清'。"顾森说得很简单，这个答案让陈子桑顿时无语。他似恶作剧得逞般地扬了一下嘴角。

随后潘清对顾森说："你俩接下来该做什么总不要我吩咐了吧？"

"当然，潘Sir！"陈子桑微笑着敬了个礼。

接下来该做什么，接下来就该去确认一下这个叶清清究竟是怎么回事了。

最近天气都这么晴朗，距离苏婉的案子过去那么久，雨天竟然就再也没有眷顾过这里。

回来的时候坐的公交车，陈子桑顺道去了趟墓地，给苏婉和周满满买了他们都喜欢的花。他俩的墓前都很干净，那并不是陈子桑他们打扫的，应该是周满满的爸爸和苏婉的亲生父亲。

顾森始终觉得陈子桑每月都来祭拜的行为是错误的，她把苏婉一家的死一直放在心上。她没办法忘记，也没办法回避。

于是，她选择更直接的方式来让自己的心得到安慰。

回去的路上，两人又经过了苏婉他们家附近。没什么变化，倒是隔壁楼房的玻璃窗户上多了几个字。

"专治小孩、大人受惊吓。"顾森念着玻璃上粘着的几个红字，冷笑。看样子，他们去看过的那个小孩最后还是找了神婆。

陈子桑收回目光，想起那个见到过苏婉体内另一个"周满满"的小孩，也觉得抱歉。

"忘了最好吧。"她最后说。

顾森逆着光，整个人站在一个看不清五官的范围里。他望着阳光下的陈子桑，背影却有些阴冷。

"真相是用来警醒世人的，而不是拿来忘记的。"他说。

陈子桑回头，脸上没有多余的表情。

之后，两个人一同来到理工学校。

"你要去系主任那里了解一下叶清清的情况吗？"陈子桑主动问，反正这种脑力活肯定是顾森干的。

顾森"嗯"了声，算是赞成这个意见。

两人一路走到了系公告栏前，理工学校的公告栏贴满了东西。在这些杂乱的通知、通告前，顾森却停了下来。

"怎么了？"陈子桑侧身看他，"发现什么了？"

顾森没有说话，伸手向前，在一些无用的通知纸张下撕下来一张便利贴。

"'没有任何事情人们只做一次，每个人都在重复自己的行为：凶手会再次杀人，情人会重新坠入情网。'"顾森念着便利贴上的文字，目光往字条最下角移动，"'致江琪'。"

陈子桑皱眉，这字条是写给江琪的？

"这是阿梅丽·诺冬《午后四点》小说里的文字。"顾森说，眼神里流露出了奇怪的神色。

"会是谁写的呢？"陈子桑自问。

顾森拿着这张字条，疑窦丛生。不知道这字条贴在这里多久了，也不知道江琪有没有看见过这字条。

"我们分头行动吧。"最后顾森只说了一句，便头也不回地往系主任所在的办公楼走去。

陈子桑也只看了眼顾森离开的背影，就径直朝叶清清宿舍走去。相比较会和她开玩笑的顾森，她好像更喜欢专注于寻找真相的顾森。

因为，寻找真相的时候顾森眼神里的认真是固执的、坚定的，而和她开玩笑的那个顾森眼里总带着说不清原因的愧疚。陈子桑不太懂为什么顾森会对她有所愧疚，但无论如何，她都不希望顾森会对她觉得抱歉。毕竟，在任何时候，依赖他的人只有她，总是她。

以前陈子桑来理工学校的次数少之又少。仅有的几次都是她陪着许瑶来理工溜冰的。理工学校很大，各种娱乐设施也是相当齐全。不过，毕竟是提供给学生的，都是很文明的娱乐设施。

可这在短短的两三天里，她进来的次数都快赶上进自己宿舍的次数了。

下午的时候，大学生普遍课不多，陈子桑走在理工学校的路上，和她擦肩而过的学生很多。她只是径直朝着叶清清原本所在的宿舍楼走去，她不知道叶清清的室友在不在，只能先去撞撞运气。

半路上，她甚至还碰见了从医院回来的高洪。

"你……你手臂没事吧？"高洪一见到陈子桑，很是意外，说话都有点结巴，但开口的第一句话倒是很体贴。

陈子桑笑着摇头说："我没事。你呢？"

高洪也腼腆地笑着说还好。他小心翼翼地看了下陈子桑，发现和她在一起的男生并不在，便壮着胆子说了句："谢谢你。那个不知道你有没有时间……"

陈子桑知道他要说什么，转而一想打断了高洪的话，问："你认识工商管理专业的叶清清吗？"

高洪听到这个名字的时候愣了下，思索的时候眼睛向右上方看了看，不太确定地说："好像是有这么个人。我记不太清，好像有人和我提过这个名字……"

"是徐旭鸣吗？"陈子桑直觉认定是徐旭鸣和他提到的，后来又想到什么便又问，"徐旭鸣是不是一早就认识江琪？不然为什么他那晚看到江琪会下意识地觉得她是喝醉了？"

这些个问题，潘清一定也问过徐旭鸣并且得到答案了。陈子桑只是认为人会说谎多半来自于那戴在脸上不肯摘下的面具，所谓"面子"。他们总是说些和事实不相符的话，可在他们看来那才是保全自身最有效的方式。

高洪舔了下干燥的嘴唇，兴许是看在陈子桑帮了一把自己的分上，好似下定了什么决心。

"江琪从大一进来的时候，徐旭鸣就喜欢她了。他觉得她清纯、漂亮、为人又热情。可是后来徐旭鸣对江琪的态度发生了转变，说不出来哪里变了，就是喜欢可能还是喜欢，但就是觉得徐旭鸣有点恨她。"

恨？陈子桑琢磨着这个字，因爱生恨必然需要条件，那促使徐旭鸣发生转变的条件是什么？

"他有和你说过原因吗？"陈子桑问。

此时，有学生骑着电瓶车和自行车迅速朝这边拥过来，陈子桑本能地将站在外围的高洪往自己这边拉了一下。身体接触到陈子桑的肌肤温度，高洪的内心一下子躁动不安了起来。

"其实……"高洪拼命让自己镇定下来，努力地深吸了一口气，强装自己不在意地说道，"他倒是没有和我说，不过有一次他从外面回来随后就恶狠狠地骂了一句'婊子'，我不确定他是不是在骂江琪……哦，好像就是那个晚上，他说叶清清也不是什么好货色。"

"哪个晚上？"陈子桑乘胜追击。

高洪回想着，拿出手机算了下时间后说："那是我去上选修课之前的晚上……应该是上个月3号。"

又是上个月3号。陈子桑顿感那天晚上所发生的事情的诡异性，叶清清和江琪从同一辆车上下来，又遭遇了应责名的骚扰，竟又被徐旭鸣给贴上了不雅的标签。

短短的一个月，江琪死了，叶清清失踪了，那天载她们回校的黄达也死于非命。到底，这两个女孩身上发生了什么？

"嗯，谢谢你。"陈子桑点头，高洪提供的线索对他们现如今掌握的信息来说又是一个谜。但有谜解总比无头苍蝇般在原地打转的好。

陈子桑欲离开，后又觉得不妥，就给了高洪一个电话号码，说："如果徐旭鸣回来之后说了什么，或者还有什么其他线索能提供的，你联系这个号码就好。"

"这是你的手机号吗？"高洪有点小激动。

陈子桑表情呆萌，摇摇头说："是我同学顾森的。因为我脑子记不住太多的东西，但他屁大点的事情都能记住。"

高洪只觉得手心那个号码就像是硫酸，腐蚀了他的一颗少男心。

明明说记不住太多东西，可这人家的长号却记得这么清楚。

"那我就先走了，还有事。"陈子桑说了声再见，便急忙往叶清清宿舍走去。

高洪浅叹了口气，想着未来的警花不是说追就能追的。动了心也只能忍着，毕竟她给了个看起来和她般配的男生的号码。

死心。

此刻，顾森已经找到了叶清清的系主任，在主任那里，他翻到了叶清清的学习资料，可以说是相当清白。但叶清清已经失踪快一个月了，可却有天天签到的记录。

顾森看了眼系主任，他明显不知道顾森此行来的目的，也在奇怪地打量着这个相貌英俊、凛然正气的男生。

"这个叶清清怎么了？"系主任狐疑地问。

顾森只是说了句："她失踪快一个月了，你不知道吗？"

系主任哑然，转而面如土色。

就在这个时候，顾森接到了陈子桑的电话，电话里陈子桑的声音略显嘶哑，好像看到了什么惊人的东西。

"叶清清的柜子上就放着一本《午后四点》，翻过很多遍的样子，纸张都有点薄了。而且她宿舍里的人也说她一个月没回宿舍睡觉了，也联系不上她。上课老师点名，都是她们帮她喊的'到'。最奇怪的是，她的床位以及她的一切都很正常，没有丝毫收拾过的痕迹。就好像是突发了什么事情迫使她匆忙离开一样。"

顾森此时看了眼系主任，没有再说什么，转身就走出了办公室。走出来之后，他又继续和陈子桑通话，追问了句："还有什么不正常的地方吗？"

"还有就是……"他能听到陈子桑深吸了一口气，缓缓又不敢相信地说道，"她留在宿舍里的鞋子都没有鞋带。"

听到这个，顾森总算是有点反应了。他直直地站在办公楼的台阶上，脑海里涌现了很多画面信息，终于有什么灵光一闪。

但他回头一想，叶清清宿舍里的姑娘和江琪宿舍里的姑娘都一样，彼此间缺乏了应有的关心。

大学里的每个人都是独立的个体，他们之间少了很多羁绊，却其实又无时无刻不在各种羁绊中跌跌撞撞。他们自由，又忘了自由总是相对而言的，这世上没有绝对的自由，更没有所谓的秘密。

陈子桑在感受到人心凉薄的时候，内心总会涌上一股很是悲切的感情。

"我在学校门口等你。"末了，顾森清冷地说了句就挂了电话。他仰头看看天空，眼睛酸痛。

晚上十一点。

"黄达的死亡时间是凌晨一点到两点，没有什么明显外伤，和江琪一样也是死于窒息。两人脖子上的那一圈痕迹也是完全吻合，凶器应该是同属一种。"

局里依旧灯火通明，做现场勘查的薄藤和法医徐凌双都在各自忙着，就连晚饭也没有顾上吃。

潘清看着徐凌双这里的尸体多了一具又一具简直头疼，但他唯一能做的就是让头疼缓解点，缓解的办法就是尽快破案。

"所以凶手是同一个人？"潘清倚在徐凌双的办公桌沿边，目光如炬，丝毫看不出疲惫。

听到潘清这么问，徐凌双肯定地点点头，从桌上抽出一张化验单递给潘清说："我在两个死者的身上都发现了一种建筑工地上用到的材料。"

"建筑工地？"潘清一下子站直，伸手接过徐凌双给的成分报告，看了几下后表示有点眼熟，"氧化钙、二氧化硅……这是啥？"

"是通用水泥的一些化学成分。这些通用水泥一般用于土木建筑工程。我在江琪的指甲缝里和手指上都有发现，黄达则是在他外衣上发现的。"徐凌双解释道。

潘清顿时明了，凶手很有可能是个建筑工地上的工人。而且下午接近傍晚的时候，他接到了顾森的电话，说叶清清很有可能是重大嫌疑人。可如果凶手是叶清清，那和建筑工人又有什么关系呢？

"陈子桑从叶清清宿舍里带回来的几双鞋子现在都在薄藤那里等着化验。按照陈子桑和顾森的推测，勒死江琪和黄达的凶器就是由几条鞋带串起来的'绳子'。"潘清单手插裤袋，斜靠在桌沿，但他也有些事情想不通，"技术人员经过侦查，发现'失踪'的叶清清总是很按时地给家里人打电话，但都是用公用电话打的。此前我曾去拨打过叶清清给家里座机打电话的那几个公用电话站点，都不在高校园区内。查看附近的摄像头，也看不出什么可疑人员……黄达这个人算是个富二代，私生活尤其混乱。再加上手机里和江琪的一些暧昧的短信，很有可能江琪所享受的超过一般大学生的消费水平的待遇就是他提供的。但叶清清又是怎么回事呢？"

徐凌双刚想说什么，却看见潘清眼睛忽而一亮，欣喜地看向她，高兴地说："不是没有可疑人员，就是你刚刚说的水泥啊！"

说完，潘清就直接冲出了徐凌双的办公室。徐凌双转身继续看那些尸检的结果，江琪身上的疑点不多，黄达也一样，凶手杀人手段简单干净，连杀两人都没有多余的动作。

"不过黄达身上的呕吐物还真的是他自己的……"徐凌双想到这个还是忍不住摇摇头，清理尸体外衣的时候可把她恶心了好一阵。

法医当久了什么尸体没见过，但每见一次还是会有生理反应。只是从一开始很是强烈的反应到如今能忍住藏在心里不表现出来罢了。

"薄藤，下来喝杯茶吧。"困意一下又一下地席卷上来，徐凌双索性拨通了薄藤的号码，邀他喝一杯夜宵茶。

此时的薄藤刚检查完叶清清的每双鞋子，发现她有双球鞋的鞋底和鞋边沾着泥土和木屑，还有双高跟鞋的鞋跟上沾上了已经干掉的水泥。在其他鞋子上也有发现类似的痕迹。也就是说叶清清曾经经常出入某一个场所，而且时间应该是在失踪前的一个月里。

还有黄达的手机，他既然有存叶清清的号码，为什么里面的通话记录并没有和叶清清的通话，倒是大多数是和江琪还有其他陌生女人的，包括微信里。黄达丝毫不避讳自己的风流事，在朋友圈也是晒自己和各种姿色的女人的照片……

"竟然还有这种照片。"看到后面，薄藤发现了一张黄达手举着自拍的照片，周围站着两三个男人，其中就有黄毛，只是他们的身后竟还有女人的露点照。

薄藤嗤之以鼻，他很是鄙夷男人轻贱女人的这种行为。可他放大照片之后，竟发现那张照片里的女人就是叶清清！

/

第五章
鞋带红线

/

次日，是个阴天。

陈子桑站在宿舍阳台上望着阴暗的天空，那种从心底骤然升起的糟糕感觉让她有点难受。

"吹哨了姐妹们，赶紧下去集合！"许瑶一把抓起桌上的手提包，扯着嗓子喊了一声。

陈子桑听见立马从阳台走了进来，顺便拍了一下还躺在床上午睡的程醉，提醒道："别睡了。"

胡晓萍啥都没说，默不作声地把椅子推进桌下，然后打开门冲着坐起身子一脸蒙眬相的程醉温柔地吼道："程醉别睡了。你又想我们陪着你被罚啊？"

"哦，我刚刚做了个梦。"程醉恍惚地说着，动作依旧慢悠悠的。她从床上爬下来，将眼罩彻底从脑门上扯下来，迷迷糊糊地说，"我梦见……"

"不想听！你赶紧穿鞋子！！"结果，宿舍其余三个人站在门口异口同声地冲程醉怒喊道。

极高的分贝吓得程醉立马清醒了三分，慌里慌张地换好鞋子。最后她连脸都没来得及洗一把，就拎着包和陈子桑她们冲下楼去。

警校是这样，就算是系里有几个区队下午没课，只要三次哨声响，整个系的人都要下去集合。听完区队长的训话后再做解散，没课的就去图书馆，有课的就带队过去上课。

陈子桑他们下午只有一节《警务英语》的课程，给他们上课的这男老师长得可帅了。当初陈子桑、许瑶、程醉还有胡晓萍四个人研究了很久怎么才能嫁给蓝老师的方法，但后来知道这位年轻的男老师已经结婚了，结婚对象居然是个大美女，竟然也是警校曾经的校花。

"这世上就没什么王子和灰姑娘，都是王子和公主。"于是，许瑶无可奈何地自嘲，语气里很是遗憾。

尽管如此，在上这位蓝老师的课时，她们依然听得很认真。

就像今天，他们到了警务英语专用的机房上课，蓝老师做出了一个更帅的举动，那就是放了一部经典的欧美电影给他们欣赏。

一堂课就这样愉快地过去了。

"哎哟，那耳机戴得我耳朵疼。"陈子桑拎着包和许瑶等人走在通往图书馆的路上，路上她摸了下耳朵，涨得生疼。

走在她旁边的许瑶忽然神秘兮兮地将其他人拉拢过来，压低声音说："我听说咱们附近的理工学校死人了？"

"真的假的？"胡晓萍反问，显然对高校园区死人这事抱着不相信的态度。

倒是程醉点点头说："我也有听到。好在我们学校周一至周五都不让出校门，据说前些时候还出现了专摸女人屁股的变态呢。"

"最近不太平还是怎么的，事情这么多？"许瑶摸着下巴念着，随后抬手碰了下一言不发的陈子桑，问，"你怎么没反应？你平常对变态不是挺有研究的吗？"

陈子桑顿时一惊，反驳道："我什么时候对变态很有研究了？"

"这个你就不用狡辩了，你平常看的书和我们就完全不一样。我们看的是诗词歌赋鉴赏，你看的是精神病史分析；我们看的是咖啡美食享受人生，你看的是连环杀手的变态心理。就上个星期的《犯罪原因分析》课上，老师留的课后作业，我们的PPT讲的都是一些小偷小摸的犯罪行为。结果你讲的是啥，你讲的是性犯罪，性犯罪啊大姐。当着全区队38个男生的面你在讲'性'。"程醉摊手，歪着头，满脸的不可思议以及莫名其妙的恨铁不成钢的语气。

许瑶抓住程醉的一只手紧握住后说："就那堂课上，我都不敢承认我认识她。"

"我就差没拎包走人了。"胡晓萍也适当地补了一刀。

陈子桑这时候倒是觉得尴尬了，在课堂上都是在研究讨论一些专业知识，那并不存在什么害羞或者女性就不能谈论某个话题的问题。可这会儿被她们一讲，陈子桑倒真的觉得自己臊得慌。

"我觉得我讲得挺好的啊。"无奈，陈子桑干笑着替自己挽回一点面子。

许瑶一手搭在程醉肩上，语重心长地说："是，你讲得是挺好的。你知道你在上面讲课的时候，老师坐在你位置上，对我说了句什么吗？"

"什么？"陈子桑奇怪地反问。

"老师说，'看不出来她还挺有研究。'"许瑶说这话时表情更加夸张了，很是好笑地同程醉和胡晓萍交换眼神。

陈子桑显得有些窘，只能解释说："老师那是在肯定我的专业水准。性犯罪是很值得去研究的，弗洛伊德说了性是本能，很多罪过都来源于这个本能在作祟。"

"可也有很多学者并不认同弗洛伊德这个说法啊。"程醉同许瑶她们挤眉弄眼地说着，似是在拿陈子桑开玩笑。

陈子桑投降道："行行，我们去图书馆吧。我以后尽量看点小清新的书，免得和你们有代沟。"

这时候，胡晓萍嘟囔了一句："不知道那个变态抓着了没有。明天就周末了，我想穿裙子……"

"宿舍长你个骚包！"

末了，胡晓萍遭受了全宿舍人的攻击。

四个人一起走进了图书馆，二楼的图书馆是开放的，并不是独立的单间阅览室。一走上去，四个人一眼望去居然没有空位置。

"靠窗那边的那张四人桌不还有位置空着呢吗？"陈子桑诧异地指了指，对着她的小伙伴们说。

许瑶抻长脖子看了看之后果断地推了陈子桑一把，道："你过去坐吧。我估计那个位置也只有你敢坐了。"

"啊？"陈子桑不解，狐疑地再往那边看了过去。刚刚被前面那一桌的同学给挡住了视线，这会儿换个角度看，一眼就看见了靠窗坐着正一丝不苟盯着电脑看的顾森。

陈子桑当时就在想，顾森那么认真在看什么呢？

"反正也只有三个位置，我们仨就不凑热闹了。我们去六楼。那儿地广人稀，看电影笑出声都可以被原谅。"许瑶轻声提议道。

　　陈子桑想了下后，转身对许瑶她们说："那一起上去吧。就顾森那副模样，被打扰了估计会生气。"

　　"这哪能啊？你把他钱包丢了这么大的事，顾爷只说了让你肉偿，其他啥都没有说，这顾森肚量怎么能这么大呢？换作是我，早把你腿打断了……"

　　听着许瑶这番话，陈子桑觉得自己的三观受到了冲击，于是她不可置信地问了句："你的意思是在打断腿和肉偿之间，你选择肉偿？"

　　"废话，肉偿给顾森我又不吃亏！"

　　"……"陈子桑简直无言以对。

　　嬉笑打闹了会儿，程醉忽然谨慎地戳了戳陈子桑的手，努努嘴说："顾森在看你。"

　　陈子桑一回身，身后的几个小伙伴居然飞一般地消失在了二楼，留下她一个人茫然四顾。

　　"这几个人……"陈子桑真是受够她们的伎俩了，总是被作弄。但是她在她们面前就像个傻子一样，总是上当。

　　这时候，她还是下意识地往顾森那儿看了眼，结果正好和顾森的目光交汇。他是真的在看她。

　　只见他坐在窗前，身着蔚蓝色的夏款执勤服，左手戴着手表，一动不动地坐在那儿，面无表情地朝她勾了勾手指。

　　陈子桑怔忡了下，还是自觉地走了过去。

　　"坐。"

　　刚走到他旁边，就听见他说了这么一个字，此时他的视线又重新集中在了电脑屏幕上。

　　陈子桑坐下之后，顺手就把包里的书和笔拿了出来。她也没有问顾森在干什么，总之埋头做自己的就好。

　　"我在看监控视频。"他说。

　　陈子桑书都还没有翻开就听见他主动交代，于是想着他说都说了，索性多问几个问题好了。

　　"你不是都看完了吗？"

顾森在键盘上敲击了几下后，将笔记本推到了陈子桑面前，对她说："在看潘队发现的疑点。徐法医在验尸的时候发现了江琪和黄达身上都有土木建筑工程中所使用的通用水泥成分，他怀疑凶手是名工地上的建筑工人。而且潘队打电话来说，他在监控里确实有看见过一个疑似嫌疑人的身影，去公用电话亭打电话。所以我再确认一下。"

"建筑工人？"陈子桑纳闷，凶手是男性？那叶清清鞋子上不见的鞋带是怎么回事？叶清清不是凶手，难道是帮凶？

"再者，薄藤还发现黄达手机里有叶清清的照片。"顾森说着，就将那张照片双击点开，放大。

陈子桑凑近了看，顿时瞳孔放大，难以相信地看向顾森。

"黄达和几个男人侵犯了醉酒不醒或者是被下药后失去意识的叶清清。所以这可能是叶清清对他们的报复。但唯一不清楚的是江琪在这其中的作用。"

"江琪的私生活一直很混乱。而且叶清清既然选择勤工俭学就证明她也很需要钱，或者说她想凭借自己的能力赚取更多的生活费用。那么我们或许可以大胆假设一下，叶清清会认识黄达很可能是江琪介绍的。"

陈子桑虽然十分痛恨将女性视为玩物的男人，但眼下她就算爆粗口骂黄达不是东西也无济于事。黄达已死，叶清清不知去向，他们能做的就只有冷静地解谜。

顾森很多话并没有说透，按照陈子桑此前对叶清清宿舍里的人了解得知，叶清清并不是个花钱大手大脚的女孩子。从陈子桑拍回来的照片来看，叶清清的一切看起来都非常简单。

"你看这张照片，叶清清在桌子上贴了一张便利贴，上面写着'3号，方岗。'"这时候，顾森从手机里打开相册，想到了这个信息后，他简单地说了句便忙将笔记本拉回到自己面前，动手在地图上搜索"方岗"这个地方。

陈子桑望着顾森手指敲击键盘的灵活程度竟然不自觉地跟着紧张了起来，那种马上要直面真相的感觉其实一点都不好。

但在缩小范围搜索之后，丝毫没有关于"方岗"的任何信息。顾森再次点开照片看了起来。

"会不会'方岗'这两个字后代表两种信息？"陈子桑拿笔在笔记本上写下这两个字对顾森说，"一条完整的信息必然包含时间、地点和人物。她这条信息上已经有了时间，那么'方岗'或许就是人物和地点。"

"有可能。"顾森细想了一下觉得陈子桑说的不无道理，3号那天叶清清本是要去见某个人，但晚上却出现在了黄达的车子里。他转而又问了句，"叶清清身边姓方的家伙是谁？"

陈子桑怔住了，眨了眨眼睛说："她们宿舍就有个姓方的。但我想肯定不是女人。光是看她写的字，我都能想象她欢欣雀跃的样子，我说不上具体原因，但根据她便利贴的位置，我有理由相信她很期待这次见面。"

"'方'字一笔一画，落笔有力。"顾森语调深沉，继续放大看了那几个字，最后在电脑搜索栏上打上了几个关键字，分别是"岗""建筑工地"以及"方"。

结果，真的跳出来了一条信息。

最顶部的一条是"岩岗公司承包的建筑工程项目日前出现了问题，建筑所需材料都掺杂了其他混合物的劣质品。现相关部门勒令其停止施工，并接受有关调查。"

顾森将网页往下拉，又出现了另外一条信息："岩岗公司在爆出不诚信经营之后，其手下的工人方姓男子遭受无辜殴打，目击者称方姓男子有可能是举报岩岗公司的人。"

"快看看有没有照片？"看到这些信息的陈子桑完全没有心情感叹事情的巧合，事已至此她只觉得可怕。

顾森没有怠慢，赶紧搜索，确实是有照片，但照片拍的只是岩岗公司承包项目的所在地——那是几幢还没有盖好的空楼，空楼上还挂着几条横幅，总之就是打广告用的。

"你看时间，方姓男子被殴打的时间正好也是上个月3号。"此时，顾森才意识到事情的严重性。

陈子桑也惊觉这里面关于时间的巧合实在是过于荒唐，竟有些无法相信。就好像是个阴谋，一点一点地设计让他们往里掉。

"如果叶清清3号那天要去见的人就是他，那么……"陈子桑的大脑飞速地转着，这一切太让人震惊，她生怕自己的思维会落后于真相大白的那刻。

"也有可能，叶清清是等着这个人来见她。"显然，顾森比陈子桑想得更全面。他已经联想到，3号那天并不是周末，而且叶清清在那一整天都有课。再加上叶清清她们宿舍都有门禁，她不可能待到那么晚才回来，不然肯定会错过和那个人的见面。所以，很有可能他们约定了某个见面时间，但叶清清并没有出现。

"赶紧打电话告诉潘队。"陈子桑被顾森的话吓到，她知道顾森没有说出来的内容。

她也很清楚，事实往往就是隐藏在没有说的话中。

顾森立马起身走到了图书馆的外面，虽然脸上依旧保持着冷静的样子，但内心早已按捺不住地叫嚣着想要追寻剩下的未解的谜。

陈子桑坐在位置上等着顾森，期间她拿出了手机却又不知道要做什么，样子甚是焦灼。

她脑内甚至已经想到了叶清清的下场，却在这个念头浮现之际狠狠地晃了晃自己的脑袋。

"根据徐凌双从死者身上提取到的线索，后经薄藤化验是属于岩岗公司所用的劣质建筑材料。潘队已经确认了那个人的身份，那个人叫方未希，和叶清清是同龄人，且还是同村人。就是他假装叶清清给叶清清父母打的电话。"顾森打完电话上来，语气不再平稳，他边收拾东西边对陈子桑说，"潘队还说，之前抓到的猥亵犯应责名因没有足够的证据和指认他的受害人，几天前经教育后被放，可现在他也失踪了。"

陈子桑惊讶得顿时从座位上弹了起来，动作幅度过大惹得周遭看书的同学都对她投来了异样的目光。她赶紧压低声音，动作麻利地也把自己的东西收拾好，跟着顾森就往外走。

"我们现在去哪儿？"陈子桑一顿紧张，心绪慌乱。

此刻顾森脸上又再度出现了那种坚毅的表情，双眸锐利，就像要预备捕猎的猛兽一般。

"去找方未希。"

潘清他们驱车先去了应责名的出租房，发现他放出来之后确实是先回到了家。可他才煮了个泡面，吃了一口就从这个房间消失了。

现场还弥漫着一股泡面的味道，刑警们都双手叉腰无语地仰头，尽量不想吸进更多的废气。

"潘队，里里外外都没人，也没有活动痕迹。"这时同事从里屋走出来，抬手在鼻子前挥了挥灰尘，说道。

潘清环顾四周，因为他也不明白应名失踪的意义在哪儿。他认错态度良好，说了自己只是因为就业压力太大，为了发泄才做了那样子的事情。他还说他除了摸女人屁股之外真的没做任何其他伤天害理的事情，还保证以后真的好好排解心理压力，认真积极面对毕业之后的生活。

就这样一个人，他主动消失的几率确实不大。可假如被绑架，那绑架他的又会是谁呢？

潘清双手叉腰，下意识地扭头想要看看周遭有没有遗漏的线索，结果竟看见门口的地上放着一个没有拆过的小包裹。于是，他招呼同事找来剪刀，出于职业敏感，潘清没有随手拿起，而是慎重地趴下身子，耳朵凑近小箱子，屏气凝神地静听了一会儿。

"怎么样，潘队？"同事也小声地问了句，顺手把剪刀递了过去。

潘清接过剪刀，看了眼同事后将注意力集中在这包裹上，刀尖小心地划在封着箱子的胶带上。他声音轻松道："放心，肯定不是炸药。"

"那你还趴下去？"同事埋怨道。

潘清咧嘴一笑："为了让你们时刻保持着危险意识。"

箱子被很顺利地打开，里面的东西是潘清意料之中的。那是一部智能手机，没有密码，一摁就亮了。

但出人意料的是，这不是其他人的手机，而是叶清清的手机。

"怎么会是叶清清的手机？"潘清戴着手套，伸手狐疑地将手机从箱子里拿了出来，手机屏保就是叶清清本人的照片，但这照片的角度不像是自拍，给叶清清拍照的一定另有其人。

潘清打开了手机的相册，相册里有很多叶清清自己的照片，但都不是自拍的。每一张照片里的叶清清都是素颜，每一张都笑得肆无忌惮。可叶清清却非常漂亮，能从她溢出幸福的双眼里看到她那时的心情。

"是不是方未希给她拍的？"潘清嘟囔着，抱着怀疑的态度又点开了叶清清手机里存着的视频。

一共有七段视频，时长差不多都只有3到5分钟。

"这段黑漆漆的是什么？"潘清点开了这段视频，但依旧黑乎乎的一片，看不见什么。

"潘队，有声音。"此时同事将手机音量调到最大，方便声音更为清晰地被人所识别。

"这'唔唔'的声音是不是有点像被捂住嘴巴发出的声音？"同事一说，潘清眼神立马警觉了起来。

潘清赶忙拿出自己手机打给了薄藤，接通后说："赶紧帮我分析下这部手机，是叶清清的。里面相册里的拍照地点还有视频里的声音都给我分析一下。我现在就让人送过来。"

于是，房内的其中一名同事火速赶回局里。待在应责名出租房里的潘清前后想了想，从前往后捋了一下自己的板寸头，转身也离开了出租房。

他觉得奇怪，奇怪的是嫌疑人究竟是什么时候拍下那段视频的？为什么要选择叶清清的手机拍下这段视频，是想借以告诉他们什么吗？而那段黑漆漆只发出人声的视频究竟意义何在？如果被绑架者是应责名的话，究竟他是半路被绑架，还是回家之后被绑架才被拍的呢？

还是说，茶几上那碗泡面根本就不是应责名吃的。

一想到这个，潘清又拿起手机给网警那边打了个电话，要求他们按照应责名回家的路线分析下各时间段视频监控的内容。

与此同时还在实验室里埋头工作的薄藤在接到潘清电话后，还是没有停下手中的工作。因为徐凌双还从江琪的头发上发现了一颗扣子，而薄藤正在找寻这颗扣子的来源。

在经过比对之后，那颗扣子竟和顾森发过来的照片中一个男人衣服上的扣子相吻合。

加之，陈子桑告诉他，照片中的男人叫作方未希。于是，一连串的事情在脑海中有了回响。

叶清清起初嫌疑确实很大，她鞋子的鞋带都不见了，而凶器就是疑似鞋带之类的物品。加之她有过瓜葛的江琪和黄达都死于非命，而她自己则不知所终，一切的一切都指向了她。

可或许，往往我们认为的事实却只是某个真相的起点。

顾森和陈子桑换了便服从学校里逃了出来，他们连请假的时间都没有，今天是星期五，再晚些的时候还要进行降旗、点人数。

顾森手上的手机正不断接收着来自潘清和薄藤发来的各种信息，只看一眼，顾森就快速地在脑海里进行汇总分析。

"潘队怀疑应责名是被方未希绑架的。在现场发现的由手机录下来的视频中只出现了人声，画面一片黑暗。且声音沉闷带着回响，推测他可能被关在了一个窄小没有光亮的密闭空间。但还不能肯定方未希的动机。就目前掌握的各种线索来看，方未希的杀人嫌疑最大。"顾森说着，又看到了潘清发给他的关于那段视频的内容。

陈子桑和顾森坐在了公交车的最后一排的位置上，陈子桑靠着窗户的位置，凑过脑袋看了下那段视频。这是第一次方未希在行动前留下了线索，他用叶清清的手机录下这段视频并且还把叶清清的手机给放到了应责名的出租房中。这一切看似不合理，却又在透露一个信息——那就是方未希在给他们提供找寻应责名的线索，或者是叶清清以及他本人的线索。

"用耳机。"陈子桑看了下，想着一定有声音，就从包里拿出耳机。因为他们的手机都是一个款的，所以耳机也正好能用。

顾森将耳机塞好后，一只递给了陈子桑，一只给自己戴上。随后他将声音开到最大。

外面车水马龙的声音嘈杂纷乱，但此时此刻顾森和陈子桑耳朵里只有静谧黑暗环境中发出的点点艰难的喘息声。

"这声音很沉闷。"陈子桑不自觉地就皱起了眉头，轻声说。

顾森接过她的话说："是在一个密封的空间里，不然声音不会有这么明显的回声。但是，这个空间并不大。"

"会是哪儿呢？"陈子桑有些焦急，不知道应责名被关在那里多久了，被囚禁的空间里还能不能提供足够的氧气。

"仔细听。"顾森这时一把抓住了她的手腕，这强调话语的动作似是能屏蔽其他声音。

陈子桑闭上眼睛努力地分辨着视频中的声音，反复听了很多遍之后，抬头对上了顾森深沉幽黑的眼睛。

"是建筑工地上外置电梯的声音！"

"没错！"

顾森和陈子桑相视一笑，立马看了看下一站的目的地。随之，顾森打电话给了潘队，没想到正在通话中。

可不到两秒，潘队就将电话打了进来，两个人几乎是异口同声地喊道："我知道应责名被关在哪里了！"

声音如此同步的两个人并没有因此发笑，而是以最快的速度交换了下彼此掌握的信息。

"方未希在建筑工地上工作过，所以他很清楚岩岗承包的那个建筑工程的地形。我们现在就要到了。"顾森说着，此时公交车还有三站才能到达那个地方。

"你们听好了，别轻举妄动，等我们来。"潘清总是不忘叮嘱一句。听他那边的声音也是开始准备做最后的一击。

"看情况吧。"哪知顾森并没有听从潘清的叮嘱，说完这句就挂了电话，却扭头对陈子桑说，"到时候你在外面等我。"

陈子桑当即反对，她说："我又不是傻瓜。我知道如何科学有效地保护自己的安全，也知道如何让你心无旁骛地排查一切可疑情况，直到抓到坏蛋。"

顾森怔忡了下，忽而随手把塞在自己耳朵上的耳机摘下替她把另外一只耳朵给堵上了。

顿时，陈子桑的耳朵里只剩下应责名痛苦的求救声。

"心无旁骛这四个字，有你在的时候就和我没关系。"

顾森表情严肃地说着这句话，迎面是陈子桑快要聋掉的悲催表情。唯独这次，陈子桑没有听清他在说什么，也没有注意到此刻他眼神里肯定了某种情愫的决心。

等到两个人来到建筑工地上，已经是傍晚了。夕阳西下，天色渐晚，这对于陈子桑和顾森而言并不是好事情。

"你还带了警用手电筒？"陈子桑不敢相信地望着顾森从身上掏出来的物品，忍不住啧啧称赞道，"你可真是料事如神啊。"

顾森拿着警用手电筒的姿势和美剧里的探员一模一样，专业和范儿都有了，美中不足的就是没有枪。

"小心点。"顾森叮嘱了句，随后往里走。

因为被举报接受调查的原因，施工已被暂停。这里的东西十分凌乱，一下子不注意的话就容易被绊脚。

"按照视频里传来的电梯声音，应责名应该是被关了高处。只是这里这么多幢未完成的建筑物……"陈子桑跟在顾森的后面，走路磕磕碰碰的，但眼睛一直在搜索着准确方位。

顾森走在前面，光照让空荡的建筑显得尤为的难以捉摸。越空荡越不安，到处都是钢筋水泥，冰冷可怖。这不是森林，却更胜于森林，躲在这空旷的地方其实更让人心惊胆战。

手电筒晃到的地方有可能随时出现一张陌生又苍白的脸，随便一点声音都可以让人吓一跳。

"我们之前看过的新闻里，方未希被殴打时的背景是什么你还记得吗？"顾森领着陈子桑一步一步地往里面走去，停在了几幢建筑物前，轻声问她。

陈子桑只记得当时一群人身后挂着一条横幅，她环顾四周，从上面所写的内容做了判断，最后伸手指了指前方那幢正好背对着余晖的建筑物，说："从新闻图片上来判断。方未希更像是从这幢建筑物里被拖出来打的，一直被群殴到了外面。出于心理上的报复，他更应该会把人藏在这幢楼上。"

顾森拿手电筒突袭了她的脸，嘴角略带满意："那走吧。"

"走就走，拿手电筒照我干吗？"陈子桑用手挡着眼睛，不满地低喊，但又只能快速地跟上顾森的步伐。

两人到达那幢楼的第二层，四周只能看见几根白色的墙柱子，没有窗、没有任何遮挡的东西，一览无余的状态下才更觉得视觉疲劳。

"我们分头找吧。"这幢楼一共有四层，最顶上那层根本就还没有建起来。但两个人这样子一层层地找很费时间，而且应责名现在不知死活。为此，陈子桑拉住顾森提出了分开行动的要求。

顾森虽然念及陈子桑的安危，但眼下只靠他们两个人要想在短时间内搜索整幢楼确实很费时间。

"你拿着。"于是，顾森把手电筒塞给了陈子桑，算是接受了这个提议。但他还是不忘叮嘱道，"万一发生什么事，头也不回地跑知道吗？"

陈子桑一把拿过手电筒，鄙视道："关心你自己吧！我要跑起来比飞人还快！"真是，什么心理？一个人跑回去还不被何队骂死！

顾森笑了下，没有再说什么，转身就朝三楼走去。其实他想叮嘱的话还有很多，多到他自己都觉得有点八婆。可就算说再多，这女人也还是会义无反顾地留下吧。

身边没了顾森，陈子桑更加谨慎，听着周遭一切可能出现的声音。二楼这里虽然一眼看过去没什么可疑的，但是有很多隔开的房间，陈子桑只能一间一间地进行搜索。

什么土堆、各种编织袋，陈子桑都要上前扒拉几下或是捡起来抖搂几下。陈子桑从小房间的土堆前站起身，拿着手电筒扫了扫墙面，墙体还没有粉刷过，都是整齐有序的砖块。

"会不会……"陈子桑狐疑地转身看了眼外面的白柱子，带着半信半疑的态度走到了外面的空间中。她依旧拿着手电筒慢悠悠地从上往下照射着这两根白柱子。

就在此时，上面突然传来了诡异的响声。陈子桑警觉地意识到，顾森可能找到应责名了。于是，她连忙抬腿往楼上跑去。

又是一阵"咣当"声响起。

陈子桑三步并作两步很快就跑到了三楼，放眼望去竟没有看到顾森。此刻，夜幕降临，手中的手电筒发出的光就像是救命稻草，照射着顶楼那泛着寒光的钢筋和堆着杂物的地面。

光线所到之处都悄无声息的，陈子桑预感顾森可能出事了。可敌在暗她在明，于是她索性将手电筒给熄灭了。

"陈子桑快拦住他！"突然间，顾森紧张的声音从远处急促地传来。

陈子桑听到更为紧张的脚步声离她越来越近，于是她下意识地摆出了擒拿格斗时的姿势。可等那人慌不择路地跑过来的时候，陈子桑只是轻轻伸了下脚，那人就被绊了一跤，踉跄地往前面摔去。

啊，关键时刻，还是这些"旁门左道"有用啊。陈子桑想着转身去擒住这个企图逃跑的人，可倒在地上的人顺手就摸到了一块砖，凌厉地站起身就朝陈子桑身上砸去。

"啊！"陈子桑惊叫，不是因为她看见了那块砖，而是因为随后上来的顾森一把将她扯在了身后，一个空中抬腿飞速地将那人踹翻在地，砖块也从那人手中脱离。

如果不是顾森拽了她一把，那块砖现在就已经呼在她脸上了。

顾森的动作没有任何停滞，在这种时刻他也没有回过头询问陈子桑有无受伤，只是一气呵成上前单膝压在了倒在地上人的脊背上，将其手反扣在其背。

"你们干什么，你们要干什么？！"压在地上的人惊呼挣扎。

顾森一愣，顿感事情不对劲。他起身，一把拉起那个已经被制伏不能动弹的人。

迎着月色，顾森看清了这人的模样。

"怎么是你？"

潘清到的时候月色更深重了，清冷的建筑工地上透出的寒意越加分明。外面停着的警车倒是给这地方添了不少安全感。

"应责名被关在了这里，但是他轻松地逃脱了。刚巧撞上了你们，于是你们就把他揍了。"潘清简单地概括了一下顾森和陈子桑的所作所为，他其实没有在调侃，他在说着一些和顾森感受到一样诡异的话。

顾森他们现在站在楼下空地上，应责名已经被带上车。顾森瞧了眼警车上捂脸的应责名，对潘清说："我们以为是方未希。但这么看来，方未希绑架应责名的目的不在于伤害，而在于给他一个教训。毕竟，应责名或许是江琪之后最后一个见到叶清清的人了。"

随后顾森对应责名进行了询问，应责名说是回家的半路上就被人跟踪打晕，醒来的时候发现自己好像待在了一个密封的空间里，嘴上缠着胶带。他有过挣扎，但周围真的一点声音都没有。

直到他挣扎累了，使不上劲，就听见外面传来低沉的声音。

那人问："很怕黑吧？只有你自己一个人面对黑暗的时候，恐惧就会被无限放大，你一个男人都怕成这样。不过你还好，你还活着。"

应责名被这声音吓得不轻，继续挣扎着无力求救。后来等他再度清醒过来时，他发现他能打开囚禁他的牢笼——那不过是遗弃在工地上的一个长木箱子。应责名害怕还因为这木箱子让他想到了棺材，他一度以为自己被关在了棺材里。

打开之后，因为不再那么害怕，应责名将绑在自己脚上和手上的胶带给挣开来了。手脚恢复自由，他才撕掉了嘴巴上的胶带。

陈子桑对应责名的回忆没有怀疑，事已至此他没有任何需要隐瞒的东西了。只不过……

"叶清清大概是死了。"她轻吐了一口气，看着潘清道。

潘清对这个结论并不感到意外，从应责名听见那人说的话中也可以推测出来。

"接个电话。"潘清刚想说什么手机铃声就响了起来，他侧身到一边接起了电话。

顾森和陈子桑相互看了一眼，一开始都没说什么。只是他们都不知道这方未希现在在何处。

"那段视频大概是方未希将手机镜头抵着木箱子录的，镜头被遮挡，因此画面漆黑，只出现了人声。他这么做就是想要我们找到这里，公开这里，连着他之前所遭受的一切如数公开。至于方未希选择用公用电话假装叶清清给家里人打电话，我猜他是用了手机录音里叶清清的声音。"顾森说。

陈子桑微微点头，再次扫了眼这工地，浅浅地叹了口气。她看向顾森，问了句："是不是只要人死了就好了？"

"方未希再也见不到叶清清了，哪里好了？"顾森反问，并没有看她。他不想和她讨论别人身上的恩怨情仇，因为本身没有意义。

任何一个人对于年轻生命的逝去都会产生悲悯的情绪，但这一点点难过并不会改变任何一个人的人生轨迹。

毕竟，悲悯的情绪最无用。

想见不能见，隔着人世间只能怀念是最惨不过的了。只是陈子桑想起苏婉，如果她是苏婉，她好像会做出和苏婉一样的事情，或者比苏婉还要惨烈。可如果她是方未希，她会为了心爱的人付出生命的代价吗，哪怕万劫不复？

这么想着，陈子桑看向了顾森。他就站在警车的车头前，灯光照在他的身上，使得他整个人都被笼罩在光晕里，模糊看不清。

就好像明明是触手可及的人，此刻却不是一个世界的。

顾森略微惊讶地低头，视线集中在陈子桑抓着他衣袖的那只手上，纤细的五指非常用力，看样子是要努力地抓住他。

陈子桑有点失魂，她下意识地去抓顾森的举动就连她自己都觉得不可思议。她觉得很荒唐，可动作付诸于实践的刹那，她也只有一个念头，那就是——抓紧他。

顾森没有挣脱她的手，而是抬起自己的左手轻轻地扣住她的后脑勺，继而将她搂进怀中。陈子桑心思细腻、敏感，她有太多不能释怀的过去，以至于别人的现在都成了她过去的缩影。

他能懂，所以即便是在现在这样的场合下，他也会为了她暂时将所有人抛之脑后。

而顾森的这个拥抱就像是定心丸，让陈子桑的心情平复了不少。顾森填补了她内心的空洞，他总是能恰到好处地给予她安慰和鼓励，他也总是能不问缘由地成为她坚强的后盾。

"薄藤来电话了，说是在叶清清手机上发现了线索，你们要和我一起去……吗？"潘清打完电话，转个身闭着眼说着什么，等他抬起眼皮，才看见两人忘情地相拥着。

"嗯，一起去。"顾森毫不忌讳地回答着，顺手轻抚了下陈子桑的背，似是让她振作点。

陈子桑此时也不觉得被顾森拥抱一下有多么害臊，此情此景如果没这个拥抱她才会觉得什么都不对劲。

"你们两个啊……"潘清最后都不知道该对这对明明是爱情却非要伪装成友情的男女说什么好了。这时候，他连调侃都没那个心思。

陈子桑离开顾森的怀抱，迎面而来的依旧是说不出的凉意，让她整个胸腔都充满了冷冰冰的气息。或许，她心底里早就预感到这一次真相依旧残忍，这一次依旧没有所谓的"真相"。

坐着潘清的车，一路导航来到了城区的某个居民点。那是薄藤告知的方未希出租房的地方，因为方未希当时租的时候并没有用真实身份登记租客信息，所以查的时候费了点功夫。多亏了叶清清手机上的照片，好几张都是在出租房附近拍的。

　　"重要的是，我们都没有查到任何有关方未希离开这城市的信息，也就是说他还留在这里。"潘清边开车边讲。

　　陈子桑只是说了一句："逃跑还能证明他有颗怕死的心，不逃跑就说明方未希已经不畏死亡了。"

　　听到这话，潘清加快了车速。

　　这个城区人口流动比较大，每天都有人来，每天也都有人离去。没人在乎这来来往往讨生活的人的心情，毕竟谁也管不了谁，谁也不能给谁安慰。所以倒不如，彼此间不往来，相安无事。

　　警车停在了这个人员杂乱的住宅区外，大晚上好多人已准备入睡了。警车声还是引得一些留在门外整理垃圾，或者散步的人驻足。

　　"应该要往里面走。"潘清看了下手机里薄藤发给他的位置信息，对着同事和顾森他们说。

　　刚走了没几步，顾森就说："这个区停电了。没有一户人家里亮着灯，亮着灯的都是一些便利商店。你们听，还有发电机的声音。"

　　陈子桑抬头扫视了一下，果然是这样。难怪走下来的时候感觉天黑得特别明显，这时她听见一位从不远处走来的老妇人的碎碎念："停了一天电了，那会儿我都闻见我楼上小伙子家都发出一阵恶臭了。估计是冰箱里的东西都坏了，我早上还看见他往房间里拿冰块呢……"

　　"不好意思，请问你家在哪儿？"陈子桑上前拦住了这位短发的老妇人，虽面带微笑，但眼神颇为犀利。

　　老妇人一抬头就被眼前这么多警察给吓了一跳；这一辈子都没有干过什么坏事，警察都是在电视上见过。正常情况下，她也就是去派出所办理新的身份证见过一两个。

　　"我家在前面……"老妇人稍微转了个身，指了指身后的方向。接着，她狐疑地问了句，"派出所抓人还是清查？租在我家里的人可都是登记过的。"

　　老妇人话里极力撇清自己与这些不请自来的警察的关系，眼睛不安地打量着他们，有些担心。

"那就麻烦你带我们去你家一趟。"此时，潘清已经上前，语气稍稍的有些强硬，手上的警官证虽然在这样的条件下看不清楚，但那国徽还是亮堂堂的。

老妇人拗不过，瞅了眼身旁的朋友，只好又掉头走回了家。看样子，她们应该都是去前面广场准备跳舞的。

夜生活不止属于年轻人啊。

几个人就跟随老妇人径直地朝着老妇人家里走去，有些房子上贴着门牌号，有些房子上又没有。潘清手里的地址也只是一个大概位置，电脑上定位出来的位置只是在这个区中央的地方，没有很明确的门牌号。

但按照现在的线路来看，和薄藤提供的地址完全吻合。

"后来你有见过那小伙子下楼来吗？"潘清和顾森等人上楼之后，陈子桑并没有跟着上去，而是在楼下接着询问那个老妇人。

老妇人的视线还停留在上楼的警察身上，对着陈子桑提出的问题有些漫不经心："不清楚，好像没有出来过。"

"他是什么时候回来的？"陈子桑接着问。

此时老妇人才将目光落在了说话的陈子桑身上，怔忡了下后，她才问："你是在说三楼的小方？他人可好了，听他和别人聊天时说自己本来也可以上大学的，但家里穷，想着多读书还不如多赚钱。他平常还会去钓鱼分给我们吃呢。"

陈子桑点头，没有再问什么。但老妇人就像是打开了话匣子，滔滔不绝地说了起来。

"小方这小伙子还有个漂亮的女朋友呢。周末的时候，他俩经常就在这附近约会，女朋友可懂礼貌了。他们本来啊还准备年底订婚呢，说是让我也去参加。不过，上次小方发生了那件事情之后，整个人都提不起劲，我半夜还听见他哭过呢。"

"哪件事情？"陈子桑追问。

老妇人"啧"了声，还很是避嫌地悄声说："就是小方看不惯人家偷工减料把人家举报的事情。发生这事之后啊，我就再也没看到小方带朋友来过了。估计是女朋友和他分了，嫌他不够稳重吧。"

陈子桑呆在原地，想了很多事情。年底就准备订婚，可见他们对彼此的现状都有了信心，难怪方未希会在叶清清出事之后做出了这样无法回头的举动。

叶清清不会与他分手，他们只是再也无法在一起了。

想到这儿，陈子桑瞬间清醒，三步并作两步往楼上跑去。无法在一起了，这世上没有绝对的事情。

"怎么样？"陈子桑急匆匆地出现，却被顾森堵在了门口，她就站在顾森的背后焦急地询问状况。

顾森没有回应她，她就只好往里挤，却在上前一步想要查明真相时，顾森大手一伸捂住了她的双眼。

鼻子闻到了那老妇人所说的恶臭味，那恶臭就是腐烂的气味。很浓郁，还有强烈的血腥味，很新鲜。

"别看了。"身后的顾森淡淡地说了句。

陈子桑没有再动弹，她能感受到前方潘队他们对所见真相的震惊程度，也能感受到顾森干燥的手心微微发凉。

这窄小的空间里，没有人说话，只有不同程度的呼吸声。潘清站在那冰柜前，看着那惨烈的景象闭上了眼睛。

曾经见过尸首分离、皮肉分离、四肢残缺等各种各样的尸体，但这次却被只是一具腐烂到面目全非的尸体给震惊到了。那是因为，在这冰柜里还躺着另外一个人——早已失去血色，和叶清清重聚的方未希。

冰柜里都是方未希的血，他精准地割破了能让自己死去的手腕动脉，安静地抱着那人脸都烂了一半的叶清清的尸体，就这样静静地死去了。

没有任何我爱你的遗言，他们之间也不需要任何遗言。相爱即相伴，既然人世间无法在一起，那么就换个地方吧。

只要在一起，哪怕天堂与地狱。

法医来到现场，两具尸体都被抬走了。房间里的臭味并没有因此消散，等到冰柜里只剩下一摊血水的时候，顾森松开了陈子桑。

陈子桑双眼迷蒙，却还是固执地上前伫立在那冰柜前，鼓足了很大的勇气往里面看了看。

没有尸体，却仍旧被刺激到脑袋眩晕。

"他们为什么都这么不怕死？"良久，陈子桑回望着顾森，努力地从牙齿缝里挤出这句话，声音轻轻。

顾森上前，同她并排站着。望着那一摊的血水，顾森只是说："死，谁都怕，尤其是等死的过程。"

陈子桑置于身子两侧的双手都不知不觉地捏紧，她再一次想起七年前倒在血泊中的姐姐，那时候的姐姐该是多么害怕啊。

可没人关心，那晚就连陈子桑也不曾关心过姐姐。她们之间都没有好好告别就分开了，从此再也没见过。

"你的那个问题，现在有答案了吗？"顾森问。

陈子桑思绪万千。那个问题，那个关于"是不是人死了就好了"的问题，答案还在来的路上。

所有人都开始加班加点，到最后凶手也还是死了。潘清内心的波动起伏很大，他甚至不知道要怎么写这个结案报告。

他还不能写，至少在徐凌双检查完尸体前他都不能。

当徐凌双看到那具腐烂的叶清清的尸体时，都忍不住皱起了眉头。此时的薄藤也在实验室拿到了凶器，那根浸泡在血水中的鞋带。

薄藤与徐凌双虽是各司其职，可此时此刻他们没有面对面却也觉得复仇不值得。

或许当一个人悲愤到极点时，已经完全不在乎法律了。法律能给他们的安慰和帮助，他们都觉得不重要了。可明明可以依靠法律却非要自己解决时，带来的后果就是这样，两败俱伤。

徐凌双在叶清清腐烂了一边的脖子上发现了残缺不全的勒痕，不同于江琪和黄达的勒痕，叶清清的勒痕是自杀造成的。徐凌双推测，大概第一个发现叶清清尸体的人就是方未希了吧。

所以他用附带着叶清清灵魂的鞋带了结了那些人的生命。

恐怕没人知道叶清清在遭遇折磨之后是怎么想的，只是清楚叶清清受到的伤害，她以死抵抗，可死亡的消极却扩散得那么快。就像是一种瘟疫，让爱她的人陷入了漩涡，从此再也无法上岸。

徐凌双轻叹了口气，这承载了这么多条人命的鞋带却又仿若是羁绊着叶清清和方未希的红线。

那晚回到学校，顾森和陈子桑一路上无话，就连分开各自回到宿舍楼前两人连一句晚安都没有说。

　　陈子桑没有力气去考虑其他的事情，她回到宿舍坐到书桌前，头一歪就趴在桌子上，愣愣地对着宿舍里的黑暗，不出声，也不去洗漱。

　　宿舍里的姐妹们都躺在床上，酝酿着入睡。她们的呼吸声在这寂静的黑夜里让陈子桑慢慢找回了属于自己的生活，这才是她的生活。

　　如果有爱，那就不要去悲伤；即使爱不常在，也要让自己走进充满爱的人群中。

　　"子桑，你回来了吗？"良久，许瑶像是发出了一句呓语，这时她的声音糯糯的，完全不像是平常大嗓门的许瑶，温柔得让人想哭。

　　陈子桑抬起头，望向许瑶的床位，即使没看见许瑶坐起身，她也朝着那个方向点点头说："嗯，回来了。"

　　然后，许瑶就没再回应，沉沉地睡去了。

　　"热水器还给你开着呢，快点洗洗睡吧。"没一会儿，宿舍长在床上翻了个身，面向陈子桑，轻声叮嘱道。

　　陈子桑柔软的心被简单的三言两语给感动得无以复加，如果现在时间还早，如果不是因为她们都累了，她真想冲上她们的床，挤在她们身边，抱着她们不撒手。

　　"你们说话轻点啊，我困死了……"不同于其他两个，程醉扯了下被子，话语一如往常，带着嫌弃。

　　陈子桑一下子就笑了，没有什么能改变她们之间的友情，哪怕彼此嫌弃，哪怕毕业后各奔东西，哪怕未来的日子不常相伴。

　　这世上不存在绝对的事物，可她唯独对宿舍姑娘的感情抱着笃定的态度。她想，她以后要去参加她们每一个人的婚礼，要见证她们的幸福，要祈祷老天永远善待她们。

　　陈子桑带着稍稍得到放松的心情进到了浴室里，搁在桌子上的手机收到了一条短信。

　　只有简单的两个字——"好梦。"

　　隔天一大早，天都还未全亮，就听见许瑶的大嗓门随着宿舍灯光啪地打开清脆地响起。

"姐妹们，起来吃早饭啦！"她喊道。

对，她是喊出来的。

陈子桑、程醉还有宿舍长不约而同地拉高了被子没过头顶，完全不想搭理这个神经病。

"我说真的，我给你们买了早饭！快点起来吃！"不依不饶的许瑶拉过椅子站上去开始直接动手弄醒她们，嘴里一会儿说话一会儿笑。

程醉睡午觉的时候会戴着耳塞，晚上睡觉的时候还会戴着眼罩，总之全宿舍就她事最多。她被许瑶给摇醒，很是恼火地坐起身子，开口第一句话就是："今天星期六！你是不是吃错药了？"

随后宿舍长也受不了灯光的刺激，百般无奈地揉了揉眼睛也坐了起来，随后就看见许瑶真的买了很多早饭。于是，她不知道该是感激好还是埋怨好，笑着问了句："今天太阳打西边出来了。"

许瑶不知道为什么有些得意，坐在自己的位置上冲她们一个个睡眼惺忪的样子说："都给我起来，然后感恩戴德地吃我买的早饭。"

最后，陈子桑头脑昏沉地睁开眼，手耷拉在床沿，嘟囔了一句："许瑶你昨晚中彩票了吗？"

"没有啊。"许瑶回答的很坦然。

"哦。"陈子桑又翻了个身，脸朝着白墙，语气平淡，"那我对你买的早餐一点都不期待。"

"你！给！我！起！来！"

于是，全宿舍在许瑶威逼利诱之下开始起床洗漱。周六的一大早没想到是这样开始的。

宿舍长吃着馒头和白粥，程醉吃着梅干菜包还有豆浆，陈子桑就啃着一个葱卷馒头外加一杯牛奶。

"你吃过了吗？"陈子桑随口问了句坐在一边看着很幸福的许瑶。

许瑶点点头，大方地承认说："吃过了啊。我吃的是牛肉粉丝汤外加几个煎包。"

这话让吃着馒头包子的陈子桑等人顿感落差之大，就说不能期待许瑶这人给的惊喜。

因为早餐过于"丰盛"，程醉吃了几口就完事了。吃完了，她还在嘴里咀嚼的时候问了句"几点了"。

许瑶看了下手机的时间，大大咧咧地说："六点五十分。"

顿时，全宿舍陷入了一片诡异的寂静中。没过几秒，陈子桑等人瞬间起身，喊着："杀千刀啊！七点都没到啊！"

好好的一顿早饭最后又在追着打许瑶的过程中结束了。

就在陈子桑等人停止打闹，正儿八经地开始挑选今天要穿的衣服时，顾森来电话了。

"你们起床了吗？"

陈子桑听到电话那头的顾森问了这么一句话，狐疑地看了眼自己宿舍里的人，反问："你找我们有事？"

"嗯。"

"嗯？"

两人对话了一番后，陈子桑挂了电话，有点难以置信地转头问宿舍的姑娘们："顾森说请我们四个去游乐场玩。"

"大手笔啊！"许瑶一下子就从位置上站起来，径直走到陈子桑旁边，用肩膀蹭了蹭陈子桑，坏笑道，"他这是什么行为？讨好娘家人的行为吗？"

"去啊！来这儿上学都这么久了，游乐场都没去过。"程醉兴致高昂，拽着胡晓萍的胳膊说，"陪我蹦极，怎么样？"

"我还想多活几年。"胡晓萍掰开了程醉缠在自己胳膊上的手，果断拒绝。

陈子桑虽然也感兴趣，但好像有点想不通，为什么顾森要请她宿舍里的人去游乐场？

"顾森请客有点不好意思，我前段时间还把他钱包给弄丢了。"陈子桑对这点还是耿耿于怀，于是提议道，"中饭我们请吧。"

"这些都好说！"姐妹们非常捧场，继而就开始更加慎重地挑选起了衣服。

而另一边，顾森的宿舍里。

"顾爷你这什么情况？你要么就单个儿约系花，你这拖家带口的……我们多不好意思啊。"张华林和王泽霖笑嘻嘻地勾肩搭背，故作娇羞状。

都是大男人的，还身着警服，摆出这幅模样简直是在逼顾森动手。好在宿舍里的黄千阳没有跑偏，一本正经地在衣柜前挑衣服。然而，衣柜里的衣服全都是一年四季需要穿的警服。

于是他问顾森："怎么办？我便服最多的就只有内裤了。"

"那你只穿内裤就好。"顾森在警容镜前穿上外套，瞥了眼满脸惆怅的黄千阳，冷淡地说，"程醉一定会爱上你的。"

黄千阳听后没有激动，反倒有些紧张："顾森你说这话的时候能不能带点感情？不然听起来像是诅咒。"

顾森笑而不语。

半个小时后，两队人马在操场门口见面。男生那边穿戴整齐，格外干净利落。不然怎么说来警校就是重塑人生呢？那些个曾经的杀马特、非主流一到警校立马改头换面，爽朗硬气，帅到飞起。

更何况，上天特别垂青顾森这个宿舍的男生，平均身高都有181，虽然性格迥异，但却都是百里挑一。

陈子桑等人来得晚了点，可一出现就像是灿烂的阳光顿时洒了下来。女生的笑容恐怕是这世上最治愈的东西了。

"没等太久吧？"陈子桑有些抱歉的同时，又抬起了手说，"给你们买了早餐。"

顿时，身后的几个男生一拥而上，一点也不客气地接过早餐，忍不住夸道："哇，自家人的待遇就是不一样啊。谢谢啊，顾太太。"

"呃，是我们一起买的。"陈子桑尴尬，然后瞄了眼只是嘴角带笑、不做任何解释的顾森，又对几个男生说，"顾太太这个称呼太老气了，不适合我。"

一旁的许瑶听了，立马"哟哟"了几声，又正色道："就是！顾森都还没和子桑表白呢？还有上次街头拥吻那事……"

"啊啊啊，我们赶紧走吧！"陈子桑连忙捂住了许瑶的嘴，着急忙慌地将她往后门方向带去。

身后的王泽霖边吃着早饭边追上去，嘴里含混不清地喊着："顾太太不喜欢是吗？那少奶奶呢？喂，陈子桑，少奶奶这个称呼怎么样？"

"不怎么样！你才奶奶！"结果，还是被直接否定了。

八个人一同走在街上，声势很是浩大。加上警校生那挺拔的气质，在人群中又尤为显眼。俊男美女，虽然都是短发，但却清爽得让人怎么都挪不开眼睛。

去游乐场有专线地铁，但周末总是人挤人，地铁上那叫一个人多。陈子桑他们只能统统站在中央，抓着一切能站稳脚的东西。

挤进地铁后，几个人都有些分散，因此八个人彼此都不能互相存在于对方的视线中，只能看到两三个。

"许瑶你抓着我吧。"因为一根柱子上抓着的手实在是太多了，许瑶完全没地方蹭。于是，陈子桑提议道，"你抓着我的胳膊。"

许瑶撇撇嘴，道："你这小细胳膊的，万一被我扯断了怎么办？"

"我这是精壮。"陈子桑反驳。

只见许瑶羞涩一笑，挪了一下身子，贼贼地说道："我要抓顾森的胳膊。"

"嗯？"陈子桑惊讶，稍稍一抬头就看见站在自己身后不动声色的顾森。这人什么时候站在这儿的？

顾森看了眼陈子桑，继而对许瑶说："你过来我这个位置。"顾森站着的这个地方刚好有个拉环，于是他边说着边松开了拉环，等着许瑶过来。

等许瑶兴致勃勃地挤到那个地方，顾森却侧身退了出来，顺便抓住了许瑶的手腕，帮助她牢牢地抓住了拉环。

"哎？？"许瑶表示对这一环节很是不理解，这是几个意思？

然后她就看着顾森站在了她刚刚站着的地方，正好能和陈子桑面对面。许瑶当即就觉得自己好像阴错阳差地给他俩制造了一个亲密接触的机会。没办法，这两人站在一起实在是太养眼。

"现在这样，我只能抓着你了。"顾森忽而笑着伸手捏了下陈子桑的脸颊，但他捏完之后没有松手。

陈子桑顿时一脸生无可恋，冷冷地问道："这位大哥，你不会是想一直抓着我的脸到达目的地吧？"

"担心脸皮被扯掉吗？"顾森眼里闪烁着人畜无害的光芒问，停顿了一下后没等陈子桑回答，他又说，"别担心，我不舍得。"

"你个变态！"陈子桑头一歪，张嘴就要咬他的手。

有了拉环的许瑶对这两个只要在一起就开始打情骂俏的人冷眼旁观，她现在满心希望宿舍长能站在她身边，给予她安慰。

然而，宿舍长现在离她居然有一个车厢的距离，她也是不明白，明明都是站在同个车厢前等车的，为什么宿舍长会隔得那么远？

离得同样远的还有程醉，但是她身边多了个黄千阳。

就这么熬着过了两三站之后，游乐场是最后一站，在到达游乐场的前一站，地铁上忽然冲进来两三个人，一阵喧哗之后地铁门关上了。

"好像有警察……是不是在出任务啊？"周围靠近车门的乘客凑在车门前议论着。

听到这个议论，顾森和陈子桑忽然警觉起来，与此同时顾森收到了前方车厢黄千阳发来的短信，短信内容只有一句话："抢劫团伙正向你们那个车厢移动，身穿黑色短袖。"

"注意黑色衣服的人。"顾森悄声对陈子桑说了句，继而利用身高优势往前方望去。

陈子桑也立马向许瑶传达了这个信息，于是在同一节车厢的三个人迅速一前一后分散开来。许瑶则守在了下一站开门的右侧门前，时刻保持警惕。

不一会儿，顾森就眼尖地看见不远处慢慢移动过来的王泽霖，还有随之而来的黄千阳，再往里瞧就看见三个挎着包的人鸡贼地往更前面走来。被拥挤的乘客很是不满，但却没有说什么，只能翻白眼。

那三个黑衣男小心地、尽量不引人注意地往前走，走到一半却再也没有移动过。他们又试图掉头往回走，却陷入了进退两难的境地。

前有顾森和陈子桑、许瑶拦着不让走，后有黄千阳等五人拦着没法回头。虽然顾森他们都一脸"我们只是站在这里等下车而已"的表情，但三个劫匪在这种时刻可不会这么想。

尤其是面对着这八个来历不明又好像莫名觉得厉害的人。

顾森生怕这些劫匪身上藏有利器，万一动起手来伤到乘客那可真是帮倒忙了，所以眼下就只能这样先困住他们。反正到了最后一站大家都得下车，下一站就是了。

这中间短短的五分钟却像是过了一个世纪一样，那不是数字的概念，那是漫长的心理活动。

最后一站到了，"嘀嘀"声响了起来，很多人拥到门口等着下车。黄千阳等人快顾森他们一步走在了下车的行列中，确保那三个人的前后都是他们的人，避免侵害到别人的人身权益。

就在他们安全下车后，被围在中间的三个人却突然抓狂了起来。

"给我闪开！"有个强壮的矮个子男人突然熬不住，大声喊了起来，边喊边用手去推前面的黄千阳。

黄千阳等人立刻机警回身，此时却听见顾森厉声一句"小心"！顾森一开始没注意，估计劫匪没准身上藏的是匕首之类的，可这一晃才发现人家腰上别着枪，光是用肉眼分辨那形状，只能想到枪。

这边刚发出了动静，对面等车的乘客还是一脸不知道发生了什么就迷茫地看了眼，竟还有人掏出手机不知道是在拍照还是在录像。

说时迟那时快，当三个劫匪一鼓作气想要冲出这地铁站拔枪时，陈子桑和顾森只能抢先动手了。在人群散去的地铁等待上车的位置，顾森一脚踹飞了这个矮个精壮男。

那枪直接从他身上掉了下来，滑出了好远。好在前面有黄千阳和程醉，一人上前立马捡起了手枪，一人则三下五除二制伏了矮个男子。

其他两个劫匪见冲动的矮个男子已经暴露了身份，也掏枪准备逃跑。枪就握在手上，顿时让几个人都不敢靠近。

"都走开！"一个戴着鸭舌帽的男子有些惊恐地瞪大眼睛，举着枪对着眼前的王泽霖和张华林嘶吼，而他们身后的胡晓萍则冷静地躲在柱子后告知警方他们目前所在的位置以及劫匪所携带的武器。

不过仔细想想，警方也应该快到了，毕竟他们是追着这几个人进了地铁。

这时候，陈子桑突然朝劫匪的方向扔了一个东西。两个劫匪慌不择路，慌张地朝着那不明物开枪。枪声响起之际，王泽霖和顾森立马上前一人对付一个劫匪，抓住他们拿枪的手，抱着他们一起狠狠摔在了地上。

而后顾森和王泽霖强行夺下他们的手枪，中间没有片刻犹豫就将手枪扔给了陈子桑和许瑶。陈子桑和许瑶精准地接住了手枪后，迅速围住劫匪举枪对准了他们的脑袋，厉声道："都给我老实点！"

真枪的重量应该不止这么一点，如果是真枪，拿在手上起码手会颤抖，可现在手上拿着的这把枪好像比他们训练用的橡胶枪还轻啊。直接的触感让陈子桑有点怀疑这"枪"的真实性，但碍于眼下紧张的氛围，她也顾不上鉴别真枪还是假枪了。

"哇，警察抓小偷吗？"对面等车的一个姑娘居然好奇地走了过来，依旧拿着个手机不停地拍，"是真的还是在演练啊？"

然后，围观的人突然就多了起来。而制伏了几个劫匪的顾森等人则不敢放松警惕，万一这些个家伙还有其他同伙接应怎么办？

这时候，地铁出入口处又传来了人群涌动的声音。这让顾森他们又紧张了起来。

"警察办案，快让一让！"声音一传来，倒是让他们都松了口气。

警察赶过来，立马从顾森他们手上押过这几个嫌犯，并告知了顾森他们来晚的原因。原来上面真的还有劫匪的同伙，于是警察就费了点时间。好在外面更复杂的情形下，那些人都没有手持厉害武器。

"多亏你们，不然造成的损失真的是难以想象。"办案的估计也是刑警，打量了他们几下后笑着说，"警校的吗？"

几个人不约而同地点头如捣蒜。

"呵呵，回去等着领功吧。"该前辈拍了拍顾森的肩膀如是说。

制伏劫匪的过程倒是轰轰烈烈的，结束的时候却过于平静，好像他们刚刚根本没做什么。

"为什么我们要愣着？"许瑶呆呆地问了句。

"对啊，我们刚刚可是抓了几个持枪的劫匪哎！持枪啊！虽然不是真枪，但好歹人家那也是气弹枪，国内可是限制这种气弹枪销售的啊！难道他们同时还是走私团伙吗？"程醉也伸出双手不停地抖动着十指，虽然兴奋说着的同时也抛出了各种怀疑，但表情仍不可思议，"不嗨吗？"

话语刚落，黄千阳就抢先嗨了起来，他一把抱住程醉原地转了几个圈，大声喊道："嗨爆了！"

"你有病啊！放我下去！再转下去，我要吐了！"程醉不领情，狂捶着黄千阳。

陈子桑在一边笑，或许是所有人都有些发蒙，抓劫匪的冲击感完全冲刷了他们内心的激动。

可他们又确确实实感到开心，尽管后怕的心情不是一星半点。

"你那会儿朝空中扔的是什么？"

走出地铁站的一行人兴致勃勃地往游乐场方向跑去，顾森停留在陈子桑身侧，略带好奇地问了句。

陈子桑怔忡了半会儿，突然惊愕又沮丧地哀号："哦，天哪！那是我花了几百块刚买来不久的一支口红……要死了，要死了，心好痛……当时我的手随便往包里一伸……"

顾森凝望着陈子桑一脸生无可恋的模样，忍不住笑着抬手摸摸她的头，表示安慰。心里却想着，一天到晚都在学校里，口红根本派不上用场，买来做什么？

想到这里，他的目光不由自主地落在了陈子桑润泽的双唇上。那唇瓣即便没有抹上口红，也艳丽好看，诱惑至极。

顾森感觉到内心不可抑制的躁动正欲驱使他做些不可言说的事情，可此时陈子桑已经懊恼得自顾自往前走了。

走了没几步，她又回头，特别难过地说："我能让那个警察赔吗？"

顾森走上前，双手插在裤袋中，表情淡淡的，开口说了一句："想得美。"

这会儿，前面的几个人已经在网络售票处等着拿票了，张华林挥着手朝着顾森和陈子桑喊："快点过来啊！站在那儿干什么呢？"

听到喊声的陈子桑和顾森暂时又将"恩怨"抛之脑后，爽朗地应答着朝着他们走去。

人生苦短，旧的不去新的不来，及时行乐吧。

Time
can't steal
you

Episode3
比黎明早到的是黑暗

只有一种罪不能被原谅，
那就是故意的残忍。
——卡波特

TIME

/
第一章
噩梦重演
/

半个月过后，阳光、雨水并没有什么不同，日复一日，看起来什么都没变，实质上却又什么都在变。最后叶清清那个案子过程到底如何，顾森和陈子桑都没有再追问，潘清等人也没有多说什么。

但大家都清楚，方未希杀人的动机以及被害之人的罪恶。已死之人，世人总是遗忘得很快，除了永远沉浸在悲痛中、无时无刻不挂念着他们的人，才最痛苦。

他们的至亲始终忘不掉，感觉哪儿都是他们存在过的痕迹。也好，至少还有人记得他们。

故事并不需要知道得很完整，人们从来都是这样，在看到悲剧时，看过、哭过、悲伤过，日子久了就好像没有发生过。

这天的选修课上，顾森和陈子桑还是一如既往地坐在一起。不是非要坐在一起，而是感觉不坐一起会更奇怪。

"今天的社交礼仪课教大家跳交谊舞。"选修课的老师是别的大学的老师，在面对着着装整齐、一身警服挺拔帅气的学生时，眼神中总是流露出羡慕以及骄傲的情感。

一听说要教交谊舞，底下的同学都有点不知所措。这堂选修课的男女生比例还算平衡，一对一刚好可以配对。当然，这种选修课有好几个不同系、不同大队、不同区队的学生在上。

同学们既感觉陌生又感觉新奇，兴奋的同时又难免羞涩。

陈子桑环顾了下四周，大家都在面面相觑，好像在寻找合拍的搭档。有几个男生交头接耳，朝着陈子桑时不时地投来目光。

"啊，真是可惜，要不是顾森在这里，我就去请陈子桑跳舞了！"别的区队的男生小心地说着心里话。

其他男生也随之点头附和，但也有人提出反对意见："就算顾森不在，陈子桑也不一定会答应和你搭档，人家连李科力都拒绝。"

"系花不愧是系花。"

"人家那个系的系花就是名义上的校花，没差。"

"啊，好羡慕顾森。"

几个人偷偷地发出嬉笑。男生有这样的小心思，女生自然也有。只是女生矜持，就算是开玩笑也不会把自己心里话给说出来。

"你要和我搭档吗？"陈子桑捅了下顾森，主动邀请。

顾森斜睨她一眼，果断地拒绝："我不是没和你跳过舞。你的舞技不行，而且脚也不长眼睛。"

"让你说句好话简直比登天还难。"陈子桑都懒得反驳，因为顾森说的是实话。她肢体协调能力不怎么好，跳舞总踩人家脚。但顾森话都说到这个份上了，她再死皮赖脸地求搭档岂不是侮辱了人格？

于是，陈子桑果断放弃顾森，转而寻找新的目标。

顾森见她心思一下子转移到别人身上，冷笑着相当不满地掐着她的脸颊迫使她看向自己，问："你也太容易放弃了，就你这态度，以后怎么破案？"

"我的做事原则就是'事不过二'。"陈子桑一本正经地回应。

"那你再问我一次。"顾森没有松手，转而换了种方式问。

陈子桑眯着眼睛，不想看他，只是无奈地问了句："问什么呀？"

"问我愿不愿意和你搭档。"

"那你愿不愿意和我搭档啊？"

"不愿意。"哪知顾森居然再一次拒绝了陈子桑，他皮笑肉不笑地盯着陈子桑，挑衅道，"我的做事原则就是可以'一而再再而三不厌其烦地拒绝别人'。"

"……"

简直无聊，陈子桑觉得顾森这人闹起脾气来，和三岁孩子没差。她果断偏过脸，狠狠地拍打了下顾森的手，翻了个白眼后身子转向外面，不再搭理他。

顾森看着她不高兴的背影，又有点懊恼。开个玩笑而已，总能把她给惹毛了。现在要怎么收场？

他正酝酿着如何解决，前座的一女生忽而转头问顾森："你有搭档了吗？"

顾森一愣，忙伸手拉过陈子桑，二话不说就将她脑袋扣在自己的肩膀上，面带微笑地对前座女生说："有了。"

前座女生是别的系的同学，和顾森、陈子桑一起也快上了一个学期的选修课。这还是她第一次和顾森说话，因为平时顾森不是在和陈子桑说话，就是在看着陈子桑和别人说话。

这次她在听到他俩对话之后，好不容易才鼓起勇气，没想到……

陈子桑头靠在顾森身上，却是一脸无语，看了看那位女生后说："前一分钟，这位顾爷刚刚拒绝了我想和他搭档的请求。所以这一分钟我也不是他的搭档。"

"别闹。"顾森好声好气地和解道，嘴角仍旧带笑。这语气传入任何人耳朵里都是无比暧昧与宠溺。

前座女生表示有点辣眼睛，于是干脆回身托着下巴发呆。当然不只是前座女生这么想，后座的女生、男生都有点受到了刺激。

警服虽然是校服，但这两人穿在身上完全就是情侣装啊，耀眼得让人没办法直视。今天他俩虽然都穿了黑色的作训服，但真的是酷到炸裂。

于是，接下来的学习交谊舞时间，顾森还是和陈子桑搭档，被陈子桑踩了无数次脚的顾森，脸都变绿了。

但这有什么办法，顾森活该啊。

上完课后，陈子桑和顾森拎着包一起走出了教学楼。楼梯上，陈子桑望着"噔噔噔"下楼的同学们，看向顾森忽而问了句："最近都没有到纪教授那里去，感觉有一个世纪没见到他了。"

"你这样说，纪教授应该会被你气死。"顾森并不认同，只是提醒道，"你上午才上过他的课。"

"呃……"陈子桑尴尬地转头看向别的地方，正巧透过窗户看到了从外面回来的许瑶……鬼鬼祟祟的许瑶。

顾森见她视线停留在别的地方，也顺着她的目光看了过去，一眼就看到了那个外衣扎在腰间、走路奇奇怪怪的许瑶。

"过去看看。"他说。一句话简单明了，他不知道自己在什么时候习惯于将陈子桑的事情当作是自己的事情一样看待。这个习惯没有让他不习惯，反而还有些享受。

陈子桑点点头就加快了脚步走出了教学楼，两人速度很快直接在广场上拦住了行色匆匆的许瑶。

"你去哪儿了？"陈子桑一把抓住许瑶，一看发现她有些狼狈，连忙问道，"你干什么去了？怎么脸上都有脏东西，头发上还有水珠？"

许瑶有些惊慌，尤其是在看到顾森之后。但好说歹说顾森也是自己人，于是她悄声对这俩人说道："我不是去理工后门拿快递吗？结果掉水里了……"

"你的快递在水里？"顾森问。

"水里是指……地面上的积水？"陈子桑也问了句。

许瑶顿感无言，差点骂了脏话，这俩人是故意装傻嘲笑她的吗？于是她愤愤地强调道："是理工后花园的人工湖！真是见鬼了，脚底一打滑整个人都掉进了湖里，吓得我扑腾了好久，结果发现我站起来时比水面还高，你说这湖是不是在拿人开玩笑呢？"

"难怪你现在站的地方都有了一摊水。"顾森冷不丁地瞅着地上说了一句风凉话。

许瑶气急败坏，跺脚道："这不是重点！重点是我裤子都湿了！"说完这句她还凑近陈子桑，耳语了句，"特别是内裤。"

"可以了，你不用特地讲出来给我听。"陈子桑一脸拒绝，然后又说，"赶紧回宿舍换身干净的吧。"

"我这不是着急赶回去吗？你俩非要拦住我，真是。"许瑶最后还怪起了他们两个。正准备转身走开，她又回身，神秘兮兮地递给陈子桑一个东西说，"我在水里挣扎的时候摸到了一宝贝，送给你。"

"不要。"陈子桑立马摇头，后退了一步，盯着那脏兮兮的东西很是嫌弃。

许瑶撇撇嘴又看向顾森，问："那你要吗？"

顾森原本也是拒绝的，可当他正眼看到那东西的时候眼神都变了。他抓着许瑶的手腕，问："你掉的是哪个湖？"

"就……就旁边有凉亭的那个啊。"许瑶被顾森给吓了一跳，但与此同时内心又在花痴"顾森真是太帅了，这动作好man"。

顾森转头对陈子桑说："这是江琪的手机。"

"你确定？"陈子桑也被这答案吓了一跳。

"打电话给潘队吧。"顾森看了眼许瑶，想要接过手机又觉得手机太脏，放弃了。松开她后，他对她说，"回头让陈子桑请你吃饭。"

许瑶一听请吃饭，就压根不管他们那会儿奇怪的反应，连忙点头说好。然后把手机留给他们，自己则以最快的速度回了宿舍。

潘清接到电话的时候还觉得意外，当时他还在修改那个案件的结案报告，已经改了很多次，正是缺少了江琪手机这一证物。接到陈子桑的一个电话，十分钟不到他就出现在了他们学校。

"真是没想到，证据就在那么近的地方。"潘清面对着桌上那个套着塑料袋的手机无比感叹道。

陈子桑和顾森就坐在他对面，三个人现在在的地方是纪教授的办公室。纪教授正在一旁给这几个不速之客倒茶。

"手机应该是当时江琪遭到方未希袭击的时候掉进了湖里，我们还一度以为是被方未希拿走了。"陈子桑也这么说，语气里不乏对这一事情的耿耿于怀。

纪茶白将茶水端了过来，一一放在了他们面前。他自己也拿了一杯坐下来慢慢品尝，其实也没什么好品尝的，也不是什么上好的茶叶。

"有些时候案子虽然破了，但凶手死了就等于没抓住凶手。我们总是慢他们一步。"潘清苦笑，算是自嘲。

"活着的人都在说谎，死了的人就不用说谎了。"纪茶白忽而意味深长地说了这么一句。他看了眼潘清，又说，"死去的人可比活着的人强一百倍呢。"

这些话听起来和这个案子没有关系，倒像是纪茶白从自身出发得出来的经验之谈。

"还有，那个方未希其实会做出那些疯狂的事情来和他自身也有关系。"良久，潘清又说，"被殴打之后的方未希患上了性功能障碍。"

"啊？"陈子桑轻叹，身体上的伤害如若医不好真的是会给心理上造成创伤，从而带来破坏性的后果。

那一天里，方未希遭遇了身体的残害又看见了身陨的叶清清，他的人生在那一刹那全部崩溃瓦解。没有人能感同身受，没有人能理解方未希的痛苦，而他依旧选了最可怜的方式终结这一切。

顾森十指交叠，没有说话。事情的因果联系总是很明确，总是一开始就注定了。人生当中一点一滴的小事都会成为最后决定你人生大事的重要因素。

所以不要尝试去做坏事，不要做坏事。

星期日的傍晚，结束完周末，整个大队集合完解散后，顾森就被何队给叫住准备单独训话。

"何队，你这么阴阳怪气的，我等会儿会拒绝回答你任何问题以及不提供你任何帮助。"顾森先下手为强，及时表达了自己内心的想法。

何队冷笑着"喊"了声，抬手拍了下他的脑袋，不屑道："你现在在警校，要做的事情就只有一件，那就是服从，服从，绝对服从。还敢拒绝回答我的问题，简直反了天了你。"

遭受到何队的白眼，顾森也深知躲不过，只能兵来将挡水来土掩了。反正这何队问不出什么正经的问题来。

"上次带着系花去了趟游乐园，回来还立了个三等功，真行啊你们。不过三等功这事我不感兴趣，你们擅自参与那么危险的抓捕行动，我还没找你们算账！这次就想问问你带着陈子桑去游乐园都玩了什么？小两口有没有蹦极？"

果然，何队是警校最八卦的队长。

顾森瞟了他一眼，心不在焉地回答："蹦了。"

"真的？"何队显得非常欣喜，忙贱兮兮地又多问了句，"蹦完之后是不是产生了一种非她不娶的感觉？"

顾森听到这话表情突然认真起来，当时他会蹦极完全是因为担心陈子桑一个人会害怕，于是申请了双人蹦极。在没跳之前，他确实想了很多事。当抱着陈子桑从高空往下蹦的时候，他想到了人生大事。

"当时跳的时候我就想……"顾森说，脸上表情也确实是在沉思回忆。看着何队满满期待的样子，他叹了口气，但还是不慌不忙地说，"不能同年同月同日生，那么同年同月同日死也是好的。"

　　听完顾森语气里自带山盟海誓的话，何队是蒙圈的。他震惊的原因不在于顾森说出的话，而在于顾森流露出的真实想法。

　　他不承认自己喜欢陈子桑的原因恐怕是他没有一天不是在爱她。

　　知道了这个之后，何队有点起鸡皮疙瘩。他忍不住又打了一下顾森的脑壳，有点骂咧咧的样子："恶不恶心？蹦个极而已还能想到生死？你以为你们两个是谁呢？梁山伯与祝英台吗？呸！"

　　"明明是你自己想知道的，干吗又嫌恶心？"顾森也是对何队急转而下的态度感到无语，转身欲走。

　　何队又没完没了地拦住了他，想了想后又问了句："那陈子桑知道吗？"

　　"知道的话我俩现在已经领证了。"顾森也不嫌事大，漫不经心说出的话句句都能呛到何锋铭，活该他问题多。

　　何队顿时怒吼："你满22周岁了吗？还领证？你想得美！"吼完之后，他又精神分裂似的平心静气地问了句，"我算媒人的话，你俩结婚的时候，我是不是可以不用给红包？"

　　"你这才叫想得美。"

　　"……"

　　集合的地方就在北四公寓楼下，解散后的陈子桑和宿舍姐妹们上楼，在楼道窗户旁看见顾森被何锋铭给留了下来，听不见他们在讲什么，反正最后只听见何队怒喊了"领证"两个字。

　　"什么情况，何队和顾森要领证？"挨着陈子桑一起在窗户前窃听的许瑶拧着眉头不可思议地问道。

　　后面竖着耳朵同样努力偷听的程醉则说："你这什么听力？这何队明显是在说自己要领证了，我估计他是准备闪婚。"

　　"我觉得闪婚不太可能。会不会是我们都听错了，何队说的可能不是'领证'，是其他的什么东西。"胡晓萍摆出一副学者的姿态，摸着自己的下巴，正儿八经地分析道。

　　许瑶和程醉搭着陈子桑的肩同时回头盯着胡晓萍看，不约而同道："比如？"

"比如领子？"胡晓萍笑着给出答案。

结果遭到许瑶和程醉的双重炮轰。

"两个大男人为什么要在一起聊领证、聊领子？"这时陈子桑也百思不得其解地转回身，面对着其他三个姑娘奇怪地问。

许瑶拉过陈子桑的手臂，大大咧咧地说："你费这心思干什么，直接去问顾森不就完了吗？"

"呵呵，不去问。"陈子桑转身往楼上走去，边走边对她们几个说，"我们晚饭吃什么？"

"豆腐汤年糕！"

"梅干菜蒸饺！"

"白米饭。"

每天困扰女生的问题不止有"今天穿什么"，一日三餐都是人生大事，不商量个十几二十分钟是没办法解决的。有时候，拉着别人一起上厕所也需要讨论。这就是女生，麻烦又可爱。

在学校里的时间就是这样一天天过去，课程满满，训练满满，彼此间的友谊也慢慢升华，那些不用细说的情感在慢慢成为某些人坚强的后盾。这一切只有在学校时期才能体会得到。

而就在暑假快要来临的时候，陈子桑他们接到了最新任务。这个任务很简单又满载重量，他们任何一个人都满心欢喜，即使明知会很辛苦。但可惜的是，没人阻止得了意外与卷土重来的邪恶。

"烟花节执勤活动啊，就以跨立姿势站在需要保卫的区域。可累人了，一场执勤活动下来，骨头都好像拆了重装。"

学校里抽调去执勤的学生们在开完大会之后议论纷纷，这里面也包括了顾森和他的室友。

四个人拎着小板凳往宿舍楼上走去。拎小板凳是因为开会是在警体馆，需要学生自带小板凳。一动不动坐在那小板凳上几个小时需要的是意志力，汗流浃背那都不是事，重点是太折磨人了。

记得军训时期经常需要开大会，有女生坚强地坐了几个小时后果断崩溃大哭，吓得教官连忙上前安抚。

警校生的任何行为都被贴上了标签，那是代表未来人民警察的形象。因此开会的时候不能有声音、不能动、不能报告上厕所，双手规矩地放在腿上。一旦会议开始，这个姿势就必须保持到会议结束。

对于警校生来说，言行举止从来没有"随便"二字。

"苍天，去执勤过的师兄师姐都知道，那完全是苦力活。就像我现在屁股都酸得要死。"张华林踏上楼梯的时候，表情有些痛苦，搭着扶手，像是刚从战场回来一样。

王泽霖倒没有特别在意这个，反倒还有些兴奋："执勤这事就像是理论付诸实践，在外人看来我们就只是站在那里，其实……我们还真的就只是站那里，哈哈哈哈。"

"你白痴啊你。"黄千阳打了下王泽霖，回头看了眼优哉游哉的顾森问，"陈子桑他们那个区队好像也去哦。"

顾森点头，随后又说："我们这个大队的人都被派出去执勤了。陈子桑他们当然也不例外。"

"那就是说我又能看到程醉了。"黄千阳抿嘴偷笑。

顾森瞥了他一眼，觉得他才是宿舍里的白痴。人家程醉没心没肺的都不知道他喜欢她呢，他一个人在这里自作多情。不过话说回来，顾森他自己也算是个自作多情的人吧？

"放屁！"顾森突然张嘴否定了自己脑内的想法。

在前面走着的几个人不约而同地停下望着顾森，不知道他这句"放屁"在骂谁。

顾森扫了他们几个一眼，掩饰着自己的情绪，埋头边往前走边说："谁在放屁，真是臭死了！"

留下张华林、黄千阳、王泽霖三个人瞪大眼睛互相看，彼此间都在否认自己放过屁。

"别看我！不是我放的！"黄千阳大声否认道，还不忘把矛头指向王泽霖，"你今天晚上吃了番薯！屁一定是你放的！"

"黄千阳，你别以为你最近在健身，我就打不过你啊。"王泽霖显然也不是吃素的，这放屁的黑锅谁爱背谁背，"反正不是我，我放屁都有规律的，我都是在洗澡的时候放的。"

听到这种突如其来的真相，黄千阳和张华林都表示受到了冲击，难怪每次王泽霖洗完澡，厕所里都有股微妙的气味。

"王泽霖，你有点恶心。"于是到了这个时候，已经没人在意顾森到底在说谁放屁了。黄千阳和张华林摇着头给他下了个定论。

总之现在，在浴室里放毒气的王泽霖才是最需要吊起来打的。

"喂，你们听我解释啊……"

这场由顾森无心说出口的一句话引发的闹剧就这样匆匆收尾了。

晚上熄灯之前，顾森给陈子桑打了个电话。电话响了比较久，顾森听着这嘟嘟声，每时每刻都在想着她马上就要接起来了。

"啊，不好意思，刚洗完澡。"那边传来了陈子桑的声音，还夹杂着她室友的声音，比如"子桑你头发还没吹干""哇，许瑶你这套睡衣好风骚"之类的。

顾森听到了也都一笑带过，他想陈子桑之所以还能保持这样的心态和室友的开朗活泼密切相关。身边的益友会带给你美好的生活态度，也会使你变得更加温和积极。

"有事吗？"陈子桑问。

顾森将思绪收回，回答道："上次给你拍的照片太占内存，我发给你之后要删掉了。"

"哇哦，那你赶紧发给我。发完我之后可一定要删掉，万一你拿我的照片去换钱，我会告你侵犯肖像权的。"

陈子桑话语里带着兴奋，也带着一如既往的玩笑意味。

"哦？"顾森低声浅笑，反问，"难道陈同学不应该提出和我分成的要求吗？告我搭进去的律师费、诉讼费多不划算。"

"啧啧。"陈子桑佩服地感叹道，"长这么帅的人心眼还这么坏真是招人稀罕。"

顾森忍不住笑道："过誉了。"

两个人半开着玩笑，没多久陈子桑又说："那你把照片发给我吧。这样我就有理由发朋友圈啦！大半年没发过了。"

"嗯，那就这样。"顾森应着，听着陈子桑那边挂了电话后他才收起手机走进了宿舍。而当他走进宿舍时，看到的画面是宿舍里的其余三个人都围在他的桌子前，目不转睛地盯着电脑屏幕。

"我的天，这是你拍的陈子桑？也太好看了吧！"三个人对着屏幕上的陈子桑纷纷在心里流口水。

　　顾森面不改色，上前一把将电脑合上，平静又好像带了点骄傲地说："她本来就好看。"

　　"啧啧，顾爷这语气、这表情，分明就是在说'我们家子桑哪有不好看的道理。她就是全世界最美的姑娘'。哎哟，看不下去了，好肉麻。"站在桌前的王泽霖边搓手臂边说。

　　顾森不予反驳，毕竟他说的是事实。陈子桑的好看不需要多说，长眼睛的人都知道。

　　好在追她的男生不多，不然这些照片他才不会传给她让她发朋友圈，这不是给自己找事吗？

　　顾森细想了一下，倒还真的有点后悔说要把照片发给陈子桑了。于是他坐在书桌前挑了很久的照片，勉为其难地挑了几张他认为相较其他照片来说，并不是特别好看的发给了陈子桑。

　　他觉得并不那么好看的照片指的是从他的专业视角来看，光线、角度、色彩以及构图有了点点偏差的照片。但实际上，这些照片丝毫不影响陈子桑的美丽。

　　几分钟后，已经躺在床上的陈子桑从微信里接收到了顾森传来的三张照片。

　　"就三张照片也好意思说占内存。"陈子桑不满地嘟囔着嘴，来来回回地看这三张照片，心里还是满心欢喜。

　　那是在游乐场玩的时候，顾森给她拍的照片——在冰激凌店前，她刚买到冰激凌时的喜悦；在坐过山车前，她信誓旦旦地说不会害怕的眼神；在过山车垂直降落前，她因为惊讶而露出的夸张表情。

　　每一张全部都是顾森眼里的她，青春美好。这些照片只有一个词可以形容，那就是——好看！

　　于是，下一秒，陈子桑就编辑了文字将照片传到了朋友圈，配图的文字如下——"顾大摄影师，你值得拥有。"

　　陈子桑发完之后就退出了微信，嘴角依然带着浅浅的微笑翻看着这三张照片，以后拍写真果然还是要找顾森啊。

　　她才翻了个身的工夫，宿舍里的许瑶就笑出了声，还招呼着宿舍长还有程醉一起打开朋友圈，三个人还没有上床，聚在一起贱兮兮地笑着不知道在密谋着什么。

良久，三人才慢慢挪到陈子桑床沿边，奸笑道："赶紧看看你的朋友圈吧，炸了。"

陈子桑的神情还沉浸在美丽的照片中，听到许瑶她们不怀好意地偷笑，她立刻拿起手机坐起了身。

"朋友圈怎么了？"陈子桑边说着边又重新登上微信，结果一眼就看见朋友圈回复的信息量已经瞬间达到一百多条了。

她的微信好友这么多主要是因为都是一个学校，号码都是学校分发且是公开的。所以基本上同学都会成为好友，当然还有些来不及成为好友。

"我的妈呀。"陈子桑点开看，点赞人数还在继续增加。评论就像是流水一样，几乎占据了整个朋友圈。

下面评论的人还包括何队以及宿舍里的"狐朋狗友"，还有一些没有备注过并不知道真实姓名的同学，简直是睡前年度大戏。

何队留言："是你的顾大摄影师。"

许瑶留言："是你的顾大摄影师。"

程醉留言："是你的顾大摄影师。"

胡晓萍留言："是你的顾大摄影师。"

张华林留言："不止这几张啊。"

许瑶回复张华林："楼上的保持队形啊喂！"

顾森回复张华林："闭嘴。"

……

陈子桑想要翻完这所有的评论显然有些困难，在看到顾森的回复之后，她失去了往下看的勇气。她一脸惆怅地看向自己宿舍里的人，真是一群看热闹不嫌事大的家伙。

"他们到底是在夸我好看，还是在夸顾森的摄影技术？"陈子桑惆怅的同时又感到疑惑，因为这条微信后面很多人都在回复顾森，然而高冷的顾森在回复张华林的评论之后再无声音。

许瑶耸肩摊手，阴阳怪气道："当然是夸顾森摄影技术好啦。有你什么事？你发这朋友圈只是为了告诉大家一个真理。"

"什么狗屁真理？"陈子桑不服气地反问。

程醉"啧啧"几声，搭着许瑶的肩说："真理就是'情人眼里出西施'。"

话音刚落，三个人就抱成团笑到不能自已。陈子桑搞不懂这有什么好笑的，但是她看着朋友圈留言数字增长，心有余悸。于是，她只好有些难为情地发了条微信给顾森。

"那个，我要删掉吗？"她发过去问。

顾森简单地回了两个字："随你。"

手机屏幕灯光暗下去，陈子桑也没有回复他。顾森也将手机扔在了书桌上，嘴角一直保持着一个弧度，那是极度暗爽的表现。

果然长夜漫漫，无心睡眠啊。

烟花节举办地就在同一座城市里，但因为燃放烟花的地点有差别，所以同学们去执勤的点也不一样，有可能是在各个景点或者是视野空旷的地方。

虽然只需要执勤一个晚上，但因为欣赏烟花的市民早早地带着野餐垫占座了，所以执勤任务还是比较繁重。

正巧顾森和陈子桑被安排到了同一个地方执勤，两个人之间的距离不超过五十米。这让需要一动不动以跨立姿势站一个晚上的顾森觉得很是安慰。

当然，这个晚上来临之前，顾森和陈子桑之间发生了微妙的化学反应，这个化学反应让当时所有人都产生了粉红色的梦境，以为那是一场惊天动地又胆大包天的表白。

然而，谁又能知道今夜过后的他们再也没能拥有一个更好的机会去表达内心的情感，一切破碎得措手不及又那样的出乎意料。

晚上烟花绽放得很准时，五彩的颜色在空中绽放，照亮了整个夜空。附近的居民有些没有来占座，直接就趴在家中窗户上观看。

光亮映射在每个抬头看烟花的人的脸上，表情忽明忽暗，看不出欣喜、看不出惊艳，更多的是满满的凑热闹的感觉。

陈子桑站在那儿，背对着烟花，她只能看到形形色色路人的脸，来来去去，换了一张又一张。

有些市民仰头拍烟花，拍着拍着就把镜头对准了站岗的学生们。不太懂他们在做什么，为什么要记录下这些东西？于是，没能看成烟花的陈子桑在这些人的脸上、双眸中看到了无趣。

烟花节慢慢进行到了尾声，耳朵里噼里啪啦的声响也渐渐地消失。观赏的群众也一拨接着一拨地离去，残留在地上的垃圾却没被随手带走，漂亮的烟花昙花一现，不文明的现象却永远留在了这一刻。

热闹的氛围消失得很快，空气中还残留着烟花消失殆尽之后的硝烟味。陈子桑皱了皱眉头，不知道为什么，心底涌上来一股寒意。

人群拥挤，她打量着那些陌生人的脸时就莫名地感受到了心底滋生的奇怪感。她不知道从何说起，只知道有什么东西令她害怕。

晚上十一点时，天空下起了淅淅沥沥的小雨。他们确认现场没有再留有什么人员，便在捡完垃圾之后收队回学校。

当时，顾森就排在陈子桑身后。载送他们回学校的车辆就停在观看烟花的场地外面，一切看上去即将圆满结束。

就在陈子桑随着队伍左拐绕过一个黑漆漆的公园时，陈子桑突然愣住不往前走了。她魔怔一般地脱离了队伍，像是被黑暗中的力量牵引着，她竟踩着步子慢慢地走进了那个公园。

"子桑。"顾森在她身后喊她的名字，可她丝毫没有回应。于是，顾森也只能跟了上去。

前面带队的同学依旧往前走着，何队看到了两个人的异常举动，便叮嘱他们先上车，自己也赶忙追了过去。

这个公园并不大，甚至还有些破败。杂草很多，地上湿漉漉的，踩上去松松软软的，却令人不安。

陈子桑拨开横生的树杈，小心翼翼地往前走着。身后的顾森掏出手机打开手机的手电筒照着前方的陈子桑，周围树杈很多，脚边藤蔓也多，乍一感觉这地儿竟散发着阴森森的恐怖气息。

尤其是那雨水不断地飘到脸上，迷蒙了双眼，更是觉得阴冷至极。

没几步路就能将陈子桑带回往外面走的顾森却亲眼看见陈子桑停在了那里，她垂着头，看不清她的样子，只知道雨水已经打湿她的头发，贴着她的脸颊，周遭被一层朦朦胧胧的湿气包围着。

顾森上前，刚准备伸手去拉她，结果一眼就看见了陈子桑视线锁定的地方。

　　那是有生之年，顾森第二次看见这样的画面。

　　于是，他垂下手，和陈子桑并肩站着。前面的杂草颜色是暗的，雨水在不停地冲刷着它们，可他们还是清楚地看见那盖过鲜嫩绿色的淋漓的鲜血。

　　它正随着雨水流动，它浸染了这片土地，渗进泥土中。那青草的气息此刻泛着浓烈的腥臭味。

　　"顾森！陈子桑！你们干什么？！快给我出来！"何队粗鲁地拨动着阻挡他前进的树枝，气势汹汹地赶到他们旁边。

　　想要再次张嘴骂醒这两个擅自离开队伍的年轻人时，何队却看见了他们所站位置的前方地上正亮着光，那是一部正在播放一段视频的手机。画面里有个跪在地上、衣衫褴褛、皮开肉绽的女人，她手脚被铁链死死地缠着，她正哭着苦苦哀求着……她在说什么，何队听不见，只知道耳朵里一阵嗡嗡声。

　　他的震惊并没有因此结束，定睛一看手机旁还平躺着一个"人"，长长的油腻头发盖住了她的脸颊。她浑身是血，如若不是有比较，何队根本不知道她穿的是白色的背心。

　　发黑的鲜血浸染了她的衣服，完整的身躯已被开膛破肚，器官被硬扯在外。她一动不动地躺在那里，雨水顺着她的身体不断往下流着，画面极其恐怖。

　　何队盯着她死死地抠在泥土里的苍白手指出神，他希望这不是个死人，又害怕她此刻突然复活。各种思绪让他和顾森、陈子桑同时失去了言语表达能力。

　　他们忘记了生理反应，忘记了那将呕吐出口的污秽物。他们就只是站在这雨中，面对着这具尸体，疯狂地坠入黑暗的深渊。

　　"真是……"

　　半个小时后，接到何锋铭电话的潘清带着薄藤和徐凌双来到了现场。他们仨就像是三剑客，可他们却并不希望成为三剑客。

　　潘清在看到尸体之后，当即微微闭上眼无法说出感受——太过于血腥，太过于惊悚。徐凌双在临时搭建在尸体上方的帐篷里简单地处理尸体，拨开女人面颊上的头发之后，她也顿时失声。

那是怎样的一张脸，被挖去了双眼、割掉了鼻子，甚至还被剪掉了舌头。潘清见状几乎不想把视线集中在受害者身上。

而他身后依然是杵在那里好久都不出声的顾森和陈子桑，他看到他们两个的神情，不同往昔遇到案子时的兴奋严谨，反倒都流露出了无以言表的惊恐。

"你们要不要回去休息，免得感冒了。"潘清提议道，与此同时他看了眼旁边好久未见的何锋铭，示意他把他们带走。

何锋铭或许也受到了重大的冲击，匆匆拨通电话之后就只顾上保护现场了。然而雨水天气，让他的保护措施变得虚无。

何队想要去拉陈子桑，却发现陈子桑愤愤地避开，用颤抖的声音一字一句道："她……她旁边的树上。"

"树上怎么了？"潘清穿着警用雨衣，拿着手电筒往死者周围照，确实有棵树。不过树上什么都没有啊。

陈子桑脸色也变得惨白，她微微抬头，浑身都在不可抑制地颤抖着，她喘着气，带着点哭腔："背面，树的背面……"

潘清半信半疑地绕到树的背面，手电筒往那儿一照，吓得差点飙出一句脏话。

只见那并不光滑的树干上按照人脸五官的位置排列着死者的眼睛、鼻子和舌头，它们都是用生锈的铁钉死死地钉在了那里。那舌头像是被扯出来一般，感觉它还会动，还会发出声音。

潘清赶忙招呼同事过来拍照，帮忙取证据。他却神色紧张地回到陈子桑跟前，严肃地问道："你怎么知道？在我们来之前，你明明一步都没有动过。"

何锋铭被潘清这话问得不知道从何解释，他也不明白陈子桑为什么会知道得这么清楚。

"我们走吧。"顾森拉起陈子桑的手想带她离开，却发现自己的手也在微微颤抖着。

"别碰我！"陈子桑突然凄厉地大喊了起来，整个人恍惚到站不住脚，她仿佛置于无法站稳的空间中，每走一步都眩晕。

她纵使清楚地知道这一天总会来临，却也无法控制自己的情绪。

她脑袋眩晕，嘴唇嗫嚅几下却再也说不出话。

潘清被她反常的举动给吓了一跳，被吓到的还有薄藤、徐凌双，在场的任何一个人都被陈子桑前所未有的愤怒所震慑。

可在薄藤看来，陈子桑并不是愤怒，而是过分的恐惧。她所有的肢体动作都在憎恨着这一切。可这到底和她有什么关系？

于是，潘清将目光投向了似乎知道前因后果的顾森身上。顾森望着暗暗紧捏着拳头的陈子桑，轻声地一个字一个字地说道："七年前，在我们那个市发生了连环杀人案，死了五个女人，无一不被开膛破肚、挖去双眼、割掉鼻子、剪掉舌头。而就像今天这样，她们的眼鼻舌都被钉在了树上。凶手至今也没有抓到。"

潘清顿时震惊于顾森说出的案件，因为这个案件几乎所有从警人都知道。可器官被钉在树上这个细节却不曾公布于众，顾森和陈子桑是如何知道的？一个罢手了七年的连环杀手，真的会在此时重新出现吗？为什么又重新开始了杀戮？而这七年里，凶手又去了哪里？

"七年前最后一个死者叫陈子屏。"最后，陈子桑直视着潘清，咬着牙，压抑着喉咙处涌上来的酸楚感，强硬地说着。

何锋铭和潘清顿时视线交汇，更是惊讶地看着陈子桑，也陷入了不知道该说什么的处境里。

"是我的姐姐。"

其实在场的人都明白这层关系，可从陈子桑口中说出，大家还是觉得感官上受到了冲击。死者家属永远是这世上每天都活在痛苦中的人，他们的痛苦循环往复，他们永远不会忘记死者的生，也永远不会忘记死者的死。

最后，陈子桑气息不稳地说完这句话后便晕倒不省人事。晕倒之前她还能听见大声喊着自己名字的顾森的声音，还能感受到众人紧张的情绪。

啊，不喜欢这么没用的自己。为什么会觉得这么累？明明都坚持了这么多年，为什么看见了还是会这样？

他又回来了，可姐姐你呢？

/

第二章
我信你，不论何时何地

/

"给我戴一下会怎么样啊？"陈子桑噘着嘴巴，翻着白眼，望着准备出门的姐姐，十分不高兴地嘟嘟囔囔，"真是小气！哼，诅咒你出门后，项链就掉进臭水沟！"

姐姐扎着马尾，清爽可人，此刻正站在玄关处穿鞋，脸上也有些不高兴，妹妹居然将自己的项链随便乱戴，还企图偷偷藏起来。

"我出去了，再见。"姐姐在门口还是笑着和她挥手。

然而，她只是冷哼着回到房间狠狠地把门甩上。

只是与往常吵架的桥段一样，陈子桑以为她还是能等来姐姐好言相劝，可是过了那夜之后等到了第二天、第三天、第四天……直到今天，她的房门再也没有等到姐姐叩响。

眼泪悄无声息地流下，那是七年前就该哭干净的。可是陈子桑没想到，任何时候想到姐姐，眼泪依旧无穷无尽。

世界再次恢复安静，没有争吵、没有笑声、没有意料之中的敲门声，时间的嘀嗒声却在这无声的世界里继续游走着。没人知道，在这泛白的空间里踽踽独行是件多么可怕的事情。

"好点了吗？"耳边是顾森的声音，不同往日的温柔与紧张，那不同往日的就是陌生感。

陈子桑的眼睛慢慢适应了这空间里的光线，不够明亮也不昏暗。她知道这是潘清的车，车上有着还未完全散去的烟味，夹杂着雨水和青草味，座位塌陷，很不舒服。

"我这是……"陈子桑抬手抹了下脸，手上竟湿漉漉的。她似是不痛不痒地轻声质疑着。

顾森坐在她身边，握住她的手，抢先一步肯定地说："没有。是雨水。"

陈子桑没有看他，扭头看向了窗外。公园里的警察依旧在忙碌着，因为这场大雨让所有的忙碌显得那样的艰难。

"你怎么知道得那么清楚？"她问。

顾森知道她在问什么，但此刻她没有看他，那么说谎也是可以的。这事迟早会被她知道，可他不想在这时候让痛苦和悲伤加剧。

"顾加林是我爸爸。"最后，顾森坦白。

"顾加林……"陈子桑轻声念着这个名字，忽而一笑，那笑容苍白无力甚至有些无奈，"原来程醉说的是真的。"

顾森的爸爸叫顾加林，是省公安厅现任厅长。但在七年前，顾加林还不是省厅的厅长。就算不是省厅的领导，那个时候顾森的爸爸也该是市局里的领导人物，对于辖区内发生的大案自然是知道的。

所以顾森也理所应当地知道吗？

"七年前，你和我一样，只是一个初中生。你爸爸根本不可能和你说这些。"陈子桑边说着边转回头看着顾森，眼睛里流露出怀疑。

顾森也同她对视，表情察觉不到丝毫变化，他只是冷静地说："是，他从来不在家谈工作，但我有一万种方法知道。"

陈子桑沉默，望着顾森，明白他说的后半句。确实，一个天才每时每刻都活在洞察力满分的生活中，他不可能错过任何一个细节。

"下车吧。"陈子桑说。

顾森握着她的手并没有松开，拉着她问："你相信我吗？"

陈子桑看着顾森的眼睛，纵使心里思绪万千，但仍坚信一点，那就是——"这世上，除了爸妈和姐姐，你是我唯一一个愿意把性命都交出去的人。"

千言万语，终是一句"我信你，不论何时何地"。

两个人刚拉开车门下车，就看见潘清等人匆匆上前站在车门前。潘清扫了眼顾森，眼里闪过各种迟疑。

但他还是问了句："你是顾加林的儿子？"

顾森点头，这根本算不上什么秘密。学校里的校长、纪教授都知道这事，不知道的恐怕就是少数的老师和他身边的同学了吧。

关于谁是谁的儿子，关于谁是谁的父亲，这个既重要又不重要，但不管怎么样它都不是拿来做挡箭牌的必要条件。

"我说呢，当时看你就眼熟。"潘清将了把被雨水淋湿的头发，恍然大悟道，"你们父子俩真的是帅到没边了。"

何锋铭瞥了眼从早到晚被自己虐到无边的厅长的儿子还是倒吸了一口凉气，幸好这个顾森没有公子哥的脾气。但瞅了瞅他身边的陈子桑，脸上的神情还是有些恍惚，便又心疼这个姑娘。

"你们先回学校吧。按照这个进度我们怕是要熬到半夜了。"潘清单手又抹了把脸，脸上的水渍依旧明显，继而双手叉腰叹气，"子桑你……怕是不能再接触这个案子了。但我答应你，有消息就会立刻通知你。"

陈子桑深吸一口气，目光坚定地抬头，虽万般克制情绪，但依旧在说话时有了丝丝的颤抖："我考警校就是为了有朝一日能亲眼看看当初的档案，看看那档案上到底是如何记载我姐姐的死亡。你们破不了的案子，我就自己来。"

这话让潘清一时语塞也有些难堪，他心里明白陈子桑的隐忍。可现在让她参与调查绝对不是明智的，太多的私人感情会让案件更加扑朔迷离。他不知道要怎么安慰，于是他只能看了眼何锋铭。

何锋铭瞪着陈子桑，突然吼道："你考警校只是为了调查你姐姐被杀的真相吗？其他那些死者也有家人，也有像你一样大的孩子，他们没有念警校，他们没有像你一样抱着复仇的想法玷污未来从警的誓言！可你呢！抱着私心考警校，简直比那些刚上警校的人说什么'要成为英雄'还要天真！你要明白，你选了这条路，就不能只为了你自己。你选了这条路，就再也不能只为了自己而一意孤行。"

何锋铭从未在大庭广众之下如此一本正经，他表现出前所未有的严肃。所有人都在包容着陈子桑，因为她优秀，她足够特别，更因为她身上承载着重量。她从没有和人诉说过她过得有多艰辛，她每日每夜都在期盼着今日，期盼着她能给死去的姐姐一个答案。

可是这个答案，总是伴随着更多的死亡。

或许正因为如此，何锋铭对她比其他人才更为严厉。

"姐姐死后，妈妈就崩溃了，情绪的不稳定让她得了精神分裂。她比我还痛苦，哪怕她曾对我说'为什么死的不是你'，我也从没有打消过这个念头。"陈子桑的泪水含在眼眶中，她每说一句话都像是踩在刀尖上，让她备受折磨。可她还是不停地调整自己的呼吸，想让自己平静下来，可无奈泪水还是和雨水一起滑落了。她哽咽着说，"我没办法放弃这个私心，何队……对不起……"

望着这个从没有在别人面前落泪的姑娘在这短短的一个晚上就哭了两次，何锋铭真的再也狠不下心来和她讲道理。

大多人都是这样，道理都明白，可道理不能套用任何情况。难过、痛苦，那就哭吧。如果放弃不了，那就去做吧。

"行了，多大的人别哭了！"何锋铭一下子就妥协了。他嘴上这么说着，却也叹了口气拍拍她的背示意她振作点。然后何锋铭看向顾森，对他说，"先回学校，其他的事我和纪教授再商量。"

顾森点头，扶着陈子桑的肩同她转身绕过潘清的警车往外面大道上走去。两个年轻人的背影在这浓重的黑夜下显得尤为孱弱，都是急需保护的年龄，他们却在为了别人拼命。

"你这算是答应让她查案了吗？"潘清看着他们消失的背影，轻声问道。

何锋铭瞅了他一眼，答："她都哭成那样了，怎么拒绝？难怪纪茶白曾经说她经常做噩梦，现在想想真是……唉，我也先回去了，回头打电话。"

何锋铭唉声叹气地离开，潘清也觉得头疼。不知道什么时候薄藤站在他们身后，说了一句：

"这事要是让纪教授知道了，恐怕会和陈子桑一样吧。"

"唉，该来的总是躲不掉。"

潘清拍拍薄藤的肩膀，转身回到案发现场。薄藤托了托被雨水雾气遮盖的眼镜，也没有再说话，重新回到那个即将改变所有人命运的死亡现场。

回到学校，顾森和陈子桑仍旧在北四公寓楼前分开。一如既往，顾森却听见有什么东西在慢慢地破碎，在他和陈子桑之间。

宿舍里的姑娘们纵使心再细也猜不透在浴室洗澡后哭泣的陈子桑，那哭声伴随着淋浴的水声，外面的人却听得异常清楚。她们不敢问她发生了什么，因为她从未有过如此悲戚的样子。

她们害怕追问会让她更难过，更担心她们的每一句无心的话会使情况更加糟糕。

　　一夜未眠，天就亮了。

　　可昨夜的雨一直持续到了早晨，许瑶她们庆幸不用早起出操。而陈子桑床上早已无人。

　　"陈子桑，你干什么？"

　　吃完早餐的何锋铭从三食堂出来撑着伞往操场走去，边走边冲着不管不顾在雨中跑步的陈子桑大喊。

　　何锋铭不知道她在雨中跑了多久，这只是淅淅沥沥的小雨。可她的身上已经湿透了，头发湿漉漉地贴着脸，狼狈不堪。

　　"我叫你停下，听见没有？！"何锋铭站在了塑胶跑道上的起点，决意要拦住她，"你要是脑子进水了，这辈子都别想还你姐姐一个真相！你这么喜欢跑步，等案子结束了你别上课，你天天在这里跑到死！"

　　陈子桑喘着气，无奈地在何锋铭跟前停下脚步。她弯着腰，双手撑着膝盖，垂下的双眼，长长的眼睫毛上布满了小小的水珠，让她的视线模糊不清。

　　"跑多少圈了？"何锋铭没有将伞挪过去，而是站在原地一动不动地问道。

　　陈子桑无力地摇头，她根本没有数，只是一味地在发泄。可无论怎样耗费力气，她都没办法从七年前姐姐的惨死和昨晚的命案中抽离出来。

　　她陷进了魔障中，她很想保持理智，可一旦事情和自己有所牵连，她就控制不住自己的情绪。她根本就只是一个凡人，一个普通到连控制自己心情都做不到的人。

　　"没数是吧？"何锋铭不依不饶，但他也只是莫名地生气。千万句教育的话堵在口中，却没有脱口而出，他只是气急地说了句，"下次记得数清楚！"

　　陈子桑始终没说话，只是在雨中低头，好像做错了什么事在忏悔。但是，她做错了什么呢？

　　她唯一错的是，她没有和姐姐好好告别。

哪怕只是一句"再见"。

"早饭吃了吗?"何锋铭又问,想让这小妮子振作起来实在是无计可施。见她摇头,他索性提高分贝说了句,"行,不吃是吧?我打电话让顾森起来喂你吃。"

"何队!"陈子桑猛地抬头,张嘴阻止。

何锋铭嘴角一翘,瞪了她一眼道:"果然是只有顾森才能撬开你的嘴。"随后他又默默从裤袋里抽出想要拿手机的手来,将陈子桑拉进伞下,对她说,"没有过不去的坎。如果是个噩梦,你就要尽早让自己醒过来。别只会在噩梦中像个小孩一样哭泣,眼泪和软弱根本没有用,因为没人可以帮你。"

何队的苦口婆心让陈子桑回了点神,虽然他的话她不能全听进去。但事到如今,除了抓住那个连环杀人犯,她也没有别的路可以选。

"我让顾森把早饭给你送到纪教授的办公室。本来是约茶白下午谈你们的事情,可你这魂不守舍的样子简直不让人喘气。"何锋铭碎碎念着,丝毫不放过任何一个能怼陈子桑的机会。

陈子桑摇摇头说:"别让顾森送了,我不饿。"

"女孩子不要总说反话,男人有时候很愚钝会听不懂的。你别看顾森平时聪明绝顶,可在喜欢你这件事上他和白痴没什么两样。"

这都什么和什么?陈子桑略微有点头疼,一半是被雨淋的,一半是被何队的话给雷的。

"行了,告白的话我也不能替那小子给说漏了。你回宿舍换身夏执勤服,八点半去茶白办公室别迟到。"

何队将陈子桑送至北四公寓楼下,简单交代了几句后,又忧心忡忡地往A教学楼方向走去。

陈子桑站在公寓门口,抬头望着灰蒙蒙的天空,终究只是叹了口气。

八点半还没到,陈子桑已经站在纪教授办公室门口了。但她不是最早的一个,最早来找纪教授的人已经坐在了里面。

"进来吧。"纪茶白和对面的潘清说了句话,抬眼看见门口站着的陈子桑便招呼她进来。

"嗯。"陈子桑点头进去坐在了桌子左侧的凳子上,表情不怎么明朗。潘清一大早会在这里，一定是因为有什么发现或者是遇到奇怪的事情了。

纪茶白起身给陈子桑倒了杯开水，放在她跟前，又对她说："顾森给你热牛奶去了，等会儿就回来。"

陈子桑指腹摩挲着杯身，有些不好意思也很是惭愧。她看了看纪教授想要说什么，最后又决定作罢。

潘清就坐在纪茶白对面，他看了眼陈子桑，也是有口难开。他摩擦着双手，露出的微笑也有丝勉强。陈子桑自然是看出来了，只是这全都是因为自己，全都是因为别人关心自己才会这样。

"你说吧。"纪茶白坐下后，语气沉重，这话好像也有着催促的意味。他只是看了眼陈子桑，继而盯着自己桌上放着的一个相框看。

潘清干咳一声，然后又接着说："当初没有在五名死者身上找到共同处，唯一肯定的是凶手专门找20岁左右的女子，但……"

"错了。"潘清才刚开始说，纪茶白突然打断了他。

潘清眨着眼睛不明其意，陈子桑也觉得"错了"两字细思极恐。错在了哪里？

"不是五个，是六个。"纪茶白将视线慢慢移向他们，手却将面对着他的相框也一同转向他们。

陈子桑和潘清将注意力转移到了相框里的照片上，照片上是一个长相标致、唇红齿白、眼神凌厉且又温柔，让他们想把全世界最美好的形容词都用在她身上的一个女人。

如此精致绝艳的一个女人，让陈子桑和潘清都瞠目结舌。

"这是你的……女朋友？"最后，陈子桑将目光从照片上收回，抱着怀疑的态度问。

其实来纪教授办公室这么多次，他们从来没有一次看清那张照片的真实原貌。或许是纪教授从来也没想过让人触碰到他的回忆。

"未婚妻。"纪茶白淡淡地说着，浅浅一笑。那笑并不苦涩，仍旧是满满的情意。

潘清这才明白昨晚薄藤说的那句话，原来是指这个意思。七年前他才刚考上大学吧，难怪对纪教授的事情知道不多。

"她叫曲婧，是刑警。"纪茶白继续说着，算是全盘托出。

七年前，纪茶白刚和曲婧订婚。可就在订婚第二天，曲婧参与调查连环杀人案的一个月后，她就死在了那个连环杀手的刀刃下。他们至今没有搞清楚曲婧是怎么找到那个凶手又或是凶手为什么会找上她？

　　纪茶白确定曲婧死在了那个连环凶手的手上，是因为曲婧也被开膛破肚了。唯一的不同只是曲婧的尸体看起来比她们的更完整，她的器官还好好地归于原位。

　　从死亡时间到发现尸体之间不过隔了半个小时，所以纪茶白只觉凶手来不及完成自己杀人的所有仪式。

　　"也就是说，纪教授你现在也成了和案件有关的人了？"潘清在听了纪教授所说的"第六人"的故事后，不敢置信。

　　纪茶白没有说话，却和陈子桑相视无言。这种同是被害人家属的感觉真的好糟糕，谁也无法成为谁的支柱，只有孤独战斗。

　　"天，"潘清有些难以接受地从位置上站起来，那种压力一下子扑面而来。他甚至苦笑道，"所以现在只有顾森是旁观者是吗？"

　　"不是。"身后忽然有坚定的声音响起，不是陈子桑，不是纪茶白，而是来自于顾森。

　　他站在办公室门口，手里拿着给陈子桑热好的牛奶，双眸深幽不见底。

　　潘清等人回身诧异地望着他，整个办公室随着顾森之后说出的话而陷入诡异的寂静中。

　　他说："我是七年前陈子桑姐姐那起案子的唯一的一个目击证人。"

　　老天爷好像很喜欢开玩笑，将别人的命运玩弄于股掌之间，把原本不相干、毫无交集的人聚拢在一起，制造了一个又一个的意外。

　　办公室里的几个人都因为过度震惊而只能看着顾森说不出一句话来，陈子桑手中的水杯也因此掉落在地，溅湿了她的裤脚。

　　他们都在怀疑顾森所说的话的真实性，但又找不出他说谎的理由。连环杀人案的目击证人，在这七年里，从没出现过。

　　潘清往后顺了把自己的头发，看起来有些焦躁。他舔舔唇，欲言又止，最后才说："目击证人？你看到了什么？她姐姐被杀的场景？"

顾森始终没有走进办公室，他知道他一旦说出自己自认为的秘密，这一切就覆水难收了。而他也一直在望着陈子桑，那对自己无比信任的眼里此时多了一些迷惑。

"我看见的是凶手。"顾森不再回避，而是直截了当地说。

听到这话，陈子桑想朝着顾森的方向走去，却发现自己腿软到根本挪不动。看见了凶手，这话可有好多意思，顾森他在说什么？

"我有一万种方法知道我想要知道的事情，但唯有亲眼所见并不是我的初衷。"顾森说着，终于再次露出了内疚的神情，在面对陈子桑时，这是他第一次如此坦诚。

七年前的那个晚上，也就是陈子桑姐姐遇害的那个晚上。或许不应该说是晚上，而是次日的凌晨。

秋冬季节，白天短暂，黑夜漫长。顾森素有晨跑的习惯，而那天他比往常早起了半个小时，也就是五点三十分的时候，他晨跑经过了那个公园。

他穿着连帽衫，外面的光线依然犹如黑夜，但路上已有一两个行人。他专注于锻炼，并未注意周围。而绕过那个公园时，他与一个同样穿着连帽衫、一瘸一拐的男子擦肩而过。

同他碰面的刹那，顾森嗅到了一丝奇怪的气味。他并没有停下脚步，甚至头也没回地往前跑着。可他唯一确定的是，在路灯下，他曾与那个陌生男子对视过，他记得住那双眼睛，那是一双充满仇视、杀意满满的眼睛。

大概是觉得有些人可能生来就面目憎恶，可谁也不能说他骨子里就是个十恶不赦的坏人。顾森也这么认为，他并不害怕那双眼睛，只是在那天之后他偶尔梦见过那双眼睛。梦里，那眼睛对着他笑。

他会确定那是凶手，是因为三天后他爸爸在饭桌上说到了这个案子，提到了死者的死亡时间。如果算上整个杀人的时间以及抛尸的时间，那正巧和顾森与那名男子相遇的时间吻合，而且当时他身上确实有血迹，只不过很少，只有袖口沾了点，那看起来就像是自己手割破了流的血。如果抛尸，证明凶手有代步工具，可顾森当时一路跑过来没有看到停在附近的车辆。

而且早上五点半，确实是个很危险的作案时间。

"只是时间吻合也不能证明你看见的那个就是凶手。"潘清对此抱着怀疑态度，"只是时间吻合、加上身上有少量血迹，这不足以证明那个可疑人就是凶手。"

"他就是凶手。"顾森不轻不重地肯定了自己的结论，他继续说，"当时的足迹鉴定专家在雨势还未变大之前曾看到现场留下的脚印，两个一浅一深的脚印。"

现实中有很多巧合，唯有犯罪的巧合不称之为巧合。

潘清不再说话，只是若有所思地看向纪茶白。而纪茶白也是一脸似乎无法接受的模样，更不用说是陈子桑了。她站立不安，左右摇摆，最后还是拨开顾森逃出了这个办公室。

逃跑，是陈子桑在当下唯一能做出的选择。

顾森被推了一下撞在了门框上，他并没有做出什么反应，只是任凭自己被陈子桑随手一推，心里充满着愧疚以及对过往的不甘。

"顾森你……"潘清上前想要安慰他，却又觉得安慰这个心理来得莫名其妙。只是看样子，顾森确实不太好。

他回过头看到纪茶白，那极力克制的压抑感已经到达临界点了。纪茶白上前拉开潘清，像是要与顾森对质，可他明知道七年前顾森还是个孩子，就算是现在，顾森也仍旧是个孩子，是他的学生。

"为什么七年前你不说？"纪茶白问出这话的时候是责备的口气，他控制不了，尽管他心知肚明。

顾森吸了口气，站直身子同纪教授对视道："我告诉了爸爸，他便将我这一线索告诉了当时负责这个案件的刑警，而当时那个警察就是曲婧。"

顾森的一番话证实了这世间的因果关系，所有事情就像是安排好了一样，一点一点慢慢地还原。假如这个连环杀手再也不出现，假如这个连环杀手已经死亡，那么这一切还会血淋淋地呈现在他们面前吗？

答案是肯定的，因为有人在的地方就不存在秘密，有人在的地方黑暗就在，有人在的地方就永远有勇士追寻着真相。

"教授，我们会抓住他的。"沉吟不语许久，顾森还是无比坚定地说着，就好像是誓言，又好像是间接地化解自己七年前与罪恶至极的人擦肩而过的不甘。

此时的纪茶白心中有无数呐喊呼啸而过，那是对曲婧的思念，也是对时至今日真相即将来临的咆哮。

本来前去寻找过去答案的陈子桑却在一开始就遭遇了瓶颈，她不知道怎么会变成这样？朝夕相处的同学、老师怎么一转眼都变成了和自己的过去相关的人？

更可怕的是，他们居然因为一个凶残恶极的人而聚在了一起，这到底是怎么样的一种缘分，让她丝毫不觉得幸运。

陈子桑站在图书馆的最高层阳台上，手撑着围栏，一直在做深呼吸。她一口气跑上去的时候惹得周围的人纷纷侧目而视，都不知道她放着电梯不乘跑那么起劲干什么。

图书馆半圆形的阳台是从走廊那里延伸出来的，一般不太有人会来到这里，因为这层楼基本上只在期末或者大型考试来临之前才会挤满人。而现在，又正好是课满的早上。

雨越下越小，室外光线也越加明亮，身体能隐约感受到太阳的温度，有些躁热，让人觉得难受。

不一会儿，身后传来动静，陈子桑回头，却见顾森正朝着自己走来。他与身俱来的光芒比太阳还要灼热，那一步一步的靠近让她手足无措，即便这场景司空见惯。

可奇怪的是，她并没有埋怨顾森的隐瞒，或许是出于同理心的考虑，换作是她根本不可能有顾森的洞察力以及记忆力。所以更不用说什么与凶手擦肩而过，并还能推理出那人就是凶手。

没有顾森这般天赋的人总是活得比较开心，知道得越少越觉得世界干净，这样也好，那么大家都永远是澄澈透明的少年。

只是，她心中难免觉得遗憾，遗憾她和顾森的过去竟有这样的交集，他们的过去开始得并不美好。

想到这里，陈子桑忽而坦然。

"对不起。"

这三个字是两人不约而同说出口的。陈子桑的抱歉来自于逃跑时的举动，而顾森的抱歉来自于没有及时替她抓住杀害她姐姐的凶手。

这种明明知道却无能为力的感觉让顾森难受了很多年。

"我先说吧。"陈子桑轻轻吐了一口气，双手略微紧张地抓了抓自己的裤缝，继而抬头直视着顾森，说，"是我该说对不起。你本来可以有更好的选择，以你的天赋你做什么都会很出色，可却平白无故将你也卷进了我们过去的悲痛中。没人知道那就是凶手，即便当时碰见凶手的人不是你，即便没人站出来告诉我们这一线索，我们也怪不得任何人。"

顾森凝望着陈子桑，他心里清楚陈子桑的温柔，只是这一刻她的通情达理竟然让他如此感动。

"或许我所有的天赋都只是为了遇见你。"末了，顾森缓缓说道。

这从未有过的表白让陈子桑惊讶地回望着他，两个人之间的距离正在慢慢缩短，她的心跳陡然开始加速。

"如果不是为了遇见你，有没有天赋对我来说无足轻重。迄今为止，我想了上百种表白的方式，却从没想过会是今天这样。"

顾森说话时的表情有了微妙的变化，他本觉得自己会紧张，可没想到话说出口是这样的舒坦。

陈子桑以为自己的耳朵出了什么问题，在这样的时刻，顾森居然……居然在和她表白？

"顾森……"陈子桑犹犹豫豫地开口，她有些恍惚，顾森突如其来的表白对她的冲击过于强烈，让她完全从那血淋淋的事实中抽了出来，她现在只是一个有些被告白冲昏头脑的小女生。

顾森又上前一步，显得从容了许多。他原以为酝酿了好久的话或许永远都用不上，可没想到准备了千万遍的表白却在这种场合下脱口而出了。

"陈子桑，"他坚定地唤了声她的名字，似是下定了决心，"即使我知道我所说的话对于今天的你来说是种负担，但我也完全没打算接受你的拒绝。"

陈子桑越发觉得震惊，顾森居然也会担心自己被拒绝。她以为他的自信是天生的，只是没想到再自信的人也有担惊受怕的时候。

"抓住他，结束这一切。"最后，顾森的话终于回到了正题上，他深邃的目光依旧锁定在陈子桑身上。

陈子桑的心一沉，那不是什么绝望的心情，那反倒是一种心安。如果他们之间的隔阂是过去，那么就让过去结束于此刻。

　　"嗯。"良久，陈子桑点头应答，表情明朗不少，正如慢慢从云中崭露头角的太阳，明亮温暖。

　　顾森见此，好似松了口气，原本精神紧绷的他也舒展开了眉心，却又克制不住地将陈子桑拉进怀中。他轻拍了拍她的背，说："希望下次我难过的时候，你也能这样安慰我。"

　　"正经不过三秒。"陈子桑浅浅一笑也慢慢抬手环上了他的腰。

　　渐渐放晴的天空以及少男少女的情怀，在最糟糕的时候也如太阳一样驱散阴霾。

　　"纪教授？"还在办公室的潘清有些为难地看向纪茶白，只能说，"那看样子是要你们三个配合我们查案了。这就没办法了，配合等于参与查案。就这样，我先回局里一趟，下午来接你们。"

　　说完这番话，潘清最后茶也没喝一口就离开了办公室。而纪茶白怎么也没想到事情会发展到这个地步，顾森和陈子桑只是自己选的两个学生而已，怎么都和七年前的案子有了关联？

　　或许是冥冥之中注定的吧。纪茶白正对着办公室的窗户，桌上曲婧的照片被光线挡住，逆着光看不清面貌。但纪茶白相信，曲婧在以另一种方式同他并肩作战，说不准顾森和陈子桑就是她带到他身边的。

　　脑海中现在翻涌着的一切或许只是出于自我安慰，但人活着总要有精神信仰，没有信仰，谈何活着。

　　午饭过后还有一点时间休息，陈子桑在宿舍里换上便服就准备出门。她看了看宿舍各忙各的室友们，心想着等这次案件结束，她一定要好好请她们吃顿饭。

　　"姐妹们，我出去一下。"陈子桑对着她们打招呼。

　　许瑶抬头瞅了她一眼后继续盯着自己电脑上正播放的动漫《乱马》，说着："记得带上宿舍钥匙。"

　　"对，太晚回来我们是不会来开门的。"程醉边用手机和别人聊微信，边附和许瑶的话说。

　　陈子桑歪着头笑着，这群姑娘怎么能真实得这么可爱？

此时宿舍长胡晓萍刚洗了个苹果走出来，拉开椅子坐下对陈子桑说："放心，你喊破喉咙我也不会来开门的。"

"啊，宿舍长你学坏了。"陈子桑上前推了下胡晓萍，然后还是好好地挥手说，"拜拜，晚点见。"

宿舍里又只剩下三个人。她们四个人每天都在一起，能感受到彼此心情的起伏，更何况陈子桑难得这么明显。

深夜里，程醉爬到陈子桑的床上，非要和她挤在一起，故意和她聊些乱七八糟的事情，更是将自己和黄千阳之间的进展毫无保留地说了出来。程醉这么做只不过是为了转移她的注意力，不知道要怎么安慰，只能装作什么都没有发生，只能装作自己没心没肺。

隔壁床的许瑶和胡晓萍也没有睡着，都在听着程醉扯东扯西，偶尔听到陈子桑一两句回应，她们便也兴奋地搭上话，调侃程醉。

有时候，安慰的话不用说得太明显，陪伴胜过一切。

走到宿舍楼下，陈子桑径直往纪教授办公室所在楼走去，那里也离正门最近，潘清来接他们的时候也不用绕太多弯，等太长时间。

陈子桑刚走到广场，迎面就看见李科力刚好从图书馆方向走过来。她想要快步走，却还是被李科力给拦住了。

"不好意思，我现在有点急事……"陈子桑尴尬地笑着说着这句话，又觉得自己很是刻意。

李科力看起来并没有以往的殷勤，神情里多了些耐人寻味的东西。他的声音也很深沉，加上那标准的普通话，如果是个声控，李科力绝对是万人迷。当然，就外形来说李科力也是佼佼者。

"我当时就在图书馆。"没想到他一开口竟是这样的话。

陈子桑微微惊讶地抬眼望向他，继而说："我想我没有什么要解释的。"

"所以你和顾森是真的？"李科力对于她的坦诚感到心慌，她不想解释也就是说当时的情况就如他眼睛看到的一样，没什么好解释的。

"是。"陈子桑不假思索地回答，什么真的假的，患难真情倒是真的，至于李科力问的是否是男女关系，这个有待以后验证。

李科力目不转睛地看着她，陈子桑真的是女生短发中少见的美，她既可以美艳绝伦，也可以英姿飒爽。尤记得在警体课上，他们区队正在练习百米障碍跑。

当时李科力就在附近尝试攀岩，隔着围栏还是一眼就能看见人群中的陈子桑，明艳漂亮。而让他一见倾心的正是陈子桑毫不犹豫且漂亮地翻过高墙时俏丽的身影。

他当时就想：啊，系花就该是这样。换作其他女生，在冲到高墙前还是会害怕到停下脚步，担心翻不过去又或者是磕到。

只有陈子桑不一样，当她翻过高墙时就连男生都拍手呼喊。这大概就是认可她的方式，不只是因为她的外貌。

所以——

"那我也不会放弃。"李科力说，目光坚定，透露着决心。

"啊？"陈子桑被李科力的回应打了个措手不及，她慌乱地摆手说，"你……你别这样……我知道我这个人挺好的……不是，我不是这个意思，我是说就算我再好，你也不能喜欢我……呸，我的意思是你太好了，我配不上你！"

语无伦次的陈子桑让李科力突然笑了出来，他的笑容也很温和，他没有多说其他的什么，只是说："知道了，你快去忙自己的正事吧。"

"好的，再见！"陈子桑连忙埋头绕过他身侧着急地往前走着。

李科力注视着她的背影，这么好的一个姑娘，为什么要放弃？就算对手是顾森那又怎样？

这么想着，他慢慢抬头，与教学楼二楼窗户边站着的顾森对视。

"都到了，那现在就走吧。"潘清一看陈子桑也到了，马上站起身拉拉衣襟说。

纪教授微微点头，也随之站起身。今天纪茶白穿得很正式，虽然依旧是黑色西装，但这件西装显然是量身定做的，衬得纪茶白整个人更加贵气与傲气。

刚上来就又准备下去的陈子桑反正也没想要什么喘息的时间。四个人走在楼梯上，她和顾森靠后，这两个人靠后一点的结果就是陈子桑被顾森招着胳膊，冷着脸说了句："刚刚有点过分。"

"什么？"陈子桑不明原因，奇怪地反问。

"我才刚告白完你就去撩拨别的男人，想伤我的心你也应该换个时间不是？"顾森说这话完全脸不红心不跳的，还配上一脸正经无辜的表情，不知道的还以为陈子桑劈腿了呢。

"你乱说什么啊！"陈子桑没有顾森脸皮那么厚，当即就被他的一番话给刺激得面红耳赤。她着急地挣脱开来，极力解释道，"我没有好吗？我是告诉他我这个人很差劲，让他不要喜欢我。"

顾森意味深长地"啊"了一句，说："原来是这样。"

"不然你以为呢？"陈子桑靠在楼梯扶手上，皱着眉头再次反问。

顾森也停住，双手撑在她身子两侧的扶手上，将她圈在其中，轻轻摇摇头说："那个拒绝别人的回答我不是很满意。我这里有个标准答案，你下次用这个拒绝别人。"

"呵呵，不用了。"陈子桑身子往后仰，心不在焉地回答着。然而她并不是很期待顾森的那个"标准答案"，只是说，"你再靠近我，我就要坠楼了。"

于是，顾森腾出一只手搂住她的腰，将她拉近自己，不紧不慢地说："你怕什么？You jump, I jump."

"神经病。"陈子桑实在是憋不住了，果断笑出了声，而后又干脆地推开他说，"你是不是吃错药了？"

顾森想了想后，一本正经道："你就是我的药啊，我是不是每天吃得有点多了？"

"……"

啊，人至贱则无敌，骚起来的顾森望尘莫及。

但其实陈子桑都能明白，顾森开的这些玩笑只是不想让自己有过多负担，他或许更希望她忘记这个案子和自己的关联。

人一旦在局中，就会失去方向，分辨不出事情的真伪。唯有"置身事外"才能看清是非，找出关键。

四个人一起到了局里，直接到了会议室。会议室的白板上已经被潘清写满了，七年前的被害人的照片也一一被贴在了白板上，照片下面写着姓名、年龄以及体貌特征。

这上面自然也包括陈子桑的姐姐。

白板上的各种信息和箭头，看起来很是凌乱，但这些都是潘清的思路。他没有急着擦掉，只是让他们先看一下，做个了解。

陈子桑在看到自己姐姐的照片后，立马转了个身，深吸了一口气。对于亲人的死，人们是没办法随着时间推移而忘却的，那是一道深深的裂口，从此再也不会愈合。自从姐姐去世后，家里人更是将和姐姐所有有关的东西全部都藏了起来，他们一家人到现在也不敢去面对，因为都觉得是自己对不起姐姐。

妈妈为此"疯了"被送进了精神病院，爸爸则出国打拼以此来麻痹自己，只有陈子桑固执地留在这个地方，想凭着一己之力让姐姐得到安息。

"子桑，你要是实在受不了，就不要勉强自己。"潘清很是细心，一下子就发现了陈子桑的不对劲，他才刚拉开椅子坐下就拿出手机说，"不然我打电话让凌双下来陪你。"

"没事，不用了。"陈子桑回身强装振作地说，视线还是没有落在姐姐的那张照片上，那是一张现场的照片，血淋淋的。

纪茶白扫了眼白板，那上面并没有关于曲婧的信息。他看了眼潘清，潘清倒也明白他想说什么，便把手中的一份档案推到他面前说："曲婧的资料在这里。"

顾森就站在白板前，从左至右就像扫描仪一下扫过去。2009年7月21日发现了第一名死者王佳欣，19岁，是在川城上学的学生；2009年8月20日在武县的公园里发现了第二名死者李笑，也是19岁，是个超市的收银员；2009年9月22日在永市的一个尚未建好的花坛中发现了第三名死者高雅莎，20岁，是个护士；2009年10月17日在邻城华区的一个广场草坪上发现了第四名死者曹迪琳，21岁，是个游手好闲的富家小姐；2009年11月25日，就是最后一名死者陈子屏，20岁，是个大学生。

白板上死者的照片都有两张，一张是现场的死亡照，另外一张则是生活照。每个姑娘的生活照都非常漂亮，和死后的惨象完全不一样。所以可以想象死者的家属在见到面目全非的孩子时那种濒临崩溃、恨不能陪着孩子一起离开的心情。

顾森回头看了眼陈子桑，她和姐姐很像，只是她姐姐看起来更加温柔，眼神里透露出来的水灵惹得人想去保护。陈子桑虽然和姐姐不一样，但本质里的东西不曾发生改变。

"当时第一起案子发生后，发现死者的时候只觉得凶手残忍，并没有往连环杀人案方面考虑。毕竟在我们国内对这方面的犯罪研究也少，再加上他跨区域作案，没能及时地串案确实也失去了很多宝贵的机会。"

　　潘清坐在那里说的这番话可以算是解释也可以算是无奈地说明，毕竟真实案件的侦破和电视剧完全不一样。有时候单个命案都有可能成为悬案，更何况是这种找不到杀人动机的连环杀人案。

　　百姓如若知道自己生活的城市存在这样一个恶魔，会惶恐、会不安，更会指责警察的办案效率。但警察们唯有沉默地在他们看不见的地方清扫黑暗，护他们平安。

　　"凶手作案时间规律明显，挑选的被害人也都是20岁左右长相不错的女生，且抛尸地点大都集中在公园、花坛这类地方。而且女子失踪时间都在夜晚，且是一个人的时候。"顾森还是站在白板前，自顾自地分析起了这一系列案件。这些女生失踪的时候基本都是深夜，身为护士的高雅莎值完夜班已经是凌晨两点了。但曹迪琳却是在晚上八点左右失踪的。再者，陈子桑则在来的路上回忆过七年前姐姐出门时的情景，那是晚上七点四十分，全家刚吃完晚饭。她的姐姐看起来并不是临时有事出去，而是像是去赴约。

　　每个女生失踪的时间，其实并不一致。

　　可陈子桑姐姐究竟是在赴约途中被凶手带走，还是赴约的对象就是凶手呢？如果赴约对象就是凶手，那陈子桑姐姐究竟和凶手是什么关系？如果赴约对象不是凶手，那陈子屏那晚上去见了谁？

　　"你姐姐当晚赴约的对象就是凶手。"顾森忽然转回身对着三张神色各异的脸语气加重道，"所有死者，只有你姐姐没有被禁锢遭受非人折磨，也就是说你姐姐对于凶手来说有着特殊意义。"

　　一般来说连环杀手对自己杀的第一个人会有特殊情结，在第一个被害者身上能够找到很多凶手从前的影子。凶手曾经接触过的人所带给凶手的烙印，这些都会体现在被害者的身上。

　　陈子桑听到这个结论并没有特别惊讶，她反倒犹豫了几下之后说："其实我怀疑我姐姐在那段时间交了男朋友，虽然她从没有和我说过这些事，但就是女人的直觉。我能从她打电话的神情以及动作上看出，她当时应该处于热恋阶段。"

"所以基于顾森的结论以及你的猜测，你们觉得陈子屏当时的男朋友就是凶手？"潘清觉得这事不离谱，反而很好理解。他细想了一下，又侧身看了看自己在白板上写的各种信息，忽然灵光一闪，"会不会这些女人都和凶手交往过，她们其实并不是在那天突然失踪的？"

"不排除这种可能。但如果这样一来，凶手必定会暴露痕迹。按照凶手一个月一次的作案周期，他要和一个女生在短时间内建立起彼此可以信赖的关系不太容易。即便达到了这样的关系，他都不能保证女生对他的存在守口如瓶，更何况他找的目标并不是处于高风险的被害人。假使他下手的目标是站街女，那么一通电话就有可能将人带走，且不留下任何证据。除非凶手是个有着极高文化素养或者相当有钱，气质沉稳且长得还不错的男人，而拥有这样人格魅力的男人年纪通常在三十岁到四十岁之间。"

说这番话的是纪教授，他心里其实很清楚这案子的性质。这些话也是他第一次说，七年前他就说过，只是当时案件的侦查方向有误，他的犯罪侧写并没有派上什么用场。

陈子桑私心想着纪教授说的这个侧写其实和他本人很是接近，但很明显像纪教授这样的人间极品少之又少。而且她也赞同纪教授给出的观点，那就是凶手并非和每个人都交往过，按照目前掌握的线索看来，被害者被突然袭击的可能性比较大。

"我姐姐的死亡时间比凶手通常的作案时间晚了那么几天，这个是不是说明凶手其实一开始压抑住了杀人的冲动，但最后还是在某种刺激下选择将她杀死。"陈子桑冷静地说着，思维渐渐清醒了过来，她慢慢放开来，将姐姐的案子当作平常的案子一样对待，只有这样，才能不落后于凶手。

会议室里的四个人都专注于案子的分析，每一句话、每一个想法都可能影响到往后案件的侦破。

"看看昨天的那个案子。"这时候，顾森对着潘清说。

潘清又将手中的案卷唰地推到顾森跟前，而纪茶白也将自己手中的案卷郑重地合上，然后交到了陈子桑的手中。

事已至此，保密什么的都不重要了，只要能抓住凶手，哪怕把伤疤揭开再撒上盐都在所不惜。

陈子桑望着纪教授，心中很是感慨，却也只是一会儿，没有多余的时间让她顾及其他。

顾森翻看案卷看到最近这起案子，死者已经确认了身份，也是当晚烟花节的观看群众，名叫施霞，21岁，是某超市的导购员。

"凶手如果是突然袭击被害者，那对于年龄他是如何确定的？"最后，顾森提出了这样一个疑问。

毋庸置疑，凶手并不是随机挑选的被害人，而是精挑细选。

/
第三章
可疑的项链
/

"那就从最后这个施霞查起。"潘清这么说着，又转了个身，一只手横在椅子的靠背上，问顾森，"你记住这些了吗？"

顾森点头，但他没有急于整合脑袋中的信息，反而扭头问陈子桑："你说你当时和姐姐吵架是因为一串项链？"

"嗯。"陈子桑虽然不太明白顾森问这话的意义，但还是点点头。

"那就有线索了。"哪知顾森突然说出了这么一句惊人的话。

潘清顿时激动地从位置上站起来，连忙追问："什么线索？和项链有关的线索？"

顾森再次回到白板前，指着陈子屏那张现场死亡照片，对下面三个人说："陈子桑说她想要偷戴姐姐的项链，但姐姐没有同意。她们姐妹俩的吵架时间刚好在姐姐出门前，如果陈子桑的记忆没有出现偏差，当时她姐姐拿回项链后所在的位置是玄关处。也就是说她急着出门，那么一个急着出门的人就不会把项链随处乱放，她很有可能随身携带。"说到这里，顾森停顿了一下，再次看向陈子桑说，"可陈子屏随身物品里并没有发现这串项链，甚至也没有戴在脖子上。"

听着顾森的分析，陈子桑脑海里不断闪现当晚的情景：姐姐就站在玄关处换鞋，她戴着项链兴高采烈地跑到姐姐面前，以为姐姐会夸她戴着好看，却没想到姐姐一反常态执意让她拿下来。

那个时候姐姐说了什么？

"她说……她说'这不是我们可以拥有的东西，它太贵重了，姐姐要拿去还给别人。'"陈子桑震惊万分地咀嚼着姐姐说过的这句话，这句话她多年未曾想起，皆因为她当时正在生气，对姐姐说的话置若罔闻。

可为什么她在此刻忽然想到了呢？

潘清也觉得陈子桑所说的话有点难以置信，但他感觉到这条线索极为宝贵。于是他连忙打电话给薄藤，让他着手调查有关陈子屏当年物品的信息。

纪茶白也惊觉陈子桑说出的话有着庞大的信息量。但沉吟半刻之后，他突然问道："你姐姐项链的挂坠上是不是镶着一颗小小的红宝石？"

"是不是宝石我不知道，但挂坠确实是红红的一点……教授，你是怎么知道的？"陈子桑震惊于自己看到的和教授掌握的信息如此一致，完全搞不清楚其中缘由。

于是，这一来二去，所有人都在对话中反复惊讶着。

顾森和潘清对这两人纷纷给出的信息都抱着极大的求真态度，难以想象如果七年前就发现这些细枝末节的东西，或许活着的人都不用熬得这么辛苦。

纪茶白偏头看向白板，回忆起七年前的某个晚上——

刚和自己订完婚的曲婧早已长发披肩，她进入刑警队伍之后有过无数次要剪短头发的冲动都被纪茶白拦了下来。

纪茶白对她说："你马上就要当新娘，这头发剪不得。"

曲婧觉得当新娘和头发长短没有关系，但念着纪茶白很是喜欢她长发的样子，便也作罢，只是妥协道："结完婚我就剃成平头。"

纪茶白宠溺地笑笑说："那我就理光头。"

"不行！"曲婧笑着揉乱了他的头发说，"你是我男神，可不能乱了发型！"

两人甜蜜了一会儿后，曲婧去浴室洗澡，换下来的裤子就挂在了外面的沙发上。从她的裤袋里滑下来一串有点亮晶晶的东西。

纪茶白看见之后从地上拾起项链，恰好曲婧裹着浴巾走了出来。

"这是你买给自己的？"纪茶白不敢相信曲婧会买这么贵重的东西，于是随口就这么问了一句。

曲婧笑着拿回项链，对着纪茶白说了句："这可是证据，你不能乱碰。"

纪茶白也没有多问，他总是过分地相信曲婧，相信她的能力、相信她说的每一句话，只是他却始终不敢相信曲婧会这样离开。

"所以项链被曲婧给找到了？"潘清还是觉得不可思议，这有些奇怪啊。曲婧找到了证物为什么不上交，而是带在了身上？

顾森此时没有搭腔，按照正常的逻辑思维，陈子屏当时出门是去赴约，赴约对象很有可能就是凶手，而加上她出门前对陈子桑所说的话，十有八九那项链是凶手送的。

"我不太清楚项链是怎么到曲婧手里的，但我能肯定她当时一定掌握了什么重要线索。她一直很要强，工作的事情她从不在家里说。"

纪茶白说的时候忍不住叹息，他和曲婧相识就缘于一个误会，那个误会也开始于一个案子。说不上好坏，只是曲婧总希望自己不是刑警队的拖油瓶，每一次不管案子大小她都是不分昼夜地工作，每一次都希望案子能够顺利告破。

其实纪茶白很清楚，曲婧的过度完美会让她在案子无法解决的时候生出一种心理障碍。她会很自责、很沮丧，她放不下每一个未破的案子，也从不放过自己。

"那项链现在在哪儿？"潘清问，表情严肃且带着怀疑。项链最后出现在了曲婧手里，而曲婧最后又死在了凶手手里，那么也就是说项链要么被凶手取走了，要么被曲婧藏起来了。

纪茶白没有对潘清的话做出回应，只是说："曲婧一定是去见了凶手，但她不会蠢到将自己发现的重要线索一并携带。我只能推测，她将项链放在了一个很安全的地方。"

"她为什么要一个人去见凶手？"陈子桑不解的是这个，倘若曲婧当时已经发现重要线索，她为什么不通知其他同事一起行动，而是要孤身前往呢？

陈子桑看向纪教授，却发现纪教授的目光不在她身上，也不在白板上，只是飘忽在手中的那只水杯上。他在想什么，陈子桑不知道。但显而易见的是纪教授现在非常不好受，比她还要难过一万倍。

顾森在此期间都没有说话，他怀疑曲婧当时找到的线索并非是十拿九稳的，因此她只是前去试探。那么她当时除了掌握了项链，还想到了什么线索呢？

"潘队，金市的地图找给我看看。"顾森边用手机地图查看，边对潘清说道。等到潘清应答走出会议室后，他又抬头对纪教授说，"教授，发现曲婧尸体的地方是哪里？"

纪茶白双眸微敛，但也即刻做出回答："江郊的河边。"

此时的陈子桑也迅速将案卷翻到相关一页，立刻将全篇内容推到顾森面前，有些紧张地问："发现什么了？"

"现在还不清楚，等我先看看完整的地图。"顾森回复得很简单，手上一直在快速地翻看着关于曲婧的各页报告内容。

潘清很快就从别的办公室走了回来，手上立马就多了一幅金市的地图。他迅速地将地图贴到另一块空白的玻璃板上，供顾森方便查看。

纪茶白和陈子桑也随着顾森起身，站在他身子两侧。从顾森在地图上将发现被害者尸体的地点一一圈出后，纪茶白就知道顾森在怀疑什么，又或者是在确认什么了。

最后，顾森将每个地点都圈出来之后又用直线连接了起来。最后呈现在地图上的就是一个五边形的图形，他又在五边图形中画了三条对角线以及一条中线。

"以金市为中心，直线距离平均为47公里的五个城市皆为七年前五个被害者的抛尸地点。在以武县、邻城华区、潼县以及永市四个城市相连的交点就是曲婧尸体的发现地点——江郊。"顾森快速地做出了地理侧写的判断，他语气低沉、语速平稳，他正尽全力地将七年前错过的线索全部拎出来。

"最后一个死者施霞是在金市被发现的。"陈子桑也看出了端倪，隐约地明白他们正在以最快的速度破解凶手挑选被害人的方向。于是，她惊呼，"凶手现在就在金市！或者说他本身就是金市人！他七年前一直往周边的城市犯案，却从未在金市下手。明明金市流动人口更多，人员排查起来会更加不易……那也就是说曲婧当时很可能发现了这一点！"

"按照当时查案的现状，局里付出的人力、物力、财力都已经耗费很多，纵使曲婧提出了这个想法，也不容易实现。毕竟没人敢保证，凶手会在江郊出现。如果他们派出警力蹲点，万一在别的地方又发生了凶案，那谁来承担造成的损失？"

说这话的人正是纪茶白，他很了解七年前这起轰动的连环杀人案件对社会造成的影响，整个公安局上上下下都承受着巨大的压力，任何一个小小的差错都会对案件的侦破带来巨大的困难。

当时的网络言论并没有如今疯狂，很多细节可能不被人所知。但现在就不一样，昨晚刚发现的尸体，今早就上了微博头条。只是幸好当时案发时已是深夜，凌晨时他们已经将尸体运走。不过是周遭居住的居民看见，拍照上传，言语间有恐慌，但更多的是好奇。

他们好奇发生了什么，他们好奇别人身上发生了什么，但他们似乎从不真切地关心危险为什么会发生。

潘清虽在一边听着，但脑子却十分清醒，他立马拨通了同事电话，让他们去查七年前或者更早的一些时候在金市发生过的一些案件，大大小小的案件都可以。

"帮了大忙。"潘清打完电话对着这三个"臭皮匠"似是表达感谢，不过他又说，"我要把这些信息都告诉我的那些同事，有什么情况我会再通知你们。还有顾森和陈子桑，这次案件非比寻常，不要擅自行动，我很认真。"

陈子桑乖巧地点头，完了后对顾森说："他的意思就是和他说一声，我们就能行动了。"

"不愧是你。"顾森赞同地和她击了下掌。

纪茶白没有半点放松心情的意思，他只是对潘清说："其他被害人家属走访就靠你了，当务之急我还是要去找曲婧留下来的项链。"

"教授，需要帮忙的话请直接吩咐。"有点意外，顾森和潘清居然也有这么同步的时候。

唯有陈子桑依然在纪教授的浅浅一笑中看出了他对以往的介怀，那是一种和自己不同的心情。当时的纪教授还未成为教授，但也是一名厉害出色的犯罪心理学的学者。可在七年前他在自己未婚妻的案子中却束手无策，至亲至爱的人离开自己，谁都会丧失理智，谁都失去对周围事物的所有兴趣。

"教授……"陈子桑绕过会议桌站在纪教授跟前，叫了一声又不知道该说什么。

有时候越是感同身受越能明白，语言是多么的一无是处。

"没事，不用担心我。你和顾森做自己该做的事情。"对于陈子桑欲言又止的安慰，纪茶白了然于胸。但他毕竟比陈子桑他们年长，再觉得苦闷也不该让他们替他担心。于是，他最后还是抬手轻摁了下陈子桑的肩膀，再次告诉自己没事。

潘清一边收拾桌上的案卷一边感叹这几个人的智商，其实他自己也不赖，不过他出色的地方更多地体现在了执行抓捕行动上。只要他出马的任务，没有一次是让罪犯逃脱的。

"我先送你们回去，完了要去走访之前的一些被害者家属。"潘清将案卷单手捧着准备拿回档案室，然后走到会议室门前替他们打开门说，"到时候随时联系。对了，陈子桑你如果方便……我是说方便的话，你最好回家看看你姐姐的遗物。"

陈子桑轻声"嗯"着点点头，希望能够有所发现，但又心生害怕。一想到这个，她又想起好久没见过的母亲。

"我陪你。"

手被顾森轻轻拉住，她听见顾森在她耳边说的话。她没有拒绝，因为她确信她一个人看不了姐姐的东西，也无法面对母亲仇恨的双眼。

潘清开着车带着他们三个原路返回。待车子开到学校正门时，纪茶白也准备回家一趟所以并没有下车，于是潘清也就没有将车子开进学校，便让顾森和陈子桑下车。

"唉，我是真的不知道说什么好了。"潘清单手握着方向盘，另一只手抓着换挡杆，望着顾森和陈子桑的背影，语气很是无奈，表情也略微苦涩。

陈子桑前脚刚踏进大门就被轮到站岗的同学但此时正在休息的同学给叫住了。

"有你的……包裹。"

别的同学因为认得陈子桑就主动将她的邮件从里面信箱里拿了出来。里面的信箱都是按照大队分格放的，因为这邮件刚送来，还没来得及放到所属区队的格子里。

但这同学说到包裹的时候犹豫了一下，她不知道该说是包裹还是信件好，这包裹看起来很小。

"谢谢。"陈子桑道着谢接过随手就开始拆。

身后的女同学笑着回到自己的岗位上，顾森回头看了一眼她的警号，发现她是大一的师妹。

"季悦笙，你傻笑什么？"三个学生轮流站岗，看到这位同学咧着嘴回到她们身边，其他人忍不住调侃道，"是不是见到我们学校的男神就把持不住了？"

"不是啊，我是觉得子桑师姐真的长得太好看了！"这个叫作季悦笙的小师妹一脸的可爱，双手十指交叉置于下巴下，感叹地说。

旁边这个女生哭笑不得道："你这傻样，难怪前几天我们中队的一个男生帮你捡掉在地上的饭卡，你看都不看一眼。"

"有这回事？"季悦笙呆萌地歪着脑袋反问。

女生恨铁不成钢地扶额，低声说道："那可是我们中队的祁司，刚进来就传他是新生里面最帅的男生！我觉得他和顾森师兄不相上下。"

"是吗？"季悦笙仍旧回想不起那个帮自己捡饭卡还被评为新生里最帅的男生到底是谁。

不过管他呢，今天见到子桑师姐真的好幸运，以后要成为像她一样的女生！当然，像她这么漂亮估计要下辈子了，但是可以努力成为她那样品学兼优、十项全能的学生！

"静静，十项全能是哪十项？"

"……"

往广场方向走进去还没有五步的距离，陈子桑就把小包裹给拆开了，里面有一个用牛皮纸封着的小袋子。

"我最近没有买过什么东西啊。"陈子桑纳闷着，随手就将外面拆开的纸袋递给了顾森。

顾森也顺手接过，没有说什么。女人总是会买很多东西，但应该不存在买了之后忘了的情况，毕竟等快递也是她们的必修课。

而就在顾森想着这些问题的时候，陈子桑突然站定在原地不动了。她惊恐地盯着拆开小袋子之后手中呈现出来的东西。

那浑身散发的恐惧感就像是黑夜中背后伸过来的一只手，慢慢抚上了她的背，她能感觉到那瘦骨嶙峋的手指以及长长的手指甲隔着衣裳轻滑过背部。

她害怕到不知该转过头看真相还是就这样熬到天明。

"顾森……"她颤颤巍巍地叫了下顾森的名字，声音不可抑制地颤抖，她将手中的东西慢慢置于顾森的眼前，"他一直在跟踪我……"

顾森一开始不明其意，可等他看见陈子桑手中拿着的那个物体之后，他竟也吓了一跳一把夺过将其扔进广场的花坛中。

那个东西并不是其他可怖的物体，正是在调查叶清清案子时被陈子桑不小心弄丢的顾森的钱包。

而现在它回到了他们手里，里面什么都没少，却多了一样原本没有的东西——

一张属于陈子屏的两寸照片。

"陈子桑！"

顾森大喊着她的名字，转身追了上去。在他扔了原本是自己的钱包一分钟之后，陈子桑突然跑进花坛中捡起那只钱包，疯了一般地往校门口冲去。

还在站岗的小师妹们被这突如其来的场景给惊到了，完全不知道是什么情况，这种气势也不像是吵架啊。

"送包裹的人呢？你见过吗？"陈子桑一把抓住正准备上去站岗的小师妹的胳膊，表情非常不好。

还是那个满脸可爱的小师妹，她眨着略微受到惊吓的大眼睛，紧张地摇摇头说："没有什么异样，快递员放下东西就开着车子走了。"

光是抓着小师妹胳膊的力道都像是用尽了所有的力气，此时的陈子桑看起来既惊恐又憎恶着刚刚发生的一切。

"潘队，我长话短说。凶手一直在跟踪陈子桑，她可能就是凶手最终的目标。这里有一份寄给陈子桑的小包裹，你帮忙查一下……"顾森一把拉过陈子桑，这边却已经及时和潘清汇报了这一情况。

七年前对顾森来说是个心结，可七年后的今天，只要陈子桑安然无恙，其他的一切便都无所谓。

"什么情况？"站在小师妹季悦笙旁边的另一个学妹轻轻拽了下她的衣袖压低声音问。

季悦笙也没看懂，但还是很理智地说："别人的事不要乱猜测。可能是师兄和师姐遇到麻烦了吧。"

"我听说他们两个经常参与大案子的调查，会不会……"

"行了，我站岗了。"

旁人异样的眼光也没有让陈子桑的惊魂未定得到缓解，她手紧紧地拽着那只钱包就这样被顾森拉着往校内走。

"你听我说，凶手一直在找你，他很有可能通过别的什么渠道知道你的动向。所以接下来你要做的就是冷静，理清思路，你身上一定有他要的东西。"

两个人走到国旗下的时候，顾森双手扶住她的肩膀，稍稍弯腰，极其严肃地说道。

"我们必须亲自去调查死者的情况。"陈子桑非常清楚现状是什么，她能做的就只是给出这唯一的回答。

他们谁都没有想到，凶手会找到陈子桑。他们也想不到，凶手竟然这么快就找上门来。七年前的杀戮曾是凶手一个人的捕猎游戏，可眼下他将陈子桑一把拽进了他的游戏中，成为他游戏的一部分。

无法拒绝，无法脱身，唯有找到真相。

顾森在见到陈子桑的神情从看到钱包那一刻的惊恐到此时的坚忍，便知道她已经在做最坏的打算了。

"我去请假，你先回宿舍收拾一下。"顾森没有半点迟疑，和她说完这句话后就立马转身大步地朝队长办公室的所在大楼走去。

陈子桑也如此，掉头就径直往公寓楼走去。

顾森和陈子桑在转身背对背的那一刻，国旗就在他们中间飘扬着。毋庸置疑，他们都拥有一颗勇敢的心。但害怕却也是必然的，毕竟没人在面对险恶时，还能信誓旦旦地拍着胸脯说不畏生死。

事实上，他们不是不惧死，只是到了某个时刻，他们已经忘却了生死攸关这一问题。

这世上有比他们生死还要重要的事情，那就是——正义与信仰。

与此同时，纪茶白也回到了这个许久未回的家中。一切如常，只是没了活人的气息。他打开门时，竟能听见曲婧的声音，那是从来没有过的幻听，好像她一直在等他回家。

他坐在盖着白布的沙发上，双手搓了搓脸颊，久久没有其他动作，只是静静地感受着这在曾经某一刻是他们用来做婚房的房子。

家中每一处都太过于熟悉，熟悉到纪茶白完全想不出曲婧会将那么重要的一串项链藏于这里。他就这么回忆着凭空想着，完全没有头绪。是不是曲婧那晚说了什么其他的话，他没有在意？

时过境迁，记忆会发生扭曲，出现错乱。就好像时空造成的混乱，过去和现在重合，但也总会有不一样的地方。

可那不一样的地方在哪儿呢？他的目光在房间的每个角落、每一样物品上停留。最后，他的视线集中在了一盆曲婧在订婚那天买的小盆栽，那是一盆已经烂掉的仙人球。

纪茶白在自己的家中静默沉思，顾森则不管不顾地将还在开会的何锋铭拉了出来。

"你小子是不是疯了？"何锋铭双手叉腰，差点没对顾森上手了。真是越来越没规矩了，也不看看是什么场合。

顾森脸上毫不畏惧，他也不打算编造什么请假的理由。再说何队也不是外人，实话实说好了。

"七年前的连环杀手现在把目标对准了陈子桑，我们没有多少时间和凶手玩游戏，我必须在凶手对陈子桑下手之前将他抓住。"

何队听到这么开门见山的话显得有些震惊，但又为难地抬手往后捋了把头发，回头看了看身后的会议室，将顾森往自己办公室领。

"我跟你说这事必须从长计议。你既然说凶手的下个目标是陈子桑，那我就不能让你把她带走。万一你和她都出事了，我是不是要去跳崖？"何队说这话不是没有道理，这不是能孤军奋战的事情，这是需要缜密侦查的案子。

顾森也没有着急，只是心平气和地对何锋铭说："凶手每隔一个月作案一次，这还只是针对我们所知道的案件来说。他可能在更早之前就犯过案，他在一步步升级，且不紧不慢。他极其聪明，他既然敢以这样的方式告诉陈子桑他的存在，就证明他已经放弃他曾经的模式了，他在挑战更高难度的捕猎模式。"

办公室里放着两张桌子，一张是何锋铭的，一张是中队长的。此时何锋铭靠在自己的桌沿上，双手交叉环胸，盯着自己的脚尖看了一会儿后对顾森说："也就是说危险程度也升级了？"

"是。"顾森也不回避，只是说，"他不会厌倦杀人，能停止他杀人的只有死亡。但这几年里他都没有作案，再加上七年前我看见他时他身体已经出现了异常，所以我们抓住他的机会还是有的。"

"我不管什么机会不机会，这些事本来就不是你们学生应该参与的。你只要告诉我，你能不能保证自己和陈子桑的安全？"何锋铭问这个问题也是没有办法的办法，如果第一次就阻止他们参与破案，或许现在阻止就不会变得那么不近人情以及不讲道理。

顾森的眼神慢慢地变得锐利起来，他很肯定地说："我一定会保证陈子桑的安全。"用我的性命发誓。

但后半句话顾森没有说，他知道他一旦说出口，何锋铭肯定当即就会狠狠地揍他一顿。

"啊，我真的是太惯着你们了，要是以前的那些学生，就你们这种不守警校规矩，三天两头逾矩办事，早就被打断腿退学了！"何队嘴上还是一如既往地骂骂咧咧，但手却无可奈何地撕下两张请假条签上了自己的大名。

顾森对何队虽没有上下级的意识，但也一直将他视为自己尊敬的前辈，每一次的开玩笑、每一次的冲撞，何队都给予了最大的宽容。

"打断腿不至于，你下不去手。"最后，顾森接过批准的请假条，也如往常一般不带表情地调侃道。

何队瞟了他一眼，果断抬腿踹了他一脚说："早点滚回来销假！"

这是顾森那天听到的最动听的话。

有时候不是非要情深意切，灌满大道理的语言才感人至深。真正使人温暖的话往往普通到令人发笑。

顾森疾步走出办公室后，何锋铭转身就将电话打到了潘清那里。电话一接通，他就破口大骂，也不知道在骂什么，就是觉得不骂潘清心里不舒服，都怪潘清，都怪这个刑侦大队重案中队的中队长。他要是固执地不让顾森和陈子桑参与案件，这俩孩子能变成这样吗？

就算侦破案件所需时间再长，都不能让两个正值大好年华的年轻人为此耗费心力。

可是，这一切的"允许"中也有他的份。顾森和陈子桑从警校生到秘密参与案件侦破的人员再到现在和案件有关的对象，这一系列慢慢变化的身份，究竟是顺应了天择还是无奈于人为？

北四公寓的501宿舍，陈子桑换了套干净舒服的衣服。此时宿舍里空荡荡的，姑娘们约莫是去图书馆了。

陈子桑有点感慨，从没有和她们说过自己的遭遇，此刻离开好像有种再也回不来的感觉。没有和姐姐好好地说再见是以为今后会有无数个说再见的机会。

人类有很多陋习，他们贪婪、他们充满欲望、他们杞人忧天、他们患得患失。

"我很快就回来。"陈子桑抓起自己的包对着这亮堂堂的宿舍轻声又无比坚定地说了句。

浴室外面右手边的警容镜里是一掠而过的陈子桑的身影，坚毅刚强，以及那双眸间一闪而过的决绝。

潘清在接到顾森电话后就急忙赶赴了快递站点，在快递站点调取了监控。在查看的过程中，潘清发现运送车子正好停在站点门口，而站点门口正对面是一个小商贸的侧门。因为车子的阻隔，监控里根本看不见从商贸里出来的人以及从运送车后面走的人。

得知这一情况，潘清跑到这个窄窄的站点外，站在车子所在的位置，这一条小巷只有站点里面有个摄像头。如果凶手并没有在这条路上走，而是选择折回小商贸内，那么来往人这么多，根本无法查到。

潘清懊恼地看着人来人往，想到那个恶魔就隐秘于人群中和普通人并无两样，心里就一阵火。

"钱包……对，钱包！"天无绝人之路，潘清又在万般沮丧中找到了另一条线索。虽然这条线索能够提供帮助的几率也不大，但哪怕只是一点点，只是一点点也好。

于是，他又立马开车重新前往高校园区。既然陈子桑当时是在阳春面馆吃面，在见到薄藤之后追了出来。也就是说，陈子桑很有可能将钱包遗落在了桌子上，或者是在就餐桌前以及到面馆门口的距离。

潘清开着车绝尘而去。此时天色已晚，忙碌了一天一无所获的情况经常发生，这种时候谁都会沮丧、会焦躁。但每一次沮丧和焦躁都不会成为寻找答案的绊脚石。

城市中的车水马龙永远不会停止，它的璀璨就像桥上的风光，可桥洞中光亮照不到的地方，蜷缩着可怜的灵魂，在祈求着明天的温度。

高铁上2号车厢15、16号位置上坐着陈子桑和顾森，这是两个人第一次结伴出行。陈子桑和顾森丝毫没有半点兴致，一坐下就开始讨论起接下来几天所需要解决的疑问。

"今天太迟了，先去我家。"陈子桑坐下后随口说道，继而又拿出手机查了查自己家附近的酒店。

顾森见状，抬手摁住她的手机，眯着眼睛语气有点冷淡："你家我勉强一点也是可以住的。"

"我家没人啊。"陈子桑回答得很坦诚，眼睛干净清澈。

"没人就好办了。"顾森轻笑下，拿过她的手机关掉了她查酒店的页面，又恢复到往常轻松的样子。

陈子桑倒不是因为孤男寡女这个问题犯难，而是家里长时间没人住，她担心顾森会介意家中不太整洁的样子。那还不如索性给他订家酒店，让他舒舒服服住外面。

"你要是真不介意，那你只能睡在我家客厅沙发了。"后来陈子桑想了想，家里的沙发倒是蛮大的，于是就提了出来。

顾森皱了皱眉，反问一句："你房间里没有沙发吗？"

"想什么啊你！"陈子桑说着抬手就打了他一下，那力道有点重。每当陈子桑难为情或者情绪失控的时候，都会用打人来掩饰。

顾森自然深知这一点，他看了下时间现在是晚上七点。从出发站到潼县只需要一个小时，这一个小时里陈子桑倒是可以睡一觉。

"我姐姐是最后一个遇害的，可之前其他死者身上都没有发现佩戴任何饰品，我觉得有些奇怪。"等到车子启动，陈子桑又不自觉地开始谈论起了案情，"曲婧会将项链作为重要证据一定有她的道理。或许那项链就是能抓住凶手的关键。"

不知疲惫，这是顾森对此时陈子桑的评价。但他也没有强迫她停止，阻止她思考只会让她更难以心安。

"我已经告诉潘队我们的动向，他会派人过来和我们一起去被害者家属调查。"顾森轻描淡写地说着，随手拧开了矿泉水的瓶盖，递给她说，"到时候再看看是不是漏了什么线索。"

陈子桑接过水瓶喝了一大口，这一整天她都在提心吊胆中度过。这种被人追着跑又像是追着人跑的情况太折磨人了。他们不知道凶手是谁，可凶手却早已将他们洞悉。

　　"我们看过很多案例，有些凶手喜欢取走被害者身上的物品当作纪念。所以我在想那串项链会不会是其中某一位被害者的。"陈子桑喝完水长叹了一口气，又接着说。

　　顾森则没有对此表态，只是提醒道："你的大脑负荷过重，我建议你现在闭上嘴巴，顺便把眼睛也闭上。"

　　陈子桑愣了下，看着顾森轻轻拍了下他的肩膀，好像是在示意自己靠着那儿休息。

　　陈子桑撇撇嘴不领情，然后扭头看了看窗外的夜景。根本没有什么夜景，这短短的一路好像都是漆黑的。然后她问："顾森，你饿吗？"

　　"想吃什么？"顾森深知她说话的套路，很直接地做了个掏钱的动作，问。

　　陈子桑转回脸，笑容真切温和，眉眼弯弯，淡淡地问了句："你会下厨吗？"

　　顾森怔忡，陈子桑声音里从未有过的甜度让他的理智受到了冲击。这就像是一种邀请，只对他一个人做出的邀请。

　　"所以，你想吃什么？"他双眸清澈，学她一般微笑加深。

　　他们相视而笑，这短暂的一刻，怀抱期待就好。

　　次日，外面的天空一派晴明，空气里的芳香带着故乡独特的味道。这一切都被回忆的那双手轻柔地抚摸着，通往过去的道路上总免不了眼含热泪。

　　但，不是今天，不是现在，不是此时。

　　"从我们这儿到永市坐公交车只需要三十分钟。"嘴里咬着一根油条、拿手机走在街道上的陈子桑向顾森介绍道。

　　顾森一直拿手摸脖子，昨晚睡沙发睡落枕了。他没有埋怨什么，毕竟都是自找的，只是有点心塞陈子桑还真的忍心让他睡沙发。

　　"那就先从第三位死者永市的高雅莎查起。"顾森说着看了陈子桑一眼，发现她把油条掰成两截，另一截正递到他嘴边。

"我吃不下了。"看着顾森疑惑的双眸，陈子桑干脆地给出了回答。

顾森轻叹了口气，弯腰张嘴就把油条咬在了嘴里。这一行为极其暧昧，惹得旁边去上学的小学生都偷笑着推搡着走开了。

"大惊小怪。"顾森嘟囔了句，似是对小学生这反应的不满。

陈子桑拿出纸巾擦了擦手后四下找垃圾桶，顾森见状伸手将她的纸巾接过，走到路边不远处，将纸巾扔进了公共垃圾桶里。

"谢谢。"待顾森走回来，陈子桑就像是个被宠坏的小孩一样，却还是道了谢。

昨晚让顾森又买菜又下厨已经够麻烦他了，但一想到自己每一个任性的愿望都被顾森重视且毫不犹豫地替她实现，她隐约觉得自己根本没有把顾森当成朋友在对待。

她不得不承认，顾森给她的安全感已经远远超出了她自己的想象。那种情感，近乎于亲人。可这所谓的近乎于亲人的形容，不过是陈子桑对他依赖到无法言语罢了。

"我们去站牌等车吧。"陈子桑从胡思乱想中逃脱，拉着顾森走到了前往永市的候车站牌下。

昨晚在陈子桑家中，他们看了陈子屏的房间。按陈子桑的话来讲，自从姐姐去世后，她房间里的东西家人丝毫没有动过，只是锁了起来。

打开陈子屏的房间门，摆设很简单，简单中却有着女孩子自己对闺房布置的思路。陈子屏看起来是个对外界娱乐不太感兴趣的人，她房间墙上什么海报都没有，书架上倒是摆了很多书，各种各样的书。

唯一放在显眼地方的只有一张全家福的照片，看样子她很爱自己的家人。房间柜子的空格上还摆放着一张和陈子桑的合照，那是在某个旅游景点拍的照片。

陈子桑扎着马尾，样子很傻，姐姐笑容却很美好。

顾森在陈子屏的房间里感受到这个女生的柔软细腻，可也察觉到陈子屏对自身隐私的保护。她从不写日记，书桌上放的也是一些实习资料或者是志愿者活动的一些方案。

他们都怀疑陈子屏和凶手短暂地交往过，但确实不知道是从什么时候开始的，也不知道凶手通过何种途径让陈子屏卸下心防。

　　上了车后，还有空位两个人照旧往最后一排走去坐下。途中，顾森接了个潘清的电话，没有带来什么消息，但说了他们也在来的路上。

　　"哎，你是……"

　　顾森和陈子桑沉默着不说话的时候，前排靠右的位置上的一个老奶奶盯着陈子桑诧异地看，似乎在回忆她的名字。

　　"你是陈家的女儿吗？"

　　陈子桑这才被这句话吸引了过去，她坐在靠窗的位置，扭头看见了一个满头银发、面目慈祥，此时还带着暖暖微笑的老人。她也在回忆，这老奶奶是谁，看起来还挺眼熟的。

　　"哎呀，还真的是。是子屏吧？我说呢，这么多年过去都长这么漂亮了，好久没见到你了，你的妹妹该是上大学了吧……"老人家说话总是按照心情来，似乎从不觉得陈子屏已经死了。她眯着双眼，本是满脸皱纹的脸因为笑容，条纹变得更加深刻。

　　"嗯，你好啊奶奶。"陈子桑点点头，微笑着回应。老奶奶误将她当成了姐姐，她并没有介意，反而还替姐姐高兴，这世上记住她的人不仅仅只有家里人。

　　老奶奶显得很兴奋，虽然没听到陈子桑说什么，毕竟年纪大了耳朵有点背。她高兴地侧着身子对她说："你呀这几年都去哪里了，也不常常来看我这个老太婆？"

　　陈子桑想不起这个老奶奶到底是谁，但她一定和姐姐经常接触。会不会就是当时姐姐在街道做志愿者时照顾的孤寡老人？

　　"哦，结婚了。今天回娘家来看看。"顾森不动声色地抓住陈子桑的手，脸上写满了"我是陈家女婿"的字样，笑得那叫一个灿烂。

　　老人虽然耳背，但对于该听进去的话一字不落，高兴地拍手说："哎呀，都结婚啦！我说呢，这小伙子长这么俊，和你很配！嗯，不过我记性不好，他还是之前那个和你一起来看我的男生？"

　　"什么？"陈子桑惊觉，这位奶奶大概是见过凶手的。

　　顾森抓着陈子桑的手没有松开，反而是轻轻捏了下她的手，示意她要冷静。而他自己则微笑着问奶奶说："您看看我是那个男生吗？"

老奶奶咧着嘴笑，估计也是觉得顾森长得太帅，替姑娘高兴。但老人家也总是很聊得来，这不立马就打开了话匣子说："好像不太像，他没有你好看。个子比你矮，当时比子屏只高了一个头，不胖不瘦，他还戴了一副眼镜，挺斯文的样子。他啊，还扶我过马路，就是这样认识的子屏呢。不过，他也只来过两次，都没怎么说话。"

"那您还记得当时子屏是怎么称呼他的吗？"顾森不紧不慢地问，神情温和，特别的有耐性。

老奶奶捂嘴，调侃自己说："我哪儿记得住啊。不过想起来挺有意思，我每次听见子屏叫那男生都好像在叫'喂'。你说哪有人叫这个名？哈哈，你看我这张嘴，子屏不就在你边上坐着吗，你问她。"

最后，老奶奶还颇不好意思地回身坐好，心情很好的样子。

陈子桑警觉地看向顾森，压低声音说："凶手就是个善于伪装的人，他肯定暗中观察过我姐姐，故意利用老奶奶借机接近她。不过按照老奶奶的记忆，我在想凶手当时的年纪应该和我们现在差不多大，换句话说可能只是比我姐姐大了两三岁。"

顾森表示赞同，但他总结得更为详细："时间过去七年，现在他应该是个三十多岁的男子，拥有一定的文化水平。按照你姐姐一米六五的身高，这名男子的身高应该是一米七五到一米八之间。但至于老人家所说的戴了一副眼镜，那很有可能是伪装。"

"不过我姐姐不可能在叫一个人的名字时用'喂'来称呼，这不礼貌。"陈子桑怀疑了这点，又看了看老奶奶，对顾森说，"会不会是奶奶听岔了，误以为我姐姐叫的是'喂'？"

顾森点点头说："听错是必然的。她连你和你姐姐都区分不出来，再加上这老人心肠软，别人说什么她就信什么。"

陈子桑无语地看了他一眼，随后说："把这消息告诉潘队吧。他们不是在局里查七年前甚至更早之前的资料吗，可能这个人员信息对他们的筛选会有帮助。"

顾森将他们刚刚知道的信息发给了潘清，但他在最后加了一句："不太清楚到底是不是叫这个名字，但我觉得这是最接近'喂'这个音的。有这两个音的字你都试试。"

老奶奶在第三站就下车了，下车前还朝陈子桑他们挥手，嘴里还是寒暄个不停。陈子桑觉得有些心酸，那么大的案子于她老人家来说几乎是过眼云烟。或许，她压根不知道，又或许她压根不想记住。

到了永市，时间还很早。永市是个繁华的地方，来往人也很多。加之天气好，每个出来逛街的人都神采奕奕。

"高雅莎的家就在前面。"陈子桑将手机开了定位，按照地图上的路线一步一步走了过去。

顾森时时刻刻在观察着周遭的环境。昨晚也去看了发现陈子屏尸体的公园，其实离家不远。

"到了。"

走了将近三百米的距离，陈子桑停在了一个小区门口。

这个小区建的时间比较早，和其他建筑物相比明显有了年代感。两个人走了进去，来到了4幢2号201室。

顾森敲了门。

"谁啊？"是女人的声音，闷闷的，就和这厚重又感觉很潮湿的门一般。同时还伴随着狗叫声。

女主人开门，是个随意扎着头发的中年妇女，身上还系着围裙，另外一只手上还戴着塑胶手套，湿答答的。

顾森一看就知道是高雅莎的妈妈，于是上前说："阿姨您好，我们是高雅莎的朋友。其实也不是朋友，只是在医院看病时有受到过她的照顾。"

高妈妈狐疑不决地盯着顾森和陈子桑看，脸上神情晦暗不明。可却终是在听见女儿名字后卸下了防备。

"谢谢你们还记得她……"她面带愁容地侧了侧身，让他们进了屋。

陈子桑虽觉得骗人不好，但如果说明真实来意，只怕会被扫地出门吧。案子没有破，好不容易生活重归于平静，又翻浪涌来，实在是让人不得不恨。

"谢谢。"陈子桑被邀请进门之后，低头致谢。

高雅莎家里铺的是地板，有几块已经发出嘎吱嘎吱的响声。家里养的小柴犬吠了几下后停止了，它试着过去在陈子桑和顾森身上来回嗅，最后竟躺在地上翻出肚皮，想要求抚摸。

坐在沙发上的陈子桑见状，伸手就去摸小柴犬，小柴犬很是享受。高妈妈倒了两杯茶过来，见狗狗如此，有些意外。

"自从莎莎走后，它就再也没有对外人这么热情过，这还是第一次。"高妈妈说着，不知道是欣慰还是酸楚。她将装了茶水的一次性杯子置于他们跟前，也坐在了他们对面，"莎莎本来是想当医生的，可是成绩不好。初中毕业就去读了卫校，也算是圆了她一个心愿。"

高妈妈说这话时眼睛一直盯着自己的指尖，说话夹杂着叹息声，那种深入骨髓的哀叹让整个家的氛围都显得沉重、窒息。

"人死不能复生，您一定要保重身体。莎莎是个善良的好姑娘，她也一定不希望你为她这么难过。"这话还是顾森说的，他们并没有接触过高雅莎，说这话是因为他看的高雅莎的案卷里，对她周围朋友的调查都对她给出了肯定，说她是个好姑娘。

但也许只是因为人死了，人们对其的评价也变得善良宽容了。

"嗝，我们莎莎是个傻孩子。毕业了就知道工作，没有正经地谈过男朋友。如果她还活着，我兴许连外孙也抱上了。"高妈妈无不遗憾地说。本来对于这种只有一个孩子的家庭来说，失去一个就等于失去了一切。

陈子桑挪动了下位置，手从狗狗身上收了回来。而狗狗一直往她身上跳，希望她一直抚摸它。

"莎莎没有交往的对象吗？我们当时在医院听她讲好像有过一个男朋友？"陈子桑故意这么说，只是想证实自己的想法。

高妈妈眼里闪过一丝惊讶，但很快又恢复平静。想来孩子这总是上夜班的工作性质，很多事情可能还来不及和她交流。她只是从兜里拿出手机，想到什么似的对陈子桑说："有没有交男朋友莎莎真的没有说。不过有一次，就是莎莎出事的前几天……她很开心，回到家和我拍了张合照，那天莎莎才上完夜班回到家。"

"您是觉得那天的莎莎异常开心吗？"陈子桑小心地反问。

不自觉中，高妈妈又抹了下眼泪。她抽泣着将手机递了过去："就是这张照片。莎莎那天虽然很疲惫，但真的很开心。"

顾森和陈子桑接过手机查看了下照片，两个人将照片放大之后顿觉事情巧合得诡异，便偷偷用自己的手机将这张照片拍了下来。

"她真漂亮。"陈子桑将手机递还给高妈妈，顺便假装无意地说，"她脖子上的项链也很漂亮。"

高妈妈拿回手机，又叹气："是啊，那项链我也看见了。问她哪儿来的，她说是秘密，完了又说是别人送的。我说看起来很贵重的样子，太贵的东西我们不能收。那孩子笑着说心里有数。我只是没想到，这照片居然成了我和她最后的留念……"

"您别难过。"陈子桑起身走到高妈妈身边，抬手轻轻地抚着她的背，安慰道。

顾森此时也起身，对着高妈妈说："我们今天刚好回来办点事，就想着顺路过来看看。希望没有叨扰到阿姨。"

高妈妈摇头，捂着嘴，依旧难过至极。

"有时间我们会再来看看您的。"到最后，陈子桑他们也没有将此行的目的对高妈妈全盘托出。

那个杀了她女儿的人还逍遥法外，而站在她面前的陈子桑却成了新的目标。这些都无法说出口，于是只能隐瞒，如果隐瞒能让她心里好过点的话。

走出高雅莎的家，陈子桑和顾森的心情都相当复杂。被害者家属就是一群被时间遗忘的人，他们的时间是停止的，他们痛苦是因为他们无法前进。

"这么说来，那串项链并不是被害者的，而是凶手的？他送给了他选定的被害者，继而将她们杀害？"陈子桑走下楼梯时，不敢相信地对着顾森说。

顾森也觉得此时陈子桑的这个推测比较符合逻辑，但他唯一不明白的是，这串项链除了选定被害人之外，还有什么特殊的意义？

他送给了被害者，继而将她们杀害。那么很有可能是凶手仇恨着戴着这项链的人，可这串项链原本是属于谁的？

"我们还要接着去看看其他被害者才能下结论。"顾森这么说的时候接到了潘清的电话。

电话里头，潘清的声音很着急。但他还是努力地心平气和地告诉顾森，他们已经去过川城和武县的被害者家里，家属情绪仍旧很激动，其中川城王佳欣的父母知道来的是警察，装了盆冷水就往他们身上泼，又是哭又是喊，说警察无能，不能还他们女儿一个公道。

但好在潘清明白被害者家属的心理，他能够体谅，即便被水泼得湿了衣裳，他还是恳请他们配合，毕竟他们再难过也希望警察能够抓住凶手。

"那你没事吧？"顾森难得地关心了一下。

潘清长叹一口气道："没事，就是发型乱了点。不过有个很奇怪的地方，就是被害者家属都有提到过一串项链，很漂亮的项链。但都没有照片，根据描述很像是陈子桑说的那串。他们见到那串项链没多久，女儿就出事了。所以，那串项链才是凶手的标识是吗？"

"果然是这样。"顾森低沉地回应了一句，随后看了眼一直在旁边盯着自己打电话的陈子桑，又对着电话那头的潘清问，"关于那个凶手，有查到什么？"

"在筛选过去十年的案子里，我们并没有什么发现。但在十五年前有个案子很变态。丈夫杀死了自己的妻子，就在公园里，目击者是他们的儿子。这个丈夫被逮捕之后，在狱中的第三年就生病死了。"

十五年前……丈夫是第三年病死的，时间上很吻合。

"你还没说怎么变态。"这时，顾森看见路边有大车开了过来，不停地鸣着喇叭，下意识就伸手将陈子桑拉到了自己右侧。

而后，大车开过，路边灰尘飞扬。顾森护着陈子桑，没拿手机的那只手挡着她的脸，生怕沙子飞进她的眼睛里。

"你再说一遍，刚刚太吵了。"等到车子开过，顾森重新对着潘清说了一遍。

结果在潘清耐着性子重复了一遍之后，顾森真的觉得那起案子有够变态的。

十五年前的那起案子里，男子发现自己的妻子和别的男人有暧昧，还发现妻子一直接受着陌生男子的礼物。于是两人吵得不可收拾，为了躲避家中的孩子，两人吵到了公园里。

结果，孩子出来找自己父母的时候，透过树杈看见自己的父亲一边掐着母亲的脖子一边强行性交，孩子就这样亲眼看着父亲将母亲掐死了。

"你有看过那起案子的现场照片吗？"顾森只觉这案子非同小

可，那孩子很有可能是他们要找的凶手。

"我得回局里才能发给你，我现在也在外面跑。"潘清突然间打了个喷嚏，又对顾森说，"我先不和你讲，同事打电话来了。你们两个行事小心谨慎，半个小时后我再打你电话。"

"嗯。"顾森挂断后，表情凝重，看向陈子桑时眉头也没有舒展。

"什么情况？"陈子桑着急地问。

顾森和她并肩往前走着，简单地回了一句："应该马上就能确认凶手的身份了。"

"你说真的？"陈子桑的心跳陡然加速，尽管还能克制住说话时的声线，但情绪有些激动。

之后顾森就将潘清说的一些情况和他们刚刚调查的吻合的线索告诉了陈子桑，确认凶手就是在利用项链这个刺激源来杀人。

"我在想曲婧之所以能拿到那串项链，是因为凶手在杀了你姐姐之后不小心遗失了或者发生了其他什么意外。而凶手之后想要拿回项链，却碰见了曲婧，但我想是曲婧故意让他撞上的。"

绕来绕去又停留在了那串可疑的项链上，而在电话里潘清所说的丈夫杀害妻子中，妻子收受的那些礼物中会不会也是饰品。

说好半个小时后再打电话的潘清居然三分钟后又打了回来，语气更是强烈。

顾森不解地反问："怎么了？"

"你和陈子桑先找安全的地方待着！"潘清几乎是吼出这句话的，吼完之后他又极力克制住情绪，压低声音道，"纪教授出事了。"

/
第四章
你是比生死更重要的事
/

"快走。"顾森挂断电话之后，拉着陈子桑到路边马上拦了辆计程车之后快速赶回到了潼县。

陈子桑不明其意，为此她的不安被放大到了极致，她能从顾森的脸上看到"坏了"二字。

"谁出事了？"在计程车上，陈子桑固执地问。她直截了当地问了个"谁"。有时候，她真的很讨厌自己这样，看穿了又不得不说出来，那咄咄逼人的态度曾经惹得多少人厌恶。

顾森也在强压住内心的不适，回答道："纪教授。"

"教授？教授怎么了？"陈子桑很是紧张地问。纪教授怎么会出事？他出了什么事，和案件有关吗？这一系列的问题全部浮现在了她的脑海里，她恨不能现在就回到金市。

顾森没有回答，因为他也不知道。

两人很快回到潼县，再次进入陈子桑家中时，顾森将门反锁，双手搭在她的肩上说："我现在不知道纪教授发生了什么事，但按照潘清当时的语气表明这件事一定和凶手有关。纪教授在找曲婧留下的项链，我们都知道，凶手也可能知道了。"

"所以呢？"陈子桑看着顾森眼中的自己，那么的惊恐又那么的憎恶着现实中所发生的一切。她问，"我们接下来要怎么办？"

顾森直起身子，环顾家中的一切，对陈子桑说："如果纪教授已经找到项链，那么现在项链一定在凶手手里，他想要杀你，必然需要一定的仪式。你明白我说的话吗？"

在顾森说出这句话的时候，陈子桑就懂了。越是这样，他们越是不能乱了方寸。凶手在一步一步实现他的计划，他们都在他的计划里。

那么既然这样，就顺着他的意思来吧。

当晚半夜，潘清发来的信息中只字不提纪教授的情况，只是将十五年前那起案子的相关信息和照片发给了顾森。

所有的信息都和顾森脑海中的推测一一重合，可怕到令人毛骨悚然。只是他仍然需要去验证一些事情。

而信息最后，潘清似无奈地打上了这么一句话——"查无此人"。顾森躺在沙发上，手背覆于额头之上，闭上眼吐了一口气。他想了很多，但想得最多的仍然是陈子桑的安危。

卧室里的陈子桑也彻夜未眠，她想不通人为什么会有如此恶意？带着杀心四处杀人？人之初性本善，究竟是从什么时候开始转变的？一个人要变坏有多容易，又是谁一开始就种下了恶果。

而他们在做的事情，到底能将这个社会净化到什么程度，还是无法产生一个定论。

惴惴不安的第三天，天刚蒙蒙亮，睡在客厅的顾森就被外面细微的动静吵醒。人声、警车声还有救护车的声音。

他翻身坐起，走到窗户前，撩起窗帘一角看到早起的老人漫步蹒跚地朝着前边不远的地方走去，一个两个看热闹似的跟上去。顾森微微蹙眉，发现他们走去的方向正是前方小公园处。

"那不是发现陈子屏尸体的地方吗？"顾森心想，略微觉得事情不妙。

此时，陈子桑也从房间里开门走了出来，面色愁容。她一晚上基本没睡，外面一点动静都能让她紧张万分。

"怎么了？"她看到顾森站在窗边，脸上的表情也是隐晦不安，忐忑地问了一句。

顾森放下窗帘，看了陈子桑一眼后说："把睡衣换了，我们出去看看。"

陈子桑点头，刚要转身回房，只听见顾森闷声道："在男人面前，就算是穿着睡衣，你也要把内衣穿上。"

"变态！"陈子桑双臂交叉捂住胸口，骂了一句便飞一般地冲回卧室将门甩上。

"嗯。"顾森无奈地摇头，这一大早受的刺激还蛮大的。

十分钟后，两个人匆匆地赶出门循着声音和人群来到了目的地。那个地方果然如顾森猜测的一样，是发现陈子屏尸体的公园。

这个公园因为发生了陈子屏的事情之后，很长一段时间没有人来这里锻炼身体、坐着闲聊，一度被闲置。但时过境迁，去年还是前年的时候给草坪翻了新，置放于公园的器材也换了新。

慢慢地，就不再有人介意，血腥味消散，人们绝口不提以前那起悲剧，没有什么不能重新开始习惯。

"不好意思，让一下。"陈子桑挤进围观人群中，一种非常坏的感觉从心底诡异地滋生。

跟在她身后的顾森也在围观群众诧异的眼神中随着陈子桑挤到最前面。

"何月季老太太怎么出事了？"群众交头接耳着。

"不知道，大清早的有人过来锻炼给吓了一跳。老太太满嘴都是血，不省人事。"

"还活着吗？"

有人这么问，却没有人回答。

陈子桑看见警察在里面拍照，另一边有警察对着村民在做笔录，看样子是目击证人。陈子桑刚想和顾森商量下怎么进去，就有个当地派出所的民警走了过来，问群众是否有人认识受害者或者是前一天有碰见过她的。

"我认识！"陈子桑不管三七二十一就举手说。是顾森帮她举起手来的，搞得像学生上课举手回答问题一样。

民警看了眼陈子桑，觉得这么早出现在这里的年轻人也很有问题，忍不住怀疑起了她说话的真实性。而且，这两个年轻人一男一女的，模样还这么出众，真是有点摸不着头脑。

"何月季，现年七十八岁，记忆力极差，去过养老院。但和养老院里的老人合不来，又回到村中。前几年还受过大学生志愿者的帮助，昨天我们只见她只身一人去了小溪村。"面对着民警给出的怀疑，顾森果断采取了主动进攻的手段。

"看来你记忆力不错。"民警愣了下，又对顾森给出了肯定，

"所以昨天你们两个看见她了？"

"是，她昨天还好好的，还能回忆起好几年前的事情。"陈子桑急忙回答。

围观的群众纷纷窃窃私语，眼睛不住地往陈子桑身上瞟。而此时，顾森告诉民警说："我们两个是警校的学生，暑假大概会过来实习。"

民警一听是学弟学妹，立马客气了起来，但转念一想又问："那你们怎么在这儿？今天不是应该上课吗？"

"有份作业是关于七年前某个案子的分析报告，我们经过老师和队长的批准先来实地考察一下。"顾森冷静地说着，随机应变的能力真不愧是全校第一。

然后一边心理素质稍差的陈子桑只有使劲点头附和的份。但与此同时她才想起一个问题，那就是七年前顾森晨跑经过这里，也就是说顾森的家实际上距离自己的家不过几百米或者几千米？

那他为什么不回自己家睡觉？！

想到这个，陈子桑不合时宜地狠狠白了眼顾森。顾森当时还觉得挺莫名其妙的，后来想起才坦白七年前发生那件事之后没多久因为家里父母工作关系便搬家了。要不然，咫尺之遥，他和陈子桑也不会过了这么多年才相遇。

"哦，这样。"民警看起来明白似的点点头，然后一只手抬起了警戒线，"进来再说。"

于是，顾森和陈子桑便一同钻进了案发现场。

何月季奶奶躺着的地方并不是当年浸染陈子屏鲜血的地方，可距离并不遥远，仔细算来，只有七步路。何奶奶的头被塞进矮灌木丛中，正面朝上，满脸鲜血，干枯的双手指节扭曲，狰狞地述说着当时她是如何在恐惧中挣扎。

"舌头被剪掉了，眼睛也被挖出来，鼻头也被割掉了。你说和一个老太太能有什么仇怨，下这样的毒手。"民警蹲在尸体边上，悲愤地说。

这些陈子桑和顾森都看在眼里，那个凶手一直在跟着他们的脚步。他们怎么连被跟踪了都不知道，那现在呢？现在把老太太杀了是想警告他们什么？

"器官呢？"陈子桑此时反倒冷静得可怕，她也蹲在老太太身边，望着这个昨天才谈过话的眉目慈祥的老人，今日却因为自己丧了命。

可唯一不同的是，老太太并没有被开膛破肚。其实陈子桑一直觉得凶手对于开膛破肚这一执念源自于病态地寻找某物。他此前将被害者的肠子等内脏拉出，搅得一团乱，那看起来就像是在拼命找什么。

如果是这样，那他找的是什么呢？

"器官被钉子给钉在了树上，这不县局里的法医还在那里弄呢。真是，我才刚调来这个地方半年，就碰上这么个事。"民警感叹自己的"运气"，语气里满是对这一惨象的无力。

顾森则什么都没有说，这案子反正潘清会接手。而且重要的是，现在他能肯定凶手就在他们身边。

三个人站起身后，民警对他们说："那你们两个跟我回所里做个笔录。"

"好。"顾森答。

陈子桑摸了下口袋，对顾森说："你先去，反正你什么都能记住。我回家里拿下手机，很快就过来。"

顾森抓着她的手腕叮嘱道："有事随时联系。"

陈子桑点头。

看着女生跑回家之后，由另外一个民警带着顾森回了所里。期间，顾森再次拨通了潘清的电话，得知潘清已快到潼县。在顾森一再坚持地追问下，潘清才不得已说出了纪教授的情况。

纪教授是在家中被袭击的，身上被捅了很多刀。现在倒是抢救回来了，只是仍旧没有清醒。

得到这样的回复，顾森没有觉得一点轻松。想来挺可笑，凶手一个人，他们这么多个人，却怎么都赶不上他一个。

公园里，现场勘查仍在继续，围观的群众走了一拨又来了一拨之后，这天总算是彻底亮了。

"手机，手机……"陈子桑回到家中，打开卧室房门，在床上、枕头下找手机，可奇怪的是手机怎么也找不着。

此时，外面房门正被人不动声色地缓缓关上，慢慢地将陈子桑同外面的世界隔绝开来。天空渐渐地消失在陈子桑的背后，那门缝中仅剩的一条光线也静静归于湮灭。

陈子桑在找手机的过程中突然身陷于格外安静的环境中，这过分的安静让她浑身都觉得异样。陈子桑不动声色地佯装还在寻找手机，脚步却一步步地靠近卧室房门，她想要将房门关上。可她一转身却赫然看见客厅正中央杵着一个人型模特，缺胳膊少腿，浑身赤裸，唯独脖子上挂着一串闪闪的项链。

模特那苍白空洞的眼神此时正对准陈子桑，那空寂的阴森氛围让陈子桑全身战栗，她没时间细想，一个大跨步上前想将卧室门锁上。

然而，一个黑影就在此时突然出现在眼前。陈子桑惊恐得怒睁着双眼，她终于看清这个罪恶滔天的人，来不及动手却被对方持以重物凌厉又残酷地击中脑袋，当即失去了意识……

顾森在所里做笔录时，一直看着时间。就路程来说，陈子桑就算是慢慢走路二十分钟也足够走到派出所了。

"不好意思，我要打个电话。"心里产生的强烈不安让顾森选择中断录笔录，他从报警窗口站起身来到门口，拨通了陈子桑的电话。

此时派出所门口吵吵嚷嚷的，有兄弟间因为一点鸡毛蒜皮的事争吵不休的；有职工在工作中受伤要求高额赔偿，老板不同意而恨不能动起手来的；更有未成年女儿非要和对方儿子私奔，双方家长互砸家底儿的……民警们都在耐心地做着调解，然而人和人之间的关系在涉及双方利益时都会变得非常僵硬，都觉得自己更委屈，都觉得自己更吃亏，都觉得自己最有理。

陈子桑的电话始终无人接听，听不到她的声音，顾森觉得整个世界都空洞得可怕。他耳朵嗡嗡作响，夯了毛似的暴躁让顾森完全丢下笔录这回事，不管不顾地冲出了派出所。

他跑在来时的路上，什么都不敢去想。那种不愿意承认的自欺欺人让顾森只能拼命地祈祷他所担心的不过是因为自己的过度紧张。

没几分钟，顾森就跑到了那个公园，老太太的尸体已经被运走，但人群依旧没有散去。已经到了这段路，他还是没看见陈子桑半点身影。

等到顾森气喘吁吁地跑到陈子桑家中，一眼看到那虚掩着的门时，那种前所未有的恐慌侵袭了顾森所有的感官。他上前谨慎地推开门时，手竟有些微微颤抖。

可怕的从来都不是未知的东西，而是明明知道却不敢相信的某种存在。

屋里寂静得惹人尖叫，放眼看去，客厅还是客厅，房间还是房间。可这看似一尘不变的表象之下是暗涌的翻腾。

顾森顺手就拿起了陈子桑家玄关处放着的棒球棍，一步一步谨小慎微地朝着房子深处走去。在这过程中，顾森尽量让自己的呼吸声放到最轻，实际上他也正在不由自主地憋住气息。

在越过客厅沙发的时候，顾森忽而冒了一身冷汗。他定睛一看，客厅地板上多了一个人型模特，残缺不全，横躺在沙发后面。顾森看到模特的第一眼以为是陈子桑，突如其来的刺激让顾森手心都冒了汗。

可看到了这个，顾森越发紧张起来。客厅并无打斗痕迹，可凭空出现的人型模特却说明这个家里有第三者闯入。

他慢慢地挪到陈子桑房间，房间门是关着的。他伸手握住了房间的门把手，浑身细胞都在沸腾紧张着。这一开门的动作似乎都用尽了他所有的力气，他顺势将门推开，自己则侧身于房门左侧。

房门打开，但里面依旧没有陈子桑的任何踪迹。顾森的双眸此时如鹰隼般锐利，他竟在此时想起何队拿他和陈子桑蹦极开玩笑这事，他那个时候曾说"能够同年同月同日死也是好的"。

是，这并不是一句顺水推舟的玩笑话。死亡固然可怕，但真的有比自己生死更为重要的事。

而那件事，在此刻，就是陈子桑。

豁出去了。顾森捏紧手里的棒球棍，迈出了左脚。当他半个身体进入房间时，屋内左侧突然有身影唰地逼近他，而离他鼻尖处一点点的距离是一把锋利的匕首。

那刀光瞬间闪过他的胸前，得亏顾森反应快，立马往后撤了一步，全身而退。他还没来得及喘息、没来得及看清对方的样貌，锋芒的刀尖又直直地朝他刺来。

出于防守，顾森往房间内退，一下子就被逼到了床头。当刀尖冲着他的胸膛刺来时，他抢起棒球棍就直接爆了对方的头。穿着黑衣套头衫、戴着黑色口罩的人一下子就踉跄摔倒在了地上，但手中的匕首依然被其紧紧攥在手中。

此时，顾森喘着气，庆幸自己拿的是棒球棍。匕首这刀具近距离的杀伤力最大，可现在两人离得较远那人要是将匕首扔向他，明显就失去了唯一的杀人工具。

顾森正欲上前，却被对方顺手从地上捡起的一只陈子桑的拖鞋差点砸到了脸。而就是这一虚晃的扔掷动作让对方瞬间起身蹿至顾森跟前，一脚将顾森踹置于地上，并将全部的力道都聚集于匕首上，带着满满的杀意再次想要了顾森的命。

顾森此时已被压制于地板上，因为倒地动作过猛，棒球棍脱离了手心。而他此时只能放弃棒球棍，双手抓着对方持有匕首的手，那刀尖的一点点晃动都让他双眸吃力、发酸。

"你不是看见了我的脸吗？七年前不说，现在你没机会了！"

他终于开口，话语里满是对顾森的了解以及深深的恶意。但顾森却听出了他声音以及装扮的怪异之处。既然他以为自己已经看见了他的脸，那他戴着口罩还有什么意义？

"陈子桑在哪儿？"在奋力地和凶手以力量相搏时，顾森额头青筋暴起，咬牙切齿地质问道。

"嗬，陈子桑……她是我的，你知道吗？她是我的！"凶手忽然歇斯底里地大叫起来，眼露凶残，布满血丝。

匕首似是想剜掉他的双眼，但哪怕凶手杀意再强烈也比不过顾森想要救陈子桑的决心。

"她不是你的！七年前死去的陈子屏也不是你的！"顾森怒吼一声后铆足劲使了力将凶手掀翻在地。

他才刚用手肘撑起身子，凶手却再一次固执地扑了过来。顾森倏地起身，紧皱眉头，迎着他冲过来的姿势飞身跃起就是凌厉的一脚，将其踹翻在地，这次他手上的匕首终于滑落出去了。

此前凶手头部已经受到重击，现在又挨了顾森一脚，起身的动作缓慢了不少。顾森就趁现在骑在他身上，狠狠地冲着他的脸又给了一拳，而后不管三七二十一摘了他的口罩。

可就在看见口罩下的真面目之后，顾森瞳孔瞬间放大。这一次次的震惊就像是晴空万里的霹雳雷声，吓得人不轻还总担心突降暴雨。

对于顾森来说，也不例外。

原来是这样。顾森一副茅塞顿开的样子，他双眸微敛，总算是说得通，事情原来是这样。

然而此时冰冷的枪口突然抵在了他的眉心上，那黑洞洞的枪口下是一张狞笑诡谲的脸，那长长延伸至耳朵的伤疤就像是地狱的诅咒，可怖至极。

"去死吧！"

枪声响起，就在陈子桑的闺房中，惊得周围想要停歇的麻雀一下跃起飞往空中，扑腾着翅膀胆战心惊。

"嘭"的一声枪响，让马上就靠边停车的潘清的心提到了嗓子眼。他急忙打着方向盘将车子停在了陈子桑家前面的一条巷子里，他的车子开在最前面，便等于示意后面同事的车同时靠边停下。

"注意点，有情况。"潘清对着对讲机说了声，然后拔枪握在手里，打开车门快速地朝着陈子桑家所在的位置移动。

潘清在移动过程中，脑海中一直在判断这声枪响究竟来自于谁的枪。顾森和陈子桑不可能有枪，凶手如果有枪的话，那他杀人时何必那么麻烦？

等等！这时潘清脑海中有什么突然灵光一闪，那是曲婧。他脑中居然浮现了曲婧的样子。

如果有关联的人都不可能有枪，那么死去的曲婧的手枪就有可能！七年前，曲婧死后他们在整理她的遗物时没有发现她的配枪。当时局里的领导都在怀疑凶手拿走了曲婧的配枪，一时人心惶惶。但唯一庆幸的是，凶手没有再作案，也没有发现类似于枪击案的案件发生。

那么，七年后凶手再次出现，如要杀了陈子屏的妹妹陈子桑以及看过他真实面貌的顾森，对付他们枪就显得很有必要。

潜伏于陈子桑家门口的潘清对着同行的同事打了个前进的手势，几个人慢慢地进入那仍旧虚开着的大门中。

在进入客厅后，打头阵的潘清突然在沙发后停住将枪对准了横在那里的那具人型模特。

"我去。"潘清在心里咒骂了一下，这玩意简直能把人吓死。但是这意外出现的东西让潘清更加谨慎。

"潘队！"这时已经搜索各个房间的同事都安然退出，表示里面没有情况，只有进入陈子桑房间的人有了反应。

潘清赶忙持枪走到了陈子桑房间的位置，立马冲着同事大喊："快叫救护车！"

房间窗户边是倒在血泊中的顾森，他还没有完全失去意识，可脸色已经惨白，他还在挣扎着起身。

"顾森你忍着点，马上救护车就来了！"潘清上前想要扶起顾森，却发现他出血很多，"凶手开的枪？"

"如果我……我没有推测错误……那是曲婧七年前的配枪……他开了两枪……陈子桑被他带走了，我们的时间不多，他很快就会杀了陈子桑……"

顾森的嘴唇已然毫无血色，这让潘清更是害怕。与此同时，有关于陈子桑的消息也是他最不愿意听到的。

"凶手一定没逃远，你们赶紧去看看。"潘清对着同事喊道，现在这个时刻，他除了喊实在是找不到其他的说话方式。

顾森抓着潘清扶着自己的手说："我这是贯穿伤，不要紧。止下血就好……潘队，凶手一定还在附近，他抓了子桑后还在这里等着杀我，证明子桑就被他藏在这不远的地方。"

"我向你保证，我一定找到她。你现在必须去医院！"潘清满口应答着，强制要将顾森送进医院。

肩膀处的贯穿伤虽不致死，但皮肉之痛真的难以忍受。顾森那俊美冷酷的脸上此时已然失去了往日的风光，他疼得只想赶快打几针镇痛剂。

救护车来得很快，顾森因为没有力气反抗，被潘清直接送进了救护车内。

"这下子回去要被何锋铭那疯子扒皮抽筋了。"潘清按了按太阳穴，救护车一走，他立马整装出发，在这附近进行搜查。

按照顾森所说，凶手一定隐藏在这附近，而且很有可能日夜监视着他们，不然他从哪里知道陈子桑他们的动向，甚至还杀了一个只是和他们攀谈过的老太太？

"潘队，上次你让我们查的那人有消息了。"这时，还在局里做着各种信息比对分析的技术科同事打来电话说。

潘清顿时振奋道："别磨叽，你快点说！"

于是在同事的口述中，潘清算是明白了。顾森告诉他的信息中，那个叫作"吴伟"的人其实叫作"吴为"。

碌碌"无为"的吴为。顾森只是猜错了一个字。这个叫吴为的男子在他十五岁的时候目睹了父亲将母亲残忍杀害，从此这一场景犹如噩梦一般缠绕着他。

成长的岁月里，失去了监护人，远方亲戚小姨在他年满十六岁之后就不再管他了，让他自食其力。可吴为天资聪颖，什么都学得很快。然而，谁也没发现这孩子同时也学会虐杀动物了。

他一直温文尔雅的样子，让邻里都觉得他是个天才。但自从吴为自食其力之后，便再也没有人有过他的消息，然而谁又曾想到天才和恶魔仅有一步之遥。

"对了，那串项链呢？"潘清问。实际上他心里还是觉得那串项链很有问题，既然凶手将它当作作案标识，那么它就应该更富有意义。所以，他认为既然凶手身份已经被查到，那项链也一定可以。

同事听到这个问题停顿了一下，只是对潘清说："这项链其实是吴为母亲死前所戴，是别人送给他母亲的，资料里的那张照片里……"

"哎，你别糊弄我。我看资料的时候，照片里可没有这串项链。不仅照片里没有，就连资料里也只字未提。这到底怎么回事？"潘清脑袋瓜子还是很清楚的，他虽没有顾森超强的记忆力，但对于案卷这些东西还是很敏感的。

同事浅浅叹了口气，不自觉地压低声音说："照片里有，就是没有那么清晰，几乎看不见。"

"我发现你今天说话怎么这么奇怪？我问你为什么资料里没有写那串项链？"潘清重复强调了一遍。

对方则回了一句："潘队，这事你还是不要知道的好。项链本身和案子关系不大，但上头要是知道我在查这个，一定会取消我的权限，而且很有可能会让你不要插手这个案子。"说完，沉默了一下后挂了电话。

潘清心里画了个巨大的问号，但与此同时他更加觉得项链的存在非常可疑。不过眼下还是寻找陈子桑更为重要，既然项链和此案本质无关，那么也就是说不妨碍他们寻找陈子桑。

当时顾森躲过最危险的一枪实属侥幸，凶手一定是听见了警车声才匆忙从窗户逃走，在逃走之际还是对顾森开了一枪。从窗户逃走到他们进屋，这么点时间，他是怎么做到销声匿迹的？

边搜查边想着这个问题的潘清又接到了从医院打来的电话，同事在电话里说："顾森只是打了止痛针，简单包扎了一下。在遇到红灯的时候，他就从救护车上逃走了！"

"啊，这个不让人省心的家伙！"潘清挂了电话，也懒得再去指责顾森什么。既然还能逃跑，那说明他身体就是没事，回头抓到他就不给他打麻药让医生给他缝合伤口！

但是，顾森能找到陈子桑的下落吗？

/

第五章
后会有期

/

　　"每一次划开她们细腻光滑的皮肤时，我都能感觉到兴奋，尤其是她们害怕的眼睛以及忍不住尖叫的样子。但是她们太吵了，所以我只好把她们的舌头割掉了。女人不会说话，这世界真的安静不少。你说是不是？"

　　脑袋的剧烈疼痛，让陈子桑一睁眼就觉得天旋地转，忍不住恶心。额角渗出的血还在慢慢顺着脸颊流淌着，肌肤能感受到鲜血的滚烫。她努力地想要清醒过来看清这个凶手的面貌，可是力不从心。

　　"没事，不要急。打你的时候下手重了点，可能有点脑震荡，你好好睡着休息一下。"

　　他边说边抚上了陈子桑的脸颊，用手指轻轻地描绘着她的眉形、鼻子、唇形，顺着脖子摸到了她的锁骨，手在锁骨之间来回游荡。

　　"你戴着可真好看。"他梦呓一般的声音像是催眠，那颗依旧红得璀璨的宝石像极了心脏，盯着它好似在跳动。

　　陈子桑能感受到身体还是自由的，手脚并没有被束缚，人也只是好好地躺在某个冰凉的地方。这地方闻着有一股腥臭味，类似于那种菜市场关押家禽、宰杀鸡鸭的地方的气味。

　　"这是哪儿？"她有气无力地问了句。

　　他没有回应，而是在摆弄一些刀具。器具之间碰撞的声音冰冷，令人寒毛直竖。

　　他挑起一把剪刀，那是用来剪鸡啊鸭啊之类肚皮的剪刀。他反复看着、细细抚摸着，然后上前站在陈子桑旁边，打量着她迷糊不清的样子，抬手就默不作声地从她肚脐眼位置开始将她的衣服对半剪开。

　　那沙沙的剪刀声以及衣服布料撕裂的声音让这封闭隔音的仓库更

显得阴暗充满着噬人的力量。

"在杀我之前，你能告诉我你为什么要杀了我姐姐吗？"陈子桑的衣服已经破烂，只剩内衣，那裸露的腹部微微发冷，但她并不在意。就算死她也要弄明白过去困扰着她的问题。

他拿着剪刀的手停滞了一下，继而将剪刀放到一边，对陈子桑说："你们女人都一样，一样的自私、一样的贪婪、一样的会选择离开我。"

"那不是我们，那只是你母亲。"陈子桑略微苍白的脸上看不出什么波澜，声音虽有些颤抖，但却掷地有声。

"你知道什么？！"

他听到陈子桑的回答，情绪立马失控，一把将旁边桌上的各种杂七杂八的东西一并扫到了地上，发出噼里啪啦的响声，但这响声只有他们能听见。

"她是爱我的！她死的时候眼睛一直在看我！她死的那一刻还在看着我……哈哈哈，你们不明白，你们的眼睛都看不到我，既然看不到留着有什么用呢？"

陈子桑听到他放肆可悲的笑声，也轻轻地笑了下。她说："那被掐死之后凸起的眼球一定很可怕吧？你剜去她们的眼睛是因为你害怕，害怕再次看见你母亲那双眼睛。"

"闭嘴！"他抬手狠狠地甩了陈子桑一巴掌，然后转身再次拿起那把剪刀恶狠狠地掰着陈子桑的嘴巴说，"我说了话多的女人不好，非常不好！"

到了如今这个关头，真相不真相的也没什么差了。陈子桑就在凶手的刀刃下，真相不就在这里显而易见吗？

"我姐姐把项链还给你，你觉得她要离开你，不重视你，所以你把她杀了是吗？"被捏着嘴巴、两腮疼痛的陈子桑依旧不紧不慢地问，"至于你嘴巴上这条如蜈蚣一样恶心的伤疤应该是被曲婧伤的吧？所以你这七年来都没有作案，是因为你的脸已经丑到无法骗取女孩的信任了是吗？"

"说！说！我让你说！"他再次抬手狠抽陈子桑的嘴巴，狂躁又急切地在一旁的桌子上找寻着什么。

一会儿后，他俯身从地上捡起一只打火机，点燃。丑恶阴险的脸映着一点点火光逼近陈子桑，那狂暴糟乱的姿态恢复了平静。

是啊，对于他来说，还有什么比折磨人、杀人更让他心平气和呢？

仓库里，只有陈子桑痛苦的尖叫声以及他平和的呼吸声。他的呼吸声淹没在陈子桑的叫喊声中。

他慢慢地用火光灼烧着她的每根手指，这么漂亮有力的手指，烧黑的样子可真难看。

他想。

如果七年前和陈子屏约好见面那天没有出车祸，他一定会把陈子屏的尸体藏得好好的。毕竟那是他除了母亲之后第一个爱上的女人，可这样的女人总是要离开他，在他受了伤之后仍然选择离开。

她们为什么这么残忍？吴为想不通，所以他想要看看她们的心脏是什么样的，红的还是黑的。

里面的声音传不出去，外面的声音传不进来。即便潘清等人就在这附近，也依然无法得知陈子桑的下落。

而另一边的顾森身上还穿着带血的衣服，嘴唇毫无血色地跑在回来的路上。他在脑中一遍遍地计算着吴为带走陈子桑所需要的时间以及回来埋伏他的时间。

这点时间实在是太少了！少到吴为根本没法将陈子桑这么大个人藏起来，尤其还是在这青天白日里。

他一定就在附近，一定还在！

想到这里，顾森再次加快了速度，肩上的疼痛让他咬着牙前进。路过的人们看见一个身上带伤奔跑在街边的男子都纷纷站在原地看着他，想着这不是个傻子就是个疯子。

于是大家又都离得远远的，毕竟衣服上的血迹令人恐慌。

"潘队你现在在哪儿？"顾森气喘吁吁地打着潘清的电话。

潘清接到顾森电话，自然肯定是先反问一句："你在哪儿？啊？从救护车上跳下来，你还要不要命了？"

"找到陈子桑了吗？"他紧张地问。

潘清看了看周围，他都快搜索到这居民区外的大道上了，却没有发现陈子桑的一点踪迹，这不合理，但也是事实。

"潘队，陈子桑家周围的房子你有检查过吗？"顾森问着，此时他已经跑到了陈子桑所在的路口处。大汗淋漓加上肩上又再度渗出的鲜血，他此刻的状态就像是在濒临昏厥的边缘。

"我都查过了。那一排住房前后两排八个户主。三个住户是老头老太在自家房门前跳广场舞，另外两个住户上班没在家，还有一户据说出国旅游去了，房窗都锁得好好的。还有一户则是住着一名孕妇和四条狗，都在自家客厅里休息着。"潘清说得很清楚，他根本也不可能放过任何一条线索。

顾森跑进了住宅区，但没遇上潘清。他径直往陈子桑家中跑，对潘清说："前后左右都要查，尤其要查家中没人的。吴为既然能时刻监视我和陈子桑，证明他就躲在离陈子桑家很近的地方。吴为为人狡猾，就算家中上锁也有可能只是假象。我现在已经在这里了，你先告诉我，出国旅游的那户人家是哪幢房？"

潘清顿时一个激灵，觉得顾森说得相当有道理。锁上门不代表里面没人，这很有可能只是为了迷惑外界。但家中没有人，他们又没有申请搜查令，这样直接闯进去要是凶手没在里面，他们可不得挨上面领导一顿批。

但是——

"一幢一号。我马上派人过来。"潘清说完就挂了电话，对同事说，"你们去其余没进去过的房间再检查一下，爬上窗户也要给我看看里面是什么情况，实在不行联系户主，让他们回来开门！"

说完，潘清带着另外一名警察直接往一幢一号跑过去。

陈子桑的家是二幢三号，从一幢一号看过来完全能看到他们从家中出门的时间以及进门的时间。

顾森心里越发毛躁起来，他能想象陈子桑会遭到的折磨。他害怕陈子桑会熬不到他去救她，他真的害怕一个转身就看见陈子桑的尸体……所有能够想象的情况，顾森只能接受她还活着的结果。

一幢一号确实如潘清所说房门、窗户都锁得死死的，看起来并无异样。但顾森在绕到后门时，发现卷闸门旁边还有一扇小门。单看那扇小门像是常年紧闭并无使用的可能，因为小门边缘还有塑料薄膜没有撕干净，手把都因为风吹日晒生锈了。

顾森蹲下身，在这扇小门的门前，看见了清晰的脚印。因为地面上有泥沙，所以脚印留下了半截。这个脚印的朝向是对着门的，也就是说有人想要往里走。

顾森正思考着，小门前的地面上有个裂缝的低洼处，有一样东西映入了他的眼帘。

"怎么样？有什么发现吗？"这时潘清和另外一个警察赶到了，他看到顾森蹲在这地上眉头紧锁，眼睛盯着手里的一块手表，也随之蹲下问，"陈子桑的？"

顾森摇摇头说："不是。"

潘清略微失望地起身，看看四周，想着陈子桑就在附近的可能性虽然很大，可是找不到就不合理了。如果陈子桑就在附近，怎么也能发现点痕迹才是啊。

"潘队，知道怎么开锁吗？"顾森也站起身，转而问潘清，手里依旧是那块便宜得看起来比他的年龄都要大的古旧手表。

"啊？"潘清不明所以，但转念一想急忙压低声音问，"陈子桑在这里面？"

顾森举起那只手表，脸上表情因为毫无血色的关系显得非常沉重，他说："这不是陈子桑的手表，是凶手的。"

"这点小事交给我了。"

潘清反应也是够快，说完便对着同事使了个眼色，该同事立马将枪举起进入备战状态。而后，潘清后退了几步，然后一个奋力上前，抬腿就把门给踹开了。

当时潘清心想，幸好这不是防盗门。

进入之后，小门内右侧是个设置在楼梯下的小洗手间，此时正散发着骚味以及潮湿的气味，夹杂在一起很是难闻。

潘清打头阵，慢慢地往里面移动脚步。顾森走在最后，他心里一直在想如果陈子桑就被凶手关在这里，那么会关在哪个房间？

"潘队，"在潘清准备上右侧楼梯时，顾森叫住了他，遂问，"这户人家是做什么的？"

顾森会这么问是因为感觉这家里有点油腻腻的，并不清爽。

潘清拿着枪回了一句："屠户，杀猪的。"完了他欲上楼，又对顾森说了句，"你小心点。"

这房子也是四层半，可他们只有三个人。另一个警察在潘清到了二楼之后，上了三楼，顾森却仍旧在一楼徘徊。一楼是客厅，但从小门进来往里走，左侧还有一扇门。

他将手放到门把上，还是油腻腻的触感。他轻轻地往下拉的时候，发现门是反锁着的。可这扇门的锁明明就在外面，为什么刚刚推的时候门是打不开的呢？

他屏住呼吸，小心翼翼地尽量不让钥匙孔下面的旋转小锁发出声音。他一手拉着门把，一手谨慎地转开小锁。只听"嗒"的一声响，锁就被打开了。

那一刻不知道为什么，感觉周围的空气都冷清得窒息。顾森按捺住内心的不安，他能感觉到自己的心跳剧烈得仿佛要蹦出胸腔。

他稍稍推开门，门却被某种物体突然击中发出"咚"的响声。随之从里面传来有人使劲发出的叫喊声："他有枪！"

顾森瞬间眉头舒展——陈子桑！

他知道凶手有枪，但此时他找不到其他可以防身的东西，只能冲着楼上大喊一声："潘队！"

但是此时门却猛地拉开，一只拿着枪的手伸了出来。顾森见状，没有退缩，反倒上前一把捏住对方拿枪的手腕，枪被举得高高的。顾森往前，两人瞬间一同跌进了那光线不足的仓库内。

实际上这仓库一开始是车库，但这户人家是做猪肉买卖生意的，便直接在家卖，拉开卷闸门，摆上猪肉就地吆喝了。这户人家有时候晚上会杀猪，为了不打扰邻里，便将这里改成了隔音的，杀完猪之后，再拉开卷闸门，冲洗地上血迹之类的污渍。

没想到，吴为却一下子选中了这里。

而陈子桑在吴为烧她第三根手指的时候她就已经清醒，但却仍旧假装自己昏迷，动弹不得。那个时候，脑袋依旧疼痛，手指疼得要命，她完全是靠着意志力咬牙忍着。

在吴为转身想要拿起另一种工具折磨她时，她抓住这个时机一下子翻身而下顺手抓起剪刀，一把刺进了吴为的背部。这突如其来的袭击让吴为猝不及防，背部的疼痛让他扑向了工具台前，他翻了个身，剪刀再次刺向他。

但第二次被他躲开，陈子桑被他重重地推了一把。也就是在此时，顾森在外面试图打开这扇门，陈子桑看见吴为警觉地掏枪，遂将剪刀掷向房门，以警告外面的人有危险。

但此时顾森同吴为纠缠在一起。猛然进入黑暗中，对光线的不适应让顾森吃了亏，一下子就被吴为挣脱开来，还狠狠地被推在了墙上，肩上的伤口顿时撕裂开来。

"去死吧你！"陈子桑的声音坚定有力，那是折磨之后的爆发力。她手持挂猪肉的铁钩，一下子朝吴为挥了过去。

"啊！"吴为发出一阵凄厉的叫喊声，他面目更加狰狞，那种嗜血的本性一下子爆发，那把铁钩将他背部勾出了一个洞，血肉模糊。可他脚步晃悠了下稳稳站住，抬起手就冲陈子桑开了一枪。

那一枪不知打中哪里，只见陈子桑应声倒在了地上。但吴为仍旧朝着陈子桑倒地的方向继续开枪。而此时顾森见陈子桑轰然倒下，挣扎着爬起来，怒吼一声便冲上前捏紧拳头使出全力打在吴为的脸上，一拳就将其打趴下。随之他又不管不顾地一直一拳又一拳地打在吴为的脸上，拳头上沾满了吴为的血。

顾森喘着气，力气其实已经耗尽，但他仍旧不肯松手。身下的吴为咧着嘴笑着，轻轻一咳都能咳出血来。

"你以为你能救得了谁？哈哈哈，你谁都救不了！陈子屏、陈子桑以及她们的妈妈，都一样，她们都一样，谁都救不了谁，她们都会走……"吴为说话间，手猛然地抬起，手里没有枪，但却不知什么时候多了一把明晃晃的刀。

眼看刀尖就要刺入顾森的身体，又一声枪响。刀子坠地，发出清脆的响声。

潘清手拿着枪，在门口击中了吴为的手，及时制止了他的举动，与另一个同事冲了进来。

"陈子桑！"

潘清想要上前扶起顾森，可顾森却失了魂似的边叫着陈子桑的名字边跑向了倒在角落中的陈子桑。扶起她的身子后，他看见她脸颊流着血，才知道子弹擦过了她的脸颊。

而吴为打出的其余的子弹都无一击中了陈子桑，这不知道该说是幸运还是老天爷眷顾。

"陈子桑，陈子桑……"顾森有些虚脱地唤着她的名字，看见她嘴角的血、红肿的脸颊、剪开后凌乱的衣裳、腹部被利器割到的口子以及烧得令人触目惊心的手指。

这一切都像是万箭穿心一般，死死地扎在他的心里。那种在全身泛起的战栗让他忍不住眼眶泛红，如果不是潘清叫他，下一秒他恐怕就会因为眼前这一幕而哭成一条狗。

哭，对于顾森来说是个很新鲜的词。他从小到大没有失去过什么，活了二十几年，见过的长辈都还健在，爷爷奶奶、外公外婆都还能去广场扭几下。

他无忧无虑，直到撞见了那场连环杀人案。他以为选择警校是因为自己的不甘；他以为他对陈子桑的好是为了弥补自己七年前的无知；他以为他永远不可能喜欢上一个任性、固执，虽然聪明，但偶尔也会无理取闹更甚至是活在亲人死亡阴影下的女生。

但就是这么不讲道理，这样的她却教会他什么是害怕、什么是追求、什么是信仰。

他鼻子发酸，却极力克制。望着她备受折磨后面如土色的脸，他到底还是没忍住，单膝跪地埋着头，抱紧她。

陈子桑，你是怎么做到的？怎么做到让别人如此喜欢你？怎么做到连我都这么喜欢你？

半个小时后，医院送进来了三个人，陪同的却是好几个警察。医院的医生和护士都惊诧不已，后来在抢救室的时候，外面又来了一拨穿警服的警察。

那场面，真的让看病的人都无心看病。

"潘清，我跟你说等下事情结束你别走！"面对着几个得知七年前连环杀人案的凶手抓到的消息急忙赶过来的领导，心急如焚的何锋铭拉着潘清在急诊室大厅外站着，压低着声音，咬牙切齿地说道。

潘清一哆嗦，果然是躲不过何锋铭了。他只能硬着头皮求饶："哥们，你到时候给我留口气，我毕竟上有老下有小。"

"有小个屁！"何锋铭差点就揪着潘清的领口凑人了。

潘清急忙强调道："我不骗你，我老婆怀孕三个月了！我连孩子乳名都取好了。"

"真的？"何锋铭有些吃惊，但心里又特别为潘清高兴，一时没忍住问了句，"小名叫什么？"

"滚滚。"

"……你取的这是什么玩意？"何锋铭一脸的嫌弃，哪有给自己孩子取这样的小名的。

潘清则不以为然，还稍稍有些得意地说："财源滚滚不就是这个'滚滚'吗？"

何锋铭点点头说："嗯，以你的能力能取出这样的小名我替你孩子先谢谢你。"继而抬手拍了拍他的肩膀，摇头走开了。

潘清则在他身后"喊"了声，自言自语道："女朋友都还没有居然敢鄙视我给孩子取的小名，哼。"

一来二去，何锋铭又忘了要追究潘清责任这事了。潘清这人好像有一种能力，能够让人忘记原本找他要做什么的能力。仔细想想，这实在不是个好能力。

顾森和陈子桑还在里面接受全方位的检查，还不确定受了多么严重的伤。只知道过一会儿之后，竟有很多媒体、记者蜂拥而至。

此时，何锋铭才意识到领导会在此处的原因，不由得苦笑。但总要有人向七年前的受害者家属做交代，不仅是对受害者家属，更是对社会做一个交代。

但在领导和记者媒体的商量下，采访要在确认顾森和陈子桑安然无恙之后再进行，但他们并未对媒体透露顾森和陈子桑的身份。毕竟，警校生在未毕业成为一名真正的警察之前，他们永远只是一名学生。

下午三点多的时候，顾森首先在病房里清醒过来。他睁开眼睛的第一时间就问："陈子桑在哪儿？还活着吗？"

床沿边站着潘清，坐着何锋铭，两人面色凝重，看着他都不说话。顾森二话不说坐起就准备拔掉针管下床，被何锋铭和潘清立马制止。

"干吗呢你这是？你身上可有好多伤呢。"潘清指着他身上缠着的绷带，紧张地提醒道。

"让开！"顾森嗓音低沉，充满危险性。

何锋铭瞪了眼潘清，一把扯住气急的顾森，不耐烦地努努嘴说："你冲我们急什么，她人不就在你身边好好地躺着吗？"

顾森急忙侧身扭头，看见隔壁病床上头缠着绷带，右脸颊上也被贴上了一小块白色纱布，手指上也被好好包扎着，但此刻却仍旧闭目昏睡着的陈子桑。他松了口气，是那种全身紧绷之后的松懈，那种松懈是让人头晕目眩的。

"你好好躺着休息吧，医生说了你们会长命百岁的。"潘清轻轻按了下顾森的肩膀，开玩笑似的安慰道。

顾森就这么直愣愣地望着躺在那里呼吸平静的陈子桑，他不知道她是不是在安稳入睡，不知道她有没有在做梦，更不知道她会做什么样的梦。

唉，真是要疯了，他现在连她做什么样的梦都非常在意。

"吴为怎么样了？"顾森转头看向他们，想起了凶手，平静地问，"被我打死了吗？"

潘清咂巴下嘴巴说："差一点。他鼻梁骨被你打断了，牙齿也打断了好几颗，身上还被陈子桑捅了两个大洞。不过这些都不重要了，重要的是他一定会受到法律的制裁。"

最后这句话虽然听起来很官方很客套，但这就是最好的结局。

顾森慢慢地躺回到病床上，身子面朝着陈子桑，就这样一言不发地望着她。

何锋铭冷哼了一下，双手撑着膝盖站起身，推了一把潘清，两个人很是自觉地走到了病房外面。

"我和纪茶白还有个赌约，我现在要找他兑现了。"何锋铭啧啧摇着头说。

潘清奇怪地反问："什么赌约？"

"哎，就是有关里面那两个小家伙的赌约。"

"哦——一定是赌他们两个日后会在一起吧？早知道，我也参加了。这钱不赚白不赚。"潘清也凑热闹道。

何锋铭忽而叹了口气，看向窗外，喃喃说："不知道这会儿茶白醒了没有。"

"嗯，但愿。"

外面晴空万里，难得的好天气。

可日子并没有什么不同，只是在圆满解决了某件事之后，人们的情绪会高涨，会觉得万事万物都更加顺眼。

晚上，病房里忽然热闹了起来。顾森在注视着陈子桑时渐渐地进入了梦乡，梦里还是一样的不轻松，很艰难，但梦里有陈子桑。

"我就说茶白没事，下午就醒了。这个长得帅的人就是有福气啊。"声音来自于永远大嗓门的何锋铭，听得出来他很开心。

"是啊，没日没夜地加班也算是值得了。"嗯，这好像是徐凌双的声音。

既然徐法医都来了，那薄藤也应该在这里。

"他们两个受了这么多伤，通知他们的父母了吗？"果然，薄藤的声音还是一如既往的清冷，与其说是清冷倒不如说是冷静。

薄藤说完这句话，房间陷入了短暂的沉默。

"我反正不敢通知。"何锋铭简单粗暴地回应道。

潘清也尴尬地笑了下说："这事我觉得应该是由校方通知的。"

"别互相推诿了。"薄藤托了托自己的眼镜，扫了眼潘清和何锋铭这两个糙汉子，一针见血道，"是怕厅长知道吧？"

潘清和何锋铭对视了一眼后迅速转移了视线，一个弯腰拍着裤子上的灰尘，一个东张西望打蚊子。

"在抓到凶手之后，这个案件就被推上了热搜榜，网上关于凶手的各种分析全都出来了。毕竟时隔七年，抓住连环杀手的几率本身就小，所以很容易就吸引了大家的视线。"徐凌双看着这两个大男人这副模样，哭笑不得地说，"别装了，就算你们不通知，这事厅长也肯定知道，没准是第一时间知道的。学校里知道顾森就是厅长儿子的人不多，但在同行中，这事就不是个秘密。"

"所以，等下厅长是不是就要来了？"潘清小心翼翼地问了句。

薄藤是懒得理他们，看了看陈子桑空荡荡的病床，没有多问什么，倒是又好心地提醒了句："厅长来不来我不知道，但顾森的母亲应该就快到了。"

何锋铭和潘清顿时露出一脸惊恐的表情，但何锋铭是看过顾森填的个人资料，他回想起来，感叹道："他妈妈是检察院的院长。以前当过律师，我跟你说没有他妈妈打不赢的官司。所以，他们一家三口都不是好惹的，没什么事的话，我就先回学校了。"

何锋铭站直后就想往门口走，却被潘清一把抓住，只见潘清苦苦哀求道："哥，没你这么做事的。要走也是我先走，我局里还有很多事要忙，尤其是抓住凶手后。就这样，你先在这儿招呼他们的父母，有事电联，再见。"

于是，两个人又在门口抢着要开门先走。

"不好意思，我看门牌上写着顾森的名字，你们在我儿子的病房前这么吵不太合适吧？"

他们还没抢到门把手，门倒是先开了，进来一位身材高挑、气质优雅、盘着发，自称是顾森妈妈的女人，她看起来也才三十岁左右的样子，实在是太年轻，太漂亮了。

潘清和何锋铭傻了眼，面面相觑，最后把这个打招呼的难题抛给了房间里唯一的女人徐凌双。

"您好，颜梦卿女士。"徐凌双不卑不亢地上前，说道，"好久不见。"

嗯？面对着徐凌双这么自然的表现，薄藤都有点惊讶。难不成徐凌双和这位颜梦卿，也就是顾森的母亲认识？

"哎呀，小双啊。"颜梦卿顿时眉开眼笑，拉过徐凌双的手就说，"前不久在街上碰见你爸妈，你爸妈和我聊起你的终身大事那个着急，我都替你摆平了。我说了一个女人独立自主，生活丰富，工作充实，交什么男朋友，谈什么恋爱，哪有时间！"

这一番特立独行的言论把在场的三个男人都给惊到了，他们纷纷望向徐凌双，希望她能好好说话，好好介绍下他们。

徐凌双笑着对颜梦卿说："谢谢颜女士仗义执言，凌双记下了。"调侃之后，徐凌双便介绍道，"这位是薄藤，局里的技术人员；这位是何锋铭，是警校的队长，也是你儿子所在中队的队长；还有这位是局里刑侦大队重案中队的中队长，潘清。"

"你好。"三个男人都面带微笑地冲着颜梦卿打招呼，心里都希望她不要追究他们的责任，毕竟她的儿子现在就身负重伤地躺在这里。

颜梦卿打量了下他们，脸上还是隐约有点不高兴，但她还是偏头笑了下说："本来是来责难的，我儿子好好上个学就进医院了，我心里可不高兴了。就算是警校生，他也是我唯一的宝贝，身上磕磕碰碰的我都心疼，居然还中枪了！但看在你们都长得还帅的份上，虽然没有我儿子帅，但也算了。"

"是是是，是我们失职，是我们没有好好照顾好你的儿子、我的学生，顾森是我们大家的宝贝。"何锋铭内疚得语无伦次，潘清想附和，但听到何锋铭这么一说，差点没笑出声来。

"妈，你要真心疼儿子，你进门第一件事是不是应该先来看我？"这时，不知道什么时候醒过来的顾森出了声，然后自个坐起身靠在枕头上。

颜梦卿听到自个儿子的声音，忙走到床沿，笑着看着顾森说："你这不挺精神的吗？妈知道你福大命大，肯定没事，所以来的路上还逛了会儿街。不过你爸就不行了，急得啊去开会都差点忘了要讲什么。"

顾森望着自己心宽的母亲也笑了，只是通过这件事却觉得自己好像有点对不起他们。他肆意任性地生活，大概是因为背后有父母替他承担着。养育一个孩子有多的不容易，顾森现在还并不是十分清楚，但他明白的是，知道他受伤，父母的心情，就像是他看着陈子桑昏迷时的无助感。

"陈子桑呢？"想到陈子桑，顾森偏头看了下，床上竟没有人，他一下子又紧张起来。

何锋铭忍不住又调侃道："你就知道陈子桑。醒来张嘴就是陈子桑，陈子桑。你都快成她爸爸了！哎，说真的，陈子桑的爸爸好像在国外……"

"陈子桑？"颜梦卿重复着从儿子嘴里冒出来的女生的名字，若有所思地咀嚼着这三个字。

"她没事，身体什么的都无大碍，身体状况良好，只是皮外伤有点多，医生还是建议她再住院观察一下。这会儿应该快从学校回来了，说是给你带身换洗的衣服。"

徐凌双说这话时暧昧的表情让一边的颜梦卿更是惊讶，她弯腰悄声问顾森："这陈子桑是谁？"

顾森看着妈妈充满好奇的眼睛，有关于这个问题的答案在他心中百转千回。陈子桑是谁，陈子桑就是陈子桑。而回答这个问题的真正难度在于"对于他而言，陈子桑是谁"。

"我回来啦！"与此同时，门口传来了一个清脆富有朝气的声音。众人循声望过去，只见陈子桑换了身干净的衣服，十足的元气少女般的模样，和那会儿刚被送进医院时令人担忧的样子完全不同。

她站在门口，一眼就看见坐在那里的顾森，忙放下手中的袋子，冲过去欣喜地扑向他，抱着他说："谢天谢地，你终于醒了！我那会儿醒来的时候看见你还在睡，我以为你还在昏迷着呢，吓死我了。"

被陈子桑第一次主动抱着的顾森很是受宠若惊，却也的的确确觉得感动。他露出的笑容都极度温和、体贴，便不自觉地也抬手抚上她的背，轻轻拍了拍后对她说："我没事。"

继而，顾森又把视线投向母亲，说了句："妈，就是她。"

听到顾森叫了声"妈"的陈子桑缓缓地松开了顾森，脸上表情瞬间复杂了起来。她慢慢地扭头随着顾森的目光一起落在了身边站着的一位漂亮的女性身上，这女人看起来更像是顾森的姐姐，好年轻。

"妈，妈？"陈子桑不可思议地看向颜梦卿，尴尬地确认。

颜梦卿笑得更开心了，一把握住陈子桑的手说："哎呀，你这孩子，你这刚见面就叫我妈妈的，我红包都没来得及准备呢。"说完又看见她脸上、额头上、手上都是伤，又立马板着脸质问潘清和何锋铭，"你们怎么连个小女生都保护不好啊？顾森是男人，少块肉就少块肉了，可人家一女孩子细皮嫩肉的，留下疤了怎么办？"

何锋铭和潘清承受着来自顾森妈妈的愤怒质问，只能规规矩矩地站在那里接受批评教育。

薄藤倒是觉得这一幕挺和谐的，不由自主地想着以后陈子桑嫁给顾森之后婆媳之间友爱互助的画面。就现在看来，颜梦卿好像很喜欢陈子桑，那眼里初见的惊艳和他们一模一样。

陈子桑被推着躺回到了床上，在这过程中她都一副状况之外的表情。只是任由顾森妈妈扶她上床，替她盖好被子。

"那个，谢谢阿姨。"最后，陈子桑硬着头皮说了句话。

颜梦卿一听，看了看自己儿子又看了看其他人，笑着说："怎么又改口叫阿姨了。不喜欢我家顾森吗？还是说你有男朋友了？你们警校不是不允许谈恋爱吗？"

"妈——"顾森无语地打断了妈妈的无理取闹，这还是他第一次见到如此啰唆的妈妈。

颜梦卿转了个身，捂着嘴巴开心地说："不好意思，未来儿媳妇来得太突然，我掩饰不住内心的喜悦。这样，你们先休息，我打个电话给你爸爸，让他安心。"

说着，她又满眼笑意地看了看陈子桑，拿着手机走出了病房。最后病房的气氛更加难以言喻了。

床尾站着的四个人都面带微笑，但非常的不怀好意。顾森倒是镇定自若，随手拿起手机看了看时间，还逛了逛学校论坛。陈子桑就没有顾森这个心理素质了，憋红着脸，不知所措。

"哦，对了。子桑你的手机已经找到了，不过作为证物还在局里放着呢。到时候结束了，我再给你送回来。还有，戴在你脖子上的项链我们也取走了。"潘清总算是想到了件正事，便一本正经地说道。

陈子桑点点头，继而看向顾森："你换洗的衣服是你室友帮你选的。因为不知道你要住几天院，所以他们给你塞了好几条内裤。"

陈子桑话音刚落，对面那四人很不客气地捧腹大笑。这下子轮到顾森不好意思地放下手机盯着陈子桑，表情不自然。

"你品位比他们好，为什么你不给我挑？"顾森理直气壮地反问。

陈子桑解释说："为了节省时间啊。他们在帮你挑的时候，我回宿舍换衣服。我怕时间拖久了，你醒来看不见我会着急。"

怎么说呢，陈子桑的话令人无法反驳。她说的时候是那样的自然正经，这种关心就像是亲人之间的感情，理所应当。

顾森一时间没有再说话，只是动情地望着陈子桑。

那房间里突然变得多余的四个人只好识趣地走出了病房，无不在心底感叹，年轻真好，陪伴着度过，陪伴着成长。哪怕过程有着各种意外，也不妨碍他们成为最好的人。

"我们说过的话还算数吗？"顾森突然问。

陈子桑眨了眨眼睛，反问："什么话？"

"抓住他，结束过去的一切，重新开始。"顾森双眸澄澈，闪着光亮，不紧不慢地说着，"我那天说我没有打算接受你的拒绝，今天也一样。你曾经说你愿意把命都交给我，那么爱情呢，陈子桑你愿意把爱情也交给我吗？"

不知道从什么时候开始，顾森说的每个字都像是音符跳跃在她的心上。包括现在，她因他心动、因他欣喜、因他着急，好像越来越多的心情都围绕着顾森产生变化。

陈子桑不知道这算不算是一个冒险，如果是，她也要说："嗯，我愿意。"

誓言一般的回答让两人彼此相望而笑，确认彼此心意是多么重要的一件事。它很困难，但它带来的幸福感远超于一切。

寂静的黑夜，因为几个人的不平凡而变得越加深沉。关押在羁留病房里的吴为躺在病床上，里面和外面都有警察看守着，他就像是困在笼中的斗兽，再也无法施展兽性。

但他还是在这空间里，盯着天花板笑了。这世上不存在永远，一切都会消失，所有人都会离开。所有他想要杀的人最终都会死，只是他仍旧恶意地希望他们按照自己给的方式死亡。

这是他唯一的乐趣，也是他活着的唯一目的。

局里存放着证据的办公室里，有一部手机在桌上不停地振动。那是陈子桑的手机，来电显示为医院。

而此时，陈子桑的爸爸正坐上飞机，在空姐的提醒下将手机关了机。他心急如焚地赶回国，想要看看女儿的现状。

然而，陈子桑的爸爸陈江也没有接到医院打来的电话。

他们都与这个电话失之交臂，很多年后再想起这个，他们都不知道该用何种心情来面对——

难过、悲愤，抑或是内疚。

这一切都随着陈子桑妈妈爬上医院最顶层，万念俱灰一跃而下倒在血泊中开始。

　　陈子桑的妈妈在获得大女儿陈子屏的案件真相后选择了死亡，她依旧恨小女儿将过去的悲痛揭开，依旧恨小女儿即便真相大白也无法让陈子屏复活，依旧恨小女儿为什么从不因此而厌恶自己。

　　无人知晓那夜风高骤起时，陈子桑的妈妈站在那顶层高处想了些什么，但在她纵身跃下时，来不及救她的人听见她说"对不起"。

　　她曾经生活过的房间里，有一张桌子，桌子上放着一张拆开的牛皮纸。而被牛皮纸包裹在里面的仅仅是一张报纸，一张刊登着陈子桑、顾森等八个人英勇抓抢劫犯的新闻的报纸，还有一张死去的陈子屏的照片。

　　报纸上的陈子桑笑得很开心，照片里的陈子屏也笑得很甜美。两个女儿都是她的心头肉，她保护不了她们，再也无法保护她们了。

　　她尖叫着、痛哭着，面目扭曲地拿头撞墙。最后她还是无法原谅、控制自己，冲上了医院的顶楼，结束了生命。

　　鲜血随着地上的纹路蔓延开来，像是一朵玫瑰慢慢绽放。她收起了她的刺，她想要内心的平静，她想要以此获得安稳。

　　……

　　黑暗永远都在，它不会消失，但黎明会驱赶它。驱赶躲在暗处畏惧光亮的人，拯救被黑暗困住无法脱身的人。

　　黎明一定会来，请不要害怕，认真生活，善待生活。

　　我们后会有期。

扫一扫看更多图书番外，作者专访